인형의 집의 참극

————

도오사카 야에 장편소설
김현화 옮김

제우미디어

인형의 집의 참극

도오사케 야에 지음   김현화 옮김

목차

살얼음 베일을 걸친 그녀.

그 얼굴은 잿빛으로 잠겨 있었다. 부패가 시작된 듯 코나 뺨 일부는 검푸르게 변했고 시트에는 순백 드레스 자락에서 녹아내린 얼음 조각이 스며들어 있었다. 턱과 목의 경계조차 알 수 없을 만큼 부풀어 오른 얼굴과 침대에서 흘러내릴 정도로 뻗은 머리카락에는 흰곰팡이처럼 얼룩덜룩한 서리가 내려 있었다.

죽은 후 화장을 했는지 입술에는 부자연스럽게 붉은 립스틱이 칠해져 있고 움푹 파인 눈꺼풀은 각도에 따라 빛나 보였다. 일그러진 채 부푼 각각의 손가락에는 빛깔이 고운 보석 반지가 아무렇게나 끼워져 있었다.

제1장

참극과는 머나먼 일상

1

이곳은 가나가와 현 가마쿠라 시에 있는 전국 유수의 진학 고교, 도오 고등학교다. 그중에서도 2학년 A반에는 우수한 학생이 모여 있다. 매주 목요일 5교시는 영어다. 오후 1시 5분부터 15분까지는 쪽지시험 시간이다.

모두 샤프를 사각사각 휘갈길 뿐 헛기침 한 번 하지 않는다.

열어 젖혀진 창문에서 흐르는 건 초여름의 시원한 바람이었다. 이따금 녹음의 바스락대는 소리와 작은 새가 우는 소리가 들려왔다.

적당한 긴장감을 지닌 정적일 터였다.

다키 렌지만 없었더라면.

꾸루루루루루루루루루루, 꾸륵, 꾸르륵.

정적 속에서 렌지의 배가 끊임없는 굉음을 울려 퍼지게 했다.

제일 첫 줄 가운데 자리에서부터 그 소리는 교실 안 곳곳까지 울려 퍼졌다.

처음에는 몇몇 학생이 웃음을 터뜨렸으나 지금은 완전히 익숙해져서 아무도 신경을 쓰지 않는다. '아, 또야?' 하는 느낌이다. 다정한 학생 몇은 걱정스럽게 힐끗 시선을 보냈다.

렌지는 비지땀을 줄줄 흘리면서 괴로운 표정으로 시계를 올려다보았다.

이제 8분 남았다.

아프다. 너무 아프다. 눈이 따끔거렸다. 정답용지 위의 영단어가 흐물흐물 미쳐 날뛰었고 그것은 이윽고 'toilet'이라는 글자로 변형되었다.

연녹색의 둥근 타일. 잿빛의 서늘한 벽. 바람에 휘날리는 화장실 휴지.

그리고 새하얀 변기.

배의 통증이 최고조에 달하자 렌지는 이제 화장실밖에 생각할 수 없어졌다. 교실을 뛰쳐나가서 화장실까지의 최단 루트를 되새겼다.

오른쪽으로 꺾어서 모퉁이까지 돌진. 오른쪽으로 꺾어서 모퉁이까지 돌진.

오른쪽으로 꺾어서 모퉁이까지…….

"화장실에 다녀와도 돼."

오이와 선생이 다가와 큰 키를 굽히고 귓속말을 했다.

"아니에요. 중요한 시험 중이니까요."

"안 싸겠어?"

"아마도요……."

"……그렇군."

오이와가 불안한 듯 눈썹꼬리를 내린 채 교탁으로 돌아갔다.

앞으로 4분.

배는 끊임없이 꾸르륵거렸다. 구루루룩, 구우우우우우우우욱…….

배에서 나는 소리만으로 한 곡 작곡할 수 있을 만큼 다채로운 멜로디 라인을 연주하고 있었다. 그 소리를 귀여겨듣고 있는데 마음이 조금 누그러들었다.

아무래도 고비는 넘긴 듯하다.

앞으로 1분.

시야와 사고가 또렷해지고 사방에 흩어져 있던 영단어들이 답안지 위로 되돌아왔다. 이때 단숨에 답안을 길게 썼다. 샤프심이 박박 깎여나갈 정도의 강한 필체로.

하지만 조금이라도 방심하면 굉음과 격통이 또 덮쳐온다.

견뎌낸 끝에 마침내 시계의 긴 바늘이 3을 가리켰다.

"자, 종료~. 뒤에서부터 걷어와~. 다키는 화장실에 다녀오고~~."

오이와의 목소리를 신호로 렌지는 넘어지다시피 교실을 나왔다.

오른쪽으로 꺾어서 모퉁이까지 돌진.

바로 앞칸에 힘차게 뛰어들어가 팬티를 내리는 것과 동시에 변기에 앉았다.

필사적으로 출구를 원해 계속 날뛰던 것들이 힘차게 방출되었다.

어깨에 들어간 힘이 단숨에 빠지고 안도감에 한숨을 휴 내뱉었다.

창문에서 작은 새가 짹짹짹 우는 소리가 들려왔다.

어쩜 이렇게나 개운할까.

렌지는 뺨을 누그러뜨리고 천장을 올려다보았다. 장은 텅 비었다. 가슴은 성취감으로 가득 차 있었다.

오늘의 임무, 완료.

렌지의 내면에서는 온전히 완결되었지만 방과 후에 학생회 임원인 시다 고시로가 어깨를 두드렸다.

"다키, 너 잠시 시간 돼?"

"응."

"네 설사 건을 선생님한테 상담하러 가자."

"왜?"

"매주 목요일 5교시 영어 시간에만 넌 반드시 설사를 하잖아. 그 현상은 스트레스가 원인인 게 분명해. 얼른 해결하는 편이 나을 거야."

"신경 써줘서 고마워. 근데 해결이라고 해도 생리현상이니

컨트롤 할 방법이 없잖아."

일이 번거로워졌다고 생각하면서 렌지는 적당하게 받아넘기려고 했다. 하지만 시다는 물러나지 않았다. 쓱 끌어올린 동그란 안경에 자리한 실처럼 가느다랗고 처진 눈 안에 사명감이 부글부글 끓어오르고 있었다.

"자포자기하지 말고 해결책을 같이 생각해보자. 그러기 위해서는 대화가 필요해. 자, 지금부터 오이와 선생님한테 가자. 이미 상담 시간은 잡아놨으니까."

그렇게 말하더니 연약하고 기다란 팔로 이유를 불문하고 렌지를 휙 끌어당겨 교무실로 연행해갔다. 터무니없는 민폐다.

렌지의 외양은 꼬꼬마에 연약하고 참으로 가냘프다. 조금 사팔뜨기에 색소가 옅은 동그란 눈동자와 오른쪽 뺨에만 푹 파인 보조개, 둥그스름하고 아담한 코 등 어디를 봐도 순진한 느낌이 남는다.

엄마의 협조 아래 수많은 식재료에서 칼슘을 충분히 섭취하여 바야흐로 우유에 있어서는 전국 톱클래스의 연간 소비량을 기록하고 있다고 자부할 수 있지만, 키는 딱 160센티미터에서 멈추고 말았다. 하지만 외모치고는 약하지 않아서 운동신경은 학년에서 출중했다. 그래서 간단하게 뿌리칠 수 있었지만 타고난 다정한 성격 때문에 시다의 참견에 응했다.

"실례합니다."

교무실에 발을 내딛자 A반 담임이자 영어교사인 오이와가 이미 입구를 향해 앉아 있었다. 건전한 정신은 건전한 육체에 깃든다가 좌우명이었지만, 허리를 삐끗해 배구부 고문에서 하차하게 돼 마리모 연구 동아리의 고문이 되고 나서부터는 명백하게 한가로움과 근육을 주체하지 못하고 있었다.

　"바쁘실 텐데 시간 내주셔서 정말 감사합니다."

　시다가 공손하게 인사했다. 렌지도 더불어 고개를 숙였다.

　"아니, 나도 전부터 신경 쓰고 있었어. 다키가 설사를 하는 원인 말이야. 꼭 그 시간만 그러잖아."

　렌지는 잠시 생각하고 나서 답했다.

　"그거 아마 쪽지시험 탓일 거예요. 영어단어를 어려워해서 늘 긴장하는 바람에 배탈이 나는 거죠."

　"다키는 영어 성적만큼은 남들보다 좋잖아. 애초에 친할머니가 영국인이고 너도 여섯 살 때까지 리버풀에 살아서 자기한테는 비틀즈의 피가 흐르고 있다고 입학 초기에 큰소리쳐서 학급 친구들한테 백안시당하기도 했잖아."

　시다가 괜한 말로 끼어들었다. 그는 타인이 잊고 싶어 하는 과거를 마음대로 폭로하는 능력이 뛰어나다.

　"잘하니까 압박을 받는 거 아니야?"

　오이와가 유리하게 해석해주었다.

　"그 말씀이 맞아요."

렌지는 끼어들 듯이 고개를 끄덕였다.

"흐음. 어떻게 하면 좋담. 쪽지시험을 없앨 수도 없는데. 다키만 매번 다른 교실에서 시험을 보게 할까?"

"그건 좀 곤란해요."

조금이 아니라 상당히 곤란하다. 애초에 다른 교실에서 시험을 보면 설사를 하는 의미가 없어진다.

"전 정말 괜찮으니 신경 쓰지 마세요. 아니면 다른 학생한테 클레임이 들어왔어요? 제 배에서 나는 소리가 시끄러워서 시험에 집중 못 하겠다든가 말이에요."

오이와는 찻잔에 담긴 맛이 떫은 차를 홀짝이면서 고개를 저었다.

"클레임은 안 들어왔어. 굳이 따지자면 우호적으로 받아들이지 않을까? 뭐랄까, 목요일 오후의 풍물시라고 불리고 있다잖아."

그건 몰랐다. 어느새 자신의 배에서 나는 소리가 풍경이나 방울벌레가 우는 소리로 자리매김하고 있었던 것인가.

곤란한 렌지의 옆에서 시다는 더욱 곤혹스러운 기색을 띠었다.

"풍물시는 계절 특유의 것을 가리키는 말이지 않나요. 어쨌거나 해결의 실마리를 찾아야죠. 다키도 뒤에서 설사맨으로 불리는 건 괴롭겠죠."

그것도 몰랐다. 역시 설사맨이라는 별명은 섭섭하다. 세 살

배기 아이가 바로 생각해낼 만한 레벨의 별명이다. 좀 더 공을 들인 별명이 갖고 싶다.

잠시 끙끙댄 후에 렌지는 조심스럽게 입을 열었다.

"저기, BGM을 틀어주면 좋을 것 같아요."

"BGM······?"

"네. 고요하니까 긴장해서 괜히 더 배아픈 것 같아요. 그러니 배에서 나는 소리가 섞이면 어느 정도는 증상이 완화될 것 같아요."

"BGM이라 말이지······?"

오이와는 다시 떫은 차를 홀짝이면서 관자놀이에 손을 갖다 댔다.

"의외로 집중력이 높아져서 좋을지도 모르겠네. 그런 거 있잖아. 힐링 뮤직이었던가?"

"네. 강물이 졸졸 흐르는 소리라든가 모닥불 소리라든가······ 쪽지시험을 치는 10분만 되도록 음량을 크게 틀어주시면 도움이 될 듯해요."

"좋았어, 그렇게 하자. 다음 주부터 쪽지시험 시간에만 힐링 뮤직을 틀자."

오이와는 귀찮아하는 기색도 없이 선뜻 승낙했다. 오히려 새로운 시도에 설레기마저 하는 듯했다.

렌지와 시다는 고개를 푹 숙이고서 교무실을 나왔다.

"네 덕분이야. 고마워."

"학생회 임원이잖아."

시다는 자신만만하게 환한 미소를 지었다. 요컨대 학생위원이지만 중대한 임무를 맡은 것처럼 굴었다.

햇볕이 드는 복도를 나란히 걸었다. 창문 건너편에서는 빛이 비추어 훤히 보이는 푸른 단풍나무 잎이 사아 소리를 내며 흔들렸다. 육상부의 기합 소리와 취주악부의 연주 소리가 희미하게 들려왔다.

"다키, 지금 폐교사에 가?"

"응."

방과 후에는 매일 동아리 활동이 있다. 교감에게 특별히 승낙을 얻어 철거가 결정된 교사 2층 일각을 동아리실로 사용하고 있다.

"그런데 다키, 무슨 동아리에 들었었지?"

시다가 천연덕스럽게 물어왔다.

알고 있는 주제에. 렌지는 우울하게 답했다.

"……연실 연구회."

"활동 내용은?"

"말 그대로 연실을 연구해. 여러 종류의 연실을 수집해서 특성이나 강도를 조사해 책자로 정리하는 거지. 상당히 진지하게 활동하고 있어."

"동아리실에 종종 외부인이 방문한다고 하던데."

"연실에 관한 고민을 때때로 받고 있어. 그저 연구만 하는 게 아니라 연구 결과를 근거로 사회에 공헌하는 게 우리 활동 목표니까."

"정말로? 일반 고등학생이 그렇게까지 연실에 관심이 있다고는 생각 못 하겠는데."

시다의 추궁은 멈추지 않았다. 렌지는 이제 슬슬 지긋지긋해져서 말했다.

"뭐야. 거추장스럽게. 대체 뭐가 알고 싶은데?"

"내가 시시오도시* 연구회에 소속된 건 알지?"

"몰라. 시시오도시 연구회는 대체 뭐야?"

시다는 렌지의 질문을 무시하고 말을 이어나갔다.

"먼젓번에 신입생이 관둬서 부원이 나 한 사람만 남았어. 알지? 구성원이 3개월간 한 명 이하인 연구·동호회는 폐지된다는 규칙이 있잖아. 그래서 다키한테 긴히 부탁이 있는데."

꺼림칙한 예감이 들어서 렌지는 싸늘한 눈으로 시다를 보았다. 시다는 지극히 진지한 표정으로 제안했다.

"네가 활동하는 연실 연구회도 두 사람밖에 없잖아. 합병해서 시시오도시·연실 연구회로 만들지 않을래?"

"싫어."

"연실·시시오도시 연구회라도 괜찮아."

"어느 쪽이 먼저인가 하는 네이밍 문제가 아니야. 난 회장

---

* 대나무 물레방아를 뜻한다.

으로서 연실에 자부심을 가지고 하고 있으니 전혀 관련 없는 시시오도시랑 동일시하면 못 참아."

렌지는 단언하고 복도를 얼른 걸어갔다. 시다는 끈질기게 따라왔다.

그러자 복도 가운데쯤에서 여러 남녀학생 하나같이 창문 밖으로 몸을 내밀고 있었다.

"저게 뭐지."

시다가 입을 뻐끔 벌렸다. 렌지는 왠지 모르게 짐작이 가서 창문에 다가갔다.

두 사람이 바로 아래를 내다보자 렌지의 예상대로 그녀의 뒷모습이 보였다.

후지미야 미야.

학교 건물 출입구를 나와서 이제 집에 가려던 참일 테다. 바람에 나부끼는 밤색 긴 머리. 날씬한 몸. 몹시 하얀 피부. 뒷모습만으로도 신비한 빛을 내뿜고 있었다.

"후지미야!"

옆 창문에서 몸을 내밀고 있던 여러 남녀학생이 큰소리로 그 이름을 불렀다.

알아차린 미야가 돌아보고 이쪽을 올려다보았다.

얼굴이 인형처럼 오싹할 정도로 아름다웠다. 창문에서 내다보던 학생들이 무시무시한 환희로 들끓었다. 그들의 목소리에 답하듯이 미야는 천사의 미소를 띠고 손을 흔들었다. 환희가 일종의 광란으로 바뀌었다. 유심히 보니 지상에도 여러 추종자가 있고 그들도 미친 듯이 꺄악꺄악 소란을 떨고 있었다.

렌지와 시다는 얼굴을 마주하자마자 아무 말 없이 창문을 딸깍 닫았다. 그리고 누구라고 할 것 없이 반대방향 계단으로 걸어가기 시작했다.

시다가 신음하면서 말했다.

"대단하네. 후지미야. 혼자서 메이웨더 VS 파퀴아오 전 못지않은 열광적인 모습이잖아. 난 똑똑한 여자를 좋아해서 F반 후지미야한테는 관심 없지만."

도오 고등학교는 성적순으로 반이 결정된다. 렌지와 시다가 속한 A반이 톱, F반은 꼴찌다.

시다의 알 수 없는 거만한 시선에 질려하면서 렌지는 농담 반 진담 반으로 제안했다.

"시다, 후지미야 미야 연구회라도 만드는 건 어때? 부원이 엄청 모일 거야. 물론 시시오도시에 집착한다면 '후지미야 미야·시시오도시 연구회'로 하고."

시다는 쌀쌀맞게 고개를 저었다.

"그건 벌써 거절당했어."

"뭐?"

"후지미야 미야 연구회는 저 애가 입학한 날 오후에 이미 설립됐어. 물론 노골적으로 이름을 붙이는 건 그러니 '미소녀 연구회'라는 식으로 위장돼 있지만."

"미소녀 연구회라는 이름도 상당히 좀 거북한데."

"그래서 난 바로 얼마 전에 미소녀 연구회에 제안했지. 그런데 바로 거절당했어. 이미 부원이 58명이라서 굳이 시시오도시랑 합병할 만한 이점이 전혀 없다고 하더라고."

"아주 그럴싸한 말이네."

요컨대 단순한 일반인의 팬클럽이 교내에 있고 58명이나 되는 학생이 소속되어 있다. 전교생 약 10명 중 1명꼴이다.

절세 미녀는 무섭다, 무서워.

렌지는 가벼운 현기증을 느끼며 폐교사로 향했다.

시각은 이미 오후 4시를 지나고 있었다.

2

폐교사는 본교사 뒤편에 쓸쓸히 서 있는, 쇼와 12년(1937년)에 건설을 시작한 유서 깊은 건물이다. 회갈색을 바탕으로 한 2층짜리 목조건물로 남색 일본 기와를 올린 지붕이 인상적이다.

내관도 건축 당시 그대로라서 격자무늬 목제 창틀이나 색이 바란 불투명 창문, 벗겨지고 있는 하얀 회반죽을 칠한 벽 등 여기저기에서 역사의 무게를 느낄 수 있었다.

이명이 들릴 정도의 고요함에 그윽한 분위기가 어우러져서 다양한 괴담이 그럴 듯하게 생겼지만, 렌지는 한 번도 심령현상 부류와 조우한 적은 없다. 소음의 주인공은 거의 자그마한 쥐들이다. 4년 후에 해체공사가 결정되었지만 주위의 주민이나 졸업한 선배로부터는 나라의 유형문화재로 신청해야 한다는 목소리도 다수 나오고 있는 모양이었다.

'연실 연구회'의 동아리실은 그런 유서 깊은 폐교사의 2층 모퉁이에 있는 빈 교실이다.

끼익끼익 삐걱대는, 시골 분위기가 물씬 나는 노송나무 복도를 나아가 미닫이에 걸려 있는 팻말을 보았다.

'빨강'은 내객 중.

'파랑'은 대기 중.

'하양'은 외출 중.

오늘은 '빨강'. 내객 중이었다. 만약을 위해 두 번 노크를 하고 조용히 문을 밀었다.

실내에는 수많은 오래된 책상이나 의자가 바리케이드처럼 쌓여 있었고 그것들 다리에 행등이나 제등, 캔들랜턴에 펜라이트, 스테인드글라스나 유리에 장식용 조각을 한 세공품 등 일본식과 서양식, 최신품과 골동품이 뒤섞인 광원체가 여러 개 매달려 있었다.

뻥 뚫린 중앙에는 2×2로 책상이 나란히 놓여 있고 남녀가 마주하고 앉아 열심히 학을 접고 있었다. 책상 위에도 발 언저리의 종이봉투에도 종이학이 대량으로 넘쳐났다.

렌지의 모습을 확인하자마자 여학생은 다급한 모습으로 자리에서 일어나 인사했다.

"다키, 안녕?"

목소리가 연약하게 기어들어 갔다.

"안녕, 후지미야."

렌지는 옆의 의자에 앉고서 그녀에게도 자리에 앉도록 권했다. 그녀는 어째서인지 면목 없다는 듯 고개를 꾸벅거리면서 다시 앉았다.

"렌지 같은 애한테 미안해할 필요 없어. 후지미야."

남학생이 무뚝뚝한 목소리로 말했다.

연실 연구회 부회장 우즈키 레이치. 얼음 칼날처럼 예리하고 냉랭하게 쭉 찢어진 두 눈에 조각 같은 콧날과 예쁘장한 얇은 입술. 푸른 기를 띠는 검은 머리카락이나 도자기처럼 차갑고 하얀 피부, 정평이 나 있는 180센티미터의 말쑥한 체구. 도전한 적 없는 교내 미스터 콘테스트에서 멋지게 우승할 정도로 용모가 단정했다.

하지만 당사자는 겉모습에 무심한데다 팽개치다시피 해서 셔츠와 슬랙스는 어떻게 날뛰어도 저렇게는 안 되지 않을까 싶을 정도로 주름이 져 있었고, 구겨 신은 실내화는 곳곳을 임시방편으로 테이프로 고쳐 신었다.

"그래. 나 같은 애한테 미안해할 필요 없어. 후지미야."

렌지가 그리 말해도 그녀는 위축되어 있었다. '후지미야'는 그 후지미야 미야가 아니다. 쌍둥이 여동생 후지미야 사야다. 학년 톱인 수재로 렌지와 같은 A반이었다.

후지미야 자매를 본 사람의 십중팔구는 여동생 사야에게 이런 감상을 품을 테다.

'언니를 안 닮아서 가여워.'

사야는 절대 못생기지 않았다. 다만 광신도가 생길 만큼 아름다운 언니와 비교하면 참으로 수수하고 인상이 흐렸다.

결정적으로 다른 것은 눈이다. 미야는 눈꼬리가 휙 올라간 아몬드 형태의 큰 눈을 가지고 있다. 속눈썹은 길고 윤기가 나며 까만 편인 눈동자는 유리구슬처럼 맑았다. 한편 사야의 눈은 얇은 외꺼풀로 삼백안 기미가 있었다. 그 탓인지 멀리서 보면 모습이 닮았지만 가까이에서 보면 인상이 전혀 달랐다.

사야는 사람과 시선을 마주하는 데 그다지 익숙하지 않아서 고개를 숙이다시피 하고 말했다.

"저기, 미안해. 오늘도 고마워. 쪽지시험 시간에 말이야……. 정말 도움이 됐어."

"고마워할 것 없어. 아가씨."

렌지는 농담 삼아 말했는데 사야는 귀까지 빨개졌다.

"저기 다키는 어떻게 의도적으로 배에서 소리를 낼 수 있어?"

"나는 우유를 마시면 바로 배탈이 나는 타입이야. 그래서 점심시간이 끝나기 5분 정도 전에 우유를 벌컥벌컥 마셔. 그러면 딱 쪽지시험 시간에 설사가 나오려고 하지."

사야는 죄책감에 시달리는지 점점 미안하다는 듯 말했다.

"……저기. 미안해. 역시 더 이상 무리하게 하는 건……."

"난 아주 괜찮아. 아니, 아마 이제 그 과격한 치료법은 필요 없어질 거야. 학생회 임원 시다가 협력해줘서 다음 주부터 쪽지시험 시간에 BGM이 흘러나올 거니까."

렌지는 기분 좋게 책상 위에 놓여 있는 종이학으로 손을 뻗었다.

사야는 안도하는 모습으로 가슴팍을 문질렀다.

"그럼 다행이야. 고마워."

그러고서 힐끔힐끔 주변을 둘러보고 자신의 하얗고 가느다란 손목을 잡으며 아랫입술을 깨물었다.

"……다른 볼일 있는 거 아냐? 종이학은 이제 됐어."

알아차린 레이치가 말을 걸었다.

"그래도 적어도 이 정도는……."

"이제 충분히 도와줬어. 고마워."

레이치의 권유에 마침내 자리에서 일어났다. 사야는 우물쭈물하다가 가방에서 투명한 꾸러미를 꺼냈다. 안에는 꽃 모양의 쿠키가 들어 있었다.

"저기 이거 가정 수업 시간에 만든 거야…… 괜찮다면 먹을래?"

렌지는 노골적으로 기뻐했다.

"진짜? 땡큐. 우리 조는 굽는 시간을 틀려서 탔어."

사야는 뺨을 붉게 물들인 채 애매하게 미소 짓고 달아나다시피 교실을 뒤로했다.

렌지는 얼른 쿠키를 욱여넣으면서 말했다.

"그래서 이 종이학은 뭐야?"

"후지미야가 오기 전에 여학생이 색종이를 가지고 혼자 왔어. 이번 주 일요일에 급히 남동생이 수술을 하게 됐으니 그때까지 종이학 천 마리를 접고 싶대. 그런데 자기는 아르바이트가 꽉 차서 시간이 없고 부탁할 만한 친구도 없어서 대신 부탁하고 싶대."

"그렇군."

발 언저리에 시선을 떨어뜨렸다. 종이가방 안에도 알록달록한 종이학이 쌓여 있었다. 디테일한 부분까지 정성스럽게 접힌 것과 부분부분 찌그러진 것. 전자가 사야가 만든 것이고 후자가 레이치가 만든 것이라는 사실을 렌지는 한눈에 알았다.

"이제 몇 마리 접어야 해?"

"783마리."

"와아."

"한 마리당 1분으로 잡고 둘이서 분담하면 7시간 안 걸려. 오늘내일 이틀 있어. 충분히 시간 안에 가능할 거야."

레이치는 거침없이 말하더니 재빠른 손놀림으로 학을 접

어나갔다. 렌지도 그것을 따라 했다. 불과 2주일 전에도 다른 학생에게서 같은 의뢰가 들어왔기 때문에 접는 것 자체는 간단했다.

"렌지 조금 전에 거짓말했지? 넌 우유를 마신 것 정도로는 배탈 안 나잖아."

"아, 그거? 뭐 여자애한테 괜한 걱정을 끼치는 것도 좀 그러니까."

"진짜론 어떻게 배탈이 나는 거야?"

"간단해. 폐교사 뒤뜰에 못 쓰게 된 우물이 있잖아. 안의 물에 이끼가 껴서 미끌미끌하고 여러 날벌레가 떠 있는데 그걸 한 모금 마시면 바로 죽을 정도로 배탈이 나."

"관둬."

"이제 관둘 거야. 조금 전에 말한 대로 앞으로 쪽지시험 때 BGM이 깔릴 거니까. 그래서 문제는 해결됐어."

"그럼 다행이지만."

렌지가 의도적으로 설사를 하는 건 사야의 의뢰 때문이었다.

애초에 '연실 연구회'는 표면적인 것으로 그들의 주된 활동은 세상에서 흔히들 말하는 심부름이었다. 장르를 불문하고 학생의 고민 상담을 듣고 해결하는 데 전력을 다한다. 또는 단순하게 잡무를 해결한다.

의뢰 내용에 대해서는 비밀 유지 의무가 있고 익명 OK ·

무보수라서 비공식 활동인데도 의뢰인은 한 주에 2~3명이 반드시 나타난다.

연실 연구회는 처음에는 연날리기 연구회였다. 갓 입학했을 무렵 "옥상에서 광합성이나 하면서 느긋하게 연이라도 날리자"라며 둘이서 세운 것이다.

하지만 예상과 달리 입회 희망자가 쇄도해서 연날리기 영공권을 둘러싼 치열한 싸움으로 발전했다. 이에 패배한 두 사람은 동아리를 벗어나 연실 연구회를 발족했다. 그 이후 의뢰인은 끊임없이 찾아와도 입회 희망자가 동아리실을 찾아오는 일은 없었다.

사야가 이곳을 방문한 것은 약 1달 전이었다.

의뢰 내용은 남들과 달리 특이했다. '매주 목요일 영어 쪽지시험 시간에 잠음을 내주기를 바란다'였다. 아무래도 그녀는 스트레스 때문인지 최근에 영어 수업시간이면 복통을 느끼게 되었다고 한다. 특히 쪽지시험 시간은 쥐 죽은 듯이 고요한 탓에 괜히 더 긴장해 배에서 꾸르륵대는 소리가 나거나 구역질과 같은 증상이 나타나 괴로워하고 있었다. 긴장하는 정도에 비례해서 증상이 격렬하게 변화하기 때문에 그 물을 끼얹은 듯한 고요한 교실을 어떻게든 해주기를 바랐다.

그때 지푸라기라도 붙잡는 심정으로 그들에게 도움을 요청했다.

렌지는 쿠키를 두 개 정도 집어먹고 나서 의미심장한 얼굴로 말했다.

"레이치도 먹을래?"

"난 됐어. 우리 반은 아마 내일 만들 테니까."

레이치는 F반이었다. 후지미야 미야와 같은 최하위 반이
다.

"그럼 나 이거 전부 다 집에 가지고 가도 돼? 아직 우물물
의 뒷맛이 남아 있어서 혀가 불쾌해 집으로 돌아가 양치하고
나서 먹을까 싶어."

"물론 상관없지만…… 그러니 내 제안을 채택했으면 됐을
텐데."

"레이치의 안이라면 그거지? 천장에 스피커를 몰래 설치해
서 원격조작을 해 쪽지시험 시간에 모기 소리를 내라는 거."

어린 사람만 들을 수 있는 주파수 소리라는 게 있는 모양이
었다.

"응. 블루투스 스피커를 사용하면 간단하잖아."

"그런데 만약 선생님한테 들켜서 우리가 처분이라도 받으
면 후지미야가 엄청 죄책감에 시달릴 텐데. 난 그런 건 싫
어."

렌지가 단언하자 레이치는 납득하듯이 고개를 끄덕였다.
어느덧 종이접기도 익숙해져서 학의 자잘한 부리까지 예쁜
직선의 형태를 이루게 되었다.

폐교사는 본교사의 그림자에 가려져서 빛이 들지 않았다.

눈부신 석양이 비쳐드는 시간이 되어도 실내는 어둑어둑하고 차가운 먼지 냄새가 났다.

두 사람은 잠시 아무 말 없이 학을 접었다.

두 사람은 초등학교 때부터 단짝 친구로 옛날부터 무언가 부탁받는 경우가 많았다. 그리고 겉모습이나 성격은 정반대이지만 의뢰에 대한 진지한 자세에 있어서는 레이치와 일치했다. 그래서 연실 연구회가 심부름센터로 형태를 바꾼 것은 아주 자연스러운 흐름이었다.

열어 젖혀진 창문에서 저녁 6시를 알리는 종소리가 희미하게 들려왔다. 교실이 어두워 바로 위에 걸어놓은 손전등 다발의 스위치를 켰다. 어스레함 속에서 가운데만이 희미하게 비추어졌다.

페트병 커피를 한 모금 마시고 레이치가 생각났다는 듯 입을 열었다.

"후지미야는 공부에 엄청 파묻혀서 하루하루를 보내고 있어. 매일 아침 6시 반에 등교해서 수업이 시작될 때까지 자습실에서 공부를 한대. 방과 후에는 매일 학원에 다니면서 공부를 하고 토요일 일요일에도 아침부터 밤까지 공부한대."

"그렇게나 열심히?"

"응, 조금 전에 잠시 이야기했어. 나라면 사흘 만에 정신이 나갈 것 같은 스케줄을 중학생 무렵부터 빼먹지 않고 계속하고 있대."

"대단하네. 요전번에도 전국모의고사 2등이었으니까. 분명 천재 타입이라고 생각했는데 엄청나게 노력하고 있었구나. 완전 대단해."

몇 번이나 감탄사를 내뱉는 렌지를 힐끗 보고 레이치는 담담하게 말했다.

"렌지도 대단해. 타인을 위해 자기를 희생하는 걸 아랑곳하지 않는 그 정신력."

"어처구니가 없다는 소리야? 아니면 단순히 비아냥대는 거야?"

"삐딱하네. 순수하게 칭찬의 말로 받아들여 줘."

"그럼 레이치도 대단하네. 아무 이익도 없는데 이렇게 방대한 시간을 의뢰인을 위해 바치고 있다니."

레이치는 차가운 시선으로 읊조렸다.

"난 단순한 시간 때우기야."

하지만 렌지는 활짝 웃으며 말했다.

"시간 때우기라도 어지간해서 할 수 있는 일이 아니야. 이름도 모르는 여학생의 남동생을 위해서 해 질 녘까지 이렇게 학을 접어주다니."

"그런가?"

"그렇지."

그날 두 사람은 결국 저녁 7시 넘어서까지 학을 계속 접었다.

3

후지미야 사야의 아침은 이르다.

정각 5시에 기상해서 복도로 나와 제일 먼저 세면대에서 얼굴을 씻는다. 세안이라기보다 차가운 물을 손바닥으로 힘껏 뺨에 끼얹는 걸 좋아한다. 이윽고 엄마가 일어난다. 사야가 부지런히 기상한 것을 확인하고 부엌에서 아침식사 준비를 시작한다.

후지미야가는 모녀 세 식구가 기타카마쿠라의 고요한 거리가 내려다보이는 언덕에 자리한 저택에서 살고 있다.

흰 벽으로 된 서양식 건축물은 널찍하고 중후하며 1층에는 거실, 엄마의 침실, 부엌, 공동욕실, 세면대, 화장실이 있다. 2층 남향에는 언니인 미야의 방, 미야 전용 욕실, 세면대, 화장실, 아담한 부엌이 있고, 북향으로는 동생인 사야의 방이 있다.

이 집에는 자매가 중학교에 올라가는 시기에 이사를 왔다. 엄마가 아빠와 별거하고 나서는 내내 월세 연립살이였는데 지금은 완전히 바뀌어서 버젓한 저택에서 살게 되었다.

같은 시기에 살림살이가 갑자기 풍족해졌다. 늘 안색이 나쁘고 궁색한 엄마는 무언가에 홀린 듯 미용에 빠지고 고가의 명품을 사들이고 머리와 화장을 밝게 바꿔서 밤거리에 여럿이 몰려나가 돈을 계속해서 낭비했다.

엄마는 일을 하지 않았기에 딸들에게 돈의 출처는 수수께끼였다.

다만 바람둥이 기질이 다분한 아빠와 상당히 다퉈서 이혼했으니 아마 위자료나 양육비 등을 잔뜩 받았을 것이라고 사야는 추측했다. 아빠가 경영하는 회사가 작년에 도쿄 증권2부에 상장하고 연 매출도 과거 최고액을 기록했다고 뉴스에서 언뜻 들었다.

사야는 아침 식사로 붉은 연어와 푸른 채소, 된장국과 오곡밥을 준비했다. 편의점 레토르트 식품을 전자레인지로 데워 접시에 담기만 할 뿐이다. 중학교 시절부터 매일 메뉴가 같았다. 점심식사도 아침과 같은 메뉴를 똑같이 도시락에 옮겨 담기만 하면 된다.

그 옆에서 엄마가 미야의 아침 식사를 준비한다. 오트밀 토마토 리소토, 녹황색 채소가 듬뿍 담긴 보울 샐러드였다. 치아시드와 시리얼이 들어간 라즈베리 요거트도 있다.

종류가 다양한 매일 바뀌는 메뉴들. 그것들은 늘 미야의 몫뿐이었다.

음료를 꺼내려고 냉장고에 손을 뻗으니 "루이보스티는 안 돼" 하고 뒤에서 엄마가 견제했다.

그런 소리를 안 해도 알고 있다.

사야는 내심 지긋지긋해하면서 옆에 있는 보리차 포트를 꺼냈다. 루이보스티는 미야 전용이다.

"저기, 요거트 먹어도 돼?"

"안 돼. 그거 고단백이라서 비싼 거야. 사야 건 오늘 사줄게."

"알겠어. 고마워."

감사 인사를 하고 짧은 대화를 마쳤다.

엄마는 명백하게 미야를 편애했다.

엄마뿐만 아니라 학급 친구들도 선생님도 편의점 점원도 우연히 전철에서 마주친 샐러리맨도 그저 스쳐 지나간 고등학생도 대개 모두 미야를 편애한다.

정도의 차이는 있으나 잠재적으로 모두 미인인 언니를 우대한다. 철이 들었을 무렵부터 그랬다.

익숙해졌다고 하면 거짓말이다. 하지만 성장하면서 조금씩 체념하며 관망하게 되었다.

아침 식사를 마치고 교복으로 갈아입고서 6시가 넘어 집에서 나갔다. 안개 같은 비가 내리고 있었다.

완만한 언덕을 내려와 좁은 길을 빠져나가서 메이게츠인 거리에 접어들었다. 신록으로 뒤덮인 나무 그늘 길을 시원한 아침 바람이 스윽 빠져나간다. 옆에서 흘러가는 작은 강의 고요함과 그곳에 놓여 있는 소소한 돌다리 또한 운치가 느껴졌다.

마음이 씻겨나가는 듯해서 사야는 이 길을 가는 걸 좋아했다.

학교까지 걸어서 20분도 걸리지 않아 실은 8시에 집에서 나서도 수업시간에는 늦지 않는다.

어째서 이렇게 빨리 집을 나서냐면 공부를 하기 위해서다. 학교 자습실은 아침 6시 반부터 오후 7시까지 개방되어 있고 이용자도 적어서 노다지나 마찬가지다.

6시 반까지는 운동부도 아침 훈련을 아직 시작하지 않기에 교사는 정적에 잠겨 있다.

교무실에만 오도카니 불이 켜져 있다. 사야는 이 쓸쓸한 고요함을 좋아했다.

자습실에는 늘 1등으로 들어온다. 마주한 책상이 여러 줄 나란히 놓여 있고 좌우 전방은 흰 칸막이로 둘러싸여 있다. 늘 제일 안쪽 끝자리에 앉는다.

사야는 끝자락을 좋아한다. 단체 사진도 교실의 자리도 전철에서의 자리도 뭐든 끝자락이 마음을 차분하게 해준다. 식빵, 달걀말이, 튀긴 두부…… 먹거리도 가장자리가 좋았다. 자신이 서 있는 위치나 자신에게 주어진 것이 늘 끝자락이나 남는 것이라서 그 탓에 애착이 있을지도 모른다.

자습실은 대개 7시까지 대관한 상태나 마찬가지이며 그 이후에도 학생은 드문드문 온다. 칸막이 덕분에 타인의 얼굴이 보이지 않고 사야가 있는 제일 안쪽 줄에 일부러 앉는 학생도 없다. 그래서 마음이 홀가분하다.

하지만 오늘 아침에는 드물게 7시 전에 문이 열렸다. 뿐만 아니라 여러 사람이 큰 발소리를 내며 사야 쪽으로 다가왔다.

위압적인 인기척에 순간적으로 아랫배에서 꾸욱 통증이 느껴졌다. 괴로운 나머지 숨을 멈추고 움츠리고서 기척을 지우려고 했다.

"아, 역시. 쟤야."

"제일 안쪽에 있는?"

"응."

남학생들의 속닥대는 목소리가 사야의 마음을 한층 더 무겁게 했다. 이다음의 전개는 이미 손에 잡힐 듯 알 수 있었다.

예상대로 남학생들은 사야의 바로 곁까지 걸어왔다.

"후지미야~. 안녕."

인사를 받아서 역시 무시할 수 없어졌다. 사야는 고개를 숙이다시피 하고서 천천히 남학생들 쪽을 향해 작게 인사했다.

"······안녕."

그들은 숨김없이 눈을 동그랗게 뜨고 놀라며 그러고서 얼굴을 마주하고 쓴웃음을 지었다. 슥 몸을 돌려서 당사자에게 들릴 정도의 목소리로 거침없이 이야기하기 시작했다.

"뭐야. 공주랑 하나도 안 닮았잖아."

"야, 소리 크잖아. 가엽게시리. 내가 저 애 입장이었다면 이 세상을 원망했을 거야."

"너도 심하거든?"

소리가 점점 멀어져갔다. 문이 끼익 닫히고 정적이 다시 찾아왔다.

사야는 잠시 움직일 수 없었다. 머리가 확 뜨거워지고 심장고동이 격렬하게 울리기 시작했다. 고등학생이나 돼서 그 정도로 노골적인 조소를 받다니. 과거의 다양한 기억이 플래시백되어 위 안쪽에 통증이 가로질렀다.

남학생은 모두 체육복을 입고 있었다. 아마 빗발이 강해져서 아침 훈련을 일찌감치 마쳤을 테다.

구경꾼이 또 오면 어쩌지?

있는 대로 무시당하면 어쩌지?

사야는 힘차게 자리에서 일어나 책상에 펼쳐놓았던 참고서나 문구를 가방에 쑤셔 넣고 달아나다시피 자습실을 뒤로했다.

본격적으로 내린 비가 엷은 먹색 하늘에서 쏟아져 복도 창문에 강하게 부딪혔다.

1교시까지 아직 1시간 반이나 남았다. 하지만 도서실도 폐교사도 열쇠로 잠겨 있다.

교실에서 시간을 보내는 것도 생각했지만 조금 전의 일을 떠올리자 불안했다.

……화장실 칸막이 안에서 시간을 보내자. 그러면 누구의 시선도 신경 쓰지 않아도 된다.

그런 생각이 들어 텅 비고 어둑어둑한 복도를 고개를 숙이고서 걸어갔다.

문득 시야 끝자락에 기묘한 물체가 비쳤다.

쓰레기통을 마주 보듯이 착 달라붙은 사람의 발.

위화감을 느끼고 고개를 들자 쓰레기통에 상반신이 쏙 끼워진 학생의 모습이 보였다.

"악!"

충격적인 나머지 짧은 비명이 새어 나왔다. 이대로 뒤로 쓰러질 것 같았지만 간신히 버텼다.

사야의 비명에 놀라서 학생은 쓰레기통 통째로 흠칫 흔들렸다. 얼마 지나지 않아 상체를 일으키고 나타난 사람은 연실연구회의 우즈키 레이치였다.

사야는 너무 눈이 부셔서 순간 앞이 캄캄해져 반사적으로 얼굴을 덮었다. 레이치 자체가 빛을 낸 것은 아니다. 그 이마에 튼튼히 고정된 LED 라이트 탓이었다.

그가 전원을 딸깍 끄자 복도는 다시 어둠에 휩싸였지만 사야의 시야에는 여전히 은색 잔상이 정신없이 번쩍거렸다.

"후지미야였어? 아 놀라라."

"그건 내가 할 말이야……."

레이치는 조잡한 동작으로 헤드라이트를 머리에서 벗었다.

"안녕."

"아, 안녕. 지금 뭐 하고 있어?"

레이치는 진지한 얼굴로 답했다.

"명왕성을 찾고 있어."

"명왕성?"

"응."

"명왕성…… 이 있으려나? 쓰레기통 안에…….."

"장식물이야. 이렇게 아담한 거."

그리 말하고 엄지와 검지로 타원형을 그렸다. 지름 3센티미터에도 미치지 않았다.

"혹시 누구한테 받은 의뢰야?"

"응. 주머니에 넣어둔 명왕성을 어느새 잃어버린 것 같대. 난 엊그제부터 그걸 계속 찾고 있어."

왠지 모르게 시적이라고 생각하면서 사야는 머리 한구석에 떠오른 말을 과감하게 했다.

"저기, 괜찮다면 도와줄까?"

"고마워. 도움이 될 거야. 의뢰인한테 가능한 한 많은 사람한테 협력을 구해달라는 말을 들었는데 인맥이 없어서 난감했거든."

시종일관 진지한 얼굴로 전혀 감사해하는 것처럼도 곤란해하는 것처럼도 보이지 않았지만 거절하는 듯하지 않아서 마음이 놓였다. 사야는 타인의 감정에 지나치게 예민할 만큼 마음을 쓰는 경향이 있었다.

빗소리가 울려 퍼지는 잿빛 복도를 두 사람이 나란히 걸었다. 사야는 지금까지 받아온 수많은 부당한 대우 때문에 남자에 대해 거부감이 이상하게 강했지만, 연실 연구회의 두 사람은 괜찮았다. 대다수의 남자들과 다르게 품평하는 듯한 눈으로 보지도, 입버릇처럼 언니를 칭찬하고 사야를 깎아내리는 듯한 발언을 하지도 않아서였다.

"의뢰인이 마지막에 명왕성을 확인한 건 엊그제 오후 3시 무렵이었어. 장소는 3학년 B반 교실이었고. 교복 주머니에 들어 있던 걸 꺼내서 친구에게 자랑한 모양이야. 그 후 행방을 알 수 없게 되었대. 돌아오는 길에 주머니에 손을 집어넣었을 때 이미 사라진 걸 보면 교내에서 분실했을 거야."

"그럼 한 번 더 교실에서 찾아볼래……?"

두 사람은 3학년 B반 교실로 향하려고 했다. 도중에 사야가 머뭇거리면서 물었다.

"저기, 전혀 관계없는 일이기는 한데 어제 쿠키는 어땠어?"

"렌지가 독차지해서 난 못 먹었어. 그 녀석은 엄청 먹음직스럽게 먹었어."

레이치의 말에 사야는 무심코 뺨이 누그러들었다. 무의식적으로 발걸음이 가벼워졌다.

"후지미야는 렌지를 좋아하지?"

레이치가 '오늘 날씨가 안 좋네' 정도의 느낌으로 선뜻 말했다. 예기치 못하게 들켜서 사야는 티나게 동요했다.

"아니야, 좋아하다니. 그럴 리가. 난 애초에 다키랑 친하지도 않은데……."

부정하면 할수록 무덤을 파는 듯해서 사야는 순식간에 귀까지 빨개졌다.

속이는 게 불가능하겠다 싶어서 과감하게 자백했다.

"저기 호의를 가지고 있는 건 확실해. 그런데 다키한테는 절대로 말하지 말아줘. 부탁할게."

레이치는 조금 어처구니가 없다는 얼굴을 했다.

"당황하게 해서 미안. 단순한 감상을 말한 거야. 물론 말 안 해. 난 약속은 반드시 지키는 주의니까."

애초에 그다지 흥미도 없는 모양이었다. 과잉 반응한 자신을 부끄럽게 느끼면서 고개를 푹 숙였다.

B반에는 아직 아무도 없었다. 사물함은 가지런했고 벽에 수험 표어가 붙어 있는 것이 참으로 3학년다운 교실이었다.

"어제 아침에도 봤지만 어이없이 놓쳤을지도 몰라."

"애초에 의뢰인은 왜 명왕성 장식물을 학교에 가지고 왔을까?"

"친구가 명왕성 마니아라서 자랑하고 싶었대."

"명왕성 마니아……?"

"2006년에 행성에서 준행성으로 퇴출됐잖아. 연민의 감정을 자아내는 명왕성의 위치에 일본인으로서 인생의 무상함을 느꼈겠지."

"그렇구나……."

잘 모르겠지만 우선 맞장구를 쳤다.

고요함에 휩싸인 교실에서 구석구석 찾고 있는 동안 사야의 머릿속에 문득 어떤 기억이 떠올랐다.

　"그러고 보니 찾는 물건이 정말 장식물 맞아? 때마침 2000년대에 명왕성 사탕 같은 게 유행했다는 이야기를 들은 기억이 있어. 그걸 장식물이랑 착각한 건 아닌가 해서."

　별 뜻 없이 말했지만 레이치는 흠칫 깨달은 얼굴을 했다. 그리고 다시 헤드라이트를 장착하자마자 망설이지 않고 한쪽 구석에 있는 쓰레기통에 상반신을 집어넣었다.

　사야는 여전히 지켜보는 수밖에 없었다.

　몇 분 정도 부스럭거리던 레이치가 갑자기 얼굴을 휙 들었다.

　"있다!"

　사야 쪽을 돌아보았다. 그 손으로 유리 파편 같은 것을 치켜들고 있었다.

　"후지미야의 추측대로 이건 장식물이 아니라 사탕이었어. 분명 떨어뜨렸는데 누군가 잘못해서 밟아서 깨져버렸겠지. 그걸 청소 시간에 먼지랑 같이 누가 버렸을 테고. 나는 분명 구체인 채로 존재할 거라고 생각해서 어제 쓰레기통을 뒤졌을 때 발견을 못 했던 거야."

　여전히 진지한 얼굴이지만 음색은 조금 신이 나 있었다.

　레이치가 펼친 손바닥에는 확실히 연 황토색과 갈색의 얼룩덜룩한 명왕성 조각으로 보이는 게 놓여 있었다. 아무것도 하지 않았는데 사야도 뭐라고 할 수 없는 성취감을 느끼고 기뻤다.

"얼른 의뢰인한테 보고하자."

레이치는 주머니에서 휴대전화를 꺼내더니 조각을 촬영하고 문자판을 딸깍거리기 시작했다.

"우즈키, 폴더폰이구나."

요즘 시대에 신기하다고 생각하면서 그 서툰 손놀림에 눈길이 갔다. 다루는 데 전혀 익숙하지 않은 듯했다.

"응. 난 스마트폰을 잘 못 다뤄. 폴더폰 기능도 사치스러울 정도야."

악전고투 끝에 사진이 첨부된 문자를 의뢰인에게 보내고 레이치는 사야에게 이렇게 제안했다.

"맞다, 후지미야. 기껏 이렇게 됐으니 전화번호 교환하자. 오늘 네 덕분에 난제를 해결했으니 또 막히면 상담해줬으면 해."

"아, 응. 잘 부탁해."

설마 자신의 고등학교 생활에서 남자아이와 연락처를 교환하는 날이 오다니 사야는 허둥지둥대면서 휴대전화를 꺼냈다.

"어라, 후지미야도 폴더폰이잖아."

"응. 나도 스마트폰이 사치라서."

거짓말을 했다. 실은 언니인 미야와 같은 최신형 스마트폰이 가지고 싶었지만 엄마가 건넨 것은 구식 폴더폰이었다. 사다준 것만으로 충분하다고 불만을 터뜨리지는 않았지만 내심 스마트폰의 비까번쩍한 모습을 동경했다.

두 사람은 온갖 고생을 하면서 간신히 적외선 통신*을 했다. 가까이에서 마주하고 사야는 레이치의 고운 모습에 새삼 놀랐다. 그 이목구비는 물론이거니와 아득한 밤바다처럼 깊은 눈동자와 체온이나 혈색을 전혀 느낄 수 없는 서늘하고 맑은 분위기 등, 왠지 심상치 않은 느낌이 들었고 형언할 수 없이 아름다웠다.

사야는 렌지의 밝고 씩씩한 분위기에 강하게 이끌렸다. 한편 그것과는 대조적으로 레이치의 늠름하고 산뜻한 분위기에 부러운 마음 같은 것을 느꼈다.

멍하니 이런저런 생각을 하는 동안에 통신이 완료되었다.

애초에 누군가와 연락처를 교환하다니 이게 몇 년 만일까?

4

다음 주 목요일. 여름다운 햇살이 쏟아지는 학급회의 시간이었다.

렌지의 마음은 충만해져 있었다. 오이와 선생은 선언한 대로 쪽지시험 중에 힐링 음악을 틀어주었다. 그 덕분에 괴로워

___
* 폰과 폰을 서로 가까이에 가져다대고서 전화번호를 비롯한 정보를 교환하는 것을 뜻한다.

하며 설사를 할 필요가 없어졌다. 오이와가 일부러 저번 주말에 캠핑을 가서 직접 졸졸 흐르는 맑은 물(이라기보다 탁류의 굉음)을 녹음했다는 사실에는 조금 당황했지만 말이다.

문득 왼쪽을 보다가 같은 줄 창가 자리에 앉은 사야와 눈이 마주쳤다. 그녀가 쑥스러워하면서 살짝 인사를 해서 미소로 화답했다. 오른쪽을 향하니 복도 측의 시다와 눈이 마주쳤다. 그가 의기양양한 표정으로 엄지를 세워서 렌지도 마찬가지로 엄지를 세워 줬다.

기분 좋은 오후였다.

상쾌한 기분으로 학급회의를 마치고 레이치에게 성과 보고를 하려고 자리에서 일어났다. 하지만 순간 시다가 가로막았다.

"어이, 시다. 여러모로 고마워."

"다키, 그 졸졸 흐르는 물소리 음악 안에 여성의 목소리가 섞여 있는 거 알아차렸어?"

입을 열자마자 나온 불쾌한 소리를 듣고 렌지는 인상을 찌푸렸다.

"관둬. 나 귀신 이야기 싫어해."

"귀신 이야기 아냐. 틀림없이 살아 있는 여자 목소리야. 2분 40초 무렵이었던가, 여자의 고운 웃음소리가 희미하게 들렸어. 그 목소리 주인이 누구일 것 같아?"

"내가 어떻게 알겠어?"

시다는 한쪽 눈을 가늘게 뜨고 히죽 웃고 나서 친한 척 렌지의 어깨에 팔을 감았다.

"내가 추측하기로는 보건 선생님인 시조 아야노 선생님의 웃음소리야."

"아야노 선생님?"

"그래. 그 허스키한 미성. 다 웃은 다음에 목 안쪽이 조여드는 숨소리가 새어 나오는 그 섹시한 느낌. 시조 선생님이 분명해."

렌지는 노골적으로 충격을 받았다. 그가 아니더라도 대부분의 남학생은 한탄할 테다. 시조 아야노는 20대 초반의 쿨하고 아름다운 여성이다. 그녀를 목적으로 찰과상 하나로 의기양양하게 보건실로 향하는 남학생이 끊이질 않는다.

기대대로의 반응을 보인 렌지를 보고 만족하며 시다는 이어서 말했다.

"다만 알고 있는 대로 오이와 선생님은 쉰이 넘은, 나이를 먹을 만큼 먹은 아저씨잖아. 더구나 이혼 경력 두 번에 자녀도 둘이나 있어. 게다가 얼굴은 서부 저지대 고릴라랑 똑같이 생겼잖아. 털이 복슬복슬하고 튼실한 체구고. 일부 마니아는 좋아할지도 모르지만 시노 선생님의 취향은 아니야. 그 선생님의 타입은 티모시 샬라메인걸. 애초에 일반론으로 아재가 젊은 미인한테 열을 올리는 일은 있을 만하지만, 반대는 조금 생각하기 힘들잖아. 금전 문제라도 얽혀 있지 않는 한…… 그래, 바로 돈이야. 오이와 선생님은 엄청난 대지주라고 했잖아."

그리 말하고 시다는 숨기지 않고 천박한 표정을 지었다.

"내가 추측하기에는 오이와 선생님은 돈으로 시조 아야노 선생님을 낚았어. 힐링 뮤직에 일부러 그 선생님의 목소리를 넣은 건 말할 것도 없이 우리 학생들…… 즉 비너스를 동경하면서도 그저 손가락을 물고 보고 있을 수밖에 없는 무력한 빈민들에 대한……."

누군가가 시다의 목덜미를 잡았다. 레이치였다.

"어라, F반 우즈키 레이치. 멀고 먼 A반에 어서 와."

시다의 비아냥에는 전혀 반응하지 않고 레이치는 담담하게 말했다.

"저번 주말 캠핑에는 학년 주임인 다나베 선생님의 주최로 총 8명의 대소대가 모였어. 더구나 오이와는 중학생인 차남을 데리고 왔다고 해. 상스러운 억측은 관두는 편이 좋을 거야."

시다는 보란 듯 부루퉁한 표정을 지었다.

"그건 사실이야?"

"그래. 아침 조례에서 담임인 마스모토가 말했어. 캠핑 참가자가 말했으니 사실이겠지."

"아, 그러신가요?"

그렇게 말을 내뱉자마자 시다는 패잔병처럼 사라졌다. 하지만 정보통인 자신이 쉽게 구슬려진 걸 용납할 수 없었는지 바로 되돌아왔다.

"그런데 우즈키, 오이와 선생님의 자녀의 이름은 알고 있어?"

"딱히 흥미……."

"흐음. 아무래도 이 정보를 쥐고 있는 건 나뿐인 모양이네. 첫째가 히카루, 둘째가 아키라라고 해. 참고로 이 두 글자를 포함한 사자성어가 내 좌우명이기도 해. 맞춰 봐."

"그러니까 흥미 없……."

"정답은 심지광명*이야. 의미는 욕심 없는 바르고 넓은 마음가짐을 뜻하지. 이걸 계기로 외워두는 게 좋을 거야. F반의 우즈키 레이치."

시다는 억지로 우위에 서서 순식간에 기분이 고조되더니 가벼운 스텝으로 이번에야말로 정말로 사라졌다.

"저 녀석은 지나가는 비네. 우산을 쓸 여유도 없어."

레이치가 아득한 시선으로 혼잣말을 했다.

"웬일이래. 레이치가 여기까지 오다니."

"용건이 좀 있어서."

좌우를 둘러보고 나서 허리를 굽히고 렌지에게 귓속말을 했다.

"후지미야 미야의 전언이야. 방과 후 도쓰카 역에서 제일

---

* 심지광명(心地光明)의 광(光)은 히카루(光)와 한자가 똑같고 명(明)은 아키라(明)와 한자가 똑같다.

가까운 미스터 도넛에 반드시 혼자 오래."

"미야……? 사야를 잘못 말한 게 아니고?"

"응. 언니인 미야야. 그 애도 F반이잖아. 이야기를 전혀 나눈 적이 없었는데 갑자기 말을 걸어와서 부탁받았어."

"음, 뭐지? 더구나 방과 후라면 이미 지금이잖아."

"응. 그러니 서두르는 편이 좋을걸. 실은 점심시간에 말을 전달해달라고 부탁받았는데 네가 교실에 없었잖아. 이러니저러니 해도 문자보다는 직접 만나는 편이 빠를 것 같아서 방과 후까지 의뢰를 품고 있었지."

"아니, 품고 있지 마. 아무리 생각해도 문자가 더 빨랐을 거야."

그건 그렇고 천하의 후지미야 미야가 나 같은 애한테 대체 무슨 용건이지? 그것도 일부러 교외까지 불러내다니.

빠른 걸음으로 교실에서 벗어나려던 그때 뒤에서 가냘픈 목소리가 자신의 이름을 불렀다.

사야였다.

"오늘은 벌써 집에 가?"

"응, 사무적인 일로."

"그렇구나…… 저기…… 혹시 중간까지 같이 집에 가도 괜찮을까……?"

렌지는 고개를 끄덕이려고 했지만 조금 전에 레이치의 말을 떠올렸다. 미야는 반드시 혼자 오라고 했다. 조심스러운 일에는 신중을 기하는 편이 좋다.

"미안. 좀 급한 용건이라 달려가야 해서."

"아, 그래? 미안. 나야말로 갑자기 말 걸어서."

"아니야. 또 보자!"

그리 말하고 미소를 보내고서 렌지는 복도를 달려 나갔다.

사야는 그 가벼운 뒷모습을 가슴에 손을 대고 잠시 응시하고 있었다.

도쓰카 역은 도오 고등학교에서 제일 가까운 기타카마쿠라 역에서 두 정거장 앞에 있다. 미스터 도넛이라면 한 정거장 앞인 오후나 역에도 있는데 굳이 도쓰카 역을 지정했다. 지인에게 들려주고 싶지 않은 이야기일지도 모른다.

초여름의 상쾌한 바람을 가르면서 서쪽 출구에서 바로 연결된 쇼핑몰로 향하자 교복 차림의 여자가 에스컬레이터 옆의 전신주에 기대고서 나른한 듯이 서 있었다. 존재 그 자체가 발광하는 듯해서 멀리서도 미야라는 것을 바로 알 수 있었다. 왠지 모르게 주눅이 드는 것을 느끼며 렌지는 미야의 곁으로 달려갔다.

"후지미야."

말을 걸자 그녀는 렌지에게 천천히 시선을 보냈다. 큼직한 검은 뿔테 안경을 끼고 눈 아래를 뒤덮을 정도로 큼직한 마스크를 썼다.

얼굴을 감추고 눈에 띄지 않도록 하기 위해서 일부러 그 소도구들을 사용하고 있다는 것, 미야의 얼굴이 너무나도 작았던 만큼 안경이나 마스크 자체는 보통 사이즈라는 사실을 알아차린 것은 가게 안으로 들어가 제일 안쪽 자리에서 마주앉았을 때였다.

가까이에서 본 것은 처음이었다.

얼굴 형태부터 손끝에 이르기까지 360도 어디서 봐도 완벽하게 아름다운 모습이었다. 또렷한 쌍꺼풀, 유리구슬처럼 큼직한 눈동자. 그에 비해 아담한 콧날과 입술, 쓸데없는 곳이 없는 날렵한 윤곽. 머리카락 끝에 느슨하게 웨이브가 들어간 밤색의 긴 머리도 어우러져서 고급스러운 서양인형 같았다.

"진짜 미안. 갑자기 불러내서."

자신감으로 충만한 목소리였다. 미안하다는 모습은 전혀 없었고 오히려 자신이 불러줘서 기쁘지 않느냐고 믿어 의심치 않는 표정을 짓고 있었다.

"정말 괜찮아. 도넛은 안 먹어?"

미야의 앞에 있는 건 희미하게 김이 나는 조청 빛의 홍차뿐이었다.

"응. 오늘 아침에 몸무게를 쟀더니 제일 적당한 체중에서 40그램이 늘어서 당질이랑 지방을 억제해야 해."

"40은 오차 범위잖아."

"엄마가 그램 단위로 엄격하게 관리하고 있어. '미는 하루

아침에 이루어지지 않는다'는 게 방침이야. 체형뿐만 아니라
눈이라든가 머리카락 색까지…… 다키는 타고난 거야?"

미야는 렌지의 옅은 다갈색 눈동자와 개암나무색의 부드러
운 머리카락을 가만히 응시했다.

"응, 타고난 거야. 친할머니가 영국인이거든."

"와, 좋겠다. 우리는 컬러렌즈를 끼고 한 달에 한 번은 염
색을 안 하면 이런 색이 유지가 안 돼. 꽤 힘들지만 게으름을
부리면 엄마한테 혼나."

그리 말하고 아름다운 몸짓으로 홍차를 입에 머금었다. 소
맷부리가 올라가 보석이 박힌 고급스러운 손목시계가 힐끗
보였다.

렌지의 시선을 알아차렸는지 미야는 자신만만한 미소를 띠
었다.

"프랭크 뮬러의 손목시계, 엄마가 줬어. 스위스 한정 모델
이야. 화이트골드 핑키링은 이탈리아 제품이고……. 아 그리
고 이 목걸이는 시간대에 따라 색이 달라져. 점심에는 에메랄
드 컬러, 밤에는 루비 컬러. 엄청 희귀한 보석이래. 봐 그렇
지? 예쁘지?"

렌지는 완전히 입을 다물었다. 애초에 에메랄드와 루비 자
체가 어떤 건지 잘 모른다. 왠지 모르게 초록빛이 나고 붉은
빛이 난다는 것 정도만 인식한다. 그런 마법 같은 스톤을 아
주 쉽게 손에 넣을 수 있다니, 역시 보통 사람은 아닌 모양이

다.

렌지는 또다시 주눅이 들어 얼른 본론으로 들어갔다.

"그런데 나한테 무슨 용건이야?"

미야는 순간 뺨을 누그러뜨리더니 그것을 감추듯이 손끝으로 입가를 덮었다. 아름답고 가냘픈 손끝에 옅은 복숭앗빛의 반들반들한 네일아트가 되어 있었다.

"다키, 우즈키랑 사이좋지?"

그녀가 몸을 쑥 내밀었다. 그 눈동자는 반짝이고 있었다. 그래서 렌지는 바로 짐작이 갔다. 이런 일은 몇 번인가 있었다.

"중개역할이라면 사양할게. 못하겠어."

부탁하기도 전에 단호하게 거절당해 미야는 꽤 당황한 듯했다.

"왜?"

"지금까지도 몇 번인가 이런 일이 있었는데 레이치한테 단호하게 거절해달라는 말을 들었어."

미야는 사랑스럽게 뺨을 부풀린 후 글썽이는 눈동자로 눈치를 살피듯 렌지를 보았다.

"나만 특별하게…… 안 되려나?"

"응, 안 돼."

인정사정없이 거절당해 미야는 실망을 숨기지 않고 깊은 한숨을 쉬었다. 자신의 부탁을 단호하게 기각하는 사람은 처음일 테다.

노골적으로 낙담하는 미야를 보고 렌지의 가슴에 죄책감이 더해갔다. 어떻게든 그녀의 힘이 될 수 없을까 싶어 조언을 해보았다.

"후지미야는 레이치랑 같은 반이잖아. 오늘도 일부러 레이치한테 말을 전해달라고 부탁을 한 것 같은데 그렇게 번거롭게 굴지 말고 본인한테 직접 어필하면 되지 않을까?"

"그건 무리야."

이번에는 미야가 바로 뿌리쳤다.

"내 입장에서 일부러 일반 남자아이한테 어필한다든가…… 그런 건 못 해."

왠지 모르게 마음에 걸리는 발언이지만, 자의식과잉이라고는 여길 수 없었다. 렌지는 그녀가 얼마나 대중의 이목을 모으는 존재인지 충분히 봐서 알고 있었다.

미야는 불쾌한 표정을 유지한 채 찻잔을 장난스럽게 손끝으로 더듬고 있었다. 시선은 이따금 따지듯이 렌지를 힐끗힐끗 살폈다.

이렇게 몰아세우는 듯한 눈으로 쳐다보자 렌지는 더 이상 참기 힘들었다. 뿌리부터 사람 좋은 천성이 발동해서 자신이 어떻게든 해야겠다는 마음을 억제할 수 없었다.

하지만 레이치를 곤란하게 하는 것도 싫었다. 얼음이 녹아 오렌지주스가 묽어질 무렵까지 실컷 고민하다가 렌지의 얼굴이 활짝 밝아졌다.

"데이트 연습이라고 하자!"

"……연습?"

"응. 그러니까 후지미야한테는 좋아하는 사람이 있고 이번에 그 사람이랑 데이트할 예정이다. 반드시 성공을 시켜야 하니 예행연습으로 레이치한테 데이트 연습 상대가 되어달라고 하는 거야. 그걸 의뢰내용으로 하자."

미야는 입을 떡 벌렸다.

"의뢰라니 뭐야 그게?"

"나랑 레이치는 꽤 한가해서 취미로 심부름센터 같은 일을 하고 있어. 즉, 너랑 레이치가 친해질 수 있도록 사이를 중재할 수 없지만, 어디까지나 데이트 예행연습이라면 내가 레이치한테 협력하도록 의뢰할 수 있어."

예쁘장한 입술에 손끝을 살포시 대고 미야는 무언가 중얼중얼 읊조렸다. 그러고 나서 자신의 내면에서 납득한 듯 고개를 끄덕였다.

"왠지 에둘러 가는 것 같아서 이해가 안 되지만…… 그러니까 나랑 우즈키가 데이트를 할 수 있도록 다키가 처리하겠다는 걸로 받아들이면 되지?"

"단적으로 말하면 그런 법이지."

"야호!"

미야는 환한 미소를 지었다. 꽃이 피는 듯했다. 진지한 얼굴을 하면 그 정교함과 아름다움이 더욱 눈에 띄지만 일단 웃으면 눈이 가늘어지고 頰에 자그마한 보조개가 생겨서 사랑스러운 소녀 같은 인상으로 변한다. 그것도 그녀가 사람들을 매료시키는 이유 중 하나일 테다.

렌지는 그로부터 가짜 의뢰 내용의 상세한 사항을 담았고 미야에게 구체적으로 시간대나 데이트코스를 듣고 나니 미스터 도넛을 나갈 무렵에는 오후 5시가 지나 있었다.

두 사람 다 제일 가까운 역은 기타카마쿠라 역이라서 중간까지 같이 돌아가게 되었다.

그녀는 안경과 마스크를 다시 껴서 얼굴의 대부분을 덮어 가렸지만 그런데도 스쳐 지나가는 사람들이 힐끗힐끗 시선을 던졌다. 꺼림칙한 기분이 아니라 그게 당연하다고 생각하고 있는 듯했다. 오히려 얼굴 절반 이상을 숨기고 있어도 사람을 끌어당기는 매력이 있다는 사실에 우월감을 가지고 있는 것처럼도 보였다.

"그러고 보니 다키, 사야랑 같은 반이지……? 아니, 모르려나?"

"알아. 나한테는 후지미야라고 하면 그 애 쪽이지."

별 뜻 없이 시원시원하고 밝은 목소리로 말했다. 단순하게 같은 반이고 접점이 많다는 의미였지만, 미야는 어째서인지 불쾌한 듯했다.

"전혀 눈에 안 띄잖아."

"조용하고 성실한 타입이니까."

"나랑 얼굴도 성격도 정반대고."

"성격은 그럴지도 모르지만."

렌지는 티 없는 미소로 말했다. "겉모습은 꽤 닮은 곳이 많아. 오늘 처음 후지미야를 가까이에서 보고 그리 생각했어."

"뭐? 어디가?"

분노와 놀라움으로 가득 찬 목소리였다.

"응? 눈가 말고 왠지 모르게~~ 닮은 느낌이 드는데…….

갑자기 시비조로 질문을 받아 당황했지만 렌지는 생각한 대로 답했다. 미야는 예쁘장하고 아름다운 눈썹을 찡그리더니 혐오감을 노골적으로 드러냈다.

"전혀 안 닮았거든?! 진짜 농담이라도 그런 소리 하지 마!"

단숨에 항의하자마자 렌지를 내버려 두고 도쓰카 역 개찰구로 들어갔다.

"갑자기 화를 내고 뭐지……?"

렌지는 멍하니 그 뒷모습을 배웅했다.

상점가에서 한입 크기 크로켓을 사서 귀가하자 네 살 어린 여동생 가린의 더럽혀진 스니커즈가 현관에 있었다. 엄마는 아직 아르바이트에서 돌아오지 않은 모양이었다.

세면대에서 손을 씻고 그길로 계단을 올라가 가린의 방으로 향했다. 렌지의 옆방이었다.

'무단침입금지!'라는 스티커가 붙여진 뒤숭숭한 분위기를 자아내는 문을 조심스럽게 노크했다.

"가린~, 나 다녀왔어~."

"……."

여느 때처럼 대답이 없었다.

"크로켓 사왔는데 먹을래?"

"……."

"갓 튀긴 거야. 필요 없으면 내가 먹겠지만."

문이 힘차게 휙 열렸다. 뚱한 표정으로 가린이 나왔다. 몸집이 아담한 렌지보다 두 뼘은 더 작았지만, 전체적으로 색소가 옅은 느낌도 부드러운 인상의 이목구비도 매우 닮았다.

"응."

렌지가 내민 종이봉투를 위축된 표정으로 받아들어 내용물을 보았다.

"닭튀김 볼은 없어?"

"아, 다 튀겨질 때까지 시간이 걸리는 것 같았어. 그런데 크로켓도 좋아하잖아."

"닭튀김 볼이 좋아."

비난하듯이 눈을 치켜뜨고 있었다. 렌지는 가볍게 한숨을 쉬고 그 작은 머리에 손을 툭 얹었다.

"내일 사다 줄게."

"지금 먹고 싶어."

"보고 싶은 프로그램이 있어. 그렇게 먹고 싶으면 직접 사와."

가린은 찌푸린 얼굴로 자신의 앞머리를 가리켰다. 눈썹 꽤 위로 싹둑 가지런히 잘린 앞머리. 평소와 다른 미용실에 갔더니 어수선한 틈에 너무 많이 잘랐다고 한다.

"이래서는 역까지 못 나가. 학교에 가는 것도 너무 창피한데 말이야……."

이러쿵저러쿵 종알대며 종이봉투를 부스럭거리고서 크로켓을 먹음직스럽게 먹었다. 불만을 부려도 결국 먹는다.

"저기, 레이치 오빠는 이번에 언제 와?"

"이번 주말에 같이 다코* 맞추기 게임을 하기로 했는데……."

"그게 뭐야. 다코야키 재료라도 맞추는 게임이야?"

"아니, 손으로 만지기만 해서 어디 메이커의 연실인지를 맞추는 게임이야. 가린도 같이 할래?"

"안 해. 그거 분명 재미없을걸. 절대로 싫어. 내 앞머리가 예쁘게 자랄 때까지 우리 집에서 노는 건 금지야. 생일에 큐티레인보우 립글로스를 선물 받을 테니 그 후에는 괜찮으려나."

"네에 네에."

엉뚱한 애늙은이 같으니라고. 더불어 심한 사춘기에 접어

---

* 일본어로 연을 가리킨다.

들었다. 렌지는 어처구니가 없어하면서 계단을 내려갔다. 그 등에다 대고 동생이 말을 던졌다.

"……크로켓 고마워."

렌지는 순간 빙긋이 웃었고 가볍게 껑충껑충 뛰면서 계단 아래로 내려갔다. 그때 때마침 아르바이트에서 돌아온 엄마와 마주쳤다. 근처 반찬가게에서 아르바이트를 하는 엄마는 대개 늘 이 시간에 귀가한다. 남매의 둥근 얼굴과 보조개는 엄마에게 물려받았고 갈색빛이 도는 눈과 머리카락 색은 아빠에게 물려받았다. 수다쟁이 엄마와 대조적으로 과묵한 아빠는 도내 IT 기업에서 시스템 엔지니어로 일하고 있고 늘 밤 늦게 귀가한다.

"엄마, 다녀왔어?"

"다녀왔어. 렌. 수상한 사람 같은 얼굴을 다 하고 있고 괜찮아?"

"그게 돌아오자마자 아들한테 할 소리야?"

엄마는 미소 지으면서 슈퍼 봉지를 몇 개나 끌어안고 부엌으로 향했다. 렌지는 일찌감치 귀가할 때는 늘 저녁 식사 준비를 돕고 있다.

반찬인 껍질 콩을 삶고 금눈돔 토막을 소스로 졸이면서 생각은 자연스럽게 후지미야 자매로 향했다. 레이치의 이야기에 따르면 동생인 사야는 매일 아침부터 밤까지 공부에 푹 빠져 있다고 한다. 대조적으로 오늘 만난 미야는 미스터 도넛에서 몇 시간이나 쓸데없는 잡담을 하며 레이치와 하게 될 데이트 계획으로는 수족관에 가고 싶다고 말했다. 메이크업도 네일아트도 염색도 완벽했고 마치 공주님 같았다.

사야는 늘 학년 톱의 성적을 거두고 전국 모의고사에서도 한 자릿수를 유지하고 있다. 그와 대조적으로 미야는 소문에 따르면 거의 유급 레벨의 성적이라고 한다. 이 극단적인 차이는 무엇일까. 단순히 사야가 세끼 밥보다 공부를 정말 좋아해서 온종일 책상을 마주하고 싶어 하는 타입이라면 아무 문제도 없다. 하지만 사야만이 공부를 억지로 강요받고 압박이나 스트레스에 짓눌릴 것 같다면 어떨까……?

렌지의 가슴에 일말의 불안이 남았다.

5

해가 지는 게 꽤 늦어졌다.

5월도 막바지에 접어든 어느 날 학원에서 돌아오는 길이었다. 멍하니 저녁 하늘을 올려다보면서 사야는 끝없는 한숨을 쉬었다.

매년 여름이 다가오면 우울해진다. 주변에서는 수영장이다 불꽃놀이다 소란을 떠는 와중에 언제나 **빽빽**하게 하기 강습 스케줄이 채워져 있다. 2학년으로 올라가고 나서 엄마가 마음대로 입시학원도 겹치게 다니게 한 탓에 숨 돌릴 틈도 없이

1분 단위의 스케줄에 쫓기고 있었다.

내년에는 수험생이고 더구나 하기 합숙도 추가되어 더욱 혹독한 생활을 강요받게 될 테다. 그에 비해서 올해는 그나마 나을지도 모른다…….

무거운 발걸음으로 완만한 언덕을 올라갔다. 도중에 스쳐 지나간 재잘대는 여고생들. 앉았다 일어나며 가볍게 내려가는 자전거를 탄 소년들. 바짝 달라붙다시피 해서 천천히 걸어가는 노부부. 눈에 들어오는 모든 것이 괜히 마음에 어두운 그림자를 드리웠다.

어둑어둑한 와중에 흰 벽으로 된 저택이 우뚝 서 있었다.

셋이서 살기에는 너무 넓다. 엄마는 왜 이렇게 호화로운 집을 지었을까. 아빠가 비용을 부담할 테니 뭐든 마음대로 지어도 좋다고 했을까. 그래서 절반은 괴롭히려고 저렇게 버젓한 집을 지은 걸까. 확실히 바람을 반복해서 피운 끝에 엄마보다 띠동갑이 넘는 연하의 여성을 임신시켜 이혼 이야기를 꺼낸 아빠에게는 당연한 처사일지도 모른다. 아빠가 경영하는 회사는 영업 실적도 점점 좋아지고 있으니 집 한 채 정도는 별것 아닐지도 모른다.

하지만 이 흰 저택을 볼 때마다 사라지고 싶어지는 건 왜일까. 어디에도 자신이 있을 장소가 없는 것처럼 느껴지는 건 왜일까.

……분명 그건 공주님을 위해 만들어진 성이라서이다.

"다녀왔습니다."

오후 7시 반 무렵 사야는 귀가했다. 자기가 내는 것치고는 큰 소리가 나왔다. 들렸을 테지만 대답이 없었다. 세면대에서 손을 씻고 거실을 가로질렀다. 소파 앞에서 무릎을 꿇고 앉아 있던 엄마가 흠칫한 표정을 지었다.

"벌써 왔어? 왜? 자습은?"

"두통이 심해서."

평소는 입시학원이 폐관하는 오후 10시까지 자습을 하지만 오늘은 몸 상태가 좋지 않아 수업이 끝나고 바로 귀가했다. 엄마는 그게 내키지 않았던 듯하다.

"긴장이 좀 풀린 거 아냐? 다다음 주에 전국 모의고사잖아."

"밥 먹고 다시 공부할 거야."

사야는 기어들어 가는 듯한 목소리로 그리 대답하고 두 사람에게 시선을 주었다. 터퀴스블루색 소파에 앉은 미야. 레이스 소재의 옅은 핑크색 원피스를 입고 뽀얀 맨다리를 엄마 앞에 내놓고 있었다.

엄마는 건너편에서 무릎을 꿇고 있었다. 하얀 캐시미어 여름 니트를 위팔까지 걷어 올리고 미야의 다리를 정성스럽게 오일 마사지하고 있었다. 숨이 콱콱 막히게 하는 듯한 로즈힙 향기가 코를 좀먹게 해서 사야는 무심코 얼굴을 찡그렸다.

스마트폰에 시선을 떨어뜨리고 있던 사야가 힐끗 돌아보았다. 시선이 마주쳤다.

"밥 먹을 거야?"

"응."

"이런 시간에 먹으면 살쪄. 더구나 피부에도 안 좋아. 뺨에 생긴 여드름 지저분하잖아."

그리 지적을 받고 사야는 순간적으로 뺨을 덮어서 가렸다. 광대뼈 부근에 붉은 여드름이 두 개 생겼다. 사라졌다고 생각했는데 다시 곧 생기고 말았다.

"……그럼 안 먹을래."

불쑥 중얼거렸다. 얼른 이 자리에서 사라지고 싶은데 이번에는 엄마가 말을 걸었다.

"여름방학에 J스쿨 의대 수험 합숙에 신청해뒀어."

"뭐?"

"나가노 합숙인데 5박 6일이야. 다음 주 일요일에 시나가와에서 사전설명회가 열리니까 까먹지 마. 아, 보통 있는 하기 강습은 일정이 겹치지 않게 하반기에 전부 몰아놨으니 안심해."

엄마가 식탁 쪽으로 뾰족한 턱을 치켜 올렸다. 설명회 개요와 지도가 기재된 자료가 놓여 있었다. 사야는 그걸 손에 들고 목소리를 낮추었다.

"수험 합숙이라니, 2학년은 대상이 아니잖아……."

엄마는 의기양양한 미소를 지었다.

"그래. 그래서 학원장이랑 직접 담판을 지어 특별히 사야도 넣기로 했어. 더 말하자면 학원장한테 거절당하고서 본사에 전화로 교섭까지 했지. 사야를 위해서 말이야. 넌 요령이 없으니까 2학년 중에 죽을 각오로 필사적으로 공부해야지. 보통 사람인 네가 K대학 의학부를 목표로 한다면 네가 생각하는 것보다 몇 배나 노력해야 반드시 이길 수 있어."

엄마의 말은 학원 전단지를 비롯한 타인의 이야기를 얼기설기 붙여 적당히 늘어놓은 듯한 공허함만을 가지고 있었다. 텅 빈 플라스틱 케이스를 손가락으로 튕긴 것처럼 사야의 마음에 아무 여운도 남지 않았다. 실제로 엄마는 수험이나 공부에 임한 경험이 전혀 없었다.

애초에 사야에게는 K대에 가고 싶은 마음도 의사가 되고 싶은 마음도 조금도 없었다. 엄마가 마음대로 결정했을 뿐이다.

불만스럽게 고개를 숙인 사야를 보고 엄마는 울분을 노골적으로 드러냈다.

"고작 5박 6일에 48만 5천 엔이나 해. 평범한 가정에서는 못 내는 돈이지. 얼마나 복 받은 일인지 알기나 해? 올해만 해도 사야 네 학원비로 100만 엔은 족히 들었을 거야. 설마 자신의 실력만으로 전국 상위권 성적을 유지하고 있다고 생각하는 건 아니지?

엄마가 돈을 내줘서 다방면으로 서포트해주고 있으니 나온 성적이지. 투자한 돈에 보답하기 위한 노력을 1초도 게을리

하지 말아줘."

일방적으로 쏘아대는 동안에 엄마는 자신이 한 말에 기분이 좋아졌는지 입꼬리를 씩 끌어올렸다. 파운데이션을 떡칠한 피부에 팔자주름이 더욱 짙게 새겨졌다.

사야는 대답할 기력도 없어서 아랫입술을 깨물고 잠자코 있었다.

"좋겠네. 사야는 기대도 받고."

짓눌리는 듯한 분위기 속에서 미야의 화려하고 달달한 목소리가 울려 퍼졌다.

엄마는 눈을 가늘게 뜨고 미야의 단단히 굳은 아름다운 발목을 양손으로 감쌌다.

"어머나, 미야한테도 기대하고 있어. 돈을 꽤 들이고 있잖아. 7만 엔짜리 마이너스 이온 드라이어라든가 13만 엔짜리 미용기구라든가 그리고 한 달에 한 번 가는 오모테산도에 있는 헤어숍이라든가, 일주일에 한 번 가는 발레 수업이랑 화장품도 옷도 사야한테는 제일 좋은 걸 사주고 있어. 그래 그래, 이 마사지오일도 파리에서 직수입한 해외 셀럽 납품용 고급제품이야."

"그러고 보니 레이저 제모도 해도 되지?"

"그럼."

"야호! 잔털 정리는 번거롭다니까. 그렇지? 사야?"

갑자기 말을 걸어와서 무심코 멈칫했다.

"사야는 안 하잖아. 필요 없는걸."

엄마가 입을 삐죽댔다.

"설마, 역시 하겠지. 그렇지, 사야?"

어떻게 대답해야 정답일지 몰라서 곤란해하는 사야의 귀를 엄마의 차가운 말이 덮었다.

"아무래도 상관없지만 사야 몫은 절대로 안 낼 거야. 의료용 레이저 제모는 전신을 다 하면 40만 엔 가까이 드니까. 엄마는 필요한 투자만 해. 미야는 머리가 나쁘지만 미인이니 미용에 관해서는 가능한 한 투자할 거야. 네 강점은 외양뿐일걸. 사야는 못생기고 사교성도 없지만 우선 공부만큼은 잘하니까 거기에 집중적으로 투자할 거야. 그야 미야가 미용에 신경을 쓰면 백이 이백, 삼백이 되지만 사야 같은 경우는 마이너스 백이 마이너스 80이 될 뿐이잖아. 그건 돈을 시궁창에 버리는 거나 마찬가지야."

애정을 한 조각도 느낄 수 없는 엄마의 말에 결국 미야까지 입을 닫았다.

똑똑.

사야가 샤워를 마치고 하루를 마무리하고 있을 무렵 가벼운 노크 소리가 들렸다.

대답하기 전에 문이 열렸다.

미야였다. 손에 구겨진 비닐봉투를 치켜들고 있었다. 사야가 미야의 방에 들어오는 것은 단호하게 금지되어 있었지만 반대는 자유였다.

"와, 또 공부하네."

책상을 마주하고 두꺼운 참고서를 펼치는 사야를 보고 미야는 찡그렸다. 그로부터 산더미처럼 쌓인 참고서와 책상과 침대밖에 없는 2평 정도 되는 실내를 둘러보고 작위적으로 한숨을 쉬었다.

"방이 진짜 좁네. 내 옷장보다 좁은 거 아냐?"

"용건이 뭔데?"

"사야는 정말 잔털 정리 안 해?"

"그런 걸 물으러 왔어?"

"방치하고 있어?"

"어차피 여름에도 긴소매 입으니까."

미야는 비닐봉지를 가만히 책상 위에 놓았다. 사야가 하는 수 없이 공부를 중단하고 들여다보자 안에는 노골적으로 모습을 드러낸 면도칼이 여섯 개 들어 있었다.

"줄게."

"뭐어?"

"면도칼도 안 사주잖아. 난 제모 크림이 있어서 그거 이제 필요 없어."

"휴. 고마워."

건성으로 대답하는 사야를 들여다보고 미야는 재미없다는

듯 한숨을 쉬었다. 그러고서 갑자기 원피스의 어깨 끈을 내리고 그대로 상반신을 드러냈다.

갑자기 왜 이러나 하고 사야는 미심쩍게 응시했다.

예쁘장하게 위로 향한 가슴을 옅은 하늘색 레이스 브래지어가 감싸고 있었다. 자잘하게 꽃이나 나비 문양이 곁들여져 있었다. 정성이 들어간 아름다운 디자인이었다. 미야의 살결은 투명할 만큼 하얗고 하늘색으로 비쳐서 평온한 설원과 호숫가를 연상시켰다.

예쁘다.

사야는 솔직히 그렇게 느꼈다.

"이것도 줄까?"

미야는 앞면에 호크가 달린 브래지어를 손끝으로 띄워서 갑자기 말했다.

"어차피 제대로 된 거 없을 테잖아."

"필요 없어."

사야는 그리 말하고 책상으로 몸을 다시 틀고 샤프를 쥐었다.

"……나한테는 안 어울리고 딱히 필요도 없어."

기어들어 가는 듯한 목소리였다.

"그래?"

미야는 뾰로통한 얼굴을 한 채 원피스를 원래대로 입었다.

"허무하지 않아? 난 사야를 보고 있으면 엄청 허무해져."

"딱히. 난 공부를 좋아하니까."

사야는 그리 말한 채 샤프를 노트에 휘갈겼다.

미야는 거절을 받아들이고 발걸음을 되돌려 방에서 나갔다. 사야의 방은 어둑어둑하고 음기가 들어서 그다지 오래 있고 싶지 않았다.

바로 옆에 있는, 꽃무늬 메시지 보드가 걸려 있는 양쪽으로 여는 문. 특별 주문한 금색 문손잡이를 비틀자 그곳에는 미야만의 세계가 펼쳐져 있었다.

10평의 널찍한 실내. 캐노피가 달린 유로피안 클래식 스타일의 침대. 북미에서 직수입한 최고급 품질의 마호가니 책상. 프랑스제 화장대의 넘쳐흐를 듯이 눈부시게 아름다운 화장품, 향수, 액세서리들.

내닫이창에 쳐진, 광택이 나는 새틴 재질의 하얀 커튼. 오른쪽 문을 열면 널찍한 워크인 클로젯. 아름답고 고가인 옷이나 가방, 신발들.

안쪽 문을 열자 미야 전용 욕실과 화장실과 작은 부엌이 갖추어져 있었다. 물론 이곳도 앤티크 스타일로 세심하게 디자인되어 있었다.

공주님이 사는데 적합한 장소이다.

미야는 거울 앞에 앉아 자신의 아름다운 얼굴을 뚫어지게 응시했다. 자연스럽게 미소가 흘러나왔다. 페이셜 크림을 바르고 얼굴 전체를 꼼꼼하게 마사지하고 그 후에는 30분 동안 스트레칭을 한다. 취침 전에 헤어오일을 머리끝까지 스며들게 하고서 폭신한 침대에 뛰어든다.

행복.

행복?

갑자기 매우 공허한 기분이 덮쳐 와서 침대에서 벌떡 일어났다. 이 방, 어째서인지 이따금 굉장히 숨이 막힌다. 어디에 있어도 우연한 순간에 엄마의 시선을 느끼는 것이다.

마음을 진정시키도록 숨을 깊이 쉬었다. 조용히 침대에서 내려와 책상을 마주했다. 완전 새것인 영어 참고서를 펼쳐보았다. 2분 정도 만에 집중력이 사라져 스마트폰을 만지작거리기 시작했다. 10분 정도 지나서 큰일났다 싶어서 스마트폰을 놓았다. 참고서를 읽었다. 또 2분 만에 질렸다. 스마트폰 10분, 참고서 2분, 스마트폰 10분…… 그렇게 반복했다. 물론 머리에 전혀 들어오지 않았다. 그래서 성적은 점점 떨어졌다.

도오 고등학교에는 추천으로 들어왔다. 사립 여고에 들어가라고 실컷 말했던 엄마가 무슨 심경의 변화인지 갑자기 사야와 같은 공학인 도오에 들어가도록 명령한 것이다.

중학생 시절에는 사야와 같은 학원에 다니고 있었고 모의고사 결과는 뛰어나지 않았지만 학교 성적은 상위권이어서 문제가 없었다. 하지만 고등학생이 되고 나서 엄마는 공부에 대한 투자를 모조리 사야에게 쏟아붓게 되었다. 반대로 미용에 관해서는 미야에게 그 모든 것을 투자하게 되었다.

아이들의 특기를 살려주겠다고 하면 듣기에는 좋다. 실제로 미야는 공부가 너무 싫어서 미용이나 가꾸기에 신경을 쓰는 걸 좋아했다. 자신은 외모가 타고 났고 갈고 닦으면 닦을수록 아름다워진다는 자부심도 있었다. 모두에게서 내내 예쁨을 받아 원하는 것은 뭐든 가지게 되었다.

그런데 우연찮은 순간에 아주 피곤해지는 건 왜일까.

가슴이 공허해지는 건 왜일까.

반들반들한 참고서를 책장에 꽂고 다시 침대에 누웠다. 스마트폰을 들었다.

'데이트 건은 어떻게 할래? 일정은 우즈키 사정에 맞출 테니 세팅 부탁해.'

렌지에게 메시지를 보내는 건 이걸로 8번째다. 미스터 도넛에서 작전 회의를 하고 나서 2주일이 지났는데 전혀 진전이 없다. 답답했다.

얼른 데이트를 하고 싶은데.

우즈키. 아직 한 번밖에 대화를 하지 않았지만 외모처럼 근사한 왕자님인 게 분명하다.

제2장

참극과는 아직 먼 일상

1

장마를 맞이한 6월의 어느 방과 후. 렌지는 모리하야시 공원 초원에 있었다. 이제 막 비가 그쳤고 석양에 비추어진 잎사귀 끝에 맺힌 이슬이 반짝반짝 빛나고 있었다.

"네 잎 클로버 찾았어."

흙투성이인 손을 내밀자 후루타 스미레코가 와 하고 환호성을 질렀다.

"고마워! 이걸로 사촌 생일에 클로버 책갈피를 만들 수 있겠어."

"천만에."

"다키, 대단해. 나 열흘 연속으로 신사, 절, 바다, 산, 공원, 뒷길…… 여러 곳을 찾아다녔는데 도무지 찾을 수가 없더라고. 그런데 다키는 두 시간도 안 돼서 찾아냈네."

"물건 찾기를 잘해."

낭떠러지에 떨어진 콘택트렌즈, 10년 전 뒷산 어딘가에 묻었다는 타임캡슐, 지붕 뒤에 숨겼을 터라고 하는 죽은 할머니의 비상금…… 그것들의 수색 의뢰에 비하면 이번 건은 실로 수월했다.

　그건 그렇고 네 잎 클로버 하나로 이렇게 기뻐할 줄이야.

　렌지는 기쁜 마음으로 가득해졌다. 스미레코는 학급 친구로 사야의 유일한 벗이기도 하다. 산뜻한 일본풍 이목구비에 강직한 성격을 가진 여자아이다. 평소에 거의 접점이 없었지만 사야의 소개로 이렇게 의뢰를 받았다.

　"감사의 뜻으로 우리 집에서 차라도 한잔할래? 할머니가 만드신 고구마 양갱, 엄청 맛있거든."

　흔쾌히 승낙하려고 했지만 번거로운 안건을 떠올렸다.

　레이치에게 그 부탁을 해야만 했다.

　레이치네 집은 가마쿠라 호숫가 거리에 고요히 서 있는 지은 지 68년 된 목조 연립이다.

　수국과 꽃창포로 채색된 오솔길을 빠져나가서 철이 녹슨 계단을 올라가 망가져 가는 문을 노크하자 죽은 동태눈을 한 레이치가 느릿느릿 얼굴을 내밀었다.

　레이치는 여러 사정이 있어서 혼자 살고 있다.

　"야, 잘 지냈어?"

　"후."

　"못 지내나 보네. 다시 올게."

　몸을 돌리려고 하는 렌지의 팔을 레이치가 세게 붙들었다.

"들어와. 부탁이 있어."

"꺼림칙한 예감만 드는데?"

약 2평 정도 되는 허전하고 쓸쓸한 방이었다. 이름뿐인 부엌에는 작은 싱크대와 한 구밖에 없는 가스레인지가 있었다. 다다미는 색이 바라고 곳곳에 거스러미가 일었다. 욕실이 없는 공동으로 사용하는 화장실이 있는 집으로 늘 자전거로 목욕탕까지 다니고 있다고 한다. 레이치는 선배로부터 물려받았다고 하는 '이가라시'라고 적힌 중학교 체육복을 입고 있었다. 이게 그의 사복이었다.

낯익은 풍경인 가운데, 평소와 다르게 중앙의 앉은뱅이 밥상에 사각형의 큰 밀폐 용기가 놓여 있었다. 그 안에 알록달록한 둥근 물체가 대량으로 깔려있었다.

"이거 뭐야? 점토야?"

앉아서 안을 들여다보았다.

"실례잖아. 찹쌀떡이야."

역도선수 무늬가 들어간 멋스러운 찻잔을 내밀면서 레이치가 답했다.

"오늘 의뢰인인 3학년 야마네라는 사람. 조부모가 경영하는 노포 화과자점 옆에 근사한 프루트 찹쌀떡집이 생긴 탓에 손님을 빼앗겨서 곤란한가봐. 그래서 라이벌에 대항하려고 새로운 찹쌀떡 메뉴를 개발하게 됐대."

"아, 그래서 시식 담당을 해달라는 거야?"

"아니, 시식 담당은 장인의 문하생들이 했대. 야마네의 의뢰는 '시식회에서 남은 찹쌀떡을 먹어달라'는 거래. 잘 봐, 다나이프로 썬 흔적이 있지?"

그리 말하고 레이치가 찹쌀떡을 치켜들자 확실히 동그란 형태가 아니었다. 렌지는 고개를 갸웃거렸다.

"남은 찹쌀떡을 일부러 레이치한테 부탁 안 해도 친척한테 나눠주면 순식간에 없어지지 않나?"

"내가 부탁받은 건 남은 찹쌀떡 중에 더 남은 찹쌀떡······ 말하자면 있을 곳을 잃은 찹쌀떡이야. 예를 들어 제일 오른쪽 줄은 자일리톨 찹쌀떡, 그 앞에는 연어 알 찹쌀떡, 그 앞에는 닭 뼈 육수 찹쌀떡······ 이런 식이야. 아무리 먹어도 줄지 않아서 망연자실했는데 렌지가 와줘서 다행이야. 자, 같이 먹자."

최악의 타이밍에 오고 말았다. 같은 화과자라면 후루타 할머니네 고구마 양갱이 먹고 싶었다. 렌지는 맥이 빠졌지만 연실 연구회 회장으로서 저버릴 수 없어서 하는 수 없이 자일리톨 찹쌀떡에 손을 내밀었다.

"왜 이런 걸 만들었대······. 화과자 가게가 찹쌀떡을 모독하고 있어."

"그만큼 막다른 길에 도달했다는 거겠지. 그런데 렌지는 무슨 용건이야?"

질문을 받고 문득 떠올렸다. 나도 중요한 부탁이 있지 않았던가. 꽤 묵혀두고 있던 의뢰를 단숨에 말했다.

"단도직입적으로 말하지만 후지미야 미야랑 데이트해주지 않을래?"

"뭐어?"

"그 애, 다른 학교에 좋아하는 남자애가 있는데 여름방학 때 데이트를 한대. 그 전에 네가 연습 상대가 돼줬으면 하는 절실한 의뢰야."

레이치는 바로 인상을 찌푸렸다.

"영문을 모르겠네. 지망하는 학교 수험 때까지 가뜩이나 시간이 없는데 실패할 경우를 대비해 다른 학교 과거 문제를 푸는 거나 마찬가지잖아. 시간 낭비야."

"레이치의 의견도 절절하게 이해하지만 의뢰인의 부탁이잖아. 청부인으로서 거절할 수는 없잖아. 더구나 나도 오케이 해버렸고."

"그럼 렌지가 연습 상대가 돼줘. 중3 때 오래 사귀었던 애도 있었으니 나보다 훨씬 적임자잖아."

렌지는 자일리톨 찹쌀떡과 5초 정도 서로 마주보고 나서 스윽 일어났다.

"집에 갈래."

"어?"

"우리는 상부상조하면서 버팀목이 되어 일을 해왔잖아. 레이치가 협력해주지 않으니 나도 협력 안 할래. 찹쌀떡 유통기한은 고작해야 하루에서 이틀이겠지. 너희 집엔 냉동고가 없으니 이틀 이내에 혼자서 다 먹어야겠네. 설마 음식을 버리려는 건 아닐 테고 유배당한 찹쌀떡을 서로 나눠 가질 정도로 친한 친구는 나 말고 없겠지."

레이치는 산더미처럼 쌓인 찹쌀떡과 렌지의 얼굴을 번갈아 보다가 작게 신음하고 말했다.

"알겠어. 협력할게."

2

"또 왔어? F반의 우즈키 레이치."

이튿날 점심시간이었다. A반을 방문한 레이치의 등 뒤에서 어딘지 모르게 나타난 시다가 읊조렸다. 레이치는 노골적으로 냉랭한 시선을 보냈다.

"다키라면 친구랑 축구하러 갔어."

"오늘은 후지미야를 찾고 있어."

"후지미야 사야라면 대개 뒤뜰 벤치에서 도시락을 먹어. 늘 같은 메뉴거든. 구운 연어, 채소, 오곡밥. 보온병에는 보리차."

"시다, 너 후지미야 스토커야?"

"뭐라는 거야? 난 그냥 정보통이야. 있는 장소 알려줬으니 감사하기나 해."

"그건 고마워. 다만, 왜 도시락 반찬까지 아는 거야?"

시다는 히죽 흐뭇한 미소를 짓고서 레이치의 어깨에 팔을 둘렀다.

"나는 후지미야한테는 관심 없어. 친구인 후루타 스미레코를 좋아해서 구름다리 창문에서 두 사람이 도시락 먹는 풍경을 우연히 본 거야. 그 김에 후지미야 도시락도 본 거지."

어찌 됐거나 찝찝했다. 레이치는 달아나다시피 그 자리를 벗어났다.

허름한 뒤뜰에 분명 두 사람의 모습이 있었다. 발 언저리에 핀 은방울꽃처럼 사야는 청초한 분위기를 두르고 나무 그늘 벤치에서 도시락을 먹고 있었다.

"후지미야, 안녕. 부탁이 좀 있는데 괜찮아?"

사야는 입을 떡 벌렸고 젓가락에서 야채가 굴러떨어졌다.

"나…… 말이야?"

"응. 3분 정도 시간이 필요해."

스미레코가 어깨를 쿡쿡 찌르자 사야는 퍼뜩 일어나 레이치의 곁으로 달려왔다.

도구함 뒤편에서 사야와 마주한 레이치는 똑바로 그 눈을 응시했다.

"갑작스럽지만 내 데이트 연습의 연습 상대가 되어줬으면 해."

몇 초 정지한 후 사야는 미심쩍은 표정으로 물었다.

"저기…… 즉 우즈키가 누군가의 데이트 연습 상대를 하게 된 거야. 하지만 잘해 낼 자신이 없어서 사전에 나한테 연습의 연습 상대가 되어 달라……는 거야?"

"정답이야."

"뭐어?!"

사야는 귀까지 새빨개진 채 몸을 젖혔다. 그러고 나서 고개를 힘껏 가로저었다.

"난 그런 거 못해. 완전 역부족이야. 미안한데 다른 애한테 부탁해……."

하지만 레이치는 물러나지 않았다.

"정말 번거로운 의뢰라서 미안하지만, 후지미야밖에 없어. 내 연습 상대라는 사람이 후지미야랑 엄청 많이 닮았어. 거의 후지미야……라고 하면 말이 지나칠지도 모르지만. 어쨌거나 너 같은 적임자는 없어."

열심히 부탁을 받아서 최종적으로 사야는 망설이면서도 승낙했다.

"나라도 괜찮으면 알겠어……."

"후지미야, 고마워. 다음 세대까지 은혜를 갚을게."

"그건 너무 오버야."

"난 거의 항상 한가하니까 후지미야의 스케줄에 맞출게. 그래도 가능하면 최대한 빠른 날이 좋겠어."

"응. 그럼 후보 날 몇 개를 문자로 보낼게."

"잘 부탁해."

여전히 진지한 표정이었지만 신이 난 음색으로 한 손을 들더니 레이치는 씩씩하게 뒤뜰을 떠났다.

절반은 정신을 차리지 못한 상태로 돌아온 사야를 보고 스미레코는 눈이 휘둥그레졌다.

"뭐야? 저 별종 꽃미남한테 고백이라도 받았어?"

"설마."

사야는 솔직히 털어놓기로 했다.

"우즈키한테 데이트 연습의 연습 상대가 되어달라는 말을 듣고 승낙했어."

"무슨 뜻이야?"

세세하게 설명하자 스미레코는 고양이처럼 눈을 가늘게 뜨고 빙그레 웃었다.

"좋네! 연습하다 진짜 사귀게 될지도 모르잖아."

조잘거리는 스미레코를 무시한 채 사야는 복잡한 감정을 느꼈다. 사야가 좋아하는 건 분명 렌지다. 그때 아무 보답도 요구하지 않고 순수한 선의로 자신을 도와준 그. 초여름 바람처럼 산뜻한 뒷모습도, 입가가 씨익 올라가는 애교스러운 미소도, 조금 소프라노 느낌이 나는 그 목소리도 떠올리기만 해도 가슴이 아렸다.

물론 다키가 자신을 좋아해 주리라고는 조금도 생각지 않는다.

다키에게 있어서 자신은 단순한 학급 친구, 단순한 의뢰인……이다. 그래도 데이트를 하는 모습을 들키는 게 싫었다.

다키는 아무 생각도 하지 않겠지만 아니, 아무 생각도 하지 않기에 싫다…….

갑자기 푹 가라앉은 표정을 짓는 절친을 맞닥뜨리고 스미레코는 난처한 표정을 지었다.

"슬픈 표정 짓고 무슨 일 있어? 이 몸한테 뭐든지 말해봐."

그리 말하며 자신의 가슴을 주먹으로 탕 두드렸다. 예기치 않게 너무 세게 쳤는지 조금 비틀거리고 있었다.

사야는 뺨을 붉게 물들이며 불쑥 읊조렸다.

"내가 좋아하는 사람은 다키잖아……."

"아, 그러고 보니 그러네. 다키 렌지. 이름이 근사해. 다키 렌지."

"이름도 그렇지만 인성도 정말 멋지다고 생각해……."

"그렇구나. 힘들 때 도움 받았었지?"

"응. 그래서 아무리 연습이라고 해도 다키한테 그 모습을 들키는 게 싫다는 생각이 들어서……."

스미레코는 잠시 고민하고 나서 퍼뜩 얼굴이 환해졌다.

"사야, 나, 좋은 생각이 났어!"

"뭐어?"

"자아 자아. 나한테 맡겨두라고!"

곤혹스러워하는 사야의 어깨를 힘차게 탁 두드리고서 스미레코는 엉망인 리듬감으로 깡충깡충대며 그 자리를 뒤로했다.

사야의 가슴에 불안만이 남았다.

방과 후, 연실 연구회 동아리실을 방문한 것은 후루타 스미레코였다.

혼자서 멍하니 턱을 괴고 있던 렌지는 스미레코와 눈이 마주치자마자 눈을 환히 빛냈다. 단순히 한가했기 때문에 방문객의 존재가 기뻤던 것이다.

"어! 후루타! 오늘은 어떤 상담을 하러 왔어?"

활기차게 어깨를 돌리면서 싱글벙글대며 행동했다.

스미레코는 건너편 의자에 앉아 몸을 내밀고서 의기양양하게 말했다.

"안녕, 다키. 단도직입적으로 말하겠지만 사야의 데이트 연습의 연습의 연습 상대가 되어줬으면 해."

무슨 소리를 하는지 이해하기 힘들었지만 상황이 번거로워지고 있는 건 명백했다.

"……혹시 레이치 녀석이 뭔가 이상한 소리를 했어?"

"아니. 틀림없는 내 의뢰야."

스미레코는 그리 말하고 엄지를 세우더니 윙크했다. 요즘 시대에 보기 힘든 케케묵은 동작이었다.

"이유는?"

물으면서 렌지의 머리는 바로 진상에 도달했다.

아마 레이치가 후지미야에게 데이트 연습의 연습 상대를 부탁했고 그 사실을 후지미야가 후루타에게 상담했으며, 후루타는 후지미야의 연습의 연습이 잘 흘러가도록 나한테 연습의 연습의 연습 상대를 부탁한 것이다.

'번잡스러워!'

렌지는 머리를 쥐어뜯고 싶어지는 것을 참으면서 의연한 태도로 선언했다.

"미안하지만 그건 안 되겠어."

"뭐어? 왜? 다키나 되는 사람이 쌀쌀맞게 거절하다니."

"단순히 본인이 아닌 다른 사람이 하는 의뢰는 받아들일 수 없을 뿐이야. 후지미야 본인한테서 받은 의뢰라면 물론 승낙하겠지만 대리인한테 받은 의뢰는 받지 않는다는 규칙이 있으니까."

"말도 안 돼."

스미레코는 책상에 이마가 가라앉을 정도로 떨어뜨리고 실컷 고민한 끝에 무언가 묘안을 떠올린 모양이었다. 검지를 척 세우고 의기양양한 표정으로 말했다.

"그럼 다키, 내 데이트 연습의 연습 상대가 되어주지 않을래?"

"뭐어?"

"본인의 의뢰라면 된다면서?"

"뭐, 그렇긴 한데……."

렌지는 황당해하면서도 고개를 끄덕였다. 스미레코는 작게 주먹을 불끈 쥐고 말했다.

"그럼 잘 부탁해! 일정은 정해지면 연락할게."

거절할 틈은 주지 않겠다는 듯 힘차게 동아리실에서 사라졌다.

망연자실하게 그 모습을 배웅하고 일이 번거로워졌어, 라며 렌지는 끙끙댔다. 하지만 더듬어가다 보면 자신이 원흉이다. 레이치에게 절반은 억지로 떠맡긴 일이 여러모로 복잡해져서 자신에게 돌아왔을 뿐이었다.

보온병에서 보리차를 콸콸콸 따라서 조용히 들이켰다. 훅 숨을 쉬고 "하는 수밖에 없나?" 하고 각오를 다졌다.

아니, 각오를 다지다니 그렇게 오버스러울 일인가.

오히려 여자아이와 둘이서 즐겁게 놀면서 시간을 보내기만 하면 되는 무척이나 행복한 의뢰가 아닌가.

그런데 이렇게 가슴이 술렁이는 건 어째서일까.

형용할 수 없는 불안감에 사로잡히는 건 어째서일까.

열어젖힌 창문에서 미지근한 바람이 흘러들어오는데 어째서인지 묘한 한기를 느꼈다.

'기분 탓인가?'

렌지는 더 이상 그만 깊이 생각하고 다음 의뢰인이 방문하기를 기다리기로 했다.

3

사야는 입시학원 자습실을 좋아했다. 모두가 공부만 목적
으로 모인 공간이어서였다.

누군가의 시선에 두려워할 필요도 없이 혼자 조용히 보낼
수 있는 공간이다.

좌석은 높은 칸막이로 가로막혀 있고 바로 뒤는 커튼을 칠
수도 있다. 샤프를 슥슥 휘갈기면서 참고서의 낡은 페이지를
몇 번이나 넘겼다. 꼼꼼하게 정리된 지식이나 정보를 남김없
이 뇌에 새겼다. 괜한 생각을 하지 않고 그저 눈앞의 대상에
만 집중하면 된다. 그 간결함이 기분 좋았다.

사야는 늘 누군가의 시선에 겁에 질려 있다.

학교에서는 미야와 비교하며 노골적으로 얕잡아보거나 동
정하거나 조롱하는 반 친구들의 시선.

그리고 학교 바깥에서는 늘…… 엄마의 시선에 겁에 질려
있었다.

집에 한정되지 않고 통학로에서도 서점에서도 편의점에서
도 늘 엄마의 시선이 끈적하게 등에 들러붙어 있는 듯한 그런
감각에 빠져 있었다.

그 시선에서 얼른 달아나고 싶었다.

하지만 그때까지 몇 년 걸릴 테다.

엄마의 바람대로 도내 K대 의학부에 진학한다. 이건 이미 피할 수 없는 기정 루트다. K대는 집에서 편도로 두 시간 좀 안 걸린다. 엄마는 딸들을 절대적으로 감시하에 두고 싶어 한다. 독립을 시켜줄 리가 없다.

서서히 기분이 침울해졌다.

안 된다. 쓸데없는 잡념은 버리고 공부에 집중해야 한다. 또 엄마한테 혼난다.

참고서를 심하게 노려보았다.

하지만 무의식적으로 우울함이 덮쳐왔다.

의학부에 진학하면 6년간 엄마의 강력한 지배하에 놓이게 된다.

6년이나…….

아찔했다. 샤프를 쥔 손이 떨렸고 노트에 나란히 늘어선 규칙적인 글자가 일그러졌다.

엄마. 벗어날 수 없는 속박.

대체 언제까지 나를 괴롭힐까.

대체 언제가 되면 나는 해방될까.

누군가가…….

누군가가 엄마를 죽여준다면…….

예리한 칼날이 엄마의 부자연스럽게 딱딱한 가슴에 박힌다. 깊숙이 깊숙이 붉은 피가 캐시미어 새하얀 니트를 물들이고…….

폐관 알림이 자습실에 울려 퍼졌다.

흠칫 제정신으로 돌아왔다.

안 된다. 왜 그런 위험한 생각을 한 걸까.

동요하면서 펼쳐둔 참고서와 노트를 가방에 욱여넣고 자리에서 일어났다.

밤 10시. 자습실 자리는 전부 커튼이 열려 있었고 사야가 제일 마지막이었다.

입시학원을 나가자 비가 촉촉하게 내리고 있었다. 뺨에 미지근한 바람이 닿았고 눅눅한 앞머리가 이마에 들러붙었다. 본격적인 장마가 시작되어 숨 막히는 날씨가 이어지고 있었다. 그 탓에 괜히 기분이 울적했다.

묵직한 우산을 기울이고서 영어 듣기를 들으며 후지사와긴자 거리를 빠져나갔다.

후지사와 역은 늘 혼잡하다. 녹초가 된 표정의 샐러리맨을 보면 어째서인지 마음이 차분해졌다. 반면, 자신과 같은 세대의 반짝이는 아이를 보면 괜히 허무해진다.

오후나 역에서 도카이도 선에서 요코스카 선으로 갈아타고 기타카마쿠라 역에서 내려 빠른 걸음으로 개찰구를 빠져나온다. 흐릿한 가로등이 드문드문 비추는 한적한 주택가를 재빨리 걸어서 집으로 향했다.

입시학원에서 집까지 정확하게 30분이 걸린다. 즉 폐관 시간까지 자습하면 통상적으로 밤 10시 반에 귀가한다.

그것보다 빨라도 느려도 안 된다. 예전에 도저히 집에 가기 싫어서 일부러 천천히 걸어갔더니 밤 10시 40분이었다.

'평소보다 10분이나 늦었네. 대체 어디서 농땡이를 부린 거야?'

엄마한테 호되게 혼이 났고 그날은 벌로 새벽 4시까지 엄마 침실에서 공부하라고 강요받았다.

'1초라도 낭비하면 안 돼. 공부 말고 다른 일에 시간을 할애하는 건 어리석어. 너한테는 그것밖에 장점이 없으니까.'

'물건을 사러 나갈 때는 반드시 엄마 허락을 받아. 꼭 15분 이내로 끝내도록 하고.'

'왜 부엌에 있는 거야? 요리 따위 할 여유가 있으면 공부나 해. 어차피 결혼할 수 있을 리가 없으니 요리를 배울 필요도 없잖아. ……불쾌하게시리. 그 표정은 뭐야? 널 위해서 사실을 말해주고 있는데.'

치켜 올라간 뱀 같은 눈. 몹시 휘어진 얇은 입술. 파운데이션이 뭉친 부자연스러운 하얀 피부.

밤의 어둠 속에서 희미하게 날카로운 칼날이 떠올랐다.

칼끝이 번뜩이고 엄마의 가슴에 꽂혔다. 다음 순간, 이미 엄마는 땅에 털썩 쓰러졌다. 그리고 두 번 다시 일어나지 않는다.

무의식적으로 그런 공상이 머릿속을 뛰어다녔다. 고개를

크게 가로젓고 양손으로 뺨을 꼬집었다.

안 된다.

최근에 나는 정신이 나간 걸까? 이상한 생각만 한다.

이런 생각을 지워 없애야지.

휴대용 뮤직플레이어를 스커트 주머니에서 꺼내 음량을 최대로 했다. 막힘없이 흘러가는 영어 문장에 신경을 집중시켰다.

언덕을 올라가자 흰 집이 망령처럼 우두커니 서 있는 게 보였다.

위가 꼬옥 조여들었다.

분명 공부를 지나치게 해서 괜히 압박을 받고 있는 걸 테다. 아주 잠시라도 괜찮으니 한숨 돌릴 필요가 있다.

그저 엄마의 속박에서 해방될 시간이 필요하다.

귀가하면 우즈키에게 문자를 보내자.

다음 주 토요일에 스케줄이 되는지 어떤지.

문제는 어떻게 해서 감시의 눈을 피하나 뿐이다. 입시학원 자습실에 간다는 거짓말은 통하지 않는다. 어디서 무엇을 했는지 엄마가 언제나 알 수 있도록 사야의 휴대전화에 GPS 기능이 달려 있다.

미안하지만 스미레코에게 부탁하는 수밖에 없으려나.

학년 상위권으로 동경대를 지망하는 스미레코. 그녀의 집에서 스터디를 한다고 하면 천하의 엄마라도 허락해준다. 그렇다고 해도 반년에 한 번이라는 제한이 딸려 있지만.

작년에도 요코하마 미나토미라이의 아카렌가 창고에서 개최된 크리스마스 마켓에 꼭 가고 싶어서 '스터디'라고 거짓말을 하고 스미레코와 몰래 외출한 적이 있다. 휴대전화는 스미레코 집에 두고 갔기 때문에 엄마에게 들키지 않았다.

그 수법을 한 번 더 사용하는 것이다.

몇 개월에 한 번 정도 공부 따위는 생각하지 말고 시간을 보내도 되지 않을까.

그리 생각하자 순간적으로 가슴이 후련해지는 듯해서 발걸음도 가벼워졌다.

귀가해서 현관을 열었다.

로즈힙 티 향기와 더불어 엄마와 미야가 담소를 나누는 소리가 들렸다. 우울한 기분이 다시 가슴에 그림자를 드리웠다. 하지만 거실을 지나가야만 방에도 욕실에도 갈 수 있다.

"다녀왔어."

사야의 목소리가 실내에 울려 퍼졌지만 "다녀왔어?" 하는 대답은 없었다. 늘 그랬다. 무시받는 건 불쾌하지만, 그렇다고 해서 아무 말도 없이 거실을 지나가면 "왜 '다녀왔다'고 말 안 해?"라고 꾸지람을 받는다. 불합리했지만 말대꾸할 기력도 용기도 전혀 없었다.

자신의 방으로 향하려고 하는 뒷모습을 향해 미야가 해맑은 목소리를 던졌다.

"저기 사야, 정수리 잔머리 장난 아니야. 알고는 있어?"

"……돌아오는 길에 습기랑 바람이 엄청났으니까."

사야는 고개를 숙이다시피 하고 돌아보고서 머리 가마 부근을 매만지면서 불쑥 읊조렸다.

"아니, 아침에 학교에서 스쳐 지나갈 때도 장난 아니었어. 고등학생이나 됐으면서 몸가짐에 신경 안 쓰는 것도 좀 그래서 언니로서 부끄럽거든?"

아랫입술을 깨물고 고개를 숙인 사야를 차마 못 보겠다는 듯 미야는 옆에 앉은 엄마에게 시선을 보냈다.

"저기 엄마, 헤어스프레이 정도는 사주는 게 어때?"

새틴 소재의 잠옷을 걸치고 작위적인 동작으로 에르메스 잔을 기울이고 있던 엄마는 흠칫 눈썹을 움직였다.

"필요 없어."

"그런데 초라해 보이잖아."

"아무도 사야를 안 볼 거니까."

미야는 아름답고 맑은 눈을 몇 번인가 깜빡이더니 고개를 끄덕였다.

"아~, 그렇긴 하네."

그걸로 이 대화는 끝났다. 엄마와 미야의 가슴에는 아무 여운도 남지 않은 듯했다. 하지만 사야만이 쓸데없이 상처를 받았다.

저녁을 먹지 않고 목욕을 짧게 마치고 방으로 돌아갔다.

밤 11시가 넘어 책상에 앉아 평소대로 참고서를 펼치고서 살그머니 휴대전화를 들었다. 익숙하지 않은 동작으로 글자판을 눌렀다.

〈우즈키에게.

안녕. 밤늦게 미안.
나한테 상담했던 건 말이야, 다음 주 토요일 6월 18일에 스케줄 괜찮아?
내가 날짜를 지정해서 미안하지만, 모쪼록 잘 부탁할게.

후지미야로부터〉

어쩌지, 좀 딱딱하게 썼나? 평소에 스미레코한테 보내는 것처럼 친근한 느낌이 더 나을지도 모른다.

〈야호! 나 사야야. 밤늦게 미안.
데이트 연습 말인데 다음 주 토요일 어때?
답장 기다릴게. ♪〉

안 되겠다. 너무 친한 척을 하는 것 같다. 이런 문자는 확실히 질색할 테다. 중간 정도가 괜찮으려나. 애초에 아무리 문자라고는 하지만 이 시간대에 보내는 건 비상식적이려나. 나는 매너모드로 하고 있어서 밤이라도 괜찮지만 우즈키는 그렇지 않을지도 모르고……. 사야는 줄곧 작은 화면과 눈싸움을 했지만, 답이 전혀 나오지 않았다.

공부와 달리 명확한 답이 없으니 사야에게 미궁 같은 난제였다. 계속 고민하고 있었더니 어느새 새벽 1시를 지나고 있었다.

슬슬 자야지. 잠이 부족하면 이튿날 공부에 영향을 미친다.

귀가 후 제대로 공부도 하지 않고 취침하는 데 죄책감을 느끼면서도 들떠 있는 듯한 충만감이 가슴에 솟구치는 것을 느꼈다.

중학교 1학년 때 처음으로 스미레코에게 문자를 했을 때도 3시간 정도 고민했었지…….

그때도 결국 보내지 못하고 이튿날에 그 사실을 직접 털어놓았다.

그립다.

휴대전화를 쥔 채 침대에 누웠다. 이런 즐거운 기분은 오랜만이었다.

왠지 영문을 알 수 없는 부탁이었지만 받아들여서 다행이었다.

그건 그렇고 우즈키의 데이트 연습 상대는 누구일까?

나와 아주 닮았다…… 거의 나라고 말했다.

그런 애가 도오 고등학교에 있었나?

나 같은 아이…….

수수하고 시원찮은 외모에 어둡고 음침하고 내성적이고 아무 장점도 없고…….

생각하면 생각할수록 부정적인 말만 나왔다. 점차 가슴이 욱신거리며 아팠다. 감정이 제트코스트처럼 급강하했다.

'고등학생이나 됐으면서 몸가짐에 신경 안 쓰는 것도 좀 그래서 언니로서 부끄럽거든?'

미야의 말이 되살아나서 무심코 침대에서 벌떡 일어났다.

공부를 핑계 삼고 있지만 실제로 미야가 하는 말이 맞다. 제대로 반론도 하지 못하고 웃어넘기지도 못하고 그저 가슴이 아팠던 것은 허를 찔려서일 테다.

졸음이 스윽 달아나고 식은땀이 주르륵 턱 끝을 타고 흘러내렸다.

안 되겠다. 아무리 연습이라고는 하지만 이런 외모로 데이트를 하다니 우즈키에게 실례다.

더구나 실은 다키를 좋아하면서 처음부터 포기하고 전혀 변하려고도 하지 않는 그런 자신에게 갑자기 화가 났다.

침대에서 일어나 책상 서랍을 열었다. 텅텅 비었다. 샤프심, 스테이플러, 풀, 자 등의 문구 세트…… 그것밖에 들어 있지 않았다. 책장에는 사전이나 참고서가 빼곡했다.

작은 옷장을 열었다. 교복은 상하로 한 벌. 와이셔츠가 세장. 양말이 네 짝. 체육복은 두 벌. 봄 여름용 사복은 얇은 후드티가 한 벌. 반팔 티셔츠가 한 장. 긴소매 티셔츠가 두 장. 청바지가 두 벌 있었다. 전부 중학생 때 산 것으로 낡고 구겨져 있었다.

도무지까지는 아니지만 이런 옷을 입고 남자아이와 외출할 수 없다.

입시학원에 다닐 때도 스미레코를 만날 때도 늘 교복이나 트레이닝복을 입고 있어서 지금까지 딱히 신경 쓰지 않았다.

어쩌지…….

어쩌면 터무니없는 의뢰를 받아들였을지도 모른다.

물론 액세서리나 화장품도 있을 리가 없다. 자신의 방에는 거울조차 없다. 학교 가방을 열어서 실이 풀리고 색이 바랜 나일론 재질의 지갑을 꺼냈다.

셀 것도 없었다.

전 재산은 620엔이었다.

부모님이 이혼하고 나서 용돈이나 세뱃돈이라는 걸 받지 않게 되었다. 그때까지 차곡차곡 모았던 돈도 이혼을 계기로 엄마에게 몰수당했다.

식비와 참고서비는 그때그때 필요한 돈을 받았지만, 반드시 영수증을 끊어서 지출을 보고하는 게 의무시되었다. 1엔이 틀려도 용납되지 않았다. 입시학원이 있는 후지사와 역까지 가는 교통비는 정기권을 받아서 속일 수도 없었다.

어쩌지…….

데이트를 한 적은 없지만 분명 전철을 타고 어딘가로 나가 점심도 레스토랑 같은 곳에서 먹을 테다.

핏기가 슥 가셨다.

큰일이다. 거절해야 한다.

나쁜 소식은 1초라도 빨리 알리는 편이 쌍방의 상처가 얕을 것이다. 사야는 다시 침대에 드러누워 가슴에 구멍이 뻥 뚫린 심정으로 문자를 했다.

〈우즈키, 미안. 부탁 받았던 건, 여러 사정 때문에 거절해야 할 것 같아. 정말 미안. 모쪼록 받아들여주기를 바랄게. 후지미야.〉

결심이 무뎌지기 전에 송신 버튼을 눌렀다. 문자는 허무하게 송신되었다.

한숨을 깊이 쉬고 사야는 침대에 천장을 바라보는 형태로 누웠다. 울고 싶어지는 기분을 필사적으로 참으려고 양손으로 얼굴을 덮었다.

어째서 모두 평범하게 해내는 걸 나는 용납받지 못하는 걸까. 적어도 일주일에 한 번 불과 몇 시간이라도 아르바이트하는 걸 허락해준다면 교통비 정도는 벌 수 있을 텐데.

생각하면 할수록 고통스러워져서 눈물이 날 것 같았다.

참을 수 없는 심정을 떨쳐내듯이 방 불을 끄고 베개에 얼굴을 파묻었다.

'뺨에 생긴 여드름 지저분하잖아.'

미야의 목소리가 되살아났다. 바로 천장으로 몸을 돌리며 몸부림을 쳤다.

어째서 내 베개는 늘 먼지투성이에 습한 걸까.

어째서 엄마는 베개를 너는 것조차 용납해주지 않을까.

참으려고 했는데 자연스럽게 눈물이 흘러나왔다.

그건 그렇고 옆방의 소리가 몹시 귀에 거슬렸다. 벽을 두드리는 듯한 소리가 몇 번이나 들렸다. 미야의 방은 방음이 꼼꼼하게 돼 있는지 어지간해서 소음이 들리지 않는데 대체 뭘하고 있을까.

'피부에 나쁘니까 꼭 날짜가 바뀌기 전에 자야 해.'

늘 그리 말한 미야가 이런 시간까지 일어나 있다니 드문 일이다.

4

같은 시간, 미야는 워크인 클로젯에서 꺼낸 차고 넘칠 만한 옷들과 대치하고 있었다.

비즈가 달린 흰 블라우스, 파우더옐로색의 민소매 니트, 에메랄드그린색의 시폰 스커트, 카멜색의 사다리꼴 스커트, 작은 꽃무늬의 민소매 원피스, 체크무늬의 A라인 원피스……
열거하면 끝이 없다. 봄 여름용 사복은 상의만 해도 서른 벌
이상이었고 하의만 하면 스무 벌 이상이었으며 원피스는 실
로 마흔 벌 정도 있었다.

물론 모자나 숄, 액세서리에 가방 등 패션 굿즈도 대량으로
갖추고 있다. 그리고 그 모든 게 하나같이 천도 고급에 바느
질도 꼼꼼하게 된 고품질 명품이었다.

미야는 지금 레이스가 달린 새틴 슬리브 흰 블라우스에 작
은 꽃무늬가 들어간 프릴스커트를 입고 있었다. 손목에는 핑
크골드 손목시계를 차고 있다. 꽃무늬 귀걸이도 하트 모양의
화사한 목걸이도 핑크골드로 통일했다.

전신거울 앞에 서서 차려 입은 자신의 모습을 바라보며 고
개를 갸웃거렸다.

역시 하나같이 느낌이 오지 않는다.

'엄마가 고른 건 비슷비슷해서 시시해.'

옷을 직접 골라 사는 건 일절 금지되어 있다.

'미야한테 잘 어울리는 패션은 엄마가 제일 잘 알아.'

'이 부근의 패션 빌딩에서 파는 저렴한 브랜드라든가 품위
없는 화려한 옷은 엄마가 절대로 용납 못 해.'

'돈을 내는 건 엄마야. 당연히 고를 권리도 엄마한테 있지.'

떠올릴 때마다 머리가 욱신거렸다.

엄마가 하는 말을 모르는 건 아니다. 하지만 그건 결국 아

빠의 돈이지 않은가.

여대생과 바람을 피운 끝에 아이까지 만든 아빠. 갑자기 이혼을 선언하고 달아나다시피 사라진 아빠. 아빠가 도망가서 딸에게 의지하는 수밖에 없는 엄마.

불쌍한 엄마.

하지만 옷 갈아입히기 용 인형 같은 나도 불쌍하다…….

미야는 옷들에게 차가운 시선을 보냈다. 확실히 예쁘고 여성스러워서 미야에게는 최상으로 잘 어울리는 디자인이었다. 하지만 여고생의 트렌드로는 아무래도 핀트가 어긋난, 과할 정도로 소녀 취향이었다.

무난한 티셔츠에 타이트한 청바지. 또는 친구가 입는 어두운색 계열의 헐렁하게 대충 걸치는 옷. 그런 심플한 코디가 자신의 아름다움을 더 부각시키지 않을까, 하고 미야는 느꼈다.

하지만 그런 건 옷장 어디를 찾아도 보이지 않았다.

흰색과 파스텔칼라 옷만 채워져 있어서 약하게 속이 쓰릴 정도였다.

블라우스를 벗고 파우더옐로색의 민소매에 손을 뻗었다. 터틀넥 부분이 밀착되어 있고 그 주위에 자잘한 비즈가 달려 있었다.

아. 이런 거 요즘 시대에 누가 입는다는 거야.

한숨을 작게 쉬고 침대 위에 내던졌다. 적어도 어두운색 계열의 상의나 청바지 하나라도 사주면 좋을 텐데. 과거에 몇 번이나 졸랐지만 엄마는 완고하게 거부했다. 아르바이트는 금지했고 패션도 화장도 피부관리 용품도 하나같이 엄마가 골랐다.

아무리 눈부시게 아름다워도 엄마의 존재가 흥건히 물들어 있었다.

갑자기 가슴 언저리에서 빛나는 목걸이가 죄인의 쇠고랑처럼 느껴져서 미야의 온몸에 닭살이 돋았다. 다급히 목에서 풀어서 그것도 침대에 내던졌다.

정신을 차리고 보니 새벽 2시가 가까워졌다.

큰일이다. 눈이 충혈된다.

손에 잡히는 옷을 적당히 옷장에 넣고 다급히 문을 닫았다. 탕, 하고 상상 이상으로 큰 소리가 울려 퍼졌다. 꺼림칙한 예감에 식은땀이 등을 타고 흘러내렸다.

예감은 적중했다.

계단을 사뿐히 올라오는 소리가 들렸고 몇 초 후에 방문이 열렸다.

문 건너편의 암흑에 엄마의 얼굴이 희미하게 떠올랐다.

파충류 같은 번뜩이는 눈이 노려보자 오한이 들었다.

엄마는 아무 말도 하지 않고 그저 왼손 검지를 구부려서 이 쪽으로 오라고 신호했다. 미야는 거부할 수 없어서 얌전히 복도까지 나갔다. 엄마는 이 아름다운 방을 신성한 영역이라고 생각하는 듯 혼을 낼 때는 반드시 복도까지 불러낸다.

"왜 이 시간까지 깨 있어?"

"……노크 정도는 해줘."

"질문에 답해."

"별일 아냐. 잠이 안 왔어."

엄마는 까만 눈을 번뜩이며 한층 더 험악한 표정을 지었다. 미간에 새겨진 주름이 조각칼로 새긴 것처럼 깊이 움푹 파였다.

"미야, 왜 밤중에 혼자서 패션쇼 하고 있었어? 이건 누구를 위한 코디야? 다음 주 생일은 누구랑 보낼 생각이야? 뭔가 상스러운 생각을 하는 거 아냐?"

목소리가 카랑카랑했다. 몰아세우는 말투였다. 히스테릭한 반응이었다.

미야의 가녀린 어깨에 피로감이 단숨에 덮쳐왔다.

망할 할망구.

마음속으로 악담을 퍼부어대고 부루퉁한 얼굴을 휙 돌렸다. 그 순종적이지 않은 태도가 엄마를 더욱 열 받게 한 듯했다. 뼈가 앙상하고 창백한 맨다리로 성큼성큼 다가와 손톱이 몹시 긴 양손을 미야의 어깨에 다정하게 얹었다. 결코 세게 잡지는 않았다. 그저 살짝 대고 있는 정도였다.

유리 케이스로 보호받는 관상용 인형. 엄마는 미야를 그런 식으로 다루었다. 적당한 사람의 손에 넘겨줄 때까지 1밀리미터의 하자가 생기는 것도 용납되지 않는 듯했다.

"남자애랑 외출하는 건 안 된다는 거 잘 이해하고 있지?"

미야는 한쪽 눈만 가늘게 떠서 성가시다는 듯 손을 걷어냈다.

"뭐 외출하는 것 정도는 괜찮잖아."

"안 돼. 웃기지 마. 자신의 입장을 파악하도록 해."

"뭐? 영문을 모르겠네. 내 입장이라는 게 뭔데?"

"당연히 정해져 있잖아. 넌 특별해. 다른 애랑 달라. 어디에나 있는 꾀죄죄하게 돈도 철도 없는 남자애랑 섣불리 얽혀서 흠집 있는 물건 취급이라도 받으면 인생 끝이야. 성인이 될 때까지는 남자친구를 만드는 건 엄마가 절대로 용서 안해. 고등학생 신분으로 남자애랑 놀다니 당치도 않아."

엄마의 화가 전파되어서 미야도 그만 거친 소리를 내게 되었다.

"왜 엄마한테 전부 지시를 받아야 하는데?"

"쉿! 사야가 깨잖아. 내일은 영어 특별강의가 있으니 수면 부족으로 집중력이 떨어지면 큰일 나."

엄마는 검지를 척 세우고서 일그러진 입가에 갖다 댔다.

엄마가 더 시끄럽다.

미야는 갑자기 말할 기분이 들지 않았다. 더 이상 말하는 것도 귀찮아서 방으로 돌아가려고 돌아섰지만, 엄마가 중얼 중얼 읊조리기 시작해서 무심코 발걸음을 멈추었다.

"사야는 머리가 좋아서 스스로 벌 능력이 있으니 괜찮아. K 대 의학부에 진학해서 의사가 돼서 많이 벌어 평생 남한테 존경받는 위치에서 한가롭게 살아갈 거야. 학력이랑 국가고시는 평생 가는 거니까.

하지만 넌 그 미모를 잃게 되면 전부 다 끝이야. 네가 제일 잘 알잖아. 외모에 만족하고서 아무것도 습득하지 않았으니까. 그런데 그 미도 젊음도 시간이 지날 때마다 갈수록 닳아갈 거야. 새하얀 피부는 서서히 칙칙해져 갈 거고 어느새 갈색 기미가 생길 거고, 눈은 푹 꺼지고 눈꺼풀은 늘어지고 팔자주름이 깊게 새겨지고 뺨은 푹 꺼질 거야. ……미야!"

갑자기 이름을 불려서 미야는 흠칫 어깨를 떨었다.

돌아보자 화장을 완전히 지운 초라한 엄마의 얼굴이 눈앞에 있었다. 한기가 들었다.

"나를 봐. 아무리 미용에 신경을 써도 노화를 멈출 수 없어. 이래 보여도 젊은 시절에는 칭찬받던 미인이었어. 이렇게 미모를 완전히 잃어가는 날이 오다니. 네 나이 무렵에는 엄마도 꿈에도 몰랐어. 그런데 그날은 반드시 와. 미야…… 너, 보면 볼수록 젊은 시절의 엄마를 쏙 빼닮았어. 믿을 수 없다고? 정말이야. 다음에 옛날 사진 보여줄게. 지금 눈앞에 있는 엄마가 장래의 너야."

미야는 어쩐지 두려움마저 느끼면서 침울한 기분으로 엄마를 응시했다. 노화에 필사적으로 저항하면서도 허무하게 패배한 얼굴이었다. 나이에 걸맞은 아름다움이나 자연스러운 아름다움과는 거리가 멀었다. 그곳에는 확실히 아름다웠던 시절의 그림자가 희미하게 남아 있었다. 하지만 피부와 표정, 근육에까지 고집스러움이 깊게 파여서 예전의 아름다움은 완전히 스러져버렸다.

그 모습에 장래의 자신을 겹쳐보고 미야는 파르르 떨었다.

아무것도 아니다.

빈껍데기.

빈껍데기인 채로 쇠퇴해간다.

"……그러면 난 어떻게 해야 하는데?"

두려워하는 표정을 지은 미야를 보고 엄마는 만족스러운 듯 씨익 잇몸을 드러내고 웃었다. 부자연스러운 새하얀 세라믹 재질의 치아가 옥수수 알갱이처럼 빼곡하게 채워져 있었다.

차가운 손바닥으로 미야의 뺨을 어루만지면서 꺼림칙하게 다정한 목소리로 말했다.

"엄마가 말이야, 미야에게 걸맞은 월등한 왕자님을 찾아줄게. 몸가짐이 단정하고 집안도 학력도 경제력도 나무랄 데가 없고 평생 널 높은 생활 수준으로 부양해줄 사람을 말이야. 엄마가 고를 거야. 아무리 벌이가 좋다 한들 아빠처럼 바람을 피우는 사람은 안 돼."

엄마는 이쯤에서 얼굴을 꾸깃꾸깃 일그러뜨렸다.

"그 사람은 글렀어. 엄마 인생의 오점이야. 그렇게 젊고 예뻤던 20대를 그 인간을 위해서 버렸어. 엄마는 여전히 억울해서 참을 수 없어. 엄마가 결혼한 건 스물두 살 무렵이었어. 지금의 너랑 다섯 살밖에 차이가 안 나. 젊고 아름답고 거리를 걸으면 모두가 돌아봤지. 정말 장밋빛 인생이었어.

그런데 아빠가 말이지. 아빠한테 속았어. 그 남자가 평생을 엄마한테 바치겠다고, 평생 즐겁게 해주겠다고 해서 미래를 위한 투자라고 생각해 젊고 아름다운 시기를 전부 바쳤는데. 실은 아직 더 놀고 싶었고 아이도 원하지 않았는데.

비참해서 견딜 수 없었어. 학창시절의 친구는 미팅이다 술자리다 해서 한창 꾸미고 여러 남자들이랑 놀러 다니는데. 그런데 나는 집안일에 육아에 몸도 마음도 망가져서 한때는 죽을 생각도 했어. 실은…… 외동이길 바랐는데 어쩌다 한꺼번에 둘이나 태어났을까. 너희들이랑 처음 대면했을 때 엄마는 절망했어.

뭐, 그 무렵에 실컷 놀러 다니던 애들도 결국 제대로 된 상대랑 결혼 못 했지만. 학력도 달리고 예쁘지도 않은 노처녀니 당연하지.

어머나, 뭐야. 이야기가 샜네.

그래, 아빠와의 결혼은 인생 최대의 오점이야. 알겠어? 결혼 상대를 잘못 고르면 엄마처럼 젊고 예쁜 시기를 전부 빨아먹히고 나이가 들면 휙 버림받아. 그 녀석…… 그 인간……

평생 돌봐주겠다고 했으면서. 말도 안 되는 거짓말을 했어.

그러니 미야는 절대로 실패하지 않았으면 해. 넌 사야처럼 혼자 살아갈 능력도 학력도 없으니까 평생 남자한테 의존해서 살아가야만 해. 그런데 상대를 잘못 고르면 엄마처럼 되는 거야. ……뭐? 그런 침울한 얼굴을 하고. 괜찮아, 안심해. 엄마가 절대로 배신 안 할 근사한 남자를 찾아내서 미야한테 건네줄게. 그러니 지금은 힘껏 그 아름다움을 가꾸고 예쁜 몸으로 있는 거야. 약속이야."

엄마는 새끼손가락을 스윽 내밀었다.

미야는 절반은 암시에 걸린 것처럼 그 새끼손가락에 자신의 손가락을 감았다.

심야 2시의 기묘할 정도로 새하얗고 밝은 방에 엄마의 비뚤어진 목소리가 울려 퍼졌다.

"약속을 어기면 일만 번 때린다. 거짓말을 하면 수많은 바늘을 먹인다*."

아름다운 얼굴이 새파래진 미야를 빤히 응시하고 만족스러운 듯 고개를 끄덕이더니 엄마는 조용히 복도에서 사라졌다. 마른 나뭇가지 같은 뒷모습은 형용할 수 없이 애절함으로 가득 차 있었다.

미야는 잠시 경직되어 있었다.

흠칫 제정신을 되찾고서 두통을 느끼고 관자놀이 부근을

_____
* 약속을 할 때 손가락을 걸면서 외는 일본 주문이다.

누르면서 방으로 돌아가 비틀대며 침대에 쓰러졌다.

엄마의 말이 먹구름처럼 가슴에 낮게 드리워졌다.

위를 보고 누워서 닭살이 돋은 양팔을 문지르며 천장을 응시했다.

어둠을 띠는 흰 레이스가 희미하게 흔들리고 있었다.

답답함을 느끼고 침대에서 일어나 전신거울로 다가갔다. 차가운 거울에 이마를 가볍게 갖다 대고 자신의 얼굴을 가만히 응시했다.

숨이 멎을 만큼 아름다운 얼굴.

투명할 정도로 윤기가 나는 뽀얀 피부.

'넌 그 미모를 잃게 되면 전부 다 끝이야. 네가 제일 잘 알잖아. 외모에 만족하고서 아무것도 습득하지 않았으니까. 그런데 그 미도 젊음도 시간이 지날 때마다 갈수록 닳아갈 거야…….'

엄마의 목소리가 메아리쳤다. 머릿속에서 쿵쿵 울려 퍼졌다.

'새하얀 피부는 서서히 칙칙해져 갈 거고 어느새 갈색 기미가 생길 거고, 눈은 푹 꺼지고 눈꺼풀은 늘어지고 팔자주름이 깊게 새겨지고 뺨은 푹 꺼질 거야.'

……그런 말 믿을 수 없어!

나만큼은 그럴 리 없다. 내가 나이를 먹다니 절대 생각할 수 없다. 그건 영원보다도 훨씬 먼 훗날처럼 느껴졌다.

그런데도 엄마의 말을 무의식적으로 반추하며 미야의 마음은 강박관념에 시달렸다.

싫다……. 그렇게 되고 싶지 않다.

엄마처럼은 절대로 되고 싶지 않다.

다시 침대에 누웠다. 스마트폰을 들었다.

새벽 2시 12분.

잠기운이 완전히 사라졌다.

애초에 밤늦게까지 패션쇼를 시작한 건 밤 11시 넘어서 렌지로부터 온 라인이 발단이었다.

〈그 건, 다다음 주 토요일이어도 될까?〉

〈물론!〉

2초 만에 조건반사적으로 답장하고 침대에서 벌떡 일어났다. 그길로 옷장까지 달려가서 데이트 코디를 고르고 있는 동안에 완전히 밤이 깊어진 것이다.

데이트를 생각하면 우울한 기분이 눈 깜짝할 사이에 온데간데없이 사라진다.

엄마는 그렇게 말했지만 성인이 될 때까지 연애 금지라니 정신이 이상하다. 평소대로 친구와 놀러 간다고 하고 외출하면 들킬 리도 없다.

곰곰이 생각해보면 아줌마가 되는 일은 훨씬 미래의 일이고 그런 미래의 일로 일일이 고민하는 것도 어리석다.

　마음에 진 응어리가 스윽 사라져가자 갑자기 졸음이 덮쳐왔다.

　헤어오일을 머리에 발라서 빗질을 하고 핸드크림으로 손끝을 꼼꼼하게 마사지하고서 마무리로 네일 크림을 손톱에 바르고 가볍게 스트레칭을 했다. 그러고 나서 가습기 타이머를 2시간으로 설정하고 알람을 7시로 맞추고서 마침내 이불을 둘둘 말고 잠이 들었다.

5

　아침 6시 반. 잿빛 구름이 자욱하게 껴 있고 끊임없이 부는 묵직한 바람은 이 시기 특유의 불쾌한 습한 기운을 띠고 있다. 어쩌면 비가 한차례 올 것 같다.

　폐교사 2층 교실에서 렌지와 레이치는 창가에서 몸을 내밀고 땅을 내려다보고 있었다.

　본교사와 폐교사에 끼다시피 해서 교직원용 주차장이 있다. 햇빛이 잘 들지 않아서 눅눅하고 아무 흥미도 가지 않는 무기질적인 경치다.

　"……그거 필요해?"

　쌍안경을 들여다보는 레이치의 진지한 옆얼굴에 렌지는 흥이 깨진 시선을 보냈다. 레이치는 쌍안경을 스윽 가슴 언저리까지 내리고 고개를 갸웃거렸다.

"필요 없을 리가 없잖아. 적어도 맨눈보다는 잘 보여."

"뭐어? 그렇게 멍청하게 큰 쌍안경으로 들여다보면 눈에 띄고 혹시 들키면 의심을 사잖아."

"그것도 그러네."

레이치는 순순히 쌍안경을 목에서 벗어 옆에 있던 책상에 올려놨다.

렌지는 하품이 나오려는 것을 참으면서 다시 창밖을 쳐다보았다.

주차장에 세워져 있는 건 새빨간 람보르기니 한 대뿐이었다. 날씨가 흐린데 차체는 번들번들하게 빛나고 있었다. 낡고 허름한 교사 풍경에는 대략 어울리지 않는 고급 차주는 담임인 오이와였다.

두 사람은 어느 학생의 의뢰로 이번 주 월요일부터 아침 6시에 등교해서 주차장을 감시하고 있다. 오늘은 목요일인데 지금 상황으로는 나흘 연속으로 오이와가 제일 일찍 출근하고 있다.

렌지는 창틀에 턱을 괴고 바로 머리 위에 있는 레이치의 얼굴을 올려다보았다.

"저기, 오이와는 진즉에 배구부 고문에서 물러났잖아. 그래서 지금은 마리모 연구회 고문이고. 그런데 매일 아침 왜 이렇게 일찍 학교에 오는 걸까?"

"마리모 관찰 때문이 아닐까?"

"바보 같은 소리는. 람보르기니를 타고 다니는 남자가 마리모한테 관심이 있을 리가 없잖아."

"어떻게 단정할 수 있어? 애마가 람보르기니인 남성은 마리모에게 관심도가 낮다든가 하는 그런 통계가 있는 것도 아닌데."

"그렇게 말한다면 할 말 없지만……."

왠지 모르게 납득이 가지 않은 채 렌지는 주차장으로 시선을 돌렸다. 그러고 나서 한숨을 쉬었다.

"난 이 의뢰는 딱히 받고 싶지 않았어. 왠지 악취미 아니야?"

"내일까지 참으면 돼."

레이치가 격려하듯이 렌지의 어깨를 토닥였다. 그는 매일 아침 5시에 잠에서 깨는 모양이지만 딱히 할 일도 없이 한가한지 이런 일이 날아들면 기쁜 듯했다.

6시 40분 무렵, 노리고 있던 차가 나타났다.

"어라, 오늘은 이상하게 이르네."

렌지가 의외라는 듯 읊조렸다. 어제까지는 늘 7시 15~30분 무렵에 왔는데.

레드와인색의 시크한 차에서 하이힐 소리를 울리며 쇼트커트의 미녀가 씩씩하게 내렸다.

보건교사인 시조 아야노였다.

미야처럼 압도적으로 화려하지는 않지만 멀리서도 알 수 있는 단정한 이목구비를 하고 있다.

남색의 타이트한 니트를 입은 탓에 풍만한 가슴이 괜히 눈에 띄었다.

"왠지 평소랑 분위기가 달라. 고민하는 듯한 표정을 짓고 있어."

레이치가 진지한 얼굴로 불쑥 말했다.

"그런가아~."

렌지는 전혀 알아차리지 못했다. 무의식적으로 가슴에 눈이 갔다.

시조는 험악한 얼굴을 하고 빠른 걸음으로 오이와의 람보르기니로 다가가 조금 신경질적인 모습으로 주위를 둘러보았다. 아무도 없다는 사실을 확인하자마자 어깨에 메고 있던 가방에서 무언가를 꺼내 그걸 재빨리 차체로 향하게 했다.

"앗."

두 사람은 거의 동시에 소리를 높였다.

시조가 손에 든 것은 스프레이 캔이었다. 번쩍이는 새빨간 차체가 순식간에 검은 스프레이로 더럽혀져 갔다. 그녀는 아무 망설임도 없이 스프레이를 계속 뿌렸고, 그러고 나서 앞유리에 치덕치덕 종이를 붙이더니 전력 질주를 해서 자신의 차에 타 순식간에 주차장에서 사라졌다.

불과 몇 분 만에 생긴 일이었다.

이후에는 새까만 스프레이투성이에 주름진 종이가 붙은 서글픈 분위기가 감도는 람보르기니만 남았다.

둘은 멍하니 입을 벌린 채 얼굴을 마주 보았다.

"······막았어야 했나?"

렌지의 말에 레이치는 고개를 작게 흔들었다.

"아무 사정도 모르는 사람이 사건에 개입할 순 없잖아."

"그래도 저건 기물파손이잖아. 범죄이기도 하고. 알려줘야 하지 않나?"

"오이와가 시조에게 심한 짓을 했을지도 몰라. 울면서 잠들 정도라면 보복을 하는 편이 나아."

레이치의 위험한 견해가 납득이 되지 않아 렌지는 "적어도 종이 정도는 떼주자"라고 말하고서 동아리실을 나갔다. 그에는 레이치도 동의했다.

〈배신자〉

〈교사 실격, 얼른 때려치워〉

〈절대로 용서 안 해〉

신문 기사를 오려서 붙인 듯한 괴문서였다.

이걸 그 고상하고 아름다운 아야노 선생님이 했다고······?

주차장에 온 렌지는 완전히 충격을 받아서 그 자리에 우두커니 서 있었다. 레이치는 솜씨 좋게 종이를 떼어냈다. 임시

고정용 테이프로 붙여서 간단히 떼어낼 수 있었다. 유리창에는 1밀리미터의 흠집도 나지 않았다.

컬러 스프레이는 완전히 말라서 손톱으로 긁어내야 조금씩 벗겨졌다. 레이치는 왠지 모르게 허탈한 얼굴로 검게 더럽혀진 자신의 손톱을 응시하며 읊조렸다.

"무르네."

"뭐?"

"정말 미워한다면 유리를 깨거나 차체에 흠집을 내거나 하잖아. 이건 단순한 시늉이 아니려나."

"즉?"

"치정 문제. 차인 분풀이라든가."

"아, 아야노 선생님이…… 오이와한테 차였다고?"

터무니없는 충격이 렌지를 덮쳤다.

모두의 아야노 선생님이, 그림의 떡인 아야노 선생님이 그런 털이 덥수룩한 아재와 연인 관계였다는 건가? 아니 확실히 오이와한테도 장점은 있다. 행동력과 결단력. 그리고……. 그리고…….

"대지주잖아. 그야 미인한테 인기 좋겠지."

레이치가 주저하지 않고 선뜻 말해서 어깨를 털썩 떨구었다.

"결국 이 세상은 돈으로 굴러가는 건가……."

패배감에 충격을 받아 기력을 잃은 렌지의 등 뒤에 큰 그림자가 스윽 생겼다.

"이게 무슨 일이야?"

바로 오이와 본인이었다. 의외로 차분했다.

"거대한 오징어가 먹물이라도 뿌렸나?"

조금도 웃기지 않는 농담을 의기양양한 얼굴로 하는 소리를 듣고 레이치와 렌지는 당혹스러워하며 고개를 저었다.

"아뇨, 누가 장난을 친 것 같아요."

렌지는 그리 답하고 오이와의 거구의 몸을 조심스럽게 올려다보았다.

'이렇게 아침 일찍부터 뭘 하고 있었어?' '너희가 범인이 아니야?'

그렇게 따끔한 소리를 듣지 않을지 걱정했지만 오이와는 태연한 모습이었다.

"그렇구나."

단 한마디 읊조리더니 손끝에 침을 묻혀서 차체를 문질렀다. 검은 스프레이는 간단히 닦였다.

"걸레로 닦으면 바로 깨끗해지겠네."

"도와드릴게요."

평소의 습성으로 렌지는 곧바로 말했고 오이와는 "덕분에 살았네"라며 침착한 미소를 지었다. 전혀 곤란한 모습도 놀란 모습도 아니었다. 마치 이렇게 될 것을 예측하고 있었던 듯했다.

"교무실에서 낡은 걸레를 가지고 올 테니 너희는 양동이에 물을 담아와 줄래?"

"알겠습니다."

두 사람은 운동장 옆의 수돗가로 가서 그곳에 방치된 알루미늄 재질의 양동이에 힘차게 수도꼭지 물을 틀었다. 야구부와 육상부가 아침 훈련을 시작했는지 나른한 듯 준비 체조를 하고 있었다.

물이 흐르는 것을 눈으로 쫓으면서 레이치가 입을 열었다.

"오이와한테는 어린 딸도 있나?"

"꽤 전부터 독신이라고 들었는데…… 갑자기 무슨 소리야?"

"조수석에 엄청 작은 단추가 떨어져 있었어. 분명 인형 옷 단추일 거야."

"여전히 이상한 걸 잘 알아차리네. 것보다 수천만 엔짜리 고급차가 저런 일을 당했는데 어떻게 동요하지 않을 수 있지?"

렌지의 물음에 레이치는 그다지 의심스러워하는 모습도 없이 답했다.

"예상할 수 있는 일이었겠지. 범인이 시조라는 것도 본 순간 알아차린 게 아닐까?"

"그럼 아야노 선생님한테 그런 짓을 당할 만하다고 짐작하고 있는 건가? 그래도……."

"이게 마음에 걸리지."

레이치가 주머니에서 뭉친 종이를 꺼내 눈앞에서 펼쳤다.

〈배신자〉

〈교사 실격, 얼른 때려치워〉

〈절대로 용서 안 해〉

"응. 그냥 차인 것 정도로 이런 글은 안 쓰잖아."

"렌지는 무슨 일이 있었다고 생각해?"

"배신자라고 쓸 정도라면 바람을 피웠다든가 양다리를 걸쳤겠지. 아니면…… 교사 실격이라는 건 여고생이랑 원조교제를 했다는 건가? 역시 그건 아니겠지. 레이치는 어떻게 생각해?"

"시조의 정신 나간 소리일 수도 있잖아?"

"정신 나간 소리?"

"두 사람은 헤어졌지만 시조 쪽은 여전히 미련이 철철 넘쳐서 괴문서로 오이와를 되돌아보게 하려고 한 거지."

"설마."

"가능성은 하나야."

충격을 받고 제정신이 아닌 렌지를 두고 레이치는 물을 가득 담은 양동이를 들고 얼른 걷기 시작했다.

렌지는 그 뒤를 터벅터벅 따라갔다. 자신이 어째서 이렇게 침울한지도 잘 알 수 없었다. 다만 손닿지 않을 듯한 동경하던 여성이 실은 담임인 초라한 아재와 사귄 데다 그녀 쪽이 먼저 반했다고 생각하자 헤아릴 수 없는 기분으로 가슴이 벅찼다.

"나, 그만 집에 가고 싶어."

"아직 수업 시작종도 안 울렸는데."

주차장으로 돌아가 셋이서 협력해 오물을 닦아냈다. 다른 교사가 등교할 무렵에는 람보르기니는 이제 완전히 원래대로 반짝이는 모습을 되찾았다.

오이와는 몇 번이나 감사 인사를 했지만 결국 마지막까지 이 건에 대해서 언급하지는 않았다. 두 사람도 굳이 묻지는 않았다. 종이는 교실로 돌아가서 레이치가 잘게 찢어 쓰레기통에 버렸다.

1교시 국어가 끝날 무렵이 되고서 마침내 렌지는 어째서 자신이 주차장을 감시했는지를 떠올리고 간담이 서늘해졌다.

어떤 남학생으로부터 '시조 선생님께 고백하고 싶다. 둘만 있을 수 있는 기회가 없는지 찾아줬으면 한다'고 의뢰를 받았던 것이다.

오늘 아침 일만 없었더라면 '시조 선생님은 매일 아침 7시 15~30분 사이에 차로 등교해. 그 시간대 주차장은 달리 아무도 없으니 둘만 있을 수 있는 기회야'라고 가르쳐 줄 수 있었을 텐데⋯⋯.

렌지는 이마를 누르고서 고개를 떨어뜨렸다.

그런 현장을 봤는데 대체 어떤 조언을 할 수 있겠는가.

아야노가 진짜 좋아하는 사람은 오이와이며 경제력이 없는 풋내기 남고생 따위는 애초에 안중에도 없었다.

"다키, 다키."

비가 억수로 쏟아지는 방과 후였다. 렌지가 돌아갈 준비를 하고 있는데 빗소리에 지워 없어질 만큼 가냘픈 목소리로 이름을 불렀다. 돌아보자 사야가 난처한 얼굴로 서 있었다.

"어, 후지미야."

"저기, 괜찮아? 아침부터 내내 힘이 없는 듯해서 걱정이 돼서……."

렌지는 조금 당황했다. 거의 접점이 없는 사야가 봐도 명백할 정도로 자신은 침울해하고 있었던 걸까. 분명 오늘 아침 일로 내내 침울했지만 점심시간에 게빵 쟁탈전에 승리해서 이제 꽤 기운을 되찾았다.

"괜찮아. 잠이 조금 부족했을 뿐이야. 고마워."

"아니…… 다행이야. 나야말로 고마워."

사야는 부끄럽다는 듯 몇 번이나 고개를 숙이고 종종걸음으로 사라졌다.

"다키. 다키 렌지!"

활기찬 이 목소리. 이번에는 스미레코였다. 렌지의 어깨를 툭 두드리고 말했다.

"상담했던 건, 18일 토요일에 부탁할게."

"아, 응. 알겠어."

"12시 반에 후지사와 역 개찰구에서 만나기로 해! 나중에 다시 문자 보낼게."

"오케이."

렌지는 손으로 오케이 표시를 했고 스미레코도 마찬가지로 오케이 표시를 하고 웃어 보였다. 그리고 신이 난 모습으로 교실에서 나갔다.

그 모습을 배웅하면서 왠지 모르게 마음에 걸리는 것을 느꼈다.

레이치가 사야에게 의뢰했던 데이트 연습의 연습이라는 것도 분명 18일이라고 들었다. 그래서 미야에게 그 다다음 주 25일이 어떠냐고 연락을 한 것이다.

뭐, 단순한 우연인가…….

그건 그렇고 미야의 라인 공격은 엄청났다. 왠지 모르게 번거로운 의뢰였고 자신 탓에 레이치에게 부담이 가는 게 역시 신경이 쓰여서 어떻게든 흐지부지하게 끝낼 수 없을지 생각하고 있었는데 일정 독촉이 귀신처럼 와서 얼버무릴 수가 없었다. 그리고 일정 연락을 하자 불과 2분 만에 답장이 왔다.

미야를 생각하자 또 우울한 기분이 가슴에 밀려들었다.

무거운 발걸음으로 교실을 나가려고 하는데 뒤에서 문득

심상치 않은 기척을 느끼고 렌지는 돌아보았다.

시다와 눈이 딱 마주쳤다.

"뭐, 뭐야?"

동요하는 렌지를 거들떠보지도 않고 시다는 입꼬리 한쪽을 씨익 끌어올리고 콧방귀를 뀌었다.

"흥, 딱히 별일 아냐."

명백하게 무슨 일이 있는 모습이었다. 렌지에게 적개심을 노골적으로 드러내고 있었다. 하지만 물어보려고 하자 시다는 추궁받는 걸 피하다시피 폴짝거리는 빠른 발걸음으로 교실을 나가버렸다.

6

장마가 그칠 무렵의 해 질 녘, 미야가 귀가하자 자택의 현관에 엄마가 기대 있었다.

설마 또 그거?

미야가 조심스럽게 물었다.

"갑작스러운 볼일이라니 뭐야?"

"아, 왔어? 잠시 말이지, 그 사람이 왔어."

"뭐? 왔다 간 지 얼마 안됐……."

입을 강하게 틀어 막았다. 핸드크림과 향수가 뒤섞인 지독한 냄새에 미야는 격렬하게 콜록거렸다.

"정원과 미야의 테라스가 그렇게 아름다운 건 다 그 사람의 덕분이야. 절대로 실례되는 행동은 하지 말아줬으면 해. 자, 지금 정원에 있어. 인사하렴."

엄마한테 팔이 세게 붙들려 미야는 하는 수 없이 그 뒤를 따랐다.

장미나 작약, 아마릴리스 등 선명한 색채를 자랑하는 널찍한 정원, 그 중심에 그 사람이 있었다.

스도라는 허리가 굽은 백발의 노인이다. 키는 165센티미터인 미야보다 10센티미터 이상 작고, 늦가을의 마른 나뭇가지를 떠올리게 할 정도로 야위고 가늘다.

"오늘도 사진을 찍게 해줬으면 해. 주홍색 제라늄이 때마침 만개했으니까."

주름투성이의 색이 없는 입술을 우물거리면서 혀 짧은소리로 스도가 말했다. 미야는 한기를 느끼고 양팔을 문질렀다. 2미터 가까이 거리가 떨어져 있는데 노인의 냄새에 좀먹히는 느낌이 들었다.

스도는 몇 년 전부터 2, 3개월에 한 번 정도 방문하고 있는데 최근에는 그 빈도가 늘었다.

"꼭 몇 장이라도 찍어주세요. 미야도 영광이지, 후후. 난 이걸로 실례할게요. 천천히 시간 보내세요."

엄마는 기분 나쁠 정도로 간드러진 목소리로 단숨에 말하더니 몇 번이고 고개를 꾸벅대면서 자택 안으로 들어갔다.

스도가 어떤 사람인지, 대체 엄마는 왜 이렇게까지 비위를 맞추는 건지 미야는 전혀 알 수 없었다. 몇 번 물어봐도 애매하게 얼버무리기만 했다.

엄마가 사라지자 널찍하고 아름답고 선명한 정원에서 미야와 스도 두 사람만 남았다.

"미안. 잠시 사진 좀 찍을게. 저기 있는 제라늄이랑 같이 말이지."

"휴우⋯⋯."

미야는 그 말대로 건네받은 흰 원피스로 갈아입고 흐드러지게 핀 주홍색 제라늄 앞에 서서 어색한 미소를 지었다. 스도는 목에 걸고 있던 일안 리플렉스 카메라를 들고 집요하게 셔터를 눌렀다.

몇 번이나 반복하고 있는 일인데 미야는 여전히 조금도 익숙해지지 않고 너무나도 불쾌했다.

하지만 절대 거부할 수 없다. 방 유리창에 이마를 착 붙이고 엄청난 모습으로 이쪽을 응시하고 있는 엄마의 모습이 싫어도 보이니 말이다.

스도도 자신의 악취를 인식하고 있는지 반드시 미야와 2미터는 거리를 유지하는 게 그나마 구원이었다.

사진을 다 찍은 스도가 가자 미야는 또 다른 우울함에 휩싸였다. 평소에는 창문도 커튼도 닫고 있던 엄마가 실내 창문이라는 창문을 일제히 다 열어젖힌 것이 보였다.

"수고했어. 들어와도 돼."

허락을 받아도 들어가고 싶지 않았지만 내내 이곳에 서 있으면 엄마의 화를 사기 때문에 하는 수 없이 현관으로 향했다.

문을 열자 이미 서서히 그 악취가 코를 좀먹었다.

곰팡이와 땀과 하수를 졸여서 썩힌 듯한 지독한 냄새였다.

복도를 나아가 계단을 올라갔다. 냄새는 점점 심해졌다. 마음을 다잡고 자신의 방문을 열자 화려하고 아름다운 공간을 쓸모없게 만드는 악취가 방에 한가득 자욱하게 껴 있었다.

오늘은 특히 심했다. 아니, 시간이 지날수록 악취가 심해지는 것 같다.

미야는 코를 막으면서 창문을 다 열고 거실로 향했다.

엄마는 소파에 앉아 다리를 꼬고 허브티를 즐기고 있었다. 스도는 평소대로 거실에는 머물지 않았는지 냄새가 거의 나지 않았다.

"백번 양보해서 사진 촬영은 참겠지만 내 방에 들이지 말아 줬으면 해."

"왜 그런 소리를 하는 거야? 테라스 제대로 봤어? 미야를 위해서 여러 가지 색으로 된 희귀한 글라디올러스를 많이 장식해줬어."

"그건 아무래도 상관없어. 냄새가 지독해서 불쾌하다니까. 그 사람, 분명 씻지도 않을걸? 적어도 여기에 오기 전에 제대로 샤워를 하고 온다든가…….”

“엄마도 싫어.”

잔을 조용히 놓더니 엄마는 시선도 맞추지 않고 담담히 말했다.

“싫은 게 당연하잖아. 당연해. 그래도 그럴 수밖에 없어. 그야 그 사람이 우리한테 제공해주는 건 꽃처럼 값싼 소모품뿐만이 아니니까. 미야, 넌 굳이 설명해주지 않으면 모르는 거니? 사야랑 다르게 전혀 ‘짐작할 줄’ 모르는 애야?”

“……미안.”

미야는 심한 충격으로 의욕을 잃은 채 무거운 발걸음으로 자신의 방으로 돌아갔다.

악취는 아직 남아 있었다.

같은 날, 사야는 평소대로 폐관까지 야무지게 공부하고 빠른 걸음으로 귀갓길에 올라 현관을 열었다.

밤 10시 반, 딱이다.

“다녀왔습니다.”

역시 대답은 없었다. 매일 있는 일인데 사야의 마음은 늘 예민해지는 느낌이 들었다.

거실에는 엄마 혼자였다. 2시간 서스펜스를 보면서 스트레칭을 하고 있었다. 짙은 아몬드오일 바디크림 냄새가 코에 확 밀려들어서 사야는 가벼운 메스꺼움을 느꼈다.

"공부는 잘 돼?"

"응."

엄마가 말을 걸면 가슴이 따끔따끔하다. 늘 카랑카랑하고 들들 볶는 듯한 말투가 피폐해진 마음에 불쾌하게 울리는 것이다.

엄마는 관절에서 뚝뚝 소리를 내며 허리를 비틀어서 사야 쪽을 돌아보았다. 눈이 마주쳐서 사야는 오싹했다. 엄마의 얼굴 피부는 부자연스럽게 팽팽해져 있었다. 유난히 올라간 눈매가 괜히 더 위로 올라가 있었고 광대뼈의 볼록한 부분이 이상하게 눈에 띄었다.

사야가 동요한다는 사실을 알아차린 엄마는 불쾌한 듯 인상을 찌푸렸다.

"뭐야? 성형외과에서 리프팅 시술을 받았을 뿐이야. 넌 공부만 해서 세상을 모르지만 이런 건 금전적인 여유가 있는 사람은 다들 받고 있어."

"……."

엄마는 아무래도 그 완성도에 만족하고 있는 모양이었다. 이상하다든가 부자연스럽다든가 솔직하게 말할 수 없었다.

"이번 토요일은 너희 생일이지만 엄마 남자친구 생일이기도 해. 정확하게 말하자면 남자친구 생일은 목요일이지만 일이 바쁘니 토요일에 축하하게 됐어. 그러니 미안하지만 너희 생일 파티는 다음 주 일요일에 하자."

"응."

"불만 있어?"

"없어. 고마워."

사야는 대화를 짧게 마치고 자신의 방으로 달아났다. 내심 마음을 놓았다. 엄마에게 어느새 남자친구가 생긴 데는 놀랐지만 오히려 잘된 일이다.

토요일은 스미레코와 놀 약속을 했다. 수제 케이크로 사야의 생일을 축하해준다고 했다. 괜한 핑계나 우려를 하지 않고 실컷 즐길 수 있다고 생각하자 신이 났다.

엄마가 주최하는 생일 파티는 해마다 우울했다.

오가닉의 맛이 밍밍하고 퍼석퍼석한 케이크를 앞에 두고 장황한 설교를 하거나 서슴없이 가르쳐대려고 하고 딸 둘을 기르는 데 돈과 노력을 얼마나 들였는지 1년간의 수지를 정리한 자료를 보란 듯이 펼쳐 보였다.

고작 1주일 연기될 뿐이지만 생일 당일은 엄마의 존재를 잊고 즐길 수 있다고 생각하자 마음이 가벼워졌다.

목욕을 끝내고 다시 방으로 돌아가 평소대로 자정까지 공부를 하려고 참고서를 폈다.

똑똑.

가벼운 노크 소리가 들렸다. 매번 있는 일이지만 대답도 기다리지 않고 문이 열렸다.

아무 개성도 없는 방에 메이커 사봉의 냄새가 풍성하게 흘러들어왔다.

미야는 시폰 소재의 새하얀 레이스 원피스를 입고 루비색의 목걸이를 하고 있었다.

집에 있는데 목걸이를 하고 있다.

번쩍 빛나는 가슴 언저리를 보고 사야는 멍하니 그렇게 생각했다.

미야는 입가에 미소를 띤 채 사야 바로 옆까지 다가와서 속삭였다.

"토요일에 엄마 없잖아."

"응."

"친구를 불러다 몰래 생일 파티 하려고 해."

"우리 집에 부르는 거야?"

"응. 그야 엄마는 하루 종일 없잖아? 얼른 해산하면 안 들킬 거야. 사야가 집에 있으면 재미가 반감되니까 어디 가 있어 줬으면 좋겠는데."

사야는 사실을 말하는 게 망설여져서 적당히 거짓말을 하기로 했다.

"그날은 친구네 집에서 스터디를 하기로 했는데 6시 전에는 돌아와. 그렇게 오래 있는 것도 실례니까……."

"친구라면 걔? 왠지 촌스러운 이름을 가진 궁상스러운 걔?"

"미야한테 그런 소릴 들을 이유 없어."

흔치 않게 사야가 단호히 반발해서 미야는 조금 당황한 듯했다.

사야 주제에. 그런 목소리가 들린 듯했다.

미야는 나른한 듯 앞머리를 쓸어넘기면서 화를 숨기지 않는 모습으로 말했다.

"뭐 아무래도 상관없어, 네 친구 따윈. 그렇게 빨리 돌아오면 곤란하니까 9시 정도까지 어딘가에서 시간 때우다가 와."

"불가능해. 입시학원도 주말은 8시까지밖에 안 해."

"뭐어? 적당히 맥도날드라든가 스타벅스에서 시간 때우면 되잖아."

"왜 미야가 말하는 대로 해야 하는데? 여긴 미야만의 집이 아니잖아."

"뭐어?! 나한테 말대답하는 거야?"

미야가 거친 소리를 내자 계단 아래에서 그 무시무시한 발소리가 울려 퍼졌다.

얼마 지나지 않아 문이 벌컥 열렸다.

가면을 쓴 듯 흰 마스크팩을 붙인 엄마가 히스테릭하게 외쳤다.

"뭐 해? 얼른 자기 방으로 돌아가! 미야!"

사야의 등줄기에 서늘한 것이 가로질렀다.

미야는 분노를 숨기지 않는 모습으로 경련하는 미소를 짓고 있었다.

"엄마, 잔소리하지 마. 잠시 공부 배우고 있었던 거야."

"사야 공부 방해하지 마. 넌 사야랑 비교할 수 없을 정도로 지능이 낮으니까 공부를 배워도 아무 도움이 안 될 거야. 얼른 돌아가."

엄마는 성큼성큼 방으로 들어와서 미야의 가녀린 손목을 잡아당겼다. 그때 문득 사야의 휴대전화가 눈에 띈 듯했다.

"사야? 왜 책상 위에 휴대전화를 둔 거야. 공부 중이잖니."

지적받고 얼른 휴대전화를 집어서 서랍에 넣었다. 스미레코와 토요일 일로 문자를 주고받고 있었고 레이치로부터 문자 답장이 오지 않는지 신경이 쓰여서 그만 책상 위에 올려놓은 것이다.

하지만 급하게 숨긴 게 잘못이었던 듯했다. 미야의 손을 휙 놓고 다음 순간에는 이미 마음대로 서랍을 열어서 사야의 휴대전화를 낚아챘다.

"잠시 엄마. 마음대로 보지 마……."

당황하는 사야를 개의치 않고 엄마는 눈을 번뜩이며 화면을 보았다. 그러고 나서 1분도 지나지 않아 콧방귀를 뀌었다.

"사야, 엄마 말고 문자를 주고받는 사람이 없네. 통화 이력도 엄마뿐이고. 넌 정말 친구가 없구나."

굴욕을 느끼면서도 사야는 고개를 살짝 끄덕였다. 실은 문자를 하나하나 삭제하고 있었다. 예고 없이 엄마한테 휴대전화를 검사당한 적이 전에도 몇 번인가 있어서 문자는 읽으면 바로 지우고 있다. 보내는 문자도 그와 같았다.

엄마는 어째서인지 기쁜 듯했다.

"그런데 가엾기도 해라. 비참하네. 미야는 늘 수많은 친구들한테 둘러싸여 있는데. 넌 정말 외톨이구나."

"스미레코도 친구야. 같이 공부하거나 밥도 먹으니까."

무시하려고 했는데 혐오감에 못 이겨 사야는 그만 반론했다. 그 모습이 마음에 들지 않았는지 엄마는 카랑카랑한 목소리로 마구 쏘아댔다.

"친구가 아니지. 넌 이용당할 뿐이야. 학년 톱이니 우선 사이좋은 척하면 뭔가 편리하잖아. 그것도 몰라? 가엾네. 진짜 보통 고등학생이라면 당연하게 할 수 있는 걸 왜 사야는 못하는 걸까?"

"공부하기 바쁘니 친구를 사귈 여유가 없어!"

참지 못하고 목소리를 높이자 엄마는 순간 멍한 표정을 짓더니 그러고 나서 진지한 얼굴로 고개를 끄덕였다.

"그러네, 그걸로 됐어. 평범한 애는 공부도 인간관계도 양립할 수 있지만 엄마는 너한테 거기까지는 요구하지 않아. 너에 대해 잘 알고 있으니까."

그리고 휴대전화를 책상에 내던졌다.

"어머나. 팩을 뗄 시간이 지났네."

다급한 모습으로 방에서 나갔다.

눈물이 글썽한 눈으로 고개를 숙인 사야를 내려다보고 미야가 불쑥 말했다.

"가여워라."

사야도 시뻘건 눈으로 미야를 올려다보고 "너도 가여워"라고 갈라진 목소리로 대답했다.

미야는 반론하지 않았다.

"엄마가 죽어버리면 좋을 텐데."

헛소리처럼 읊조리더니 불안정한 걸음걸이로 방을 나갔다. 사봉 냄새가 불과 한순간 남았지만 잠시 후에 방은 다시 개성 없는 살풍경한 모습으로 되돌아왔다.

사야는 책상으로 몸을 다시 틀어 공부를 시작했지만 엄마의 말이 무의식적으로 머릿속에서 반복되어 제대로 집중할 수 없었다. 돌이켜 생각하면 생각할수록 굴욕감과 분한 마음으로 눈시울이 뜨거워졌다.

샤프를 쥔 손에 힘을 싣자 심이 노트를 뚫고서 뚝 부러졌다.

죽어버리면 좋을 텐데.

마음속으로 조용히 읊조렸다.

제3장
참극으로 가는 복선투성이의 일상

1

6월 18일, 토요일 아침 6시.

옅은 잿빛 구름 사이에서 흰 아침 햇살이 광선처럼 쏟아져 내렸다. 이상하게 공기가 건조하고 바람이 조금 서늘했다. 일기예보에서 예년보다 일찍, 일주일만 지나면 장마철이 끝난다고 했다.

사야가 평소대로 자신의 방에서 공부를 하고 있는데 계단 아래에서 그 불쾌한 발소리가 울려 퍼지고 힘차게 방문이 열렸다.

"어, 엄마. 잘 잤어?"

"언제부터 공부하고 있었어? 자습실에는 몇 시부터 가니?"

"5시 넘어 잠에서 깨고 나서……. 오늘은 스미레코랑 스터디가 있어서 자습실에는 안 가."

"스터디는 몇 시부터 몇 시까지 하는데?"

"아침 11시부터 저녁 6시 정도까지."

아침부터 날카로운 말투로 추궁당해 위가 메슥거리는 것을 참으며 답했다.

"뭐어? 그럼 안 되잖아. 자습실에 가. 입시학원비로 대체 얼마나 든다고 생각하는 거니? 확실히 본전을 뽑아서 성적을 올려 엄마한테 보답하도록 해. 최근 모의고사 성적도 좋았으니 스터디에 가는 건 허락해줄게. 그래도 지금 당장 준비해서 9시부터 11시까지 자습실에 가서 공부하도록 해. 집에서는 언제 농땡이를 부리는지 알 수 없으니까.

사야는 근본부터 게으르니 감시의 눈이 없으면 바로 해이해지잖아. 그러니 스터디가 끝나면 그대로 자습실로 직행해서 폐관하는 8시까지 확실히 공부하도록 해. 알겠어? 반항하면 스터디에도 못 가게 할 거야."

"……알겠어."

사야는 샤프를 세게 쥔 채 고개를 끄덕였다. 그길로 엄마에게 휘두르고 싶어지려는 것을 간신히 참고 있었다. 그런 자신이 두렵기도 했다.

"알면 됐어."

엄마는 몸을 빙그르르 돌렸지만 몇 걸음 정도 걷다가 또다시 사야 쪽을 돌아보았다.

'생일 축하해.'

그런 말을 들을 줄 알았다.

하지만 엄마는 불쾌한 표정으로 말했다.

"아침에 일어나서 바로 공부하지 마. 머리에 제대로 안 들어오잖아. 기상하면 우선 세수하고 이 닦고 아침을 먹고서 머릿속을 깨끗이 비우는 거야. 공부는 그러고 나서 해. 그게 기본이야. 모의고사 성적이 조금 좋았다고 해서 마음을 느슨하게 먹지 않도록 해."

사야는 이제 대꾸조차 하지 않았다. 엄마는 말할 만큼 하더니 만족스럽게 방에서 나갔다.

'애초에 엄마 얼굴을 보고 싶지 않으니 아래로 안 내려가는 건데.'

지금도 기껏 집중하고 있었는데 엄마가 온 탓에 망쳤다.

관자놀이 부근이 지끈지끈 아프고 위가 메슥거리고 가슴에는 암담한 분노가 소용돌이쳤다.

최악 최악 최악 최악 최악 최악 최악.

제멋대로 나오는 눈물을 힘껏 비비고 떨쳐내듯이 일어났다.

싫다.

거실로 내려가면 엄마가 있다.

싫다.

또 얼마나 비아냥대는 소리를 들을까.

그리 생각하면서도 다리를 조종당하듯 문 쪽으로 향했다. 자신의 방을 나왔다. 옆방인 미야 방을 보았다. 불빛이 새어 나오지 않는 걸 보니 아직 자고 있는 모양이었다.

미야가 부러웠다. 실컷 비아냥대는 소리를 듣는 건 마찬가지지만 미야한테는 어느 정도 자유가 있었다. 적어도 계속해서 방에서 자고 있어도 되고 용돈을 한 달에 5천 엔이나 받는데다 통금시간은 있지만 친구와 자유롭게 놀 수 있다.

흰 성에 사는 공주님.

사야는 무의식적으로 미야 방의 금색 문손잡이를 비틀었다. 하지만 꿈쩍도 하지 않았다. 잠겨 있는 것이다. 사야의 방 열쇠는 이미 망가져 있는데.

애초에 내가 미야의 방에 들어가는 건 금지되어 있는데 왜 반대는 허용되는 걸까.

미야가 공주님이고 나는 노예라서?

망연자실해 서늘한 복도에서 우두커니 서 있으니 계단 아래에서 쿵! 하고 발을 구르는 소리가 들렸다. 엄마로부터 '얼른 내려와' 하는 신호였다. 사야는 죽은 눈으로 계단을 내려갔다.

미야처럼 자신의 방에도 욕실과 화장실이 딸려 있으면 최대한 엄마의 얼굴을 보지 않고 살 수 있을 텐데.

울적한 기분으로 거실로 들어가자 한껏 치장한 엄마와 눈이 마주쳤다. 자잘할 레이스가 달린 그레이 빛깔이 감도는 파티 드레스를 입고 번쩍이는 액세서리를 하고 있었다. 다만 손상된 머리카락은 그대로이고 얼굴도 흙빛이었다. 고상하고 고급스러운 코디를 소재가 한껏 죽이고 있었다.

엄마는 에르메스 미니백을 걸치고 샤넬 선글라스를 끼고

어째서인지 변명을 하는 듯한 어조로 말했다.

"풀메이크업이랑 헤어 세트는 긴자 살롱에 부탁해놨어. 그러니 노메이크업으로 나가는 거야. 아, 냉장고에 있는 믹스베리 요거트랑 자몽 주스는 미야 거니까 절대로 먹지 마."

빠른 어조로 말하자마자 아직 7시 전인데 서둘러 거실을 나갔다.

현관이 완전히 닫히는 소리를 듣고 사야의 마음은 금세 해방감으로 가득해졌다.

양팔을 힘껏 뻗고 크게 한숨을 쉬었다.

엄마가 없다는 것만으로도 이렇게 행복한 기분이 들 수 있다니!

콧노래를 섞어가면서 세수와 양치를 하고 평소에는 금지돼 있던 텔레비전을 보면서 천천히 아침 식사를 했다.

그리고 옷을 갈아입기 위해 자신의 방으로 돌아가려고 했을 때 때마침 미야가 방에서 나왔다.

가슴 언저리가 크게 벌어진 하얀 A라인 원피스를 입고 늘 하는 루비색 목걸이를 하고 있었다. 느슨하게 웨이브를 넣고 반쯤 올려 묶은 머리스타일과 짙은 메이크업도 어우러져서 평소보다 훨씬 어른스러워 보였다.

가족이라고는 하지만 너무나도 아름다운 모습에 넋을 놓고 보고 있으니 미야는 불쾌한 듯한 시선을 사야에게 보냈다.

"뭐야, 멍하니."

"아, 딱히 아무것도 아니야."

"12시에 오도록 모두한테 말했어. 그때까지 어딘가 가줘."

"……응. 그런데 괜찮아? 친구를 부른 걸 들키면 난처해지지 않을까?"

둘 다 집에 친구를 데리고 오는 건 단호하게 금지되어 있었다. 엄마는 자신의 영역에 타인이 들어오는 걸 이상하리만치 싫어했다.

낮에는 거의 집에 없어서 진상은 불명확하지만 사야가 관측한 범주에 있어서는 이 집에 이사 오고 나서 방문객이 온 적은 한 번도 없었다. 부모님이 이혼하기 전에는 친구네 엄마나 아빠의 회사 동료나 할아버지, 할머니 등 걸핏하면 사람이 찾아왔는데.

하지만 사야의 걱정에 미야는 콧방귀를 뀌었다.

"들킬 리가 없잖아. 엄마 어차피 돈으로 남자 사서 노는 데만 정신이 팔려 있잖아. 우리 일은 신경도 안 쓸걸?"

끔찍한 소리를 듣고 사야는 뒷걸음질을 치면서 대화를 끊어내려고 자신의 방으로 돌아갔다. 내버려 뒀던 공부를 다시 시작해서 10시 반까지 한 번도 집중력을 끊지 않고 목표량을 달성하고 교복으로 갈아입고서 집을 나섰다.

하늘은 파랗고 맑았으며 청량한 바람이 기분 좋았다. 요즘 들어 내내 우울한 날씨가 이어졌기 때문에 활짝 갠 상쾌한 공기가 한층 더 몸에 스며드는 듯했다.

언덕을 내려가 기타카마쿠라 역 선로를 따라 난 길에서 현도 21번으로 나왔다. 잠시 걷자 갓길에 이끼가 낀 돌계단이 있었고 그곳을 올라가자 스미레코 집이 있었다.

아담한 기와지붕의 단층집으로 주위에는 감나무와 목련 나무가 심겨 있었다. 어딘지 모르게 그리운 느낌이 감도는 풍경이었다.

인터폰을 누르자 소매 있는 앞치마를 입은 체구가 아담한 할머니가 미소를 지으면서 문을 열었다.

"할머니, 안녕하세요."

"사야, 왔니? 생일 축하한단다."

"아, 감사합니다."

사야는 너무 기쁜 나머지 싱글벙글했다. 그녀는 스미레코의 외할머니였다. 일 때문에 부모님이 캐나다로 이주했기 때문에 지금은 할머니와 동생 셋이서 살고 있었다.

거실 안쪽에 있는 장지문을 열고 스미레코가 얼굴을 쏙 내밀었다.

"해피 버스데이!"

어라, 싶었다.

평소에는 휴일에도 교복을 입고 있는데 오늘은 어째서인지 사복을 입고 있었다.

물방울무늬의 블라우스에 연청바지. 가슴 언저리에 클로버 형태의 목걸이. 입술에는 살구오렌지색 립스틱.

"스미레코, 예뻐!"

사야는 감탄사를 질렀다. 정말 평소보다 훨씬 예뻐 보였다.

"여동생한테 빌렸어. 난 패션센스가 꽝이니까. 그리고 이쪽이 사야 거야."

그리 말하고 그녀는 행거에 걸린 옷을 치켜들었다. 옅은 하늘색을 기본으로 한 자잘한 꽃무늬가 들어간 A라인 원피스였다. 고급스럽고 시원스러운 디자인에 사야는 한눈에 마음을 빼앗겼다.

"어…… 그런데 갑자기 무슨 일이야?"

"생일이잖아! 기껏 찾아온 생일이니 꾸미고 외출하자."

"그래도 옷이 너무 예뻐서 나한테는 안 어울릴 거야."

"무슨 겸손을 떨고 그래. 스타일도 좋으니 당연히 어울리겠지."

"아니, 그래도…… 좀…….”

여전히 입씨름을 계속하고 있는 두 사람의 곁에 스미레코의 여동생 사쿠라코가 나타났다. 그녀는 장지문 가장자리에 한쪽 뺨을 대고 따지는 듯한 눈초리로 사야를 보았다.

"기껏 내가 골랐는데 안 입어줄 거예요?"

그 한마디로 결론이 났다.

당혹스러워하면서 원피스를 입은 사야는 스스로도 의외일 정도로 잘 어울렸다.

"거 봐~. 엄청 잘 어울리잖아."

"제 눈썰미가 훌륭한 덕분이네요!"

스미레코와 사쿠라코는 의기양양하게 팔짱을 끼고 서로 들러붙어 있었다.

"사야, 예쁘구나. 인형 같아."

그 뒤에서 할머니가 얼굴을 내밀고 진심이라는 양 말했다.

사야는 조금 쑥스러웠지만 이렇게 예쁘고 여자아이다운 옷을 입을 기회가 자신의 인생에 찾아올 줄은 생각지도 못했기 때문에 순수하게 아주 기뻤다.

그 후 원피스뿐만 아니라 하트 모양의 목걸이와 흰 핸드백까지 코디를 받았고 헤어스타일은 할머니가 땋고 머리를 해주어 12시 넘어 집을 나왔다. 엄마에게 GPS로 추적당하기 때문에 휴대전화는 집에 놓고 가기로 했다.

"다행이야. 그저께 무렵에 때마침 생각이 났어! 그러고 보니 사야랑 사쿠라코는 키가 똑같잖아 하고."

"고마워. 이렇게 예쁜 차림을 한 적이 없어서 기뻐."

"우리가 의외로 본판은 괜찮을지도 몰라. 대학생이 되면 꾸미는 데 힘써볼까?"

"그러게."

밝은 음색으로 맞장구를 치면서 사야는 왜 그런지 모르게 답답함을 느꼈다.

대학생이 되면 교복을 입을 수 없다. 엄마는 새 옷을 사줄까? 아르바이트를 허락해줄까?

스스로 벌지 않는 이상 생활비도 학비도 엄마한테 의지하는 수밖에 없다. 6년이라는 세월, 엄마의 지배하에 쇠사슬에 연결된 채 살아가는 수밖에 없었다.

그렇다면 차라리 대학교에 가지 않고 그길로 일하는 편이 낫지 않을까.

엄마의 속박에서 벗어나 최소한의 자유가 보장된 삶을 손에 넣을 수 있다면……

"사야, 괜찮아?"

"아, 미안. 딴생각하느라."

스미레코는 살짝 걱정스러운 미소를 짓고 그로부터 사야의 등을 탕 두드렸다. 의외로 힘이 세서 사야는 앞으로 넘어질 뻔했다.

스미레코는 기세등등한 목소리로 말했다.

"여러모로 고민은 끊이질 않겠지만 오늘은 다 잊고 신나게 놀자!"

"응."

"기념해야 할 인생 첫 데이트니까."

"응…… 뭐?"

당황하는 사야에게 의미심장한 시선을 보내더니 스미레코는 빠른 걸음으로 역을 향해 걸어갔다.

"뭐? 데이트라니, 무슨 소리야……?"

"후후후."

JR후지사와 역 개찰구 앞에 도착해서 이쪽을 향해 손을 흔들고 있는 두 사람을 보고 사야는 경악했다.

렌지와 레이치였다.

너무 충격을 받은 나머지 달아나려고 하는 것을 스미레코가 다급히 저지했다.

"후지미야, 생일 축하해!"

상쾌한 미소로 렌지가 말했다. 사야는 황홀한 기분으로 고개를 숙였다.

렌지는 짙은 녹색 폴로셔츠에 남색 청바지를 입고 있었다. 10월에 있던 수학여행에 참가하는 건 엄마가 금지했기 때문에 좋아하는 사람의 사복 차림을 볼 수 있을 줄은 생각지도 못해서 사야는 가슴이 고동치는 것을 억누를 수 없었다.

"열일곱이 된 거 축하해, 후지미야."

곁에 있던 레이치도 축하 인사를 했다. 그는 어째서인지 체육복을 입고 있었다. 검붉은 빛깔의 반바지에 티셔츠 자락을 반듯하게 넣고 있었다. '가마중 3학년 2반'이라고 적힌 가슴 언저리의 와펜에는 매직으로 '니카이도'라고 휘갈겨 쓰여 있었다.

사야는 언급하기를 피했지만 스미레코는 거침없이 추궁했다.

"우즈키 뭐야? 시내로 나갈 복장이 아니잖아. 고구마라도 캐러 가?"

"실례잖아. '니카이도'는 1군이야."

"혹시 사복이 없어?"

레이치는 아주 진지한 얼굴로 답했다.

"이게 사복이야. 회색이랑 황색을 띠는 흰색에 레드와인 라인이 들어가서 꽤 멋스럽잖아. '사이온지'랑 '이주인'도 있어."

"팥색을 레드와인이라고…… 할머니한테는 못 들려드리겠어……."

"그리워라. 중학교 졸업 시즌에 '잘나가는 성씨 랭킹' 단골 선배들한테서 체육복을 받고 재잘대던 레이치의 모습 말이야. 어제 일처럼 선명해. 그렇게 활기 넘치던 레이치는 좀처럼 보기 힘들지."

렌지가 절절히 지나간 일을 추억하는데 사야는 왠지 흐뭇한 기분이 들었다.

그건 그렇고 왜 다키와 우즈키가 이곳에 있는 걸까?

스미레코가 센스를 발휘해서 조치를 취해준 걸까?

쿵쾅대는 고동을 진정시키려고 가슴에 손을 대고 심호흡을 반복하던 사야의 뒤에서 경쾌한 발소리가 들렸다.

"어머나, 다들. 우연이네."

돌아보자 학생위원인 시다가 있었다.

레이치는 한껏 싫어하는 표정을 지었다. 나머지 아이들은 그저 놀라고 있었다.

시다는 머리를 왁스로 삐죽삐죽 세우고 징이 박힌 검은 가죽 재킷에 가슴 언저리는 벌어진 와이셔츠, 블랙 스키니진이라는 복장을 하고 있었다. 덤으로 끝이 뾰족한 가죽 신발을 신고 바지 주머니에는 짤랑대는 체인이 감겨 있었다.

레이치가 인상을 찌푸리고 물었다.

"시다, 그 차림은 뭐야?"

"시드 비셔스가 아니라 시다 비셔스야."

희미하게 서늘한 침묵이 흘렀다.

몇 초 정도 후에 레이치가 어처구니가 없다는 듯 눈을 가늘게 떴다.

"시다, 우연이 아니겠지. 너 오늘 약속을 알고 우연을 가장해서 나타난 거잖아."

그 말에 시다는 노골적으로 당황했다. 허를 찔린 듯했다. 하지만 필사적으로 고개를 저었다.

"아니야. 정말 우연이라고. 난 지금부터 치과에 갈 거야. 너희들을 상대할 여유가 없어."

"그래? 그럼 안 됐네. 또 보자."

렌지가 하던 말을 매듭지으려고 하자 시다는 다시 노골적으로 "앗!" 하고 소리를 질렀다. 그리고 왼손을 주먹 쥐고 작위적으로 자신의 머리를 때렸다.

"나도 참, 안 되겠네! 치과 요일을 잘못 알았어. 오늘이 아니라 내일이네."

그로부터 렌지 일행에게 시선을 힐끗 보냈다.

"기껏 역까지 나왔는데! 어쩌지?!"

또 힐끗힐끗 이쪽을 쳐다보았다. 명백하게 무언가를 기다리고 있었다.

견디다 못했는지 렌지가 "지금부터 다 같이 놀 건데 시다도 괜찮으면 같이 어때?"라고 권했다.

"뭐, 그렇게 부탁한다면 좋아. 흠."

시다는 마지못한 느낌을 가장하면서도 기쁨을 감추지 못하는 모습으로 그리 대답했다.

"그럼 가자. 남쪽 출구에 있는 스테이크집, 엄청 맛있어."

렌지가 앞장서는 형태로 다섯은 남쪽 출구 로터리로 걸어가기 시작했다.

사야는 졸린 듯 제일 뒤에서 걷는 레이치의 곁에 나란히 서서 말을 걸었다.

"저기, 우즈키. 그런 무례한 문자를 보내서 미안."

"문자?"

"응, 의뢰 건 말이야. 갑자기 거절 연락을 한 거 미안해서."

"아, 나 아마 그건 못 본 것 같아."

"뭐?"

"휴대전화 망가졌어. 냉동 바나나로 두드렸더니 부서졌거든."

어떤 상황인가 하고 곤혹스러워하는 사야를 개의치 않고

레이치는 이해가 빠른 듯 이야기를 이어나갔다.

"오늘 이건 내 의뢰로도 연결돼 있고 후루타의 의뢰랑도 연결돼 있어. 저 애, 렌지한테 데이트 연습을 해달라는 의뢰를 했다고 하던데."

"어?"

그런 사실은 꿈에도 모르고 사야는 경악했다. 점과 점이 서서히 이어져가는 듯했다.

"절친으로서 후지미야 생일에 서프라이즈 선물을 준비한 거 아냐? 네가 렌지를 좋아하는 거 저 친구 알고 있잖아."

"그건 그래."

"다정한 친구네. 렌지처럼. 왠지 이야기가 복잡해졌고 더구나 시다까지 따라왔지만 어렵게 생각하지 말고 오늘은 즐기자."

"응. 고마워."

늘 진지한 얼굴을 하는 레이치가 드물게 입가에 미소를 띠고 사야의 어깨를 다정하게 두드렸다.

"기껏 이렇게 됐으니 렌지랑 이야기하고 와."

"응."

앞으로 시선을 보내자 때마침 스미레코가 손짓을 하고 있었다. 사야는 두 사람에게 등을 떠밀리는 형태로 힘껏 렌지의 곁으로 달려갔다.

2

미야는 돈을 충분히 가지고 있지 않다. 아르바이트는 금지돼 있고 한 달에 5천 엔씩 받는 용돈은 방과 후에 노래방이나 카페에 가는 비용으로 순식간에 사라진다. 그래서 당연히 사람을 대접할 여유 따위 없었다.

하지만 오늘 후지미야 집의 거실에는 다섯 명의 친구가 모여 있다. 테이블에는 홀케이크 두 개가 있었다. 초콜릿과 딸기 케이크였다. 그걸 둘러싸다시피 해서 마르게리타 피자, 씨푸드 피자, 프라이드치킨에 감자튀김, 슈림프 샐러드가 놓여 있다. 의자에 걸려 있는 편의점 봉투에는 과자봉지가 대량으로 채워져 있다. 음료도 만반의 준비를 해서 2리터 사이즈 음료와 차가 총 여섯 병이나 있었다. 모두 친구들이 가지고 온 것이다.

미야는 그저 "이번 주말에 생일 파티를 할 테니 와"라고 한마디 말을 걸기만 하면 되었다. 그것만으로 만사가 술술 풀렸다. 괜한 소리를 하지 않아도 자신이 바라는 것을 모두 알아서 가지고 와준다는 것을 잘 알고 있었다. 그리고 실제로 그대로 되었다. 이의를 제기하는 사람은 아무도 없었다. 모두 당연한 듯 그렇다고 생각했다.

그건 그렇고.

미야는 어질러진 테이블 위를 빙그르 둘러보았다.

평소에 내가 먹을 만한 건 아무것도 없었다. 샐러드가 유일하게 백화점 지하에서 파는 거지만 이곳 드레싱은 첨가물이 많이 들어 있다는 걸 엄마가 알아차리고 그 이후 식탁에 올라오지 않았다.

"정말 성 같다. 미야의 이미지 딱 그대로야."

친구인 고지마 가오리가 간드러지는 목소리로 말했다. 뚱뚱하지는 않지만 남자아이 못지않은 어깨너비 탓에 꽤 덩치가 좋아 보인다.

"계속 근사한 집이라고 생각했는데 초대받아서 기뻐."

마찬가지로 친구인 마쓰하시 나오코가 재잘거리며 말했다. 살도 덩치도 어중간하고 특징이 없는 평균적인 이목구비를 하고 있다.

미야는 딱히 그녀들을 좋아하지 않았다. 그저 자주 노트를 빌려주고 늘 자신의 입장을 잘 파악하고 있다는 점에 대해서는 적지 않게 좋은 평가를 내리고 있다.

"고마워. 나도 너희가 와줘서 기뻐."

듣기 좋은 소리를 하고 씨익 미소 지었다. 미소를 보내주기만 해도 두 사람 다 심장에 화살이라도 맞은 듯 눈동자를 반짝였다. 간단한 마법이었다.

오렌지 주스를 따른 잔을 양손으로 들고 앉아 있던 미야의 손을 쓰무라 아이리가 세게 잡아당겼다. 메이크업이 진한 얼굴을 쏙 가까이 들이밀고 귓속말을 했다.

"그런데 왜 저 애들 불렀어?"

그리 말하고 가오리와 나오코 쪽으로 턱을 치켜 올렸다. 미야가 어색한 미소를 짓자 아이리는 한숨을 깊게 쉬었다.

"기분 다운 되잖아."

"그래도 늘 노트를 빌려주거나 숙제를 도와주니까."

더구나 아이리와 다르게 버젓한 케이크와 과자를 가지고 와주고 말이지. 아무것도 가지고 오지 않은 건 너뿐이야. 미소를 유지하면서 내심 그리 읊조렸다.

아이리와는 대개 늘 같이 있다. 그녀는 미야를 신경 쓰지 않는다. 특별 취급을 하지 않는다. 그래서 편했다. 존중받고 싶고 어리광을 받아줬으면 하지만 짜증나니까 내버려 뒀으면 하는 모순된 감정을 늘 안고 있는 미야에게 있어서 그녀는 일종의 청량제와 같았다.

아이리 말고 가나미와 유이가 평소의 멤버지만 둘 다 볼일이 있다고 해서 오지 않았다. 실은 볼일 따위 없다는 걸 미야는 희미하게 짐작하고 있었다. 두 사람은 가오리와 나오코처럼 미야를 자신보다 높은 사람처럼 대하면서 떠받드는 역할을 받아들이지도, 아이리처럼 전혀 신경 쓰지 않고 대등한 입장에서 대하지도 못한다. 대다수의 여자아이와 마찬가지로 표면상으로는 친하게 지내거나 주위 분위기에 맞춰서 치켜세우더라도 마음속으로는 늘 감정이 맺혀 있는 듯 사소한 순간에 엄청난 질투심이나 증오의 시선을 보낸다는 걸 미야는 진즉에 알아차리고 있다.

"아니, 남자아이들도 미묘한 녀석들이잖아."

휘어진 감자튀김 세 개를 한 번에 욱여넣으면서 아이리가 어중간하게 웃었다. 프렌치포테이토의 부스러기가 입에서 떨어져 반질반질한 바닥에 떨어졌다. 엄마가 보면 발광할 게 분명하다.

"말이 너무 심한데?"

이구치 마사야가 콜라를 마시면서 다가왔다. 중학교 동창생으로 도오보다 꽤 랭킹이 떨어지는 고등학교에 다니고 있다.

"윽. 귀 기울여서 듣고 있었어? 기분 나빠."

아이리가 얼굴을 찡그렸다.

"아냐. 우리는 후지미야의 미성에 귀를 정화시키고 있었을 뿐이야. 쓰무라한테는 흥미 없어."

"그래 그래."

오모리 겐고가 가세했다. 오른손에 들고 있던 먹다 만 피자 치즈가 늘어나서 팔에 들러붙어 있었다.

"어찌됐거나 도청한 건 분명하잖아."

"말이 뭐가 그래? 범죄자 취급하는 거야?"

"후지미야, 이 녀석 진짜 너무하지 않아?"

"아하하."

미야는 조금 난처한 미소를 지었다. 실제로 난처했다. 자연스럽게 슬쩍 시계에 시선을 보냈다. 파티가 시작된 지 1시간 가까이 지나려고 하는데 미야에게 있어서 주역이 아직 도착하지 않았다.

어쩌지. 신경은 쓰이지만 내가 묻기도 좀 그런가?

"그러고 보니 구타니는 아직 안 왔어?"

타이밍 좋게 아이리가 물어 와서 미야는 가슴을 쓸어내렸다.

그렇다, 그들과의 시답지 않은 대화는 아무래도 상관없었다. 구타니 신이치가 아직 오지 않은 게 미야에게는 무엇보다 신경이 쓰였다. 이곳에 있는 사람은 하나같이 단순히 인원수를 맞추기 위해서 불렀을 뿐 구타니야말로 이번 파티의 목적이었으니까.

"글쎄? 길이라도 헤매고 있는 거 아닐까?"

이구치는 전혀 관심이 없다는 모습으로 콜라를 단숨에 들이켰다.

"아니, 없는 것도 몰랐어. 그 녀석 존재감이 너무 없네."

오모리가 팔에 흘러내린 치즈를 날름 핥으면서 낄낄낄 웃었다.

우엑. 기분 나빠.

미야는 알아차리지 못하도록 미소를 장착한 채 마음속으로 악담을 뱉었다.

"……구타니라면 갑자기 아르바이트를 도와달라는 연락이

와서 늦는다고 연락이 왔어. 다들 알고 있다고 생각해서 말
안 했지. 미안. 그런데 이제 곧 도착하나 봐."

가오리가 망설이듯 목소리를 높였다. 긴장해서인지 어미를
말할 때 목소리가 뒤집혔다. 나오코와 더불어 교실 구석에서
조용히 책을 읽고 있는 타입으로 이구치나 오모리 같은 화려
한 남자아이들을 대하는 게 서투른 듯했다.

몇 박자쯤 침묵한 후에 이구치가 흥 하고 콧방귀를 뀌었다.

"갑자기 이야기에 끼어들어서 좋았잖아."

"저 녀석들도 우리 대화 도청하고 있었네."

오모리가 말했다.

"너희 목소리가 시끄러울 뿐이거든?"

아이리가 작위적으로 한숨을 쉬고서 충고했다.

미야는 왠지 모르게 불쾌했다.

왜 가오리 따위가 구타니의 연락처를 알고 있는 거지? 이
몸도 모르는데.

뭐어, 남자아이들의 입장에서는 저런 못난이에 무난한 애
가 부담 없이 이야기할 수 있어서 편한 거겠지.

이구치가 좋은 예다. 실컷 나를 칭송하는 주제에, 나와 이
야기하고 싶어서 참을 수 없는 주제에 반드시 아이리를 사이
에 두고 충격을 완화하려고 한다. 내가 다른 쪽을 보고 있을
때는 노골적으로 뜨거운 시선을 보내는 주제에 불과 한순간
이라도 눈이 마주치면 다급히 시선을 돌린다.

이구치 뿐일까, 대부분의 남자아이들이 그렇다. 시선이 교차하는 순간 주눅이 든 것처럼 눈을 피한다. 다키는 다르지만. 그 아이는 테이블을 사이에 둔 가까운 거리에서 나와 마주보고 있는데도 전혀 동요하지 않았다. 지극히 태연했다. 그건 뭐지? 늘 우즈키와 같이 있으니 예쁜 얼굴에 익숙한 걸까? 아니면 미적 감각이 뒤떨어지는 인간인가?

이런저런 생각을 하는 동안에 미야와 사야의 이목구비가 비슷하다, 고 렌지가 한 말을 떠올리고 단숨에 열이 받았다.

어째서 그런 실례되는 발언을 한 거지? 우즈키와 하는 데이트도 자신이 제안한 주제에 좀처럼 이야기를 진행시키지 못하고 라인 답도 늘 늦다.

혹시 내가 F반이라서 무시하나? 미인이지만 머리는 텅텅 비었다면서 내심 깔보고 있거나 하나.

피해망상이 부풀어 오르기 시작해서 답답한 마음이 더해가는 가운데 높다란 벨 소리가 실내에 울려 퍼졌다.

"아, 호랑이도 제 말 하면 온다더니."

아이리가 그다지 흥미도 없다는 듯 중얼거렸다.

인터폰의 작은 화면으로 구타니의 모습을 확인하자 미야의 답답한 마음이 순식간에 사라졌다. 가벼운 발걸음으로 긴 복도를 빠져나가 현관의 두꺼운 문을 열었다.

"미안, 급한 일 때문에 늦어서."

입을 열자마자 사과하는 구타니는 숨을 헐떡이고 앞머리가 흐트러져 있었다. 그 모습을 보고 이곳까지 뛰어온 것을 알수 있었다.

"아냐, 전혀! 와줘서 고마워."

쿵쾅대는 가슴에 비례해서 미야의 목소리는 자연스럽게 한 옥타브 정도 올라갔다. 구타니는 얼굴이 잘생겼다. 또렷한 쌍꺼풀이 인상적인 요즘 스타일의 꽃미남이다. 이야기를 거의 나눠본 적은 없지만 내내 신경이 쓰였다. 가오리와 구타니가 같은 청소 조였기 때문에 그녀를 생일 파티에 부를 때 은근슬쩍 권했다.

"그럼 실례할게. 그리고 이거, 보잘것없는 거지만······."

구타니는 왠지 모르게 위축된 느낌으로 고개를 숙이더니 하얀 봉투를 내밀었다. 역 앞 과자점 푸딩이었다. 맛있다고 평이 좋았다.

"와아, 고마워. 푸딩 진짜 좋아해."

"그래? 다행이야."

구타니는 앞머리를 매만지면서 미소 지었다. 미야가 눈치를 보면서 응시하자 쑥스럽다는 듯 고개를 숙였다.

명백하게 나를 좋아하잖아.

미야는 입이 귀에 걸리려는 것을 참으면서 거실 쪽으로 구타니를 안내했다. 문을 열어 안으로 들어오도록 권하면서 뒷모습을 재빨리 훔쳐봤다.

어깨가 조금 둥그스름하지만 키는 170센티미터를 넘으니 뭐 허용범위에 들어간다. 정확한 이상형은 아니지만 나무랄 데 없는 꽃미남이다. 더구나 이틀 전에 갑자기 파티에 오라고 권했는데도 이렇게 달려와 줬다. 조금 전의 반응도 그렇고 아마…… 분명 나를 좋아한다.

우즈키한테 가망이 없으면 최악으로 이쪽이라도 괜찮으려나.

그런 생각을 문득 하다가 다급히 지웠다. 왜 마음이 나약해지는 거야. 기껏 다음 주에 데이트를 하게 됐는데. 아, 데이트 연습이었지. 그런 자질구레한 건 아무래도 상관없다. 오랫동안 단둘이 시간을 보내면 역시 나를 좋아해 줄 거라는 자신감이 있었다.

구타니의 방문에 신이 난 건 미야와 가오리뿐이었다. 다른 멤버들은 푸딩이 없었더라면 온 것조차 알아차리지 못할 정도로 관심도가 적었다.

잽싸게 자리에서 일어나 컵에 콜라를 따라 구타니에게 건네는 가오리를 보고 미야는 희미하게 서늘한 기분이 들었다. 실제로 구타니도 조금 전부터 미야에게 보인 표정과는 딴판으로 무표정하게 그걸 받아들고 있었다. 시험 삼아 미야가 초콜릿 과자를 건네자 알기 쉬울 정도로 당황하며 뺨을 누그러뜨렸다.

"앗, 구타니만 주고 약아빠졌어. 후지미야, 나도 줘."

이구치가 옆에서 끼어들었다. 미야는 하는 수 없이 그에게도 과자를 건네주었다.

"와아, 먹기 아깝네. 보물로 삼아야겠어."

"뭐야, 그게. 오버하기는."

미야가 마냥 나쁘지만은 않다는 모습으로 웃었다.

"아니 진짜로. 후지미야의 기념비적인 생일 파티에 초대받은 것만 해도 감개무량해."

그 말을 듣고 아이리가 이상하다는 듯 주위를 둘러보았다.

"오늘 진짜 초대 손님들이 수수께끼네. 난 미야랑 사이가 좋으니 이해가 되잖아? 마사야랑 겐고는 나랑 친하니까 이것도 어느 정도 이해가 되거든? 그런데 고지마랑 마쓰하시랑 구타니는 진짜 전혀 연관이 없지 않나?"

그 세 사람에게도 들릴 만큼 큰소리로 거침없이 말했다. 세 사람은 어색한 듯 쓴웃음을 짓고 얼굴을 마주 보았다. 구타니가 자리가 불편한 듯 시선을 떨어뜨리는 것을 보다 못해서 미야가 다급히 거들었다.

"아니야. 가오리랑 구타니랑은 청소 조가 같으니까 자주 이야기하고 노트도 종종 빌려줘. 나오코는 가오리랑 사이가 좋고, 그렇지?"

눈짓을 하자 가오리와 나오코가 멍한 모습으로 고개를 끄덕였다.

"아, 그러고 보니 후지미야는 쌍둥이 동생이 있지? 그 애, 저쪽 두 사람이랑 분위기가 판박이 아니야?"

오모리가 무시하는 어투로 말했다. 이구치가 곧바로 동조했다.

"맞아 맞아. 나, 처음에 그 애 봤을 때 완전 놀랐잖아. 저런 게 후지미야의 동생이라고? 하면서."

"저런 게, 라니. 그 말투 뭐야."

아이리는 짓궂게 입술이 휘어지게 웃었다.

"아니 진짜로. 말하기엔 미안하지만 못⋯⋯이잖아."

"그래도 학년 톱인데 그걸 으스대지 않는다는 점은 엄청 멋있다고 생각해."

가오리가 어감을 강하게 해서 반론했다. 꽤 용기가 필요했는지 목소리가 살짝 떨리고 있었고 시선은 엉뚱한 방향으로 향해 있었다.

"어, 뭐어? 갑자기 큰 소리 내고 왜 그래?"

"분위기 급 다운되잖아."

이구치와 오모리가 무시하듯이 웃었다. 가오리가 뺨을 붉히고 고개를 숙이자 옆에 앉아 있던 구타니가 은근슬쩍 그 어깨를 토닥여주었다.

가오리 따위를 위로해주다니 엄청 다정하잖아.

그 과정을 목격하고 있던 미야의 내면에서 자신도 모르게 구타니의 호감도가 올라갔다.

"동생이랑 사이좋아?"

"응. 내가 사야 방에 놀러 가서 밤늦게까지 같이 수다를 떨기도 해."

"와아, 의외다. 평소에 어떤 대화 하는데?"

"흐음. 학교 이야기라든가 장래 이야기라든가 여러 가지."

이구치의 질문에 스스로도 놀랄 정도로 술술 대답이 나왔다. 실은 제대로 이야기한 적도 없고 '사야'라고 이름을 불렀던 적도 없지만 자매 사이가 좋다는 설정인 편이 인상이 좋을게 분명하다. 다른 멤버에게는 아무래도 상관없지만, 구타니에게는 좋은 인상을 주고 싶었다.

등받이에 푹 기대서 스마트폰을 보고 있던 아이리가 태연한 모습으로 물었다.

"미야 여동생이랑 우즈키는 언제부터 사귀고 있었어?"

"뭐어?"

놀란 나머지 불쾌한 목소리가 나오고 말았다. 다른 모두도 놀라움을 숨기지 않는 모습으로 목소리를 높여 다행히 눈에 띄지는 않았다.

일동이 예상 이상의 반응을 보인 것이 유쾌했는지 아이리는 히죽 웃으면서 말했다.

"아유미한테 라인이 왔어. 역 앞에서 데이트하는 거 봤대."

"잘못 봤겠지."

달려들 기세로 반응하는 미야의 눈앞에 아이리는 스마트폰 화면을 들이댔다.

"진짜야. 자 사진."

미야는 그걸 파고들 듯이 보았다.

그곳에는 확실히 레이치와 사야가 나란히 걷는 모습이 담겨 있었다. 그저 나란히 걷고 있을 뿐만 아니라 레이치가 사야에게 다정하게 미소 짓고 있었고 그 어깨를 안고 있는 것처럼 보였다. 사야는 수줍어하는 미소를 띠고 있었다. 하나같이 미야가 본 적 없는 표정을 짓고 있었다.

머리를 후려갈기는 듯한 충격이었다. 온몸에서 핏기가 슥가시는데 뺨만 확 뜨거워졌다. 동요와 분노와 증오와 슬픔이 한꺼번에 밀려와서 머릿속이 엉망진창이 되었다.

미야의 심정은 꿈에도 모르고 이구치와 오모리는 단순히 재미있어하며 조잘댔다.

"우와, 진짜네. 오늘 있었던 일 중에 제일 충격적인 뉴스네."

"얼굴 격차 개쩐다."

"그런데 엄청 흐리게 보면 의외로 어울리잖아. 분위기가 비슷한가?"

"둘 다 촌스럽잖아. 우즈키는 체육복 입고 있고. 어떤 의미에서는 어울려. 이 원피스랑 헤어스타일은 옛날 시대야? 한껏 꾸민 것 같긴 한데 완전 구려."

"야. 후지미야 여동생이야. 실례잖아."

"그랬지. 미안, 후지미야."

미야는 여전히 할 말을 잃고 가만히 있었다. 머리가 띵해서 모두의 목소리가 멀어지거나 가까워지기도 했다. 저질스러운 웃음소리가 괜히 신경을 예민해지게 했다.

"그 사진, 나한테 보내줄래?"

고개를 숙인 채 미야는 나지막한 소리로 말했다.

"어, 왜?"

아이리가 가볍게 웃은 채 고개를 갸웃거렸다.

"잔말 말고 얼른 보내기나 해!"

필사적인 외침이 울려 퍼졌고 실내는 순식간에 정적에 휩싸였다.

"……뭐, 딱히 상관없지만, 갑자기 왜…….""

아이리는 불평하면서 마지못한 모습으로 사진을 보냈다.

의아한 표정을 지은 주위의 사람들에게 신경을 쓸 여유조차 없이 미야는 거실에서 뛰쳐나갔다. 복도의 차가운 벽에 등을 기대고서 스마트폰을 꺼냈다.

엄마에게 전화를 걸었지만 몇 번을 걸어도 부재중 전화로 연결되었다. 평소에는 아무래도 상관없을 일에도 바로 전화를 걸어와서 미야의 행동을 하나하나 감시하려고 하는 주제에 정작 중요한 순간에 받지 않는다.

부재중 전화에 감정이 실린 음성을 남기고 나서 미야는 하는 수 없이 라인을 보내기로 했다.

〈미야, 공부 농땡이 치고 F반의 남자애랑 놀러 다니고 있나 봐. 친구가 우연히 보고 나한테 알려줬어. 사진은 후지사와 역이지만 지금부터 어디로 갈지는 몰라. 엄마, 찾아서 데리고 오는 게 낫지 않을까? 아마 이게 처음이 아닐 거야. 사야, 내 내 엄마를 배신하고 공부를 농땡이 치고 있었던 것 같아!〉

반쯤 정신이 나간 채 기세에 떠밀려 글자를 치고 사진을 첨부해서 보냈다. 다시 사진을 보고 분노와 참을 수 없는 마음에 눈물이 번져 나왔다.

의미를 알 수 없다. 전혀 의미를 알 수 없다. 1밀리미터도 이해를 할 수 없다.

왜 사야야?

언제 어디서 알게 된 거야?

못생긴 주제에. 공부밖에 장점이 없는 주제에.

왜 사야 따위가 우즈키랑 같이 있는 거야?

사귀는 거야? 설마.

이구치와 오모리도 짜증 난다. 사야는 아무래도 상관없지만 우즈키까지 모욕하는 건 용서할 수 없다.

거실에서 카랑카랑한 아이리의 웃음소리가 들려왔다. 거슬린다. 머리가 아프고 속이 답답하고 평소에 먹지 않는 저렴한 과자를 권해주는 대로 먹은 탓에 구역질이 났다.

나는 이렇게 기분이 최악인데 사야는 우즈키와 단둘이 있는 거야? 믿을 수 없다. 사야 주제에. 절대로 있을 수 없다.

기분 탓이 아니었다. 그리 생각하고 또다시 스마트폰에 시선을 떨어뜨렸고 그게 현실이라는 사실을 재확인하고서 절망했다. 그러기를 반복했다.

이윽고 복도 문이 열리고 구타니가 살며시 미야의 곁으로 걸어왔다.

"괜찮아?"

말을 걸면서 미야의 얼굴을 들여다보고 놀란 표정을 지었다. 미야의 눈은 빨갛고 뺨에는 눈물 자국이 있었다.

"어, 진짜 괜찮아? 어디 아파?"

걱정해주는 게 기뻐서 다시 눈물이 흘러넘쳤다. 그길로 혼란한 틈을 타서 구타니에게 안겼다. 구타니는 당혹스러운 모습으로 시선을 불안하게 헤맸고 안지도 뿌리치지도 못한 채 그저 당황하고 있었다.

잠시 시간이 지나 마침내 차분해지자 구타니의 티셔츠 자락을 꼭 부여잡으면서 울먹이는 목소리로 말했다.

"여러 가지 힘든 일이 겹쳐서 눈물이 멈추질 않아. 놀라게 해서 미안."

"아니 괜찮아. 그럴 수도 있지."

구타니는 조심스러운 목소리로 그리 말하고 자신의 허리에 둘러진 미야의 양팔을 살며시 풀어냈다.

"어떻게 할래? 애들 있는 곳으로 돌아갈래?"

"몸이 좀 안 좋아서 내 방에서 쉬고 싶어. 같이 가줄래?"

미야가 눈치를 살피며 묻자 구타니가 동요하며 눈을 슥 피했다. 그리곤 고개를 살짝 끄덕였다.

윤이 나는 계단을 올라가 방문을 열었다. 뒤에서 주저하며 실내를 들여다본 구타니가 눈이 휘둥그레진 채 노골적으로 놀라워했다.

"와, 대단하다. 엄청 넓어."

"그래? 10평 정도밖에 안 돼. 안쪽에 내 전용 욕실이랑 큰 옷장도 있지만."

미야는 그만 의기양양하게 자랑하듯 말했다. 팔을 붙잡고 방으로 들이려고 하는데 구타니가 문 앞에 멈췄다.

"이제 괜찮은 것 같네. 나는 돌아갈게."

"왜. 기껏 왔는데 들어와."

"여자애 방에 들어가는 건 역시 바람직하지 않으니까 난 돌아갈게. 만약 좀 그러면 고지마나 마쓰하시를 불러올까?"

"싫어, 가지 마. 구타니가 같이 있어 줬으면 해."

그리 말하고 다시 구타니에게 안겼다. 지금까지 실컷 깔보고 있던 사야에게 레이치를 빼앗겨서 거의 자포자기하고 있었다. 구타니가 금방 얼굴을 붉히는 것을 보고 사야는 '됐다'라고 생각했다.

이제 구타니면 됐어. 그럭저럭 꽃미남이고 완전히 나한테 호감이 있으니까.

그리고 더욱 강하게 안겼다. 구타니의 심장이 파열될 것 같을 정도로 고동치는 것을 알 수 있어서 미야는 기뻤다.

"저기 말이야, 솔직히 나 지금까지 내내 우즈키를 좋아했어. 구타니는 조금 신경이 쓰이는 정도의 존재였고. 그런데 오늘 이렇게 다정하게 대해줘서 너무 기뻐서 내 안에서 단숨에 특별한 존재가 됐어. 그러니 나 구타니랑 사귀어도 정말 괜찮아."

"어?"

구타니는 숨기지 않고 당황스러워했다. 그리고 매달리는 미야의 양팔을 풀어내려고 했다.

"고마워, 후지미야. 나 같은 애한테 그런 말을 해줘서. 그런데 우린 전혀 안 어울리니 마음만 고맙게 받아들일게."

"왜? 안 어울려도 괜찮지 않아? 이 몸이 괜찮다고 하니까. 저기, 사귀자."

강압적인 미야를 견디다 못해 구타니는 한숨을 휴 크게 내쉬고 나서 말했다.

"미안. 나, 고지마랑 사귀고 있어."

"뭐어?"

얻어맞은 듯한 충격이 미야를 다시 덮쳐왔다.

이 녀석, 지금 뭐라고 했어? 고지마랑 사귀고 있다고? 고지마라면 가오리를 말하는 건가?

뭐? 가오리 따위랑 사귄다고?

거짓말이지?

입을 떡 벌리고 말문이 막힌 미야를 내려다보고 구타니는 겸연쩍은 듯 콧등을 긁적였다.

"그러니까 후지미야랑은 못 사귀어."

"어. 그럼…… 헤어지면 되잖아."

멍하니 눈을 부릅뜬 채 겨우 그리 읊조렸다. 그렇게 자신만 만하게 고백 같은 걸 하고서 뒤로 물러설 수 없다.

"아니, 못 헤어져. 사귄 지 1년 가까이 지났고……."

"그럴 리가 없잖아. 헤어지고 싶다고 하면 그걸로 끝이잖 아. 나랑 사귈 수 있는 기회야. 말하긴 미안하지만, 구타니가 나 같은 레벨이랑 사귈 수 있는 기회는 앞으로 살아갈 인생에 서 이제 평생 없을 거야."

"그래. 그럴지도 모르지만, 미안."

"아니 아니 아니. 냉정하게 생각해봐. 가오리의 얼굴을 떠 올리고 내 얼굴을 곰곰이 봐봐. 말도 안 되잖아. 자선사업이 아니니까, 자신의 마음에 솔직해지는 편이 나아. 가오리 따윈 솔직히 못생겼고 스타일도……."

미야의 몸에 강한 충격이 가로질렀다. 구타니가 힘껏 밀쳤 다는 걸 아는 데 몇 초가 걸렸다.

"가오리를 나쁘게 말하는 건 아무리 후지미야라고 해도 용 서 못 해. 가오리는 다정하고 좋은 아이야. 고적 명소를 돌아 다니는 공통된 취미도 있어서 같이 있으면 정말 즐거워. 그 애랑 헤어진다는 건 절대로 생각할 수 없어."

지금까지 온화하던 표정이 싹 바뀌고 강하게 비난하는 듯한 어조로 그리 말했다. 그리고 차가운 시선으로 미야를 내려다보았다.

"지금 있었던 일은 절대 아무한테도 말 안 할 테니 안심해. 오늘은 초대해줘서 고마워. 후지미야는 몸 상태가 안 좋아서 쉬고 있다고 모두한테 말해둘 테니 편안히 쉬어."

딱 잘라 말하고 나서 구타니는 휙 돌아 계단을 뛰어 내려갔다. 말 붙일 엄두도 낼 수 없었다.

미야는 잠시 멍하니 서 있었다. 조금 전부터 내내 이명이 멈추지 않았다. 몸의 심지가 발화한 듯이 뜨겁고 두통이 심하게 났다.

계단 아래에서 희미하게 모두의 웃음소리가 들려왔다. 자신이 무시당하는 듯한 비참한 기분이 들어서 서둘러 방문을 닫았다. 그러고 나서 침대에 털썩 쓰러져 한숨을 쉬었다.

냉정하게 생각해보니 터무니없는 굴욕감이 단숨에 밀려와서 참을 수 없었다. 자신이 취한 행동 하나하나가 되살아나서 베개에 얼굴을 파묻고 발을 힘껏 버둥거렸다.

왜 혼자 멋대로 그런 말을 해버린 걸까.

그렇게 무시하고 깔보던 사야한테도 가오리한테도 졌다, 나는.

"믿을 수 없어. 이렇게 예쁜데. 정말 이상해."

무의식적으로 목소리가 나왔다.

"엄마……."

괴로운 나머지 스마트폰을 꺼내 다시 엄마에게 전화를 걸었다. 적어도 사야의 행복은 망가뜨리고 싶었다. 그러기 위해서는 엄마의 존재가 불가결했다. 하지만 몇 번 전화를 걸어도 부재중 전화로 연결되었다.

"망할 할망구."

스마트폰을 힘껏 벽에 집어 던졌다. 기분이 최악이었다. 베개에 얼굴을 파묻은 채 목소리를 죽이고 흐느껴 울었다.

3

사야는 쇼난카이간 공원에 있었다. 후지사와 역에서 걸어서 40분 정도 되는 거리에 있는 해변 공원이었다. 잔디 광장에 렌지와 나란히 앉아서 하는 것 없이 멍하니 있었다. 저 멀리 에노시마를 바라보는 온화한 바다와 모래사장이 있었다. 바닷바람과 하얀 햇볕을 쬐고 서핑을 즐기는 사람과 개를 데리고 산책하는 사람의 모습이 보였다.

시다는 "난 늘 바빠. 실은 놀고 있을 틈이 없어"라고 무슨일이 있을 때마다 주장했지만 지금은 스미레코와 함께 해변가에서 물수제비를 뜨며 놀고 있었다.

상당히 열중하고 있는지 이따금 엄청나게 우렁찬 소리를 내서 해변을 산책하는 사람들을 놀라게 했다. 스미레코도 손

뺨을 치거나 재잘거리면서 아주 즐기고 있었다.

레이치는 조금 떨어진 장소에서 곯아떨어져 있었다. 모래사장 경사에서 미끄러져 떨어질 듯 울타리에 가려지도록 엎드린 자세로 자는 게 사야는 마음에 걸렸다.

서서히 기울기 시작하는 태양의 눈 부신 빛으로 수면이 난반사하고 있었다.

아담하게 무릎을 세우고 양팔을 두른 렌지가 고개를 갸웃거리면서 물었다.

"후지미야, 정말 이걸로 괜찮아? 기껏 찾아온 생일인데."

"물론이지. 엄청 즐거워."

"정말? 두 시간 가까이 내내 잔디에서 바다를 바라보고만 있는데. 지금부터라도 볼링이라든가 영화라도 보러 갈까?"

사야는 다급히 고개를 저었다.

"아냐, 괜찮아. 이게 더 즐거워. 평소에 공부만 해서 마음을 진정시킬 여유가 없으니 이런 시간이 정말 행복해."

"그래? 그렇다면 다행이고. 그래도 사양은 하지 마."

"응. 고마워."

사야는 왠지 모르게 황홀한 기분이 들었다. 쉬는 날에 공부도 하지 않고 멍하니 바다를 바라보고 있다. 이것만으로도 엄청난 일인데 바로 옆에 렌지가 있고 둘만 이야기하고 있다.

이건 정말 현실일까?

은근슬쩍 뺨을 꼬집어보았다. 이미 몇 번이나 반복한 동작이었다.

역에서 합류한 후 렌지가 예약해준 스테이크집으로 가서 두툼한 스테이크 런치를 먹었다. 고기 요리는 거의 먹을 기회가 없어서 너무 맛있어서 혀가 녹아내리는 듯했다. 다만 '생일'이라는 이유로 렌지와 레이치가 한턱 쐈다는 것에는 아직 죄책감이 사라지지 않았다. 언젠가 반드시 보답해야겠다고 생각했지만 과연 언제가 될까. 진학 후 6년간 아르바이트는 절대 금지일 테고 여전히 모든 수입과 지출을 자세히 엄마에게 보고하는 게 의무화될 테다. 실은 나중에 영화관이나 게임센터에 가기를 계획하고 있었던 모양인데 그건 굳이 사양했다. 언제 보답할 수 있을지도 모르는데 더 이상 금전적으로 의지하는 건 어떻게든 피하고 싶었다.

바다라면 1엔도 들지 않는다. 기분 좋은 자연 속에서 그저 차분히 시간이 흘러가는 데 몸을 맡기기만 하는 것이다.

시원한 바람이 뺨을 어루만지는 것을 느끼면서 사야는 숨을 크게 들이쉬었다.

푸른 잎과 바닷바람의 냄새가 기분 좋았다. 여름의 예감이 들었다.

"나, 내 인생에서 이런 순간이 찾아올 줄은 생각지도 못했어."

"이런 순간?"

"아무것도 안 해도 되는 순간. 나를 내 안에 가두는 모든 것에서 해방되는 순간."

사야의 눈은 내내 먼 곳을 보고 있었다. 눈동자는 햇살을 빨아들이듯 반짝이고 있었다.

렌지는 그 옆얼굴을 가만히 응시하더니 양손을 펼친 채 갑자기 잔디밭에 쓰러졌다. 위를 보고 눕자 아득하게 넓은 저녁 하늘이 시야를 순식간에 물들였다.

"후지미야도 누워봐. 기분 엄청 좋아."

그리 권해서 사야는 망설이면서도 살며시 위를 보고 누웠다.

풀에서 나는 부드러운 향기가 물씬 가까워졌다. 하늘은 짙은 푸른색에 오렌지색과 주황색, 보라색이 뒤섞여서 저 멀리까지 환상적으로 펼쳐져 있었다. 시야 한쪽 구석에는 희읍스름하고 작은 달이 아련하게 빛나고 있었다. 아름다운 경치였다.

옆을 바라보자 바로 근처에 렌지의 얼굴이 있었다. 대자연에 안겨 있는 듯한 감각에 빠져 있어서인지 이상하게 긴장되지 않았다. 그저 끝없는 행복감이 사야의 가슴 한가득히 퍼졌다. 처음 경험하는 감정이었다.

"이대로 시간이 멈추면 좋을 텐데."

사야는 무의식중에 읊조리고 있었다.

"그러게."

렌지가 다정하게 미소를 지었다. 두 사람은 잠시 서로를 마주 보고서 다시 하늘로 시선을 되돌렸다. 짙은 푸른색이 서서히 깊어져 가는 하늘 아래에서 영원이라고도 덧없다고도 느껴지는 시간이 조용히 흘러갔다.

4

미야는 암담한 기분으로 거실 바닥에 엎드려 있었다. 테이블 아래에 포테이토 칩 부스러기가 떨어져 있는 것을 발견하고서 티슈로 닦아냈다. 모두가 남기고 간 흔적을 깨끗이 지워야만 했다.

쓰레기나 남은 과자는 모두가 깨끗이 가지고 가줘서 하나도 남아 있지 않았다. 하지만 바닥에 떨어진 음식물 찌꺼기나 머리카락까지 가지고 돌아가는 건 무리였을 것이다.

나는 뭐가 슬퍼서 이러고 있는 걸까.

티슈를 쓰레기통 깊숙한 곳에 억지로 밀어 넣으면서 바닥을 알 수 없는 절망감에 휩싸였다.

사야는 아직 돌아오지 않았다. 우즈키와 같이 있는 게 틀림없다. 어쩌면 우즈키네 집에 놀러 갔을지도 모른다. 고함을 지르고 싶은 충동에 휩싸여 머리를 엉망진창으로 흩뜨리면서 쓰레기통을 힘껏 걷어찼다. 허무하게 뒹굴더니 안에서 쓰레기가 넘쳐 나왔다.

"아 진짜!"

바닥을 네발로 기면서 자포자기 상태로 흩어진 쓰레기를 원래대로 되돌렸다.

"최악이야, 최악이야, 최악이야, 최악이야……."

구타니는 지금쯤 가오리와 함께 있을까. 비밀로 하겠다고 했지만 가오리에게만 몰래 털어놓을지도 모른다. 나에게 고백받았지만 찼다고 자랑스럽게 이야기하고 있을지도 모른다. 가오리가 흐뭇해하는 모습이 눈에 선해서 열이 받았다.

엄마로부터 연락도 없었다. 낮에 보낸 라인은 아직 읽지 않았다.

어차피 애인에게 정신을 놓고 있어서 집안일은 완전히 잊고 있을 테다. 평소에는 정신이 나간 것처럼 우리 행동을 하나하나 감시하고 싶어 하는 주제에.

정리를 마치고 느릿느릿 계단을 올라가 자신의 방 침대에 쓰러졌다.

캐노피가 달린 침대도 고급 소파도 번쩍이는 샹들리에도 아름다운 레이스 커튼도 공허감을 괜히 더 부각시킬 뿐이다.

어째서 이렇게 예쁜데 나는 외톨이일까.

사야나 가오리 같은 음울한 캐릭터의 못난이에게도 꽃미남 남자친구가 있고 엄마처럼 두꺼운 화장을 한 히스테릭한 할망구마저 상대가 있는데 왜 나는 외톨이일까.

가로누워 허공을 응시하고 있으니 다시 눈물이 흘러나왔다.

이건 있을 수 없는 일이다. 절대로 이상한 일이다.

일어나서 엄마에게 전화를 걸었다. 부재중 전화. 사야에게도 전화를 걸었다. 부재중 전화. 분노와 초조함을 느꼈다. 잠시 고민하고서 렌지에게 전화를 걸었다. 부재중 전화. 스마트폰을 내던지고 싶어지는 걸 꾹 참고 전화번호부를 스크롤했다.

렌지 이외의 연락처를 알고 있는 남자아이는 두 명밖에 없었다.

이구치와 오모리.

오모리는 완전히 논외다. 출렁이는 턱살이나 저질스러운 미소를 상상하기만 해도 닭살이 돋는다.

이구치로 하자. 그냥.

전화를 걸자 벨 소리가 한 번 울리기도 전에 바로 연결되었다.

"어, 후지미야지? 헐."

동요하는 마음을 명백하게 숨기지 못하고 조잘거리는 목소리. 길거리를 걷고 있는 듯 잡음이 섞여 있었다.

"응. 이구치, 지금 우리 집에 올 수 있어? 혼자서 말이야."

"갈게 갈게! 2초 만에 갈게!"

"응, 얼른 와."

대답을 들을 새도 없이 미야는 전화를 탁 끊었다. 숨을 훅 내쉬고 침대에 누워서 스마트폰을 집어 던졌다.

이구치가 오기 전까지 필사적으로 이구치의 좋은 점을 떠올리려고 노력했다.

중학교 시절에는 축구부 에이스로 운동을 전반적으로 잘한다. 체육대회에서도 해마다 반 대항 릴레이 사회자를 담당했던 것 같다. 키도 170센티미터는 넘으니 합격점이다. 얼굴도 꽃미남이라고는 할 수 없지만 그럭저럭 멀끔하다. 겉모습만으로 호감을 살 타입은 아니지만 겉모습만으로 꺼려지는 타입도 아니다.

입은 거칠지만 남녀 할 것 없이 친구가 많고 커뮤니케이션 능력도 좋다. 학교 내의 등급으로 따지자면 우즈키나 구타니보다 훨씬 위다. 비할 바가 되지 않을 정도로 위. 위, 위, 위……

그런 생각을 반복하고 있는데 이윽고 현관 벨 소리가 울렸다.

문을 열어주자 이구치가 숨기지 않고 흥분한 모습으로 입가를 칠칠치 못하게 누그러뜨렸다.

"갑자기 무슨 일이야? 아니 나, 엄청 기뻐!"

"음, 좀 외로워서 이야기나 나눌까 싶어서."

"그랬어?! 영광이네!"

"그런데 엄마한테 들키면 큰일이니까 그렇게 오래 있지는 못할 거야."

"완전 괜찮아! 지금 이렇게 한번 보기만 해도 하늘에라도 뛰어오를 기분인데!"

왜 이렇게 시끄러워.

그래도 이렇게까지 노골적으로 기뻐해 주니 기분이 좋았다. 답답했던 가슴이 조금 후련해지는 듯했다.

"들어와."

미야는 얼른 계단을 올라가서 자신의 방으로 안내했다. 이구치는 넓은 실내를 보고 구타니가 그랬던 것처럼 당황한 모습을 보였다.

"이거, 후지미야 혼자서 쓰는 방이야?"

"응. 여동생 방은 옆방이야."

"내 방 5배 정도는 되네."

그리 말하고 이구치는 감탄사를 뱉었다. 동시에 조금 주눅이 든 모양이었다.

멍하니 우두커니 서 있다가 미야의 권유에 우선 그럼, 이라며 테이블 바로 옆에 앉았다.

미야는 서랍에서 잔을 꺼내 작은 냉장고 옆에 쪼그리고 앉았다.

"뭐 마실래? 그렇다고 해도 맛없는 차나 물밖에 없어."

"맛없는 차?"

"응. 뭔가 여러 가지 잎을 으깨서 섞었을 뿐인 쓴 허브티. 그래도 미용에 엄청 좋대."

"음료에까지 신경을 쓰는구나. 대단해."

"내가 아니라 엄마가. 먹는 것도 마시는 것도 전부 관리받고 있어."

미야는 컵에 생수를 따라서 테이블 위에 놓고 마시라고 권했다. 누군가를 위해서 마실 거리를 마련하다니, 인생에서 처음 있는 일이었다.

이구치는 조심스럽게 고개를 숙이더니 단숨에 들이켰다.

어깨가 경직된 채 침묵하는 이구치를 보고 미야는 쓴웃음을 지었다.

"딱히 그렇게 긴장할 필요 없지 않아?"

"응…… 그렇긴 해도."

"이런 방 이상하다고 생각하지? 확실히 말해도 돼."

"뭐, 솔직히 학생 방치고는 모든 것이 상당히 위화감이 든다고 할까, 왠지 모르게 누군가한테 감시받고 있는 듯한 느낌이 들어서 안정이 안 된다고 할까……."

이구치는 말하기 힘든 듯 대답했고 미야는 어딘가 울적한 표정으로 시선을 떨어뜨렸다.

"우리 엄마 이상해. 딸을 늘 감시하고 싶어 하고 전부 다 자기가 말하는 대로 하라고 해. 이 방 인테리어도 내가 입는 옷도 헤어스타일도 다 엄마가 정한 거야. 나한테 결정권 따위 없어.

엄마한테 난 옷 갈아입히는 인형일 뿐이야. 인형의 집의 인형 말이야. 그래서 마음대로 움직여서도 안 되고 자기 인형이

다른 누군가와 노는 게 싫어서 방에 가두고 싶어 해. 흠집이 나면 큰일이니까 과도하게 보호하고 싶어 해. 자아를 가지지 못 하도록 하고 싶은 거겠지."

"그건 분명 이상한 일이야. 괜찮아?"

마음속에 가두고 있던 말을 뱉어내고 후련해진 미야는 개운한 듯 말했다.

"안 괜찮아. 그래도 따를 수밖에 없잖아. 날 낳은 건 엄마고 날 양육하는 것도 엄마고 엄마가 없으면 살아갈 수 없는 걸."

"그래도 엄마의 소유물이 아니니까 조금은 자기 의견을 말하는 편이 낫지 않아?"

미야는 절반은 포기한 듯한 서늘한 시선을 보냈다.

"물론 말해. 그래도 소용없어. 이 집에 있는 한 완전히 엄마의 지배하에서는 못 벗어나니까. 부모님이 이혼하기 전에는 이렇지 않았는데. 아빠가 엄마보다 훨씬 젊은 여자랑 바람이 나서 엄마는 버림받았어. 그때부터 이상해졌어. 옛날에는 예뻤는데 지금은 야위고 쪼글쪼글해졌어. 가엽지."

"그건 가엽지만 아이한테 책임이 전가되는 일은 좀 아니지 않아?"

"그럴지도. 그래도 고급 스킨케어 용품이라든가 화장품을 잔뜩 사주기도 하고 딱히 내 취향은 아니지만 주변 애들은 절대 못 입을 만한 명품 옷이라든가 백을 얼마든지 손에 넣을 수 있고, 이 외양도 부모님의 유전자 덕분이니 복 받은 처지 긴 하잖아.

그래서 다소 겪는 불편은 어쩔 수 없나 싶어. 어른이 될 때까지 참고 타협해나가는 수밖에 없다고 생각해."

뒷부분에서는 거의 자신을 타이르듯이 말하고 있었다. 하지만 말하는 동안에 괴로워졌다.

어른이 될 때까지라니 언제까지일까? 앞으로 몇 년간 이렇게 숨 막히는 생활을 계속해나가야 할까.

지금 이렇게 이야기하는 것도 실은 어딘가에서 엄마에게 감시당하고 있을지도 모른다.

정적 속에서 딩동, 하는 전자음이 울렸다. 연달아 네 번 울렸다. 침대에 내던졌던 스마트폰에서 들린 라인 착신음이었다.

미야도 천천히 일어나 스마트폰을 들었다.

〈보고 고마워. 엄마, 지금부터 긴자에서 저녁 먹어야 하니 찾으러 못 갈 것 같아.〉

〈날이 바뀌기 전에는 돌아갈게.〉

〈귀가하면 바로 징계를 내릴 거야.〉

〈미야도 상도에서 어긋난 행동을 하지 않도록 해.〉

착신은 엄마로부터 온 것이었다.

미야는 라인 문자를 몇 번이고 되풀이해서 읽고 코웃음 쳤다. 어리석은 사야. 분수에 맞지 않은 행동을 해서 어이없이 엄마한테 들켜버렸네. 이걸로 끝이야. 우즈키와는 강제적으로 결별하고 졸업 때까지 두 번 다시 누군가와 외출하는 것도 용납받지 못하겠지. 지금까지는 휴대전화 GPS만으로 끝났지만 앞으로는 신발이라든가 가방에 도청기를 달고 생활하는 것도 의무시 될지 모른다. 엄마는 그런 정신 나간 행동을 태연히 하는 타입이다.

더구나 감시를 강화할 뿐만 아니라 호된 체벌을 받을 게 분명하다.

중학교 2학년 무렵이었던가 사야가 반에서 왕따를 당해 성적이 뚝 떨어진 일이 있었다. 그때 엄마는 어땠던가. 왕따 일로 사야를 위로하지도 학교에 항의를 하러 가지도 않고 그저 성적이 떨어진 것을 집요하게 나무랐을 뿐이었다. 다음 시험 때는 매일 새벽 4시까지 공부하기를 강요하고 농땡이를 부리거나 졸지 못하도록 책상과 의자 주변에 와이어를 둘렀다. 사야가 조금이라도 자세를 바꾸려고 하면 와이어가 피부에 파고들어서 피부가 찢어지는 구조였다. 거대한 독거미집에 갇힌 것처럼 미동조차 하지 않고 몸을 웅크린 채 한 가지 일에만 몰두해서 공부하는 사야의 가냘픈 뒷모습을 미야는 지금도 선명하게 떠오른다.

그런 일이 오늘 또 일어날지도 모른다. 그리 생각하자 미야의 가슴에 잠시 죄책감이 스쳐 지나갔다.

"괜찮아? 누구한테서 온 거야?"

뒤에서 이구치가 말을 걸어서 문득 현실로 돌아왔다.

"엄마."

이구치는 순간적으로 얼굴을 굳힌 채 일어나려고 했다.

"나, 슬슬 안 돌아가면 위험한 느낌이야?"

"아니. 엄마, 밤늦게까지 안 돌아온대."

그리 말하면서 이구치의 바로 옆에 앉았다. 어깨가 닿을 정도의 거리였다.

이구치는 어정쩡하게 일어나다가 다시 앉고서 마음을 가라앉히려는 것처럼 몇 번이나 앞머리를 쓸어올렸다.

미야가 무릎을 끌어안고 불쑥 말했다.

"사야…… 동생도 안 올 거고."

"아, 우즈키랑 데이트한댔지? 그럼 밤늦게까지 안 돌아오겠네? 그 녀석 혼자 살잖아."

"뭐? 혼자 살아?"

"완전 낡아빠진 일인용 연립에서 산다는 소문이 돌던데?"

"뭐어?"

미야는 응어리가 빠져나가는 것처럼 숨을 내뱉었다. 느닷없이 숨 막힘과 가슴 통증이 다시 시작되었다. 둘이서 같이 놀기만 했다면 그렇다 쳐도 혼자 사는 레이치의 집에 사야가 놀러 가는 것을 상상하자 정신이 나갈 정도의 질투심이 들끓어 올랐다. 조금 전에 한순간이라도 죄책감을 느낀 자신이 바보 같았다.

갑자기 골똘히 생각하는 얼굴로 잠자코 있는 미야를 보고 이구치는 연약한 어깨에 조심스럽게 손을 얹었다.

"괜, 괜찮아?"

"안 괜찮아."

떨리는 목소리로 읊조리다 미야는 엉엉 울기 시작했다. 스스로도 울 줄 생각지도 못했기 때문에 당혹스러웠지만 막을 수 없었다.

이구치는 순간 경직되었지만 계속해서 우는 미야를 보고 무언가 결심한 듯 살포시 안았다.

"나로는 안 되려나? 나라면 절대로 후지미야를 울리지 않을 거고 내내 곁에 있을 거야."

미야는 당혹스러워하면서도 받아들이려고 하는 자신의 모습을 깨달았다. 실제로 자신보다 몸집이 큰 남자에게 세게 끌어안겨 열정적인 고백을 받는 건 지금까지 경험해본 적 없는 편안한 감정이었다. 그 살아 있는 몸의 체온이나 목소리가 사고를 마비시켜서 슬픔이나 울분을 서서히 지워나가는 듯했다.

그뿐 아니라 평소에 자신을 속박하고 있던 엄마의 속박에서 단숨에 해방되는 기분이 들게 했다.

미야는 털썩 떨어뜨리고 있던 양팔을 이구치의 등에 두르고 그 품에 얼굴을 파묻었다.

두 사람은 잠시 서로 끌어안은 후 누구라고 할 것 없이 바라보다가 키스를 나누었다.

5

저녁 6시 반을 지나자 하늘이 어두워지기 시작했다. 저 멀리 줄지어 있는 오렌지색 불빛과 네온이 짙은 푸른 바다에 반사되어 파도가 칠 때마다 눈부시게 아름다운 빛이 선명하게 일렁였다.

풀냄새는 차갑고 맑았으며 바닷바람도 서늘해지기 시작했다.

"슬슬 갈까?"

렌지가 힘차게 일어나 힘껏 기지개를 켰다. 그에 따르듯 사야도 일어나 몸을 쭉 폈다. 기세에 못 이겨 뒤로 휘청거릴 뻔한 것을 렌지가 자연스럽게 등에 손을 대서 지탱해주었다.

"미안. 고마워."

"사과할 필요 없다니까. 저녁, 후루타네 집에서 준비해주는 것 같던데 시간은 괜찮아?"

"괜찮아."

엄마는 아마 날짜가 바뀔 때까지 돌아오지 않을 테다. 지금까지 몇 번이나 같은 일이 있었다. 늘 한밤중에 취해서 귀가

한다. 아침에 기합이 들어간 정도를 봐서 오늘도 그 패턴일 게 분명하다.

두 사람은 우선 심한 모습으로 계속 자고 있는 레이치의 곁으로 다가갔다.

렌지가 쪼그려 앉아 그 어깨를 세게 흔들었다.

"야, 일어나, 아침이야."

"밤이야."

사야가 망설이며 속삭였다.

레이치는 흐음 하고 신음하고서 나른한 듯 일어났다.

"꽤 오래도 자네."

렌지가 어처구니가 없다는 듯 말했다.

"나 한숨도 안 잤어. 내내 깨 있었어."

"아니, 잤잖아. 꿈쩍도 안 했어."

"죽은 척했어."

아주 심각한 얼굴로 레이치는 주머니에서 천천히 요리용 타이머를 꺼냈다.

"3시간 28분이네. 그렇게 살아 있는지 죽었는지 모를 자세로 모래사장에 굴러다니고 있어도 아무도 말을 걸지 않았어. 렌지의 위치에서는 내가 보였겠지만 포장도로를 걷는 사람한테서는 사각지대가 돼서 사체가 안 보였어. 검증 성공이야."

"무슨 소릴 하는 거야?"

"그런 의뢰가 있었어. 미스터리를 쓰고 있는데 사체가 사라지는 트릭을 떠올렸고 그게 실현 가능한지 어떤지 실험해달라고 했어."

"그래서 지금까지 내내 하고 있었어?"

"응."

담담하게 설명하는 레이치에게 어처구니가 없다는 시선을 보내던 렌지가 사야가 웃고 있는 걸 보고 덩달아 입가를 누그러뜨렸다.

세 사람은 해변가에서 여전히 물수제비를 뜨며 흥분하는 시다와 스미레코의 곁으로 내려갔다.

재잘대는 두 사람의 모습을 눈을 가늘게 뜨고 보면서 렌지는 고개를 갸웃거렸다.

"저 두 사람 내내 물수제비를 떴지? 물수제비가 3시간 반이나 소모할 만큼 심오한 놀이였나? 애초에 바다에서 물수제비를 뜬다는 소리는 딱히 들어본 적이 없는데."

"둘 다 별종이네."

"그건 레이치한테 제일 듣고 싶지 않은 소리야."

가까이 다가가자 때마침 스미레코가 돌을 던지고 있던 차였다. 일반적인 물수제비 폼이 아니라 투수처럼 크게 휘둘러서 던졌다.

물론 돌은 튕기지 않고 풍덩 하고 패기 없는 소리를 내며 거친 파도에 휩쓸렸다.

이건 물수제비도 뭣도 아니다. 단순한 돌 던지기다.

렌지는 당혹스러운 표정으로 옆에 서 있던 시다를 쳐다봤다. 시다는 스미레코를 향해 스마트폰을 비추고 있었다.

"시다, 도촬하는 건 아니지?"

레이치가 인상을 찌푸리고 묻자 시다는 의외라는 듯 얇은 입술을 오므렸다.

"듣기 거북하네. 스마트폰으로 서로의 폼을 촬영하고 있을 뿐이야."

"폼?"

"응. 우리는 물수제비 재능이 없는지 돌이 전혀 튕기질 않아. 그래서 돌이 튕기는 횟수로 싸우는 게 아니라 포즈의 아름다움으로 겨루기로 했어."

"그래 그래. 지금은 시다의 포즈가 예술점과 기술점 더불어 최고 득점을 했어."

투구를 끝낸 스미레코가 기쁜 듯 자신의 스마트폰을 모두의 앞에 내밀었다. 동영상이었다. 시다가 의기양양하게 돌을 던지는 모습이 슬로모션으로 찍혀 있었다.

"즐거워 보여서 다행이야."

사야가 난처한 나머지 그리 반응했다.

"그러게. 즐거운 게 제일이지. 어두워지니 이제 돌아가자."

어처구니가 없어 하던 렌지가 절반은 억지로 일단락 지으려고 했다.

"왠지 이상한 녀석들뿐이네?"

레이치가 불쑥 읊조렸다. 렌지는 이제 태클을 거는 것도 귀찮아졌는지 얼른 경사를 올라갔다.

저녁 7시 반 무렵, 일행은 후루타네 집에 도착했다.

현관을 열기 전부터 저녁 식사에서 나는 먹음직스러운 냄새가 한가득 감돌고 있었다. 손을 씻고 거실을 지나가자 식탁 위에는 햄버그, 닭튀김, 나폴리탄……과 같은 주연급 요리들이 빼곡히 올려져 있었다. 모두 할머니가 만들어준 것이었다.

"자아, 모두들 많이 먹으렴. 오늘은 사야의 생일이니 분발해서 만들었단다."

할머니가 권해준 대로 모두 거침없이 호화로운 요리를 욱여넣었다.

사야는 지금까지 한 해에 몇 번, 후루타네에서 직접 만든 요리를 대접받았지만, 그 맛에 늘 떨릴 정도로 충격을 받았다. 이혼하고 나서 엄마는 한 번도 사야를 위해 요리를 만들어준 적이 없고, 사야가 부엌에 서는 것도 금지되어 있어서 손수 만든 요리를 먹을 기회는 가정실습시간이나 후루타네 말고는 없었다.

문득 고개를 들었다가 건너편에서 먹음직스럽게 닭튀김을 먹고 있던 렌지와 눈이 마주쳤다. 눈이 마주치자마자 렌지가 씨익 웃었다. 사야가 좋아하는 해맑고 산뜻한 미소였다.

어라.

이렇게 행복해도 괜찮을까?

사야는 갑자기 두려워졌다.

이렇게 행복한 하루는 지금까지 없었고, 자신의 인생에 있어도 좋을 리 없었다. 앞으로의 인생에 찾아올 모든 운을 다 써버린 듯한 느낌마저 들기 시작해서 종잡을 수 없는 불안감이 가슴에 맹렬하게 들끓었다.

때마침 그때 현관이 벌컥 열렸다.

스미레코의 여동생, 사쿠라코가 돌아온 것이었다. 사쿠라코는 거실에 빼꼼히 얼굴을 내밀고 조금 난처한 시선을 사야에게 보냈다.

"사야 언니, 사야 언니 휴대전화 말이야, 내가 외출하기 전에 내내 울렸어. 전해주는 게 늦어서 미안."

그 말에 사야는 벌떡 일어났다.

"……스미레코, 방에 휴대전화 가지러 들어가도 돼?"

"물론이지."

"고마워. 사쿠라코도 고마워."

기어들어 가는 듯한 목소리로 말하자마자 사야는 휘청대며 장지문 쪽으로 걸어갔다.

방문을 꼭 닫고 조심스럽게 휴대전화를 열었던 사야의 눈에 들어온 것은 착신 이력 58건이었다. 거의 엄마로 채워져 있었지만 미야의 이름도 있었다. 오후 5시 40분부터 6시 7분에 걸쳐서 집중적으로 와 있었다. 그 이후에는 뚝 끊겨 있었다.

자동응답 서비스가 4건 남아 있었고 문자도 10건 가까이 와 있었지만 무서워서 볼 수 없었다. 순간적으로 전원을 끄고 가슴주머니에 넣고서 거실로 돌아갔다.

"미안. 조금 급한 용건으로 집으로 돌아가야겠어. 오늘은 모두 정말 고마웠어. 너무 즐겁고 행복했어."

사야는 드물게 목소리를 높이고 고개를 깊이 숙여 인사했다. 손끝이 떨리고 있었다.

스미레코 말고는 모두가 당황한 모습으로 그녀를 올려다보았다.

렌지가 뭔가 말을 걸려고 했지만 사야는 코가 시큰해서 참을 수 없을 만큼 눈물이 나올 것 같아 서둘러 거실에서 나왔다.

옷을 다 갈아입고 현관 앞에서 신발을 신고 있는데 종이꾸러미를 든 스미레코가 달려왔다.

"이거, 할머니랑 같이 만든 생일 케이크야. 딸기 케이크에 팥소가 들어간 스페셜 버전이야. 작게 소분해서 쌌으니까 집에 돌아가면 몰래 먹어."

사야의 가슴은 뭉클하니 뜨거워졌다.

"정말 고마워. 이렇게 끝내서 미안. 옷도 세탁해서 돌려줘야 하고 실은 이치코 할머니한테도 감사 인사를 드리고 싶었는데……."

할머니는 공교롭게도 목욕을 하고 있었다. 빌린 옷을 세탁하고서 돌려주겠다고 하는 사야의 의사를 스미레코가 완고하게 거절했다.

스미레코는 사야의 어깨를 툭 하고 다정하게 토닥이고서 웃어 보였다.

"아무것도 신경 쓰지 마! 우리 사이에. 나도 모두도 오늘 엄청 즐거웠고 이쪽이야말로 고마워."

"……응."

기쁨과 속상함으로 사야는 울먹이는 목소리를 냈다. 스미레코는 그 모습을 보고 걱정스러운 얼굴을 했다.

"정말 괜찮아? 역시 나도 같이 가서 사야네 엄마께 사과드리는 편이……."

"그건 안 돼."

사야는 단호하게 말했다. "만약 엄마가 스미레코한테 심한 소리를 하면 나 엄마를 어떻게 할지 몰라."

"어떻게 하다니……?"

스미레코가 고개를 갸웃거렸다. 때마침 그 타이밍에 거실 문이 드르륵 열리고 모두가 줄줄이 나왔다.

모두에게 어마어마한 배웅을 받으며 그 이야기는 흐지부지해진 채 헤어졌다.

현도까지 가는 좁은 길은 조용했다. 멀리서 희미하게 차단기가 울리는 소리가 들렸다. 자신 말고 걷는 사람은 없었고 조금 전에 옆을 지나간 자전거가 몇 초 후에 암흑에 녹아서 보이지 않았다. 그렇게 맑았던 하늘은 어느새 또 습해져서 가차 없이 피부를 좀먹어갔다. 거리의 단층집 정원 앞에 핀 치자나무가 습기를 머금고 더욱 강한 향기를 뿜어내고 있었다. 그 향기가 몹시 코를 찔렀다.

사야는 혼자 조용히 걸었다.

순간적으로 휴대전화 전원을 껐을 때 모르는 체하고 태연한 얼굴로 모두의 곁으로 돌아갈까 생각했지만 핏발이 선 눈을 한 엄마가 후루타네에 쳐들어오는 악몽이 뇌리에 떠올라서 돌아가는 수밖에 없었다.

엄마는 스터디라고 속이고 사야가 놀고 있었다는 걸 알아차린 게 분명하다.

그래서 미친 듯이 격노해서 악마처럼 전화를 걸어온 걸 테다.

몇십 번을 걸어도 받지 않으니 휴대전화를 후루타네에 놓고 어딘가로 놀러 갔다는 것까지 알아차렸을지도 모른다.

사야의 등에 우울함이 묵직하게 덮쳐왔다.

빨리 걷다가 갑자기 걸음이 느려졌다.

서둘러 돌아가야 하는데, 아니 실은 전원을 끄지 않고 바로 엄마에게 전화를 해서 사죄해야 하는데 현실과 맞설 마음이 도무지 들지 않았다.

왜 들켰을까?

내가 모두와 놀고 있는 모습을 엄마가 우연히 발견했나? 그 가능성은 한없이 낮다. 긴자에 간다고 했으니 그 시간대에 동네에 있을 리가 없다.

그렇다면 누군가가 발견해서 엄마에게 고자질을 한 것이다.

등줄기에 서늘한 게 가로질렀다.

그런 짓을 할 사람은 단 한 사람밖에 없지 않은가.

마음속이 납덩이처럼 무거워졌고 두통마저 났다.

"후지미야."

누가 불러서 돌아보자 렌지가 있었다. 달려온 듯 숨을 헐떡이고 있었다.

"다키……."

"어두우니 바래다줄게."

그리 말하고 렌지는 바로 옆에 나란히 서서 걷기 시작했다.

"저기…… 그게, 괜찮아……."

사야는 동요해서 목소리가 잘 나오지 않았다.

"나도 이대로 돌아갈 거고 같은 방향이기도 하잖아. 같이 집에 가자."

태연한 어조로 대답해서 사야도 왠지 모르게 기분이 가벼워져 고개를 끄덕였다.

자연스럽게 뺨이 뜨거워졌지만 어두워서 서로의 얼굴이 보이지 않는 게 다소 긴장감을 누그러뜨려 주었다.

"오늘은 정말 고마웠어. 꿈처럼 즐거웠어."

"그거 다행이네. 나도 엄청 즐거웠어."

"스미레코랑 둘이서 놀 약속이었는데 역에 도착하니 다키랑 우즈키도 있어서 놀랐어."

"후루타가 여러모로 생각해서 계획을 세워줬어."

"그러게."

가볍게 맞장구를 치다가 문득 짐작이 가는 바가 있었다. "그러고 보니 나, 우즈키한테 묘한 의뢰를 받아서 오늘 아침에 물어보니 오늘 이게 그 의뢰로 이어진다고 하던데?"

"아, 그거 말이구나."

렌지가 간추려서 연유를 이야기하자 사야는 놀라서 어깨를 흠칫 떨었다.

"어, 그럼 우즈키 데이트 연습 상대가 미야였던 거야? 아니, 미야가 우즈키를 좋아했었어?"

사야의 말에 렌지는 당혹스러워했다. 미야가 레이치에게 호감을 가지고 있는 걸 당연히 사야도 알고 있으리라고 믿어 의심치 않았던 듯하다.

"으악. 미안. 내가 경솔했어. 지금 한 이야기 잊어버려."

렌지가 당황하는 모습이 물음에 대한 명백한 긍정처럼 보여서 사야는 떳떳하지 못한 기분이 들었다.

몰랐다고는 하지만 미야의 짝사랑 상대와 몰래 같이 놀았다.

분명 미야의 친구인가 누군가가 우연히 발견해서 미야에게 고자질을 했고 미야가 엄마에게 밀고한 것이다.

　잠자코 있는 사야의 어깨에 렌지가 다정하게 손을 얹었다.

　"괜찮아? 미안. 후지미야의 마음도 모르고 종알종알 떠들어대서."

　"아니야, 아냐."

　돌계단을 내려가서 현도로 나갔다. 차가 끊임없이 오가는 평탄한 길을 똑바로 가서 선로 길을 빠져나가 완만한 언덕을 올라가면 이제 집이다.

　발걸음이 서서히 무거워지는 사야를 보다 못한 듯 렌지가 평소 이상으로 밝은 어조로 말했다.

　"오늘 엄마한테 뭐라고 말하고 집에서 나왔어?"

　"스미레코네에서 스터디를 한다고 하고……."

　"그러다 바깥에서 논 게 들켰구나."

　"아마도. 무서워서 전화를 못 했는데 엄마한테 착신이 엄청나게 많이 와 있었어."

　사야는 기껏 좋아하는 사람과 단둘이 있었는데 끊임없이 엄마의 그림자가 따라다니는 게 괴로워서 견딜 수 없었다. 목소리가 자연스럽게 잠겼다.

　"응……."

　렌지는 턱 끝에 손을 대고 잠시 입을 다물고 나서 말했다. "어떻게 들켰는지에 따라 다르겠지만 변명은 얼마든지 할 수 있을 거야. 나 그런 거 꽤 잘하거든. 그러니 집까지 따라가서 후지미야네 어머니께 내가 설명드릴게."

"그건 안 돼!"

날카로운 목소리에 렌지가 당황해서 멈춰 섰다.

사야는 강한 어조로 말했다.

"다키, 부탁이 있어."

"응?"

"뭐든지 들어줄 거야?"

사야의 분위기에 주눅이 들었는지 렌지는 아무 말 없이 고개를 끄덕였다.

"그럼 그 전신주에 오른손을 대봐."

렌지는 고개를 갸웃거리면서도 지시받은 대로 옆에 있던 전신주에 손을 댔다.

"그러고 나서 눈을 감고 심호흡을 30번 반복해줘."

"왜?"

"그냥 해봐. 말하는 대로 안 해주면 곤란해."

렌지는 난처한 모습이었지만 순순히 눈을 감았다.

그 순간 사야는 빙그르 등을 돌려서 자택으로 이어지는 길을 전속력으로 달렸다.

제4장

참극의 밤

1

암흑에 떠오른 흰 성. 사야에게 있어서는 낯익은 감옥이었다. 언덕길을 오르면서 즐거운 기억도 느긋한 분위기도 아름다운 석양도 전부 빨려 들어가 시들어버리는 듯했다.

사야는 뒤를 돌아보고 렌지가 없다는 사실을 확인했다. 벌써 몇십 번이나 그렇게 했다.

잘 따돌린 듯해서 그것만이 구원이었다.

렌지가 그 제안을 했을 때 사야는 몸이 찢겨나갈 듯한 공포심과 수치심에 관통당했다. 렌지가 엄마와 대면하다니, 사야에게 있어서는 절망이기만 했다. 그는 분명 엄마가 어떤 모습으로 맞이해도 어떤 악담을 퍼부어도 자신을 경멸하지 않을 테다. 그런데도 자신의 마음이 안정되지 않았다. 어떻게든 회피하고 싶어서 괴로워하는 가운데 그런 묘안을 생각해낸 것이었다.

착한 렌지라면 순순히 잘 속아줄 거라는 예감이 들었고 실제로 그랬다.

집이 다가오면서 현실도피로 오늘 있었던 일이 뇌리에 오갔다.

그중에서도 렌지와 단 둘이서 바닷가 잔디밭에 누웠던 일.

엄마를 완전 잊고 행복했던 오늘 하루에 대해 이런저런 생각을 하자 마음이 조금씩 차분해져갔다.

어떻게 해서든 버티자.

엄마는 미친 듯이 격노해서 나를 반쯤 죽여놓을지도 모른다.

평생 바깥으로 나갈 수 없을지도 모른다.

그래도 어떻게든 견디자.

오늘 이 추억만 있으면 어떻게든 견딜 수 있을 것 같다는 그런 근거 없는 자신감이 조금 싹텄다.

드디어 자택이 있는 거리로 나왔을 때 앞에서 걸어오는 사람 그림자가 있었다.

같은 나이 정도 되는 남자아이였다.

스쳐지나갈 때 가로등에 비쳐서 얼굴이 보였다.

상대는 사야에게 시선조차 주지 않고 이상하게 고양된 모습으로 어깨를 휘청거리면서 지나갔다. 하지만 사야는 공포심으로 몸이 위축되는 느낌이 들었다.

이구치 마사야.

확실히 기억하고 있다. 중학교 시절에 미야와 비교해서 사야를 실컷 웃음거리로 만들었던 남자아이들 중 하나였다. 그 무렵에는 정말 괴로웠지만 그에게 있어서는 더 이상 생각날 일도 없는 사소한 일일 테다. 나는 그에게 들은 말 한마디 한마디 모두 기억하고 있고 그의 이름도 얼굴도 내내 잊지 못하고 있는데 말이다.

괴롭고 불쾌한 기분이었다.

혹시 우리 집에 와 있었던 걸까.

그러고 보니 미야는 집에서 생일 파티를 한다고 신이 나 있었다. 어째서 저 아이 혼자만 지금 이 시간에 돌아간 걸까.

미야가 남자아이와 노는 걸 엄마는 단호하게 용납하지 않았다. 사야가 공부를 농땡이 부리는 것과 마찬가지로 금기 사항이었다.

만약 엄마가 집에 있었다고 하면 이구치의 저 들뜬 모습과는 도저히 연결되지 않는다.

엄마는 아직 돌아오지 않은 게 아닐까.

예상했던 대로 현관을 열었는데 엄마의 붉은 뮬은 없었다. 마음을 놓자 온몸의 힘이 빠져나갔지만 혼이 날 시간이 뒤로 늦춰졌을 뿐이라고 생각하니 또 바로 기분이 가라앉았다.

신발을 벗고 있는데 계단을 내려온 미야와 눈이 마주쳤다.

눈동자가 이상하리만치 글썽이고 녹초가 된 얼굴을 하고 있었다.

오늘 일로 한소리 하지 않을까 싶었지만 미야는 절반은 영혼이 빠져나간 모습으로 거실로 홀연히 걸어갔다.

사야는 왠지 모르게 불안한 기분이 들었다.

이구치와 미야, 둘 사이에 무슨 일이 있었는지 신경이 쓰였지만 거리낌 없이 물을 수 없었다.

자신의 방으로 들어가 짐을 놓고 심호흡을 하고 나서 휴대전화 전원을 켰다.

착신 이력은 조금 전에 본 그대로였다. 아무래도 내내 누군가와 함께 있으며 틈틈이 집중적으로 연락을 퍼부은 모양이었다.

사야는 한 번 더 한숨을 깊이 쉬고 조심스럽게 엄마에게 전화를 걸었다. 손이 떨렸다.

몇 번 전화벨이 울린 후 부재중 전화로 연결되었다. 몸에 들어간 힘이 단번에 빠졌다.

어쩌면 엄마는 애인과 즐거운 시간을 보내며 꽤 행복한 기분으로 있을지도 모른다. 신이 난 채로 귀가하게 된다면 그렇게까지 호되게 혼쭐이 나지 않을지도 모른다. 그런 안이한 생각이 사야의 가슴을 스쳐 지나갔다. 거의 바람에 가까웠다.

다시 작은 화면을 봤는데 스미레코와 렌지로부터 무사히 귀가했는지 문자가 와 있어서 사과와 감사 인사를 섞어서 답장을 보냈다.

시각은 오후 8시 반을 넘었다.

엄마는 아직 귀가하지 않았다. 분명 지금도 긴자나 아자부 부근에서 애인과 즐거운 시간을 보내고 있겠지.

미친 듯이 전화를 걸어온 것도 이미 본인은 잊고 있을지도 모른다.

이 이상 심각하게 골몰할 필요가 없을 것이다.

기껏 찾아온 생일이다. 샤워를 하고 개운한 기분으로 스미레코가 준 케이크를 먹자. 커피도 타서.

사야에게 그건 상당히 근사한 생각으로 여겨졌다.

서둘러 일어나 옷을 갈아입을 준비를 했다. 마음이 조급해져 받은 종이꾸러미에 손을 뻗었다. 꾸러미를 열자 플라스틱 팩 안에 큼직하게 커팅된 조각 케이크가 들어 있었다.

새빨간 딸기. 폭신폭신한 생크림. 알루미늄 포일에 싸인 초까지 딸려 있었다.

귀여운 기린 무늬의 편지지도 같이 들어 있었다.

사야의 마음은 순식간에 부드럽고 따스해졌다.

손을 뻗으려고 하다가 꾹 참았다.

안 돼. 즐거움은 아껴두도록 하자.

자신을 타이르고 가방 안에 케이크를 넣고서 빠른 걸음으로 계단을 내려갔다.

이미 자신의 방으로 돌아갔는지 거실에 미야의 모습은 없었다. 불평 한마디라도 듣지 않을까 생각했는데 이상한 기분이 들었다.

물을 가득 담아서 오랜만에 새 목욕물에 들어갔다. 무단으로 입욕제를 사용하면 엄마의 화를 살 것 같아서 관두기로 했다.

욕조에 어깨까지 느긋하게 담그고 있는 건 몸의 심지까지 씻는 듯해서 기분이 좋았다. 평소에 입욕 시간은 봄여름은 10분 이내, 가을겨울은 15분 이내로 정해져 있어서 이렇게 시간을 신경 쓰지 않고 몸을 담그고 있으니 행복했다.

욕조 가장자리에 머리를 기대고 어떻게든 나쁜 예감을 지우려고 했다.

분명 엄마가 귀가할 때까지 2, 3시간은 있을 테다. 그때까지 엄마에 대한 생각도 앞으로 일어날 일에 대한 생각도 깨끗하게 잊고 생일 밤을 즐기자. 목욕을 다 하고 나면 뜨거운 커피를 타서 케이크를 음미하면서 먹자. 그리고 오늘 일에 마음껏 빠져드는 것이다.

이렇게 즐거운 하루는 이제 두 번 다시 찾아오지 않을지도 모르니까…….

그리하여 조용히 눈을 감고 있는데 큰 소리가 바깥에서 울려 퍼졌다. 순간적으로 꺼림칙한 예감이 가슴을 꿰뚫었다. 이어서 위협하는 듯한 소란스러운 발소리가 맹렬한 스피드로 가까이 다가왔다.

공포심에 온몸에 소름이 돋아서 욕조 안에서 꼼짝도 할 수 없었다.

정신이 아득해질 것 같은 마음으로 몸을 움츠리고 있는데 세면실 문이 쾅 열리고 다음 순간에는 욕실 문이 열렸다.

핏발이 선 엄마의 눈이 희번득하게 사야를 내려다보고 있었다.

"얼른 나와."

나지막한 목소리로 읊조리더니 바로 욕실 문을 닫았다. 공포심에 움직이는 것처럼 사야는 욕조에서 뛰쳐나와 몸을 적당히 닦아내고 잠옷을 입고 서둘러 세면실을 나왔다. 젖은 피부에 속옷이 들러붙는 게 불쾌했지만 그것보다도 공포가 앞섰다.

어째서 엄마는 평소처럼 호통을 치지 않는 걸까.

어째서 이렇게 빨리 돌아온 걸까.

다양한 의구심이 떠올랐지만 하나같이 깊게 생각하는 게 두려웠다.

거실에 우두커니 서서 이쪽을 보고 있던 엄마는 무표정인 채 손짓을 하고 2층의 사야의 방까지 따라오라고 지시했다.

2층으로 올라가자 복도 벽에 기대 있는 미야와 눈이 마주쳤다. 구경꾼인 듯했다. 사야의 두려워하는 모습을 확인하자마자 입가에 일그러진 미소를 짓고 콧노래를 흥얼거리면서 자신의 방으로 돌아갔다.

엄마는 성큼성큼 사야의 방으로 발을 내딛자마자 가방을 뒤집었다.

"아악."

사야는 참지 못하고 소리를 질렀다. 케이크가 들어 있던 종이꾸러미가 허무하게 거꾸로 낙하했다. 엄마가 뭔가 불쾌한 물건이라도 다루듯 그걸 집어 들었다.

"이건 뭐야?"

"미안. 돌려줘."

흐려서 분명하지 않은 목소리는 떨리고 있었다. 엄마는 신경질적으로 오른쪽 눈꺼풀을 실룩거렸다.

"이게 뭐냐고 묻고 있어."

"……스미레코한테서 받은 케이크야. 생일이니까……."

"엄마한테 스터디라고 거짓말하고 케이크 먹고 남자애랑 싸돌아다녔지? 자신이 얼마나 어리석은 행동을 했는지 자각하고 있어?"

"정말 미안. 변명할 여지가 없어. 이제 안 그럴게."

사야는 완전히 풀이 죽어서 고개를 깊이 숙였다. 케이크가 인질로 잡혀 있는 게 참으로 견디기 힘들었다. 그 안에는 스미레코가 써준 편지도 들어 있다.

"이제 절대로 거짓말 안 한다고 약속할래?"

"약속할게."

"대학 수험생활이 끝날 때까지 아무하고도 절대로 연락 안하고 매일 반드시 입시학원에 다니면서 일어나 있는 시간은 다 공부에 할당하겠다고 맹세할래?"

사야가 말을 잠시 머뭇거리자 엄마는 가방에서 휴대전화를 꺼내 사야의 발 언저리에 내팽개쳤다.

"부숴."

"어······."

"휴대전화는 필요 없어. 이제 아무하고도 연락 못 하게 할
거야. 아마존에서 GPS가 달린 방범 부저를 주문했으니 내일
부터 그걸 가지고 다니게 할 거야."

곤혹스러워서 입을 다문 사야에게 엄마는 가차 없이 내뱉
었다.

"이 케이크 버릴 거야. ······어라, 안에 편지도 들어 있네.
이것도 같이 버릴 거야. 싫으면 10초 안에 부숴."

사야는 거의 반사적으로 휴대전화를 주워들어 힘껏 빠직
부러뜨렸다. 놀랄 정도로 간단히 두 동강 났다. 파편이 바닥
여기저기 떨어졌다.

"······이걸로 용서해줄 거야?"

"알겠어."

엄마는 진지한 얼굴로 고개를 끄덕이더니 고개를 숙인 사
야의 옆을 홀연히 스쳐 지나가 버렸다. 케이크 꾸러미를 든
채 발소리를 쿵쿵 울리면서 계단을 내려갔다.

사야는 다급히 그 뒤를 쫓았다.

"엄마, 케이크는 돌려준다고 했잖아."

"돌려줄 거야."

돌아보지도 않고 거실을 빠져나가 세면실 옆의 화장실 문
을 열었다. 지독한 방향제 냄새가 진동했다.

엄마는 아무 말 없이 종이꾸러미를 찢어서 플라스틱 팩 뚜껑을 열었다. 뭉개진 케이크가 화장실 공기에 드러났다.

"이런 걸 진짜 먹을 거니?"

"응. 그러니 엄마…… 이제 돌려줘……."

팔에 매달리려고 하는 사야를 뿌리치고 엄마는 케이크를 변기 안으로 툭 떨어뜨렸다. 변기에 차있는 물속에서 생크림이 분리되었고 빵이 물에 불었으며 팥소가 가라앉았고 딸기가 허무하게 떠올랐다.

사야는 충격을 받은 나머지 할 말을 잃었다. 할머니의 다정한 얼굴과 깊게 주름이 새겨진 아담한 손이 떠올라서 눈물이 번져 나왔다. 터무니없는 죄책감으로 머리가 이상해질 것 같았다.

"자, 먹어."

"뭘……."

"돌려줬으니 먹으라고."

"……."

"네가 먹겠다고 말했잖아. 조금 전에 엄마한테 절대로 거짓말 안 하겠다고 약속했지? 또 배신할 작정이야?"

사야는 절망적인 시선을 변기로 보냈다. 생크림이 녹아서 물이 탁해졌다. 방향제 냄새와 어우러져 구역질이 났다.

"그런데 이 상태인 걸 먹겠다고는 말 안 했어……."

"어라, 생떼를 부릴 작정이야?"

엄마는 무서울 정도로 차분한 모습으로 카디건에서 스마트폰을 꺼냈다. 그리고 변기 안을 몇 장이나 사진을 찍었다.

"저기 사야. 나, 후루타 스미레코 연락처 알고 있어. 요전번에 네 휴대전화를 검사했을 때 전화번호를 내 폰에도 등록했거든. 아무지게 먹어서 엄마랑 한 약속 지켜. 그러지 않으면 이 사진, 그 애한테 보낼 거야. '맛이 너무 고약해서 나도 딸도 먹을 수가 없어서 화장실에 버렸습니다. 어떻게 하면 이렇게 맛없는 걸 남한테 주려고 생각할 수 있을까 싶네요'라는 글을 곁들여서."

사야는 눈을 부릅뜨고 입술을 부들부들 떨었다. 말도 나오지 않았다.

엄마는 사야의 작은 뒤통수를 왼손으로 움켜쥐고 그길로 변기 앞에 무릎을 꿇렸다.

"나 진짜 할 거야. 그 애가 얼마나 상처받을까."

사야의 머리가 확 뜨거워졌다.

나를 위해서 열심히 만들어준 케이크다.

이렇게 화장실에 버려진 걸 보면 얼마나 상처를 입을까.

오른손이 무의식적으로 변기 안으로 움직였다. 흐린 물속에 단숨에 담그고서 바닥에 잠긴 팥소를 집었다. 그걸 건져 올려 입에 머금었다. 차갑고 흐물거리는 맛이 났다.

그 이후의 기억은 사야에게 거의 없었다.

이따금 심하게 목이 메었지만 잔해를 건져 올려 입에 머금었다. 기계적으로 목 안으로 흘려보냈다. 그렇게 반복했다. 고형물을 전부 다 먹기까지 엄마는 내내 뒤에 우두커니 서 있었다. 다 먹은 후에 휘청대며 일어난 사야의 눈앞에서 엄마는 스미레코의 편지를 갈기갈기 찢어 변기 속으로 버리더니 탁한 물과 더불어 힘차게 흘려보냈다.

그리하여 모든 것이 흔적도 없이 사라졌다.

사야는 머리가 뜨겁고 이명과 메슥거림이 심해서 더 이상 저항할 기력도 없었다.

그저 너무나도 슬퍼서 참을 수 없었다.

세면실에서 입을 헹구고 자신의 방으로 돌아가 흐느껴 울었다.

시각은 저녁 9시 반을 지나고 있었다.

2

미야는 가볍게 샤워를 하고 물 한잔을 마시고서 피곤해서 그길로 침대에 쓰러졌다. 스트레칭도 마사지도 할 기력이 나지 않았다.

스마트폰을 들었다. 때마침 라인이 와 있었다.

〈오늘은 고마워. ♪ 또 놀러 갈게.〉

"멍청하긴."

완전 흥이 깨진 미야는 화면을 향해 작게 읊조렸다.

이구치는 자신에게 몇 번이나 키스를 하고 세게 끌어안아 주었다. 그때는 기분이 좋았지만 헤어지고 난 후 기분이 차분해지자 피곤함과 허무함만이 남았다. 그 황홀한 눈빛도 입술에 남았던 감촉도 지금은 아주 불쾌했다.

사귀기로 했던가?

양손을 머리 뒤에 얹고 긴 맨다리를 내동댕이쳤다. 머리 위를 덮고 있는 캐노피를 응시했다.

"귀찮아……."

말로 하자 그 마음이 한층 더 강해졌다.

왜 그런 덜 떨어지는 애랑. 나 정신이 좀 나갔었나 보네.

상체를 벌떡 일으켜서 침대 위에 책상다리를 하고 앉았다. 풍성하고 부드러운 머리카락을 난잡하게 쓸어 올렸다.

사야 같은 건 우즈키와 둘이서 데이트를 했는데 왜 내가 그런 애랑 사귀어야 하지.

귀가한 사야는 어째서인지 교복을 입고 머리도 평소처럼 내리고 있었지만 연하게 화장을 하고 있었다. 엄마에게 들키지 않도록 하기 위해 일부러 교복을 입고 나가 어딘가에서 갈아입어 위장이라도 한 셈인가?

애초에 그렇게 살랑살랑한 원피스를 그 애가 가지고 있었던가?

아이리한테서 받은 그 사진을 다시 보았다.

나란히 걷는 두 사람. 사야를 바라보며 다정하게 미소 짓는 레이치. 오른손은 사야의 어깨에 닿아 있었다.

필사적으로 지우려 했던 추악한 질투심이 미야의 가슴에 맹렬하게 들끓었다.

오랫동안 벽에 귀를 대고 어떻게든 두 사람의 대화를 훔쳐 들으려고 했지만 이 방은 방음이 꼼꼼하게 되어 있는지 거의 아무것도 들리지 않았다. 엄마의 분노가 엉뚱한 곳으로 번지면 어쩌나 싶어서 부주의하게 들여다볼 수도 없었다.

엄마가 귀가하고 시간이 조금 지났지만 노성이 전혀 들리지 않았다.

대체 어떻게 된 거지?

어째서 사야를 혼내지 않는 걸까?

이제 두 번 다시 회복할 수 없을 정도까지 박살내주면 좋을 텐데.

그러면 나도 기분이 풀릴 텐데.

분노로 기분이 가라앉지 않아 목이 몹시 말라서 몇 번이나 물을 마시고 말았다. 아무 생각도 하고 싶지 않아서 SNS라도 보려고 스마트폰에 손을 뻗자 엄마한테 라인 착신이 와 있었다.

동영상이었다.

화장실에 지쳐서 주저앉아 있는 사야의 뒷모습이었다.

미야는 왠지 모르게 불쾌함을 느끼면서 호기심을 가지고 동영상을 클릭했다.

그곳에는 변기에 달라붙어서 그 안에 손을 넣고 물에 잠긴 무언가의 잔해를 떠서 입 언저리로 옮기는 사야의 모습이 찍혀 있었다. 잔해가 사라질 때까지 그 동작은 이어졌다.

너무나도 오싹한 영상에 미야는 반사적으로 스마트폰을 집어 던졌다. 너무 혼란스러워서 머리가 새하얘졌다.

응? 뭐 하는 거지? 왜 이런 행동을 하는 거지? 말도 안 돼. 영문을 알 수 없다.

여러 감정이 한꺼번에 흘러 들어와 정신이 이상해질 것 같았다.

영상은 머릿속에서 몇 번이나 반복되었고 속이 이상하게 메슥거렸다.

스마트폰이 또 딩동 울렸다. 연달아 세 번이었다.

〈징계 완료.〉
〈미야도 엄마를 배신하면 절대로 용서 안 해.〉
〈엄마, 미야만큼은 믿고 있으니까.〉

공포심에 몸이 속에서부터 떨렸다.
"말도 안 돼. 이 사람 위험해. 정신이 나갔다고."
일부러 가벼운 느낌으로 목소리를 냈지만 너무 두려워서

참을 수 없었다. 불과 조금 전까지 사야를 박살 내줬으면 좋겠다고 생각했지만 저런 건 아무리 그래도 지나치다.

솔직히 속이 뒤집히고 불쾌했다.

"말도 안 돼. 정말 있을 수 없는 일이야……."

미야는 헛소리처럼 중얼거리면서 욕실까지 걸어가 차가운 물을 얼굴 전체에 몇 번이나 끼얹었다.

〈미야도 엄마를 배신하면 절대로 용서 안 해.〉

오싹했다. 온몸에 빠짐없이 닭살이 돋았다. 강박관념에 시달리는 것처럼 오늘 하루 종일 있었던 일을 선명하게 환기시켰다.

물론 모두 엄마가 외출한 후에 왔고 엄마가 귀가하기 전까지 돌아갔다. 쓰레기는 전부 가지고 돌아갔고 형태로 남을 만한 선물은 필요 없다고 못을 박아둬서 그런 걱정도 없었다. 모두가 귀가한 후 핥다시피 바닥을 닦았다. 무엇 하나 증거는 없다.

들킬 리가 없다. 괜찮다. 괜찮아.

거울에 비치는 창백한 얼굴을 보며 몇 번이나 타이르고서 욕실을 나왔다.

허브티를 우려서 소파에 깊이 몸을 파묻고 패션 잡지를 들었지만 기분이 차분해지지 않았다.

몹시 조용한 게 두려웠다.

사야는 이제 방으로 돌아갔을까?

그런 심한 짓을 당하고 제정신을 유지할 수 있으려나?

만약 사야가 망가지면 사야가 받는 압박은 전부 나한테 올까? 아니면 역시 엄마도 반성하고 생각을 고쳐먹을까. 사야가 망가져서 엄마가 딸들을 구속하는 행동을 관두면 나한테도 우즈키와 사귈 수 있는 기회가 돌아오려나?

미야는 염원이 담긴 안이한 예감에 매달리려고 했다. 하지만 공상에 잠길 틈도 없이 계단 밑에서 짐승 같은 절규가 울려 퍼졌다.

"아아아아아아악!"

미야는 반사적으로 소파에서 일어났다.

누구? 엄마?

그렇다면 왜?

엄청난 기세로 계단을 올라오는 발소리. 부술 듯이 문이 열리고 이를 악물고 핏발을 세운 엄마가 나타났다. 이상한 형상이었다.

미야는 공포스러운 나머지 소파 옆에 우두커니 선 채 경직되었다. 심장이 파열될 정도로 격렬하게 쿵쾅거렸다.

"엄마……?"

일직선으로 다가온 엄마는 미야의 가녀린 양쪽 어깨를 난폭하게 움켜잡았다. 이런 적은 지금까지 없었다. 미야의 몸에 상처 입힐 만한 일은 말이다. 부서질 듯한 통증에 얼굴을 일그러뜨린 미야에게 엄마는 이마가 맞닿을 때까지 얼굴을 가까이 갖다 댔다. 그리고 시신경이 빠직빠직 찢어질 것 같을 만큼 눈을 부릅뜬 채 콧김을 거칠게 내뿜으며 지껄였다.

"미야, 너 무슨 짓을 한 거야? 돌이킬 수 없는 짓을 했네? 이제 인생 끝났어."

하는 말의 의미를 이해할 수 없었다. 그저 공포심으로 떨리는 게 멈추지 않았다.

엄마는 정신이 나간 듯 훅훅 거칠게 숨을 내쉬고 어깨를 들썩이며 동공이 벌어진 눈알을 힐끗힐끗 움직이면서 눈물을 흘렸다.

날 죽일 거야.

미야는 본능적으로 직감하고서 큰소리로 외쳤고 엄마가 기가 꺾인 순간에 그 손에서 벗어나려고 몸을 비틀었다. 하지만 엄마는 먹잇감을 잡은 짐승처럼 재빨리 미야의 몸을 움켜쥐고서 벽에 등을 처박았다. 다리가 테이블에 부딪힌 바람에 잔이 바닥으로 떨어졌다. 귀에 거슬리는 소리를 내며 뜨거운 액체가 힘차게 튀었다.

벽까지 몰아세운 엄마는 미야의 가느다랗고 부드러운 목을 양손으로 움켜잡았다. 그리고 으스러뜨리듯이 힘을 실었다.

날 죽일 거야.

날 죽일 거야!

미야는 패닉에 빠져 필사적으로 버둥거렸지만 목을 조른 엄마의 힘은 갈수록 강해졌다. 엄마는 얼굴이 시뻘게져서 흐느껴 울었다.

"엄마는 이렇게 노력하는데 어째서 마음대로 구는 거야? 전부 엄마 덕분이야. 엄마의 노력을 다 소용없게 만들고 이제 끝이야. 전부 끝이라고. 미야를 죽이고 엄마도 죽을 거야. 이제 전부 끝이야. 너 때문에."

저주처럼 반복했다.

미야는 멀어지는 의식 속에서 필사적으로 도움을 구했다.

누가. 누가 도와줘. 누가.

살해당할 만한 짓은 하나도 하지 않았어. 이건 너무 불합리해. 이건…….

둔탁한 타격음.

목을 조르고 있던 양손이 풀렸다.

미야는 그 자리에 쓰러져 격렬하게 콜록거렸다. 눈물과 콧물, 침이 바닥에 뚝뚝 흘러내렸다.

기척을 느끼고 앞을 보다가 옆으로 쓰러진 엄마와 눈이 마주쳤다. 그 눈알이 희번득 움직였다.

"윽!

몸을 젖힌 미야의 팔을 누군가가 강하게 잡아당겼다. 고개를 들자 사야였다. 왼손에 번쩍이는 장식이 되어 있는 타원형 탁상시계를 들고 있었다.

"서둘러!"

독촉해도 무릎이 떨려서 일어날 수 없는 미야의 몸을 사야가 끌어안았다. 그런 미야의 오른발을 쓰러진 엄마가 오싹한 힘으로 잡아당겼다. 사야는 믿을 수 없을 정도의 민첩함으로, 일어나려고 하는 엄마의 이마를 다시 휘갈겼다. 힘이 느슨해지고 오른다리가 자유로워지자 미야는 사야의 손에 이끌린 채 방을 뛰쳐나왔다.

넘어지다시피 현관을 나와 두 사람은 손을 잡은 채 정처 없이 달렸다. 멈추면 엄마에게 잡혀서 끌려 돌아가 두 번 다시 살아서 나올 수 없을 듯했다.

언덕을 내려가 선로가의 좁은 길을 빠져나가서 공동주택 뒤편에 있는 조용한 공원에 도착하자 마침내 멈춰 섰다. 포플러 나무가 살랑살랑 움직이는 소리가 났고 그네가 작게 흔들렸다. 아무도 없었다.

두 사람은 화단 옆에 있는 벤치에 나란히 앉았다. 판자는 단단하고 서늘했다.

아무것도 없이 도망쳐 왔으나 사야는 티셔츠에 청바지, 미야는 무늬가 없는 원피스라 그런지 그렇게 튀지도 않았다. 애초에 사람은 거의 없었다.

무거운 침묵을 깬 건 미야였다.

"구해줘서 고마워."

"아냐. 늦어서 미안. 미야의 비명이 들려서 큰일 났다고 생각했는데 무서워서 바로 못 움직였어."

"사야가 엄마 머릴 때렸구나."

"응. 근처에 탁상시계가 있어서…… 충동적으로."

"이제부터 어떻게 하지?"

미야의 물음에 사야는 고개를 숙인 채 입을 다물었다. 그리고 기어들어가는 목소리로 말했다.

"집을 뛰쳐나올 때 순간 뒤를 봤어. 엄마 완전히 일어나 있었고 눈빛도 날카로웠어. 가벼운 상처였나봐……."

"그래서……?"

"지금쯤 핏발이 선 눈으로 우리를 동네에서 찾고 있든가, 집에서 돌아오기를 기다리고 있든가 하겠지. 이 시간이니 후자 쪽이 가능성이 높을 테지만."

"안 죽었으려나?"

"응?"

"엄마, 내 목을 조를 때 말했어. 날 죽이고 엄마도 자살하겠다고. 혼자서 죽어주면 고맙겠지만."

흉흉한 소리라고 타박 당하지 않을까 싶었지만 사야는 예상과 다르게 "그러게"라고 고개를 끄덕였다.

그러고서 "그래도 끈질기게 살아 있을 것 같아"라고 먼 시선을 하고 덧붙였다.

미야는 아직 얼얼하게 아픈 목덜미를 손끝으로 쓰다듬으면서 망연자실한 목소리로 말했다.

"그럼 돌아가면 죽일 거야."

"응, 그러니까 안 돌아가."

"뭐? 가출이라도 할 거야?"

"아니, 경찰에 신고해서 보호받을 거야. 집 근처에 편의점 있잖아. 거기 가정과목 야마무라 선생님의 부모님이 운영하셔. 지금도 계실 거야. 사정을 말하고 전화를 빌려달라고 하자."

사야는 술술 말하고 일어났다. 하지만 '경찰'이라는 말에 겁을 먹고 미야는 그 팔을 강하게 붙들어 말렸다.

"경찰에 뭐라고 할 거야?"

"솔직히 전부 말할 거야. 지금까지 받은 대우 전부 다, 지금 이렇게 미야가 목이 졸리다가 겨우 도망쳐왔다는 것도 전부. 아⋯⋯. 좀 더 예전에 이렇게 해야 했는데 어째서 지금까지 견뎌왔을까. 분명 우리 세뇌당했을 거야."

혼자서 납득하는 사야를 곁눈질하고 미야가 격렬하게 동요했다.

"그리 간단히 말해도⋯⋯ 애초에 사야가 엄마를 때린 건 어떻게 숨길 거야? 분명 들킬 거야. 증거도 있고."

"숨길 수 있을 리가 없어. 솔직히 말할 거야. 정당방위니까 괜찮아. 미야가 있는 그대로 확실히 증언해주면 아무 일도 없을 거니까."

사야는 시원스런 얼굴로 말했다. 후련한 모습이었다.

"그러면 엄마는 어떻게 돼?"

"살인미수로 체포되겠지? 아빠한테는 이제 다른 가정이 있으니 우리는 시설로 들어가지 않으려나?"

"말도 안 돼. 저 집에서는 이제 못 살아?"

"응, 그야 저건 엄마 명의니까."

"시설은 절대 싫어, 무리야."

"그럼 아빠한테 상담해볼까? 연립이라든가 빌려서 살 수 있도록."

"월세 연립은 절대로 싫어. 지금 환경을 손에서 놓는 건 무리야."

"그럼 어떻게 하면 되는데? 저 환경에서 사는 동안에는 반드시 엄마가 있을 거야. 진부한 소리지만 무언가를 얻기 위해서는 무언가를 희생해야 해."

사야가 냉정하게 설득하면 할수록 현실이 더해져서 미야는 절반은 패닉 상태에 빠졌다.

흰 저택. 널찍하고 아름다운 방. 전용 욕실. 고급스러운 스킨케어 용품. 신상 화장품. 옷장에 가득한 명품. 모두가 선망하는 시선으로 보는 아름다운 공주님에 필수적인 것들.

모든 게 힘없이 찢겨가는 환영에 미야의 가슴을 날카로운 공포심이 꿰뚫었다.

절대 싫어.

지금의 생활을 버리다니 절대로 무리다.

사야의 팔에 필사적으로 매달려 말했다.

"저기 역시 말도 안 돼. 지금 생활을 버리는 건 무리야. 둘이서 무릎 꿇고 사과하자. 엄마도 우리가 없으면 분명 곤란할걸? 분명 용서해줄 거야. 지금은 이성을 되찾아서 조금 전에 그런 짓을 한 걸 후회하고 있을 거야."

사야는 믿을 수 없다는 모습으로 눈을 크게 떴다.

"무슨 소리야? 네가 조금 전에 무슨 짓을 당했는지 알기나 해? 내가 안 멈췄더라면 너 살해당했을지도 모른다고."

"그렇긴 한데, 그래도……. 사야는 괜찮아? 지금까지처럼 공부 못할걸?"

"괜찮아. 속이 시원해."

"자포자기하지 말고 제대로 생각해. 엄마가 체포되면 우린 끝이야. 그야 범죄자의 딸이 되니까. 앞으로의 인생 어떡하라고. 취직이라든가, 결혼이라든가……. 제대로 할 수 있다는 보장 있어?"

따지고 들자 사야는 말문이 막혔다.

"엄마를 어떻게 해서 내쫓을 수 없으려나?"

미야는 불쑥 중얼거리고 다시 사야의 양팔에 매달렸다.

"저기, 다시 한번 더 제대로 생각해보자. 이대로 집으로 돌아가면 최악의 상황으로는 엄마한테 살해당해. 용서받는다고 해도 지금 이상으로 지옥 같은 하루하루가 기다릴 테고. 경찰에 말하면 엄마한테는 해방될 거야. 하지만 전부 잃고 더군다

나 범죄자의 딸이라는 낙인이 찍히겠지. 좌우지간 우린 진짜 절망적인 상황이야."

"그건 아는데 그래서 어떻게 엄마를 내쫓을 건데? 거긴 그 사람의 집이야."

사야가 포기한 투로 말하자 미야는 초조함을 숨기지 않는 모습으로 한숨을 내뱉었다.

"그러니까 그걸 지금부터 생각하자는 거야. 사야 넌 학년 톱이잖아. 얼마든지 좋은 방법 생각해낼 수 있잖아. 저기, 처음부터 포기하지 말고 곰곰이 생각해보자. 뭔가 있겠지? 저기 생각해보자."

떼를 쓰는 아이 같은 미야의 말에 사야는 벤치에 앉아서 고개를 숙였다.

바람이 강해져서 머리 위에서 울창한 나무들이 술렁였다. 멀리서 클랙슨이나 오토바이 엔진 소리가 울려 퍼졌다.

잠시 잠자코 있던 사야는 이윽고 고개를 천천히 들었다. 바로 눈앞에 서 있는 미야와 눈이 마주쳤다.

아름다운 유리알이 두 개, 밤의 어둠에 비쳐서 빛나고 있었다.

사야는 정체를 알 수 없는 환영에 사로잡힌 듯 조용히 입을 열었다.

"아주 없는 게 아닐지도 모르겠네."

3

곁에는 사야가 있었다. 내가 모르는 사야가.

아침 햇살에 비친 옆얼굴은 다부졌고 눈앞의 광경을 그저 가만히 응시하고 있었다. 이따금 부는 차가운 바람이 머리카락을 흔들었고 머리 위에서 초목이 속삭였다. 그것 말고는 모든 것이 정지된 듯했다.

나는 사야가 두려웠다. 어째서 이렇게 냉정할 수 있을까.

유리창 한 장을 사이에 두고 건너편에 엄마의 시체가 있는데 말이다.

자매는 저택 정원에 나란히 서 있었다. 바로 눈앞에 엄마의 침실이 있었다.

미야는 떨리는 손끝으로 붉은 눈을 비비면서 사야와 같은 방향으로 시선을 되돌렸다.

주름진 커튼이 열어 젖혀진 큰 미닫이 창문.

그 창 건너편에 엄마가 보였다.

샴페인 컬러의 리클라이닝체어에 길게 누워 온화한 표정으로 눈을 감고 있었다. 귓가에서 빛나는 다이어 귀걸이, 그레이 컬러가 감도는 파티 드레스, 파운데이션을 두껍게 바른 흰 피부에 품위 있는 붉은 립스틱. 책상의 분리형 서랍장에는 바카라 와인잔이 있었다.

주위 바닥에는 흘러내린 레드와인이 퍼져 있었고 형형색색의 아름다운 꽃들이 환상적인 세계를 연상하게 할 정도로 잔뜩 흩어져 있었다.

창틀을 액자로 예를 든다면 한 장의 아름다운 그림 같았다.

엄마의 목에 이중으로 감긴 채 검붉은 피부를 깊이 파고 들어가 있는 그 전원 코드만 없었더라면.

이윽고 나뭇잎이 스치는 소리와 작은 새가 지저귀는 소리를 지우듯이 멀리서 요란한 사이렌 소리가 들렸다. 미야의 몸에 강한 긴장감이 가로질렀다. 무의식중에 곁에 있던 사야의 손을 세게 쥐었다. 사야가 다정하게 손을 잡아주었다. 얼음처럼 차가운데 어째서인지 이상한 안도감에 휩싸였다.

제5장
참극이 벌어진 후

1

6월 20일(월) 가나가와○×신문 조간

가마쿠라 저택에서 한 여성 사망. 사건과 자살 모든 가능성
열어놓고 조사

19일 오전 5시 무렵, 가나가와 현 가마쿠라 시 야마노우치
주택에 사는 차녀로부터 '어머니가 의식이 없다'고 119로 신
고가 왔다. 구급요원이 달려갔으나 이 집에 사는 여성(42)이
침실에서 사망한 채로 발견되었다.

사법 해부 결과, 사망 추정 시각은 18일 21시부터 24시 무
렵으로 사인은 경부압박에 따른 질식사. 경찰에 따르면 여성
은 전동 리클라이너체어에 위를 보고 누워 있었으며 목에는
전원 코드가 감겨 있었다. 후두부와 이마에는 경도의 열상이
발견. 당시 방문과 창은 잠겨 있었고 구급대원이 창문을 깨고
실내로 들어갔다고 한다. 경찰은 사건과 자살 모든 가능성을

열어놓고 조사를 진행하고 있다.

   아침 7시 반 무렵, 졸린 눈을 비비면서 렌지가 계단을 내려
왔는데 거실의 모습이 이상했다. 평소에는 와이드쇼를 보진
않지만 틀어놓고는 있는데 오늘은 조용했다.
   소파에 앉은 아빠는 신문을 펼친 채 경직되어 있었고 부엌
의 엄마는 약간 창백한 얼굴을 하고 있었다.
   "잘 잤어? 왜 그래?"
   렌지가 말을 걸자 설거지를 하던 엄마가 수도꼭지 물을 잠
갔다. 렌지와 눈을 마주치더니 비통한 얼굴로 말했다.
   "큰일 났어."
   "또 오버하긴."
   "아냐, 정말이야. 렌지 아빠, 신문 좀 보여줘요."
   렌지는 아빠한테서 신문을 받아들고 그 기사를 훑어보았
다.
   "바로 근처네. 혹시 엄마 지인이야?"
   "후지미야라면 같은 학교잖아? 그 집에서 일어났나 봐."
   렌지는 심각한 충격을 받았다.
   "설마. 그런 말은 어디에도……."
   "오늘 아침에 학부모 그룹 라인에서 알았어."
   "그 사람들이 잘못 안게 아니라?"
   "후지미야 씨 바로 근처에 사는 사람이 구급차랑 경찰차가

서 있는 걸 봤대. 혹시 렌지 친구야?"

"쌍둥이 자맨데 동생은 같은 반이니까……."

커피를 홀짝이던 아빠가 턱을 문지르면서 읊조렸다.

"흠, 이렇게 말하긴 좀 그렇지만 애들이 무사한 게 불행 중 다행이야."

"그러게……. 그건 그렇고 불안하네. 아직 범인이 안 잡혔 잖아."

"이 기사를 보면 자살일 가능성이 높은 것 같지만."

"어느 쪽이든 괴로운 이야기네. 렌지, 오늘은 엄마가 학교 까지 차로 바래다줄게."

"아냐, 됐어."

"안 돼. 만약 살인사건이라면 아직 범인이 주변에 있을지도 몰라. 혼자 걸어가게 둘 수 없어. 중학교는 바로 임시휴교 연 락이 왔는데 고등학교에서는 아무 연락도 없으니까……."

엄마는 불평하면서 설거지를 다시 시작했다.

렌지는 식탁에 앉아 계란 프라이를 뒤적거렸지만 식욕이 전혀 없었다. 오렌지 주스를 들이켜는 게 고작이었다.

사건과 자살, 모든 가능성이 있다는 건 무슨 일일까.

후지미야네 엄마가 누군가에게 목이 졸려 살해당했을 가능 성이 있다는 뜻인가?

렌지는 무의식중에 엊그제 일을 다시 생각했다. 왠지 자신 이 연관돼 있을 듯한 느낌이 들었다. 만약 돌아가는 길에 필사적으로 쫓아가서 집까지 도착했더라면. 만약 같이 놀지 않았더라면. 이런 비극은 일어나지 않지 않았을까. 자신에게도 적지 않게 책임이 있지 않을까. 그런 자문자답이 몇 번이나 반복되었고 어마어마한 양심의 가책에 시달렸다.

"괜찮아? 오늘은 학교 쉴래?"

엄마가 어깨에 손을 다정하게 얹었다.

"아냐, 괜찮아."

자신의 방으로 돌아가 교복으로 갈아입고 잠시 망설였지만 사야와 미야 양쪽에게 메시지를 보냈다. 직접 전화를 거는 건 꺼려졌다.

〈뭔가 힘이 될 만한 일이 있으면 언제든지 연락해줘.〉

준비를 하고 있는데 현관 벨 소리가 울렸다.

레이치였다. 약간 안색이 나빴지만 지극히 침착했다. 평소에 같이 등교하지 않았기 때문에 렌지는 당황했다.

"안녕. 무슨 일이야?"

"무슨 일이냐니, 너무하네. 걱정돼서 일단 왔어. 같이 등교하는 편이 안심될 것 같아서. 후루타한테도 연락했는데 걔 몸 상태가 안 좋아서 결석하려나봐."

"그렇구나. 시다는?"

"시다? 그 녀석은…… 뭐, 아무래도 상관없겠지."

레이치가 말을 흐리고 있는데 부엌에서 엄마가 슬리퍼 소리를 탁탁 내면서 다가왔다.

"어머나, 때마침 다행이야. 레이치도 같이 타고 가자."

"엄마 됐다니까. 이제 아빠도 집에서 나가잖아. 가린 혼자 집에 남는 게 더 불안해."

　렌지의 말에 엄마는 흠칫한 표정을 지어 보였다.

"그것도 그러네. 그러면 조심히 다녀와."

　통학로의 풍경은 평소와 아무 다를 바 없었다. 큰 거리로 나갈 때까지 사람은 드문드문 밖에 없었다. 줄지어 선 주택에서 된장국 냄새가 감돌거나 텔레비전 소리가 새어 나오거나 자명종 소리가 울렸다. 가끔 까마귀가 울었다.

　얇은 구름 사이에서 부드러운 햇살이 쏟아져 내리고 바람도 시원해서 기분 좋은 아침이었다. 일찌감치 장마가 갠 느낌이었다.

"왠지 실감이 전혀 안 나지만 사실이겠지?"

　렌지가 고개를 숙인 채 읊조렸다. 레이치는 차분한 표정으로 고개를 끄덕였다.

"이런 한적한 주택가에서 살인이 일어날 줄은 생각지도 못했어. 더구나 피해자가 후지미야네 엄마라니."

"왜 단정적인 말투야. 자살 가능성이 더 높잖아."

"……신문 안 읽었어? 차녀는 신고 시 엄마의 모습을 의식이 없다고 전했다. 한편 구급대원이 유리창을 깨고 실내로 들어갔다. 즉 현장이 밀실이면서 안의 모습을 미루어 알 수 있는 상태였단 거지. 분명 창문 커튼이 열려 있었던 거야. 자살을 확실히 달성할 수 있도록 제삼자한테 발견되거나 구조받기를 되도록 늦추고 싶었고. 그러기 위해서 자신의 침실에 틀어박혀 문을 잠그고 자살을 했다면 왜 덧문이나 커튼은 열어놓은 채 둔 거지?"

"정원 경치가 마음에 들어서 그걸 보면서 죽고 싶었다든가?"

"죽은 건 밤이야."

"그럼 뭐란 소리야?"

"밀실을 만든 건 물론 자살이라고 보이기 위한 위장 공작이야. 커튼을 열어놓은 건 자살을 뒷받침하기 위해서인 데다 밀실 상태로 확실히 죽었다는 걸 제삼자에게 목격하게 하고 싶었기 때문이고.

그건 그렇고 후지미야의 행동은 이해하기 힘드네. 보통 가족이 생사를 알 수 없는 상태로 늘어져 있으면 가만히 구급대원을 기다리지 않고 직접 유리창을 깨부수고 들어갈 텐데. 강화유리라도 사용했던 건가?"

"야, 혹시 후지미야를 의심하고 있어?"

"객관적인 사실이야. 어찌 됐거나 교살은 평범하게 죽는 방식이고 이런 상세한 기사가 나오는 시점에서 타살 선이 농후하지."

"단 하나의 신문기사로 펼치는 듬직한 망상이군. 황당하기 그지없네."

"망상이 아니라 추측이야. 이런 흥미진진한 사건이 근처에서 일어났다고 하면 관심을 안 가질 수 없지."

막힘없이 말하는 레이치를 렌지는 의아한 얼굴로 올려다보았다.

"정말 태연하구나."

"응?"

"난 조금…… 아니 꽤 책임감을 느끼고 있는데."

이번에는 레이치가 인상을 찌푸렸다.

"왜?"

"왜냐니…… 사건이 있었던 날, 후지미야네 엄마한테 비밀로 같이 놀았잖아."

"그 논리는 이상해. 우리가 놀았던 사이에 죽었다면 그렇다 쳐도 후지미야랑 헤어지고 나서 약 1시간 이상 후에 일어난 일이잖아."

"그렇긴 해도. 만약 자살이라면 책임이 있잖아. 딸아이가 거짓말을 하고 놀러 나간 게 충격이어서 충동적으로 자살했을지도 몰라."

"그것도 이상하잖아. 백 보 양보해서 딸이 가출해 몇 주간 돌아오지 않는다든가 불량한 애들이랑 어울려서 비행을 저질렀다든가 하면 그렇다 쳐도. 고작 하루, 고등학생인 딸이 공부를 농땡이 치고 친구랑 놀았을 뿐인데 목을 달 정도로 충격을 받다니 믿기 힘들어. 그런 건 목숨이 아무리 많아도 아까운 일이야. 만에 하나 그렇다 해도 그런 건 아무도 예측할 수 있을 리가 없으니 누구의 책임도 아니야."

그런 소리를 들으니 그런 것도 같지만 렌지는 왠지 모르게 가슴에 맺힌 응어리가 풀리지 않았다.

학교가 가까워지자 등교한 학생 중에 부모님을 대동한 아이도 드문드문 볼 수 있었다. 교문 앞에는 3학년 학생주임과 교감이 굳은 표정으로 서 있었다.

렌지는 껄끄러운 기분을 느낀 채 건물 입구에서 레이치와 헤어졌다. 전혀 동요하지 않고 태연한 표정을 짓고 있는 레이치가 부러웠다.

교실로 발을 내딛는 순간 시다와 눈이 마주쳤다. 꺼림칙한 예감이 들어서 시선을 피했지만 그는 개의치 않고 다가왔다.

"다키, 안녕. 이미 온 교실이 그 이야기로 난리야."

"말 안 해도 알아."

교실 안은 일종의 흥분 상태로 휩싸여 있었다. 비상사태에 대한 고양감, 공포감, 불안감, 구경꾼들의 호기심…… 여러 가지가 소용돌이쳐서 뒤섞여 있었다.

"다키는 어떻게 생각해? 자살인지, 타살인지 말이야. 타살이라고 하면 범인은 후지미야 자매일까, 제삼자일까."

"뭐어?"

무심코 큰 소리를 내자 순간 교실 안의 시선이 렌지에게 모였다. 무안해서 시다 팔을 잡아당겨 복도로 나왔다.

"무슨 말도 안 되는 소릴 하는 거야? 후지미야가 사람을 죽일 리가 없잖아."

"어디까지나 가능성의 이야기잖아."

"위험한 발언이야."

"그래도 있을 수 없는 이야기는 아니라고 봐. 그 자매, 이상할 정도로 엄마한테 구속받으면서 살아왔다고 하잖아. 엊그제 사야는 우리랑 몰래 놀았잖아. 소문에 따르면 미야도 엄마한테 비밀로 몰래 집에서 생일 파티를 열었대. 둘 다 엄마한테 들켜서 심한 일을 당한 거지. 그래서 지금까지 참고 있던 게 한계를 넘어서 충동적으로 죽인 거야. 이야기가 와닿지 않아?"

"안 와닿아. 불쾌하니까 이제 그 이야기는 듣기 싫어."

렌지는 단호하게 말하더니 시다를 밀고 교실로 돌아갔다. 반 친구들이 여러 추측이나 소문을 주절주절 계속 떠들고 있는 게 귀에 거슬려서 이어폰을 꽂고 음악을 크게 틀고서 책상에 푹 엎드리고 눈을 감았다.

그 두 사람이 엄마를 죽였다?

말도 안 된다. 죽일 수 있을 리가 없다.

서로 미소 지었던 사야의 다정한 얼굴과 부러질 듯 가녀린 몸이 어른거렸다. 그리고 인형처럼 아름답고 모두에게 늘 선망의 시선을 받던 미야의 모습도 희미하게 떠올랐다.

그 둘 중 한쪽 또는 둘이 엄마를 살해하고 자살로 보이기위해서 위장 공작까지 했다. 그것도 자신의 생일날 밤에. 그런 일이 가능할까.

하지만 그게 있을 수 없는 일이라고 일축할 만한 증거는 아무것도 없었다. 렌지는 후지미야 자매의 아주 일부밖에 모른다. 살인에 도달한 증오심이나 괴로움이 그 자그마한 가슴에소용돌이치고 있었다고 해도 이상하지는 않다.

학급회의 시간, 담임인 오이와가 피로에 절은 모습으로 사건에 대해 언급했다. 사건 가능성이 있기 때문에 불필요하고급하지 않은 외출이나 단독 행동을 피할 것, 방송 취재에는절대 응하지 않도록 할 것 등이 간결하게 전달되었다. 학교측에서도 사태를 아직 정확하게 파악하지 못했고, 따라서 대책도 짜여 있지 않은 상황이었기에 애매한 점이 눈에 띄었다.

오이와는 마지막에 빈자리에 시선을 힐끗 주고 암담한 표정을 지었다.

"후지미야는 장례 때문에 일주일 결석하게 됐어. 그 아이의심정을 헤아려 지금은 가만히 지켜봐 줬으면 하고 등교할 수있게 되면 모두가 버팀목이 되어줬으면 한다. 잘 부탁하마."

조금 전까지 떠들썩하던 소리가 거짓말처럼 고요해졌고 오이와의 굵은 목소리가 몹시 맑게 울려 퍼졌다.

4교시 현대문학 시간, 렌지는 교장실로 불려갔다. 꺼림칙한 예감이 들었다. 교실을 나갈 때 모두의 시선이 일제히 자신을 향한 것도 불안했다.

니스가 잘 먹은 예스러운 양 문을 열자 교장과 오이와 외에 형사라고 이름을 댄 슈트 차림의 두 남성이 서 있었다. 한 사람은 후루야 경위라는 무서운 얼굴을 한 남자로 몸집이 아담한데 몹시 위압감이 있었다. 나이대는 40대 중반 정도로 보였다. 다른 한 사람은 구사노 경장이라는 키가 큰 남자로 이쪽은 반대로 온화한 얼굴에 몸도 야위었다. 형사라기보다는 연구가 같은 용모를 하고 있었다.

인사도 데면데면하게 하고 시키는 대로 소파에 앉자 형사 두 사람도 건너편 소파에 앉았다. 교장과 오이와는 심각한 표정으로 벽 쪽에 서서 그들을 내려다보고 있었다.

모두의 압박이 한 몸에 느껴지자 렌지는 앉은 자리가 대단히 불편했다.

레이치가 있어 준다면 얼마나 든든할까. 최악으로 시다라도 좋다.

하지만 예상과 다르게 무서운 얼굴을 한 후루야 경위는 다정한 음색으로 말을 걸었다.

"수업 중에 미안하구나. 이야기를 좀 들려줬으면 해. 후지미야네 어머니가 돌아가신 건 알고 있니?"

"네. 신문에서 읽었어요. 더구나 모두 숙덕대고 있고요."

"그래. 넌 18일에 동생인 후지미야 사야랑 같이 놀았다고 하더구나."

"네······. 그 애의 생일이어서 다 같이 축하했어요."

"같이 논 친구들 이름을 가르쳐줄래?"

"네. 모두 다 도오 2학년이고 A반의 시다와 후루타, F반의 우즈키예요. 원래는 후지미야를 포함해서 넷이서 놀기로 했는데 역에서 우연히 만나 시다가 합류했어요."

후루야가 팔짱을 끼고 가만히 귀를 기울이고 있는 옆에서 구사노는 펜을 휘갈겨 수첩에 증언을 쓰고 있었다.

"당일에 있었던 일, 생각나는 범위에서라도 상관없으니 전부 이야기해줄래?"

"전부, 말인가요?"

"그래. 약속 장소에서 만나고 나서 같이 놀고 헤어질 때까지. 가능한 한 상세하게 알려줬으면 해."

"알겠어요."

켕기는 건 아무것도 없어서 렌지는 들은 대로 순순히 모두 다 털어놓았다. 후루야가 절묘한 타이밍에서 맞장구를 쳐주었기 때문에 술술 막힘없이 이야기할 수 있었다.

스터디를 가장해서 놀았던 게 엄마에게 걸렸다는 걸 알고서 사야가 다급히 귀가했던 건에서는 펜을 쥔 구사노의 손에 힘이 한층 더 들어갔다. 하지만 특별히 놀라는 모습도 아니었기 때문에 모두 본인한테서 들은 사실인 모양이었다.

질의응답은 20분 만에 끝났다.

돌아갈 때 렌지는 몹시 신경이 쓰여서 물어보았다.

"저기, 후지미야네 자매는 지금 어쩌고 있나요?"

구사노가 가슴주머니에 펜을 넣으면서 답했다.

"둘 다 아직 서에 있어."

"괜찮나요? 몸은?"

"응, 그럭저럭."

"저기, 제가 할 수 있는 일이 있으면 뭐든 말씀해주세요. 두 사람을 위한 일이라면 뭐든 할 테니까요."

구사노는 조금 당혹스러운 듯 고개를 끄덕였다. 렌지는 살짝 인사를 했다. 교장실을 뒤로했다.

가슴주머니에서 스마트폰을 꺼냈지만 물론 두 사람에게서 답은 없었다.

교실로 향하는 계단을 내려갈 때 시다와 맞닥뜨렸다.

그는 구경꾼 근성을 노골적으로 드러낸 얼굴로 렌지에게 바짝 다가왔다.

"사정 청취 받고 돌아오는 길이야?"

"응. 시다도?"

"너랑 교대해서 지금부터. 당일에 놀았던 전원이 대상인 것 같아. 그래서 다키는 속이지 않고 모조리 이야기했어?"

"응. 그야 켕기는 건 아무것도 없잖아."

"그런가? 후지미야네가 이상하게 엄격하고, 공부를 농땡이 치고 놀면 엄마한테 호되게 꾸중을 듣는다는 걸 알면서도 같이 놀았다고 거기까지 이야기한 거지?"

"아니 그야……, 엄격하다는 건 알고 있지만 거기까지는 아무도 생각 안 하잖아, 보통은."

당황하면서 대답하자 시다는 의미심장한 말을 읊조렸다.

"제삼자의 살인이 좋다고 봐."

"뭐?"

"자살이라고 해도 후지미야 자매가 저지른 살인이라고 해도 우리는 적지 않게 죄책감을 느끼고 있잖아. 그러니 제삼자의 살인이면 좋을 것 같아."

"그런 말투로 말하지 마."

"왜? 넌 죄책감 안 느껴? 그럴 리가 없잖아?"

시다는 그런 말을 남기고 교장실 쪽으로 사라졌다.

렌지는 잠시 그 자리에서 움직이지 못했다.

시다의 말에 적지 않게 공감하고 있는 자신을 발견했다.

2

사건으로부터 나흘 후, 산기슭에 있는 대형 장례식장에서 후지미야 레이코의 장례가 열렸다. 조문객 인원수는 여든 명 정도였을까. 장마가 끝나서 일찌감치 여름이 되어 홀 안은 사람들의 열기로 숨이 콱콱 막히는 듯했다. 대부분이 자매의 동급생으로 렌지도 아는 얼굴을 근처에서 발견했다.

접수처에 줄을 서면서 레이치가 작은 소리로 말했다.

"문 앞에 형사가 있어. 학교에서 사정 청취했던⋯⋯."

"후루야 씨랑 구사노 씨?"

"그래. 장례식 방문객 차림으로 일반 조문객으로 위장하고 있는 듯한데 눈빛이 날카로워서 한눈에 알겠더라. 도로 부근에 많이 모여 있는 야비한 녀석들은 매스컴이겠지. 그 녀석들은 명복을 빌 마음 따윈 전혀 없어."

"왜 이렇게 주목받는 거지?"

"그런 대저택에 사는 데다 딸 둘은 전국 유수의 진학 고교에 다니고 있고 피해자한테는 나쁜 소문이 따라다니고 있잖아. 꺼림칙한 말이지만 매스컴에 좋은 먹잇감이겠지."

"나쁜 소문⋯⋯?"

"남성 편력이 심하고 종종 젊은 남자랑 나다니면서 여러 가지를 갖다 바치고 있었다고 말이지."

"⋯⋯."

렌지의 내면에서 굳어지고 있던 후지미야 레이코의 상이 순식간에 무너졌다. 반듯하고 엄격하고 오로지 자녀 키우기밖에 모르는 교육에 열성적인 엄마라고 생각했는데 실태는 전혀 달랐던 모양이다.

"경찰은 타살 선에서 진행하고 있는 모양인데 불특정다수와의 일시적 관계가 화가 되어 조사가 난항을 겪고 있나 봐."

"돌아가신 분을 나쁘게 말하는 건 좀 그렇지만, 딸한테만 엄격하게 굴고 자신은 그런 타락한 생활을 보냈구나."

"그 결과가 이게 아닐까?"

레이치는 말을 차갑게 내뱉고 제단이 있는 옆방으로 시선을 보냈다.

렌지도 이리저리 시선을 보냈지만 조문객은 불안감이나 당혹스러운 기색을 보일 뿐 순수한 상실감으로 슬퍼하는 사람을 찾아볼 수 없었다.

아흔에 극락왕생한 증조할머니의 장례식에서도 코를 훌쩍이거나 눈물을 흘리는 모습을 여기저기에서 볼 수 있었는데 그게 하나도 없다는 건 렌지에게 꽤 이상하게 느껴졌다.

두 사람은 접수를 마치고 조문객용 좌석이 정렬된 옆방으로 들어가 분향 순서를 기다렸다. 제단에는 옅은 노란색을 기본으로 한 백합이나 국화가 청초하게 곁들여져 있었고 그 중앙에 레이코의 영정사진이 우두커니 있었다.

유족석은 제단 바로 옆에 있었고 그곳에 후지미야 자매가 있었다. 조명이 하얗게 빛나고 자리도 떨어져 있어서 그 표정까지는 들여다볼 수 없었다.

분향 순서가 다가오면서 어떤 말을 걸어야 할지 렌지는 안절부절못했지만, 레이치에게서는 불안한 모습을 볼 수 없었다.

20분 정도 지나 렌지네 순서가 돌아왔다. 분향할 때 렌지는 두 사람의 표정을 또렷하게 파악했다.

미야는 명백하게 초췌했다. 충혈된 눈이나 새파란 입술, 붉어진 콧등, 그 모든 게 애처로웠다.

사야는 영혼이 빠져나간 듯한 무표정으로, 텅 빈 눈동자는 색을 잃었고 초점이 맞지 않았다. 방을 나갈 때 렌지는 다시 사야 쪽을 보았지만, 그녀는 기계 같은 동작으로 고개를 숙이기만 하고 완전히 감정이 빠져나간 것처럼 보였다.

불과 며칠 전에는 서로 미소 짓던 사야가 부모를 잃고 자신이 경험한 적 없는 심연으로 빠진 모습을 맞닥뜨리자 렌지는 강한 충격을 받았다. 동시에 숨이 막히는 느낌을 받았지만 홀 바깥으로 나와서 햇살을 쐬자 기분이 조금 진정되었다.

바깥에는 새까만 사람 떼가 있었는데, 멋들어진 대문 주위에 카메라를 든 방송 관계자가 한가득 모여 있었다. 귀가하려고 하는 조문객을 닥치는 대로 붙들어서 무언가 정보를 얻으려고 하고 있었다.

"시체에 들끓는 구더기 같아."

레이치가 불쑥 중얼거리고 걸어가려고 하는 것을 렌지가 다급히 막았다.

"뒤쪽으로 가자."

"왜."

"저 사람들 옆으로 지나가기 싫어. 지금 멀리서 보기만 해

참극이 벌어진 후 253

도 속이 메슥거려."

"상관없어. 렌지는 의외로 섬세하네."

"당연한 감정이잖아. 유족에 대한 배려가 전혀 없어."

두 사람은 인파를 거슬러 홀 반대편으로 향했다. 녹음이 울창하게 우거진 산이 있었고 그 어딘가에 샛길이 있는 것처럼 보였다.

산울타리로 둘러싸인 주차장을 빠져나가 산 경사를 내려갔다. 땀에 젖은 셔츠를 펄럭이면서 잠시 나아가자 아래 도로로 이어지는 방치된 계단이 있었다.

그곳을 내려가고 있는데 문득 두 사람의 귀에 사람이 다투는 듯한 소리가 들렸다.

"관둬. 이런 장소에서 불경하게."

오이와의 목소리였다.

렌지와 레이치는 흠칫해서 얼굴을 마주 보았다. 나무 그늘에 몸을 숨기고 내려다보자 계단을 내려가서 때마침 탁 트인 공간에 남녀의 모습이 보였다.

상대 여자는 시조 아야노였다. 한쪽 다리에 체중을 싣고 팔짱을 끼고서 불쾌한 표정을 짓고 있었다.

오이와는 다부진 체격에 어울리지 않게 위축된 것처럼 보였다.

"난 이제 돌아가야 해."

"어차피 내가 죽었다고 생각하지?"

"설마."

"그럼 왜 매스컴에 발견되지 않도록 하라는 거야?"

"그야 네가 그런 짓을 했으니까. 자각이 없어? 언젠가 피해자 교우관계가 명백해지면 너한테 의심의 시선이 향할 게 분명하잖아."

"당신 탓이잖아. 실컷 기다리게 해놓고 배신했으니까."

목소리에 분노가 더해갔다.

"나한테 책임 전가하지 마. 자신의 행동에 대한 책임은 스스로 져야지. 너도 이제 나이를 먹을 만큼 먹은 어른이잖아."

"흐으음. 나한테 이제 용건이 끝났다는 거네."

"그런 말 한 적 없어."

"이제 됐어. 당신 같은 위선자랑 이야기해봤자 아무 도움도 안 돼."

그로부터 신경질적이고 날이 선 어조로 말했다. "말해두겠지만 난 절대로 안 죽였어. 죽일 리가 없잖아! 기껏 좋은 봉을 잡았는데."

"말조심해."

"사실이잖아. 내 편이 돼달라고는 말 안 하겠지만, 경찰한테 쓸데없는 소리라도 하면 용서 안 할 거야."

다 말하더니 시조는 빙그르 등을 돌려 계단을 달려 내려갔다. 귀에 거슬리는 하이힐 소리가 울려 퍼지는 가운데 오이와가 한숨을 크게 쉬고 고개를 숙였다. 상당히 난처해 하는 모습이었다.

"큰일이야, 들키겠어."

"돌아가자."

제정신으로 돌아온 두 사람은 서둘러 왔던 길로 돌아갔다.

다행히 오이와에게는 들키지 않았다.

두 사람은 주차장 한쪽 구석에 몸을 숨기고 오이와가 관내로 돌아가는 것을 확인하고서 교대하듯이 다시 뒷길 쪽으로 돌아갔다.

역 앞 패밀리레스토랑에 들러서 레이치는 돼지고기 생강조림 정식을 렌지는 오렌지 주스를 시켰다.

"식욕 없어?"

"응."

렌지는 뱃속에 주먹을 억지로 밀어 넣은 것처럼 울적한 기분이 내내 이어지고 있었다. 레이치가 평소와 다름없이 젓가락질을 하는 모습을 멍하니 바라보면서 조금 전의 두 사람의 대화를 반추하고 있었다.

여러 가지 일이 여러 의미로 충격이었다.

"아야노는 그런 느낌이었구나."

"겉보기 그대로잖아. 드센 미인."

"그 두 사람은 역시 사귀고 있었던 건가."

"그런가 보네. 더구나 상당히 깊이 사귄 끝에 오이와가 시조를 버린 모양이고."

"조금 전의 느낌이라면 아야노 선생님도 오이와한테는 진즉에 정이 떨어진 것 같던데."

"시조는 늘 같은 목걸이를 하고 있어. 오늘도 하고 있고."

"뭐어?"

"하늘색 원석이랑 조금 둥그스름한 하트 모양이 달린 실버 목걸이야. 그 사람은 늘 레드와인색 차를 타고 빨간 립스틱을 바르고 하이힐 소리를 내고 손목시계도 반지도 폭이 넓은 골드를 선택하지. 그 귀여운 목걸이는 명백하게 그 사람 취향이 아니야. 그런데도 늘 몸에 차고 있어. 분명 오이와가 선물한 거겠지. 정말 정이 떨어졌다면 던져서 돌려주면 될 물건을."

"……망상이 여전히 어마무시하구나."

"망상이 아니라 추측이야. 말은 그리 해도 시조는 아직 오이와를 사랑해."

레이치의 추측이 아무래도 요점을 교묘하게 파악하고 있어서인지 렌지의 가슴에 깊게 파고들었다. 시조에게 진심으로 연정을 품고 있었던 건 아니지만, 아득하고 아련한 동경심을 내내 품어왔던 렌지에게 있어서 시선을 돌리고 싶은 사실로 여겨졌다.

패밀리레스토랑은 오후 1시가 넘었는데도 한산했다. 근처에 생긴 외국계 패스트푸드점으로 몽땅 젊은 손님을 빼앗긴 탓이었다.

레이치는 슬며시 주변을 둘러보고 아는 얼굴이 보이지 않는 것을 확인하더니 테이블 쪽으로 몸을 쑥 내밀었다.

"그래서 어떻게 생각해?"

"어떻게라니?"

"그 두 사람의 대화가 이번 사건과 뭔가 관련이 있는 듯하잖아."

"뭐, 분명 그렇긴 하지⋯⋯."

딱히 이 화제가 내키지 않았던 렌지가 애매하게 말을 얼버무리려고 해도 레이치는 개의치 않고 이야기를 하기 시작했다.

"내 추측은 이래. 시조랑 오이와는 교제하고 있었어. 사귀기 시작했을 무렵에는 돈도 시간도 바치던 오이와가 시조는 질렸겠지. 점차 돈을 쓰지도 자주 만나지도 않게 된 거야. 하지만 시조는 사치스러운 생활을 잊을 수 없지만 오이와한테 돈을 달라고 하지도 못해서 다른 방법으로 후지미야 레이코를 이용해 돈을 뜯게 된 거지. 그러던 차에 이번 사건이 발생해서 용의자로 의심받지 않을까 두려워하고 있어. 이상."

렌지는 자잘한 얼음을 씹어 으깨면서 창 건너편으로 먼 시선을 보냈다.

"흠잡을 데 없는 추측이라고 생각하지만 그런 생각을 해서 어쩌자는 거야? 경찰도 아닌데 억측해서 사실을 밝히려고 하다니, 그건 결국 매스컴이랑 마찬가지지 않을까?"

"문제는 시조 아야노가 어떻게 후지미야 레이코를 이용해 돈을 얻어냈는지 하는 거야. 이건 레이코가 남자 놀이에 빠져 있었다는 소문이랑 관련 있을 듯한데."

"남이 하는 소리 좀 들어. 난 딱히 사건에 대해 탐색하고 싶지 않아. 그런 건 경찰한테 맡기는 편이 나아."

렌지가 그만 거친 소리를 내자 레이치는 여우에 홀린 듯한 표정을 지었다.

"완전 이도 저도 아닌 태도네. 평소라면 전문이 아닌 터무니없는 일이라도 해결하려고 여러모로 애쓰는 렌지가."

"그건 의뢰인한테 정식으로 의뢰를 받아서지. 누구한테 의뢰받은 것도 아닌데 호기심으로 주위를 탐색하는 치사한 짓은 난 싫어. 더구나 지금까지 학교에서 받은 의뢰랑 이번 건 일의 중대사가 전혀 다르잖아. 우리가 나설 때가 아니야."

"그러신가요? 진부한 변명 감사합니다."

가볍게 받아넘기는 레이치의 태도에 렌지는 인상을 찌푸렸다.

"넌 뭐야? 진심으로 범인을 찾을 작정이야? 완전 아마추어면서."

"그야 안 그러면 후지미야의 입장이 위험하잖아."

"뭐어?"

"보도를 보니 타살 선에서 조사를 진행하고 있다고 하잖아. 제일 먼저 의심받을 사람은 그 자매일 거고."

"그 두 사람이 죽였을 리가 없잖아. 애초에 두 사람이 알아차렸을 때 이미 엄마는 문이 잠긴 방에서 죽어 있었어."

"증언이 사실이라고는 단정 지을 수 없잖아. 사건이 일어난 지 나흘 지났는데 아무 진전도 없는 상태고 사건이라는 건 조기에 해결하는 게 제일이겠지. 렌지한테 협력하라고 억지로 강요는 안 할게. 다만 난 직접 범인을 찾아볼 생각이야."

레이치가 담담하게 말했다.

렌지는 석연치 않은 기분을 끌어안은 채 아무 대답도 할 수 없었다.

3

사야는 소파에 몸을 깊숙이 파묻고서 이른 아침부터 연달아 와이드쇼와 뉴스를 두루두루 보고 있었다. 모든 미디어에서 여전히 사건과 자살 모든 방면으로 수사를 진행하고 있다고 보도하고 있었다. 이런 평범한 사건에도 하나같이 자택 외관이 화면 한가득히 비추어졌다. 엄마의 화려한 이성 관계가 우습다는 듯 전달되었다.

언제까지 이 뉴스가 사람들의 재밋거리가 되어야 하는 걸까.

진상이 밝혀질 때까지?

그런 날이 찾아온다면 우리는 이번에야말로 정말…….

"막막하네."

될 대로 되라는 듯이 말하더니 미야가 옆에 앉았다. 전자레인지로 데운 시푸드 피자를 왼손에 들고 오른손으로 스마트폰을 만지작거렸다. 피자는 어제 배달시켜서 먹고 남은 것이다. 장례를 마칠 때까지는 이모네 집에 신세를 지고 있었지만 엄마와는 원래 사이가 나빠서 사야와 미야도 내내 신세를 지는 게 내키지 않아 엊그제부터는 자택으로 돌아와 있었다. 맑고 상쾌한 여름 햇살을 받는 게 오싹해 커튼은 계속해서 빈틈없이 닫고 있었다.

"사야, 네 몫도 데워줄까?"

"필요 없어."

"몇 시간이나 뉴스만 보고 무슨 작전을 짜는 거야?"

"딱히. 그냥 멍하니 보고 있을 뿐이야."

그 말에 미야는 흠칫 눈썹을 찡그렸다.

"그럼 앞으로 어떻게 할 거야?"

목소리에서 초조함을 숨기지 못했다. 최근에 늘 이랬다. 감정이 불안정해서 조금 전처럼 태연한 표정을 짓고 있다가도 갑자기 화를 내거나 불안에 휩싸여서 머리를 쥐어뜯고는 했다. 어젯밤에는 큰 소리로 울부짖는 것을 밤새도록 끌어안고서 진정시켜주었다.

사야에게도 초조한 마음이 전달되어 이마를 눌렀다. 가뜩이나 잠이 부족하고 스트레스가 쌓여 있었다.

"뭐 어떡하겠어. 우리가 노리던 자살 선은 거의 사라졌어. 후루야 씨는 우리를 의심하고 있고. 이 사건은 세간의 관심을 엄청 끌고 있는 듯하니 분명 앞으로도 계속 추궁당할 거야."

미야의 안색이 스윽 사라졌다.

"그럼 어떡해? 우리 잡히는 거야?"

"진정해. 우리가 범인이라는 증거는 아무것도 없으니까."

현관을 노크하는 소리가 들렸다.

사야는 어깨를 떨었지만, 미야는 무언가를 떠올린 듯한 얼굴을 했다.

"그러고 보니 오늘 2시 넘어 형사들이 온다고 했어."

"언제?"

"바로 조금 전에 전화가 왔었어."

"그렇게 중요한 사실을 왜 말 안 했어?"

미야는 보란 듯 뾰로통해졌다.

"우리 일로 벅차서 잊어버렸어. 사야가 날 비난할 자격이 있어? 없지? 난 2시 반부터 드라마 재방송 보고 싶어. 사야 혼자서 상대해줄래?"

"적당히 해. 미야만 틀어박혀 있으면 괜히 의심받잖아."

사야가 거친 목소리를 내자 미야는 분하다는 듯 혀를 차고 남은 콜라를 단숨에 들이켰다.

또 노크하는 소리가 들려서 사야는 빠른 걸음으로 현관으로 향했다. 도어 스코프 너머로 응시하자 역시 익숙한 형사의 모습이 보였다.

"갑자기 미안하구나. 잠시 근처에 들를 일이 있었거든."

무서운 얼굴과 달리 다정한 목소리로 후루야가 말했다.

"아니에요. 안으로 들어오세요."

집 안으로 들이자 후루야는 은근슬쩍, 구사노는 노골적으로 실내로 시선을 보냈다.

소파에 앉아 있던 미야는 피자를 문 채 방문객에게 고개를 꾸벅 숙였다. 위아래 다 학교 체육복을 입고 있었고 고약한 잠버릇 때문에 머리가 흐트러져 있었다. 바닥에 깔린 고급스러운 러그에는 음식 찌꺼기가 뚝뚝 떨어져 있었다. 테이블에는 코카콜라 500밀리리터짜리 페트병 세 개가 있었고 그중두 개는 비어 있었다.

바로 며칠 전까지만 해도 야무지고 단정하던 미야의 윤곽이 기분상으로 조금 둥글둥글해진 것 같았다. 사건 스트레스탓도 있겠지만 지배욕이 강한 어머니로부터 해방된 것도 영향을 끼치고 있을 테다. 그에 비해 사야는 야위고 안색도 나빴다. 눈동자 깊숙한 곳에 깊은 어둠을 띠고 있었다.

사야의 권유에 형사는 식탁 의자에 앉았다.

"아직 학교엔 안 가고 있나 보구나."

구사노가 물었다. 평일 오후 2시. 평소라면 학교에 가 있을 시간대다.

"네. 최대한 외출은 피하고 있어요. 매스컴이나 주위 시선이 신경이 쓰여서요."

자매가 자택으로 돌아온 첫날에 우선 한 것은 인터폰을 고장 내는 거였다.

"저기, 오늘은 무슨 용건으로……."

사야가 건너편 자리에 앉아서 물었다. 미야도 뚱한 얼굴로 그 옆자리에 앉았다. 드라마 시작 시간이 신경이 쓰이는지 스마트폰을 손 닿는 곳에 두고 힐끗힐끗 확인하고 있었다.

후루야가 양손을 모으고 다정한 목소리로 말했다.

"좀 묻고 싶은 게 있어서. 보건선생인 시노 아야노에 대해서 알고 있니?"

생각지도 못한 이름이 나와서 사야가 동요했다.

"네. 몸이 안 좋을 때 몇 번인가 보건실에 간 적 있어요."

"그거 말고는? 어머니 입에서 시조 선생님 이름이 나온 적은 없니?"

"없어요. 전혀 관계가 없을 거고…… 왜요?"

"아니, 그게 말이지. 어머니가 여러 젊은 남자와 데이트를 했던 건 요전번에 이야기했지?"

"네. 데이트 어플이라고 하셨죠?"

"그래. 그것 말고도 시조 선생한테 몇 사람인가 알선받았나 보더구나. 그 선생은 소개비로 상당한 돈을 받았던 것 같아."

"네에?"

사야는 무심코 소리를 높였다. 믿을 수 없는 사실이었다.

"대체 어디서 알게 된 건가요?"

"어머니가 데이트 어플에서 알게 된 남성의 지인이 시조 선생이었는지 그때 연결고리가 생긴 것 같아. 세상 참 좁지."

"그 말씀은…… 시조 선생님이 범인일 가능성이 있다는 건가요?"

"조사 중이기도 하니 지금 시점에서는 뭐라고 말 못 하겠구나. 어찌 됐든 시조 선생은 매춘 알선 죄목으로 오늘 아침에 체포됐으니 앞으로 더 자세히 취조하게 될 거야."

"체포, 말인가요?"

사야는 입을 떡 벌렸다.

고상하고 아름다운 그 선생님. 특히 남학생한테 인기가 좋고 교내에서 스쳐 지나갈 때는 늘 꼿꼿하게 등줄기를 세우고 사뿐사뿐 걷는 사람이었다. 그 사람이 매춘 알선으로 체포라니, 도무지 상상할 수 없었다.

"그래서 이야기는 그것뿐인가요? 이제 됐나요?"

미야가 초조한 기분을 머금은 목소리로 물었다.

"……아니, 기껏 왔으니 다시 확인하고 싶은 게 있어."

후루야는 헛기침을 한 번 하고 테이블 쪽으로 몸을 내밀었다.

아무래도 지금부터가 본론인 모양이다. 사야는 한기를 희미하게 느꼈다.

"한 번 더 정리할게. 너희는 사건 당일 21시 50분 무렵, 엄마와 싸우고 충동적으로 집을 나왔고 23시 50분 무렵에 귀가했어. 집을 나왔을 때도 귀가했을 때도 현관은 열려 있었고.

거실에 엄마가 없었고 침실이 잠겨 있어서 문 너머로 말을 걸었지만 아무 반응이 없었지. 자고 있구나 싶어서 그냥 두기로 했어. 하지만 이튿날 아침, 매일 아침 반드시 5시 넘어 일어나는 엄마가 일어나지 않자 동생이 이상하게 생각하고서 침실 문 너머로 큰 소리로 엄마를 불렀지만 역시 아무 반응도 없었어. 걱정이 돼서 언니를 불러 둘이서 바깥 창문에서 침실을 들여다보자 리클라이닝체어에 축 늘어져 있었어. 구조하려고 했지만 창도 잠겨 있었고. 바로 119에 신고를 해서 구급대원이 창문을 깨고 침실로 진입했지만 사망이 확인되었어. ……여기까지 맞지?"

"네……."

"사인은 전원 코드로 경부를 압박한 데 따른 질식사였지만 이마와 후두부에 가벼운 열상이 발견됐어. 현장 상황에서 질식사에 대해서는 전동 리클라이닝 기능을 사용해 자살하는 건 가능하다고 판단했지만 후두부와 이마에 난 상처에 대해서는 설명할 수 없었어. 상태에서 보건대 단단한 둔기로 맞은 상처라는 검시결과가 나왔거든. 하지만 너희는 아무 짐작도 안 가는 거지?"

"네……, 다만 엄청 취해 있어서 엄마가 잘못해서 상처를 입었을지도 몰라요."

"가령 엄마가 취해서 넘어져 머리에 부상을 입었다고 해도 부딪친 대상 물체가 집 안에 보이질 않아. 애초에 제정신이 아닐 정도로 취해 있으면서 어째서 그렇게 바닥을 장식할 수 있었을까. 리클라이닝체어를 둘러싸듯 바닥에는 레드와인을 쏟은 흔적이 퍼져 있고. 마치 연못을 흉내 낸 것처럼 거기에 알록달록한 꽃이 흩어져 있던 건 두 사람 다 봤지?"

"……그런데 우리는 정말 아무것도 몰라요."

위축된 사야의 옆에서 턱을 괴고 있던 미야가 갑자기 다리를 떨기 시작했다.

"당일에 있었던 일을 다시 한번 더 떠올려줬으면 해. 집을 뛰쳐나가기 전에 엄마랑 싸웠을 때 밀치락달치락하면서 상처를 입히지는 않았어?"

"안 그랬어요."

"예를 들어 엄마한테 폭력적인 행위를 당해 자신의 몸을 지키기 위해서 떠밀어버렸다든가. 가령 그렇다고 해도 정당방위에 해당하니 죄가 되진 않아."

"……정말 안 그랬어요."

사야는 완고하게 고개를 가로저었다.

갑자기 잠자코 있던 미야가 화가 난 듯 자리에서 일어났다. 빙그르 발걸음을 되돌리더니 힘차게 계단을 올라갔다. 시계를 보자 드라마 시작시간이 때마침 지났을 때였다. 사야는 어처구니가 없어서 말릴 수 없었다.

"언니는 왜 저러니?"

"죄송해요. 정신적으로 조금 불안정한 듯해요."

"사과할 필요 없어. 이쪽이야말로 몇 번이나 시간을 빼앗아서 미안하구나."

하지만 바로 계단을 달려서 내려오는 위압적인 발소리가 울려 퍼졌다.

사야는 꺼림칙한 예감이 들었다. 뒤돌아 미야가 가지고 온 것을 보고 등줄기가 서늘해졌다.

"미야, 그건……."

"이걸로 동생이 엄마를 때렸어요."

자포자기한 어조로 말하더니 미야는 손에 들고 있던 걸 거칠게 테이블에 놓았다.

타원형으로 된 크리스털 재질의 아름다운 화병이었다.

"싸움이라고 할까, 엄마가 히스테리를 부려서 제 목을 졸랐어요. 그래서 사야가 순간적으로 엄마 머리를 이걸로 때려서 절 구해줬어요. 그러니 정당방위예요. 그 후 엄마가 자살했던 거에 대해선 우린 정말 아무것도 몰라요."

미야가 단숨에 쏘아댔다.

사야의 얼굴이 갈수록 새파래졌다.

구사노가 주머니에서 꺼낸 장갑을 끼고 화병을 손에 들고서 꼼꼼하게 관찰했다.

"씻었으니 아무것도 없을 거예요."

긴 손톱으로 테이블을 딸가닥거리면서 불쾌한 듯 미야가
말했다.

"아, 이야기해줘서 고마워. 지금까지 가만히 있었던 건 뭔
가 특별한 이유가 있어서니?"

"그건…… 그러니까……."

미야는 조금 전에 술술 말했던 것이 거짓말처럼 우물쭈물
대며 사야에게 힐끗힐끗 시선을 보냈다.

"아무리 몸을 지키기 위해서라고는 하지만 죽기 직전에 엄
마를 둔기로 때린 게 밝혀지면 우리가 경찰에 잡혀갈지도 모
르잖아요. 그리고 세간으로부터 규탄받고서 제대로 된 사회
생활을 못하게 될지도 모른다고 생각해서예요. 실제로 일부
매스컴이나 주간지에서 있는 일 없는 일 흥미 위주로 떠들썩
하게 써서 난처한 상황인데 거기에 한층 더 열기를 띠게 될
거라고 생각하니 너무 무서워서……."

사야의 말에 두 형사는 동정 어린 시선을 보냈다.

"지금 이야기해준 것에 대해서는 이번 사건과 연관성이 인
정되지 않는 한 공표하지 않도록 하마. 이 화병은 감식해야
하니 잠시 맡아두고 있을게."

"네. 그러면 이제 됐죠? 지금부터 중요한 용건이 있어서
요."

불쾌해하는 미야에게 절반은 내쫓기다시피 해서 두 형사는
후지미야 저택을 뒤로했다.

사야가 두 사람을 현관까지 배웅하고 나서 거실로 돌아오자 미야는 소파에 누워서 포테이토 칩을 먹으며 드라마를 보고 있었다.

"……왜 그런 짓을 한 거야?"

"뭐어?"

"아무 화병이나 건네고서 '이걸로 때렸어요'라니, 경찰한테 진짜 통할 거라고 생각해?"

"그럼 어떻게 해야 하는데? 계속해서 모르는 척하는 편이 이상하잖아. 아니, 꽤 괜찮은 아이디어라고 생각하는데. 애초에 형태도 비슷하고."

"말도 안 되는 소리 하지 마. 분명 바로 간파당해서 괜히 의심만 살 거야. 저기, 왜 사전에 상의 안 했어? 왜 마음대로 행동하는 거야? 왜……."

미야는 테이블에 놓인 빈 페트병을 들고 사야의 발 언저리에 힘껏 내던졌다.

"시끄러! 원인을 따지자면 전부 다 사야 탓이잖아. 사야가 그때 엄마를 때린 탓에 이런 일이 벌어진 거잖아. 책임지라고!"

"그렇게 냉정하게 말하지 마. 난 미야를 구하려고……."

"시끄러워, 시끄럽다고! 나는 이제 충분히 괴로워했어! 나만 그랬다고! 나머지는 사야가 어떻게든 해!"

미야는 양쪽 귀를 틀어막고 고함을 질렀고 일부러 발소리를 크게 해서 거실에서 나가버렸다.

먹다 만 피자와 빈 페트병이 흩어진 테이블을 응시한 채 사야는 망연자실했다.

후루야는 조수석에 타자마자 운전석의 구사노에게 물었다.

"어떻게 생각해?"

"이건 엄마를 때린 흉기가 아니겠죠. 감식하지 않아도 알겠어요. 이마의 이중으로 긁힌 자국과 명백하게 폭도 형태도 안 맞아요. 더 가늘고 곡선 느낌이었어요. 왜 가짜 증거를 내놓은 걸까요?"

"진짜 흉기에 범인을 특정할 만한 결정적인 증거가 있어서겠지."

"그럼 역시 자살이 아니라 자매가 엄마를 죽였다고 생각하나요?"

"또는 제삼자의 범행을 은닉하려고 하고 있거나."

구사노는 차를 천천히 출발시키면서 의아한 듯 물었다.

"……공범이 있는 걸까요?"

"다만 공범이 있다 해도 계획적으로 범행을 시도했다고는 생각하기 힘들어. 생일에 친구랑 즐겁게 놀았던 밤에 엄마를 죽이려고 할까? 더구나 그날은 우연히 저녁 9시 무렵에 귀가했지만 분명 엄마는 일찍 귀가하는 일도 드물지 않았을 거야. 계획성 있는 범죄라면 더 적절한 타이밍에 죽였을 거야.

그렇다면 역시 살해 자체는 돌발적으로 이루어졌겠지. 자매는 우연히 그것을 목격하고 말아 어떤 이유로 범인을 감싸기 위해 거짓말을 하고 있어. 자살로 위장하는 편이 자매에게 이득이 되고, 또는 범인이 걸리면 자매에게 있어서 불이익이 될 무언가가…….”

“지나친 생각 아닐까요?”

구사노는 헛기침을 한 번 하고 이어나갔다. “저는 단순 자살이라고 생각해요. 자매가 외출 중에 엄마는 사망했어요. 발견될 때까지 방은 완전한 밀실이었어요. 밀실을 꾸민 증거도 발견 안 됐어요. 아무한테도 방해받지 않고 확실히 자살을 할 수 있도록 어머니 자신이 문을 잠그지 않았을까요? 더구나 어머니는 좋아하는 액세서리랑 원피스를 입고 화장을 예쁘게 하고서 잠자듯이 죽었어요. 헤어스타일이나 복장에도 조금의 흐트러짐이 없었어요. 바닥의 레드와인을 흘린 흔적에 알록달록한 꽃이 흩어져 있는 게 마치 하나초즈*같았어요.

타살이라고 한다면 범인이 일부러 그런 짓을 할까요?

화려하고 호사스러운 걸 굉장히 좋아했던 후지미야 레이코가 마지막을 아름답게 꾸미려고 스스로 연출했다고 생각하는 편이 자연스럽지 않나요?

더구나 그 여자가 차고 있던 스마트워치의 심박수 기록에서 사망시각은 23시 30분이라고 확정돼 있는데 때마침 그 시

---

* 신사에 손이나 입을 씻는 장소로 꽃을 띄워서 운치 있게 꾸민 것을 뜻한다.

각에 자매는 600미터 정도 떨어진 곳의 방범 카메라에 찍혀 있었어요. 즉 알라바이는 완벽해요."

"시체에 타박상이 없었으면 나도 같은 생각이었을 거야. 지금까지 완고하게 '때리지 않았다'고 주장했는데 오늘은 가짜 흉기를 들이밀고서 '이걸로 때렸다'고 주장을 바꿨어. 심하게 새파랗고 초췌했던 여동생의 얼굴, 분노를 품고 있던 언니의 자포자기한 태도. 정말 단순한 자살이고 자매 둘은 결백하다면 일련의 이해하기 힘든 언동은 어떻게 설명할 수 있을까?"

"그건, 음……. 엄마의 자살로 충격을 크게 받아서 착란상태에 빠진 걸까요……?"

구사노는 순간 모호하게 대답했고 깊은 한숨을 쉰 후에 입을 닫았다.

후루야는 가슴주머니에서 메모지를 꺼내 다시 상황을 정리했다.

6월 18일(토)

~21시 45분……자매, 엄마와 싸움/여동생이 둔기로 엄마의 후두부와 이마를 때림.

21시 50분……자매, 집을 나옴.

23시 34분……엄마, 밀실에서 질식사 ☆스마트워치 심박수 기록으로 확인, 사망 추정시각도 거의 일치.

같은 시각, 자매는 자택에서 약 1킬로미터 떨어진 공원에 있었음 ☆공원 방범 카메라로 확인.

　23시 50분……자매, 귀가.

　말을 걸어도 침실에 있는 엄마가 대답이 없었지만, 평소처럼 취해서 자고 있다고 판단해 신경 쓰지 않았다.

　6월 19일(일)

　5시 반……여동생이 침실에 있는 엄마에게 말을 걸었지만 대답이 없음, 이상하게 생각했지만 문이 잠겨 있어서 집 바깥에서 침실 창을 들여다본 바 축 늘어진 엄마를 발견해서 119 신고.

　☆신고 시각은 5시 32분.

　5시 40분 무렵……구급대원이 도착. 창이 잠겨 있어서 창문을 깨고 진입, 이어서 자매도 실내로 들어감.

　5시 43분……구급대원이 엄마의 사망을 확인. 이때 문이 잠겨 있었다고 증언함.

　단순 자살로 정리하기에는 너무나도 이상한 점이 많았지만 엄마가 사망했을 때 자매에게는 확실한 알리바이가 있다. 자매가 원격으로 전동 리클라이닝체어를 조작했다고도 생각했지만, 조사해본바 리모컨 기능은 딸려 있지 않았다. 즉 자매가 엄마를 살해했을 가능성은 없다. 만약 타살이라면 뭔가의 이유로 실질적인 범인을 감싸고 있거나 공범이 있다는 게 됨.

하지만 일부러 생일인 이날에 살해를 계획하는 건 생각하기 힘들다. 당일에 함께 놀았던 친구들의 증언에서도 자매는 특별히 별다른 모습을 보이지 않았다고 한다.

역시 제삼자가 저지른 돌발적인 살인을 자매가 은폐하려고 하고 있다? 그런 게 현실로 가능할까? 그렇다면 뭘 위해서?

구사노가 말한 대로 단순한 자살일까? 흉기 위증과 엄마의 죽음은 떼어놓고 생각해야 하나?

하지만 자살이라는 사실을 지나치게 뒷받침하는 다수의 증거들, 자매의 이해하기 힘든 언동.

특히 여동생은 지배적이고 독선적인 엄마에게 괴롭힘을 당했다고 한다, 그리고…….

후루야는 수첩 구석에 쓴 메모에 시선을 힐끗 떨어뜨렸다.

시체를 감싸듯이 흩어져 있던 알록달록한 꽃들.

이것들이 자매가 엄마에게 바친 공물이라고 한다면 지나친 생각일까?

4

"내 추리에 관심 있어?"

"없어."

렌지가 바로 답하자 시다는 명백하게 기운 없는 얼굴을 했다.

사건이 일어난 지 9일 후, 화창하게 갠 월요일 방과 후였다. 연실 연구회 동아리실에서 렌지와 시다는 마주하고 있었다. 고요한 가운데 창가에서는 풍경 소리가 딸랑 울리고 있었다. 먼젓번에 도와준 풍경 장인이 준 선물이었다.

　렌지는 부채로 목덜미를 부치면서 번거로운 듯 물었다.

　"애초에 왜 왔어? 상담할 거 아무것도 없잖아."

　"우즈키는 아직 안 왔어?"

　"그 녀석, 보충 수업 때문에 좀 늦어."

　"흐음. 여전히 공부에는 영 소질이 없구나."

　시다는 어째서인지 기쁜 듯 말하더니 손수건으로 이마에 맺힌 땀을 닦아내고 가방에서 두툼한 수첩을 꺼냈다.

　"나, 우즈키한테 할 말이 있어. 오늘 오랜만에 미야가 등교했거든."

　"응. 온 학교가 난리였었지."

　"그래서 수업 중에 상태가 어땠는지를 우즈키한테 묻고 싶어. 굳이 말하자면 그게 내 상담 거리야."

　"그런 걸 물어서 어쩌자는 거야?"

　"사건을 해결할 단서가 되지 않을까? 나, 역시 사야가 범인이라고 생각해."

　렌지는 책상 가장자리를 무의식적으로 두드렸다.

　"바보 같은 소리 하지 마."

　"그래도 그리 생각하는 게 타당하잖아. 다키도 한 번 친구

필터를 걸러보는 게 어때? 오늘도 미야는 등교했는데 사야는 내내 결석이잖아. 몇 번이나 문자를 보내도 답도 없고 전화도 안 돼. 이상하지 않아? 아무것도 켕길 게 없다면 한 번은 '괜찮아'라든가 '고마워' 정도는 대답해도 되잖아."

"아직 회복 못 했겠지. 본인의 기분도 모르면서 마음대로 말하지 마."

그리 대답하면서 렌지도 마음에 걸렸다.

사야한테는 매일 빼놓지 않고 문자를 보내고 있지만 전혀 대답이 없다. 전화를 걸어도 '전원이 꺼져 있어……'하는 음성이 허무하게 흐를 뿐이었다. 집에 가볼까 생각했지만 문자에 답도 하지 못하는 상태인데 방문하면 민폐겠지 싶어서 행동으로 옮기지 않았다.

유일하게 스미레코가 사야와 연락을 하고 있는 모양이지만 상태를 물어도 '당분간 그냥 내버려 둬'라고 애매하게 말을 돌릴 뿐이었다.

시다는 비난받아도 전혀 신경 쓰지 않는 모습으로 손끝에 침을 묻혀 수첩을 팔랑 넘겼다. 참으로 작위적인 동작이 거북하게 느껴졌다.

"내 조사에 따르면 경찰은 피해자가 돈을 바치고 있던 여러 남성을 샅샅이 조사하고 있다고 하는데 모두 범행 시각에 알리바이가 있나 봐. 뭐, 어디까지나 수사 선상에 떠오른 인물에 한한 이야기지만. 더구나 그들에게는 범행동기가 없어. 피해자는 돈을 잘 썼고 남자들이 조르면 대부분의 물건은 뭐든 사줬다고 해. 구속하거나 갑자기 불러내는 일도 없었고 요컨대 괜찮은 봉이었다는 거지. 자신에게 있어서는 이득밖에 없는 인간을 일부러 위험부담을 지고서 죽이는 일은 조금 생각하기 힘들어. 그야 당사자가 죽어버리면 아무것도 뜯어낼 수 없어지잖아. 그래서 반대로 피해자의 존재에 이점이 없다고 느낄 인간이 누구일지 생각했을 때 다음 세 사람이 떠올랐어.

첫 번째는 사야.

두 번째는 피해자의 전남편.

세 번째는 피해자의 전남편의 부인."

렌지는 순간 인상을 찌푸렸다.

"그래서 언니인 미야는 조건이 안 맞다?"

"숙맥이네. 미야는 꽤 편애받고 있었던 모양이잖아. 사야의 다섯 배 정도 넓은 방을 쓰게 하고 명품 같은 수많은 옷을 뭐든 사주면서 금이야 옥이야 길렀대. 한편 사야만 노예처럼 공부에 절은 하루하루를 강요받았다고 하고. 그 생일 파티 당일에도 불과 하루 공부를 농땡이 쳤던 것 정도로 엄마한테 미친 듯이 전화가 걸려 와서 안색이 창백해진 채 뛰쳐나갔잖아. 그래그래, 그때 사야가 왜 교복으로 갈아입었냐면 낮에 입었던 원피스는 후루타가 빌려줘서인 거지. 즉 그 아이는 만족스러운 옷조차 사 입지 못했던 거야. 미야는 과도할 정도로 뭐든 아낌없이 주어졌는데.

그리고 도시락 말이야! 사야의 도시락은 늘 편의점 레토르트 음식을 전자레인지에 돌려서 담기만 한 반찬이었어. 한편 미야는 매일 빼놓지 않고 엄마가 손수 만들어줬다고 하잖아. 뭐어, 한 번 들여다본 적 있는데 꽤 정성을 들인 반찬이 담겨 있었어. 엄청까지는 아니지만 먹음직스러워 보이는 반찬이었어. 그런 점에서도 이상한 차별이 엿보였어."

하나하나 그럴싸한 이야기를 듣고 더구나 그 사실을 뒤집을 증거를 아무것도 갖추고 있지 않다는 사실에 렌지는 우울해졌다.

불과 한 달 전에 미스터도넛에서 마주했던 미야.

눈부실 정도로 아름답고 이 세상의 모든 행복을 내포한 듯한 만족스러운 얼굴을 하고 있었다.

자신은 누구에게나 사랑받을 가치 있는 사람이라는 자신감으로 흘러넘치고 있었다.

확실히 사야와 달리 그녀가 엄마를 죽일 이유는 찾을 수 없다.

"하지만 역시 난 후지미야가 범인이라고 생각 못 하겠어. 그렇다면 그 아이들의 아빠가 저지른 범행이라고 생각하는 편이 훨씬 현실적인 것 같아. 그야 후지미야네 엄마가 젊은 남자에게 갖다 바친 돈은 근본을 따지자면 전부 전 남편인 아빠 거잖아? 양육비나 생활비로 건넸는데 그런 식으로 사용한다면 참기 힘들지 않을까?"

"그런데 전 남편은 경찰 조사에서 '최소한의 생활비나 양육비밖에 지불하지 않았다. 유흥비는 전혀 건네지 않았다'고 하잖아."

"그럼 엄마는 어딘가에서 그런 거금을 손에 넣었단 거네?"

"전 남편이 거짓말을 한다고 생각해. 실은 엄청난 거금을 피해자에게 보내고 있지 않았을까?"

"왜? 뭔가 약점이라도 잡혔어?"

시다는 노골적으로 혐오감을 드러내는 표정을 지었다.

"입막음비겠지. 불성실한 남자였나 봐. 원래 여성 편력이 심해서 바람을 반복해서 피우고 있었다고 하잖아. 그러다 마지막에는 스무 살짜리 여대생이랑 사랑의 도피를 하고서 일방적으로 이혼서류를 보냈나 봐. 피해자는 그때 임신 중이었던 것 같은데 후지미야 자매한테 남동생이나 여동생이 없는 걸 보면 어떤 이유로 낳지 못한 거겠지. 한편 같은 시기에 아이를 가진 불륜녀…… 즉 현재 아내는 건강한 아이를 출산했잖아. 정말 안타까운 이야기지."

생각지도 못한 사실을 듣고 렌지는 가슴이 확 무거워졌다.

"정말 괴로운 이야기지. 전 남편이 살해돼도 이상하지 않아."

렌지는 피해자인 후지미야 자매의 엄마에게 나쁜 인상만 가지고 있었는데, 지금 처음으로 동정심이 솟구쳤다.

시다가 팔짱을 끼고 음음 신음했다.

"하지만 그 대신 피해자는 거액을 영원히 받을 권리를 얻었지. 전 남편이 경영하는 회사는 주로 중년층 여성을 타깃으로 삼은 명품이나 화장품, 스킨케어 용품의 정액제 계약 서비스가 메인인 사업체야. 그런데 이런 스캔들이 터지면 기업 이미지가 폭락해서 사활문제가 달리게 되잖아. 그래서 입막음 비용으로 거액을 몰래 건네고 있었던 걸로 추측돼. 별거 후 그 저택에 살게 되기까지 모녀 셋은 저렴한 연립에서 알뜰한 생활을 하고 있었던 듯하고."

"그렇다면 이야기가 빨라지네. 계속해서 돈을 지불하는 데 진절머리가 났거나 사실이 폭로될까봐 두려워서 전 남편이 죽인 게 아닐까?"

"그래도 안타깝게도 전 남편한테는 알리바이가 있어. 사건 당일에는 출장으로 교토에 있어서 물리적으로 가마쿠라에서 범행을 저지르는 게 불가능해. 뭐, 전 남편이 아내와 공모했다든가 제삼자에게 대리살인을 의뢰했다는 선도 생각할 수 있지만."

"현재 아내한테는 알리바이가 없어?"

"응. 사건 당일에는 혼자 자택에 있었다고 하니 알리바이는 주장 못 해."

"자택은 어딘데?"

"즈시야. 현장으로 금방 갈 수 있는 거리긴 하지."

"저기, 시다."

"응?"

"넌 왜 그렇게 자세히 아는데? 어디서 그런 정보를 얻었어?"

"그야, 내 인맥이나 정보수집력을 구사한 결과 덕택이지."

"경찰에 지인이 있다든가?"

"설마. 그러니까 내 인맥이나 정보수집력을 구사한 결과······."

"구체적으로는?"

렌지가 추궁하자 시다는 노골적으로 뾰로통한 표정을 지었다.

"뭐라고 할까. 그거야, 일반적으로 한 주에 한 번 간행돼 최신 정보를 얻기에는 최적의······."

"주간지야?"

"······."

"거의 주간지에서 나온 말을 옮긴 거야?"

"······."

렌지가 어처구니가 없다는 듯 한숨을 훅 내쉬고 등받이에 기댔다.

"뭐야. 전부 신빙성이 없잖아. 그런 건 그냥 사람들 관심 끌려고 쓰는 글이잖아. 도오 고등학교 학생이나 되는 애가 그런 걸 읽으면 안 되지."

"그런 식으로 말하지 마. 넌 비춰진 이미지로만 보고 주간지를 제대로 읽은 적도 없잖아. 그런 게 제일 나빠. 주간지도 전달 방식만 잘못되지 않으면 최고로 도움이 된다고.

난 각 사의 주간지랑 인터넷 뉴스랑 와이드쇼랑 여러 가지 매체에서 정보를 모아 거기서 현장조사나 자신의 경험이나 논리적 사고도 연결시켜 최종적으로 지금 말한 것처럼 추리를 만들어내. 칭찬은 받더라도 비난받을 이유는 조금도 없어!"

시다는 단언하더니 흥 하고 콧방귀를 뀌었다.

그러고서 갑자기 따지는 듯한 시선을 렌지에게 보냈다.

"다키는 어때?"

"응?"

"사건에 대해서 아무것도 조사 안 했어?"

"당연하지. 난 경찰도 탐정도 아냐. 일개 고등학생이야. 조사한들 아무 도움도 안 되니까 조사 안 해. 당연한 이야기지."

"거짓말이야. 거짓말. 넌 이게 만약 후지미야랑 관계없는 사건이었다면 '반드시 범인을 찾아내겠어! 그게 연실 연구회 사명이야!'라고 씩씩대고 있었을지도 몰라. 하지만 이번에는 전혀 조사하려고 하지 않을 뿐만 아니라 일부러 이 화제를 피하려 하고 있어. 어째서일까? 두려워서야. 만약 후지미야가 범인인데 그걸 자신이 밝혀내고 만다면, 하고 두려워서 참을 수 없는 거야. 그래서 지켜보고만 있는 거지. 아냐?"

"그건……."

말하다가 입을 다물었다. 렌지는 확실히 자각하고 있지는 않았지만 핵심을 찔린 듯했다.

생각 이상으로 렌지가 시무룩해 있는 것을 보고 시다는 조금 당황했는지 안절부절못한 채 실내를 둘러보았다.

바리케이드 상태로 포개어진, 먼지 쌓인 오래된 책상과 의자. 그곳에 매달려 있는 다양한 조명 중 초롱만이 어느새 늘어나 있었다. 더구나 'ㅇㅇ공업' 'ㅇㅇ덮밥' 등 협찬기업으로 보이는 이름이 큼직하게 쓰여 있었다.

"이건 뭐야? 멋도 나발도 없어."

"쟀날에 도왔을 때 강제로 받은…… 선물 받은 거야."

"이제 적당히 깔끔하게 정리하는 게 어때? 쓸모없이 바리케이드 친 것처럼 잔뜩 쌓여 있는데. 좀비 영화도 아니고."

"이건 의뢰인의 사생활을 지키기 위해서 필요해."

"수상쩍기나 해서 별로야. 그러니 순순히 우리 시시오도시 연구회랑 손을 잡았어야 했는데."

"시시오도시 쪽은 순조로워?"

"응. 마리모 연구회랑 손잡았거든. 동아리실에 와봐. 수제 시시오도시에 마리모가 몇 개나 떠 있어."

이끼가 낀 바위의 우묵한 곳에 둥둥 뜬 무수한 마리모가 머릿속에 떠올랐다.

"나도 무슨 이야기를 하는 건지 참."

왜 이런 이야기를 하는 거지? 시다가 말한 대로 여러 이유를 대고 그저 현실에서 달아나고 있는 거 아닐까.

렌지가 한창 자기 혐오에 시달리고 있던 차에 교실 문이 열렸다.

두 사람은 당황했다.

얼굴을 내민 것은 레이치와 미야였다. 미야는 골몰한 표정으로 고개를 숙이고서 레이치의 그늘에 숨어 있었다. 머리카락의 윤기가 사라지고 화장기도 없었지만 얼굴이 눈길을 확 끌 만큼 아름답다는 데는 변함없었다.

정신적으로 꽤 힘든 상태라는 건 렌지의 눈에도 명확했다.

레이치는 가방을 내리면서 씁쓸한 표정을 지었다.

"와아, 왜 시다가 있는 거지?"

"그런 노골적인 반응은 자제해주지?"

"너한테 고민이란 게 있어?"

"후후. 그런 건 없지."

어째서인지 칭찬으로 받아들이고 시다는 의기양양한 미소를 지었다. 그러고 나서 시선을 미야 쪽으로 힐끗 옮기고 천연덕스럽게 말했다.

"후지미야 사야의 언니지? 안녕? 이번에 상심이 크겠어. 난 단순한 잡담을 하러 왔을 뿐이지만 넌 아무래도 아닌가 보네?"

역시 본인 앞에서 '너에 대해서 물으러 왔다'고는 하지 않았다. 미야는 불쾌한 듯 인상을 찌푸리고 단호한 어조로 말했다.

"그래. 두 사람한테 중요한 상담이 있어서 왔어. 미안하지만 자리 좀 비켜줄래?"

높은 감미로운 목소리였지만 큼직한 눈이 충혈돼 있어서 위압감이 느껴졌다. 뭔가 심상치 않은 눈빛이 순간 엿보여 주눅이 들었는지 시다는 놀랄 정도로 쉽게 자리에서 일어났다.

"어라 그래? 알겠어. 방해꾼은 이만 퇴장할게."

그리고 누군가가 만류해주기를 몇 초 기다렸지만 아무도 말리지 않아서 씁쓸하게 교실을 뒤로했다.

시다가 물러나자 교실 안이 잠시 긴장감에 휩싸였다.

미야는 자리에 바로 앉으려 하지 않고 교탁 뒤나 칠판 뒤를 손으로 분주하게 더듬더니 초롱이나 행등 안을 들여다보기도 하고 창문이 잠겨 있는지 몇 번이나 확인하는 등 이상한 행동을 보였다.

"왜 그래?"

"누가 도청하지 않을지 불안해서."

"그래……."

상당히 신경과민인 듯했다. 미야는 교실 안을 빠짐없이 다 조사하더니 곤혹스러워하는 렌지의 건너편에 마침내 앉았다.

미야는 앉은 자리가 불편한지 비스듬히 앞쪽에 앉은 레이치에게 시선을 힐끗힐끗 주며 머리카락을 매만졌다.

초라한 자신의 모습이 레이치의 시야에 담기는 게 내심 신경 쓰이는 모양이었다.

"후지미야, 오랜만이야."

렌지가 조용히 입을 열자 미야는 아랫입술을 깨문 채 고개를 숙였다. 입술도 까칠했고 스트레스 때문인지 턱에 붉은 여드름이 두 개 나 있었다.

"정말 힘들었지? 몸은 괜찮아?"

"응, 그럭저럭."

"그렇구나…… 그래서 저기 여동생은 괜찮아?"

렌지의 말에 미야는 머리를 쥐어 쌌다.

"혹시 중요한 상담이라는 게 여동생에 대한 거야?"

묻자마자 미야는 코를 훌쩍이며 고개를 끄덕였다. 축 늘어진 긴 머리카락에 가려져 표정은 보이지 않았다.

"그렇구나. 그렇다면 천천히라도 괜찮으니 이야기해볼래?"

"응……. 그게 저기…….."

"잠시만."

갑자기 레이치가 가로막아서 렌지는 비난을 담은 시선을 보냈다.

하지만 레이치는 검지를 입 언저리에 대고 슬쩍 일어나 문으로 다가가서 힘껏 열었다.

"윽!"

시다였다. 쪼그려 앉아서 문에 귀를 대고 있었기 때문에 균

형을 잃고 넘어질 뻔했다.

"훔쳐 듣지 마."

"아냐. 신발 끈 묶고 있었어."

"네 실내화에는 끈이 달렸어?"

시다는 분하다는 듯 레이치의 어깨를 세게 찔렀다.

"됐거든?"

그리 말하고 달아나다시피 사라졌다.

"미안, 후지미야. 방해꾼이 사라졌으니 다시 시작해줘."

레이치가 그리 말하자 이야기할 기분을 잡친 미야가 어색하게 콧등을 긁적였다.

"응. 그게 저기, 사건 말인데…….."

그길로 입을 다물고 말아 긴 침묵이 이어졌다. 창 바깥에서 희미하게 들려오던 취주악부의 연주가 거의 통째로 흐른 후 마침내 미야가 입을 열었다.

작고 쉰 목소리였다.

"나, 사건의 범인을 알고 있어."

5

렌지의 가슴에 어마어마하게 꺼림칙한 예감이 덮쳤다.

몇 초 후, 그건 현실이 되었다.

"사야가 엄마를 죽였어."

미야의 목소리가 떨리고 있었다. 투명한 눈동자에서 눈물이 흘러 책상 위로 뚝뚝 떨어졌다.

렌지가 충격을 심하게 받아서 말도 하지 못하고 있는데 옆에서 레이치가 애써 냉정하게 물었다.

"현장을 목격했어?"

중지로 눈물을 닦으면서 미야는 고개를 살짝 끄덕였다. 렌지는 여전히 말이 나오지 않았다.

"그 사실을 경찰한테 말했어?"

레이치의 물음에 미야는 고개를 숙인 채 가로저었다.

"아무한테도 말 안 했어. 오늘 처음으로 남한테 말했어."

"상세한 사항을 말해줄래?"

"응······."

그리고 각오를 다진 듯 한숨을 크게 쉬고 조용히 이야기하기 시작했다.

─사건 당일 사야가 다키네 일행과 노는 동안에 나는 집에 친구들을 불러다 파티를 했어. 엄마한테는 비밀로. 둘 다 소문으로 들었을지도 모르지만, 우리 엄마는 엄청 엄격해서 사야가 공부를 쉬고 노는 것도 내가 집에 친구를 부르는 것도 허락해주지 않아. 사건 당일은 엄마가 데이트를 하느라 밤늦게까지 돌아오지 않을 테니 나도 사야도 절대로 안 들킬 거라고 생각했어. 하지만 여러 불행이 겹쳐서 둘 다 들켰어.

밤 9시 전에 스케줄을 끝내고 돌아온 엄마가 우선 사야를 엄청 혼내고 학대 같은 심한 짓을 했어. 그 시점에서 사야의 마음은 완전히 망가졌을지도 몰라…….

다음으로 엄마는 내가 있는 곳으로 와서 설교를 하기 시작했어. 온갖 욕설을 쏟아붓다가 나는 그만 대들었어. 그게 잘못됐어. 엄마가 큰 소리로 고함을 지르기 시작하더니 내 목을 양팔로 심하게 졸랐어. 저기 확실히 말하자면 살해당할 뻔했어. 하지만 그때 구해준 사람이 사야였어. 엄마의 머리를 탁상시계로 때리고 엄마의 기가 꺾인 틈에 나를 데리고 나와줬어. 우리는 필사적으로 달려서 공원까지 도망쳤어.

하지만 막막했어.

'앞으로 어떻게 해?'

'집으로 돌아가면 엄마한테 살해당할지도 모르고 아빠는 다른 가정을 만들었으니 아무 데도 돌아갈 곳이 없어.'

'엄마가 목을 졸랐다고 경찰한테 신고하자.'

'그러면 엄마가 체포될걸? 범죄자 딸이 되면 제대로 된 인생을 못 살지도 몰라. 더구나 만약 증거가 부족해서 엄마가 석방되면 이번에야말로 살해당할지도 몰라.'

'그럼 어쩌지?'

'…….'

그때 사야가 제안했어.

'자살로 위장해서 엄마를 죽이자. 안 그러면 언젠가 우리가 살해당해.'

나는 필사적으로 만류하려고 했지만 사야는 이제 각오를 다진 것 같았어. 엄청 침착한 모습으로 나한테 계획을 이야기해줬어.

'내가 전부 할 테니 미야는 아무것도 안 해도 돼. 다만 오늘 일은 절대로 아무한테도 말하지 마.'

난 말릴 수 없었어. 사야가 지금까지 내내 심한 일을 당한 걸 알고 있었고, 솔직히⋯⋯ 나도 엄마가 없으면 좋겠다고 생각한 적이 있으니까.

그래서 우리는 일단 집으로 돌아갔어. 엄마는 횟술이라도 마신 모양인지 침실 리클라이닝체어에서 잠들어 있었어. 사야는 전원 코드를 엄마 목에 걸고 그 코드 끝을 의자 다리에 감았어. 그것과는 별개로 팔걸이 아래 부근이랑 창문 커튼 고리를 끈으로 묶었어.

나는 뭐가 뭔지 알 수 없었지만 그것만으로 준비는 끝난 것 같았어.

방을 나가서 사야가 '알리바이를 만들기 위해 방범 카메라가 있는 장소를 검색할 테니 거기로 가자'고 말을 꺼내서 조금 전에 도망쳤던 공원으로 돌아갔어.

그곳의 공중화장실 벽 쪽⋯⋯ 때마침 바로 위에 방범 카메라가 있는 곳에서 사야가 말한 대로 30분 정도 보낸 후에 집으로 돌아왔어.

'이제 어떻게 해?'

'이걸로 계획은 성공했어. 앞으로의 일은 전부 다 나한테 맡겨.'

나는 현실과 맞서는 게 두려워서 걔가 말한 대로 내 방으로 돌아가 침대에 파고들었어. 정신을 차리고 보니 아침이 됐고 사야가 나를 데리러 왔어. 그리고 둘이서 정원으로 나가 창문 너머로 엄마 방을 들여다봤어.

그랬더니 엄마가……, 엄마가, 리클라이닝체어에 앉은 채 죽어 있었어. 설마 정말 죽어버리다니.

방 모습도 이상했어. 엄마를 둘러싸듯 바닥에 꽃이 한가득 떨어져 있었어.

나는 조심스럽게 물었어.

'저 꽃은 뭐야?'

'엄마는 엄청 좋아하는 정원 꽃에 둘러싸인 채 죽고 싶었어. 그래서 그렇게 스스로 장식해서 자살한 거야. ……그런 설정을 생각했어.'

사야가 그리 답했어. 정말 무서울 만큼 냉정했어.

그러고 나서 사야가 신고해서 구급차가 도착할 때까지 둘이서 내내 같은 말을 반복했어.

'우리는 아무것도 모른다'라고―

미야의 긴 이야기가 끝났다.

렌지는 상황이 전혀 이해가 가지 않았지만 레이치는 흥미진진한지 몸을 내밀었다.

"너희 집에 스마트홈 있어?"

"그런 건 난 잘 모르는데……."

"호출이나 시간 예약으로 커튼을 자동으로 열거나 닫거나 조명을 자동으로 켜거나 끄거나 하는 기능 말이야. 나 같은 가난뱅이랑은 인연이 없는 물건이지만, 의뢰가 있어서 가전 제품점에 하루가 멀다 하고 다니면서 여러 가지를 시험한 적이 있어. 최종적으로는 5년 동안 출입 금지당했지만."

"대체 무슨 짓을 한 거야? 그래서 그 스마트홈이라는 걸로 어떻게…… 그러니까, 어머니를……."

"조금 전에 말했잖아. 이 이상 사야가 한 행동을 설명하는 건 나한텐 무리라고."

절반은 자포자기한 미야를 대신해서 레이치가 어이없다는 듯 답했다.

"살해방법은 지극히 단순해. 리클라이닝 기능을 사용해 엄마의 목에 감겨 있던 코드를 잡아당겨서 질식사시키는 거야."

"……그게 애초에 무리일 듯한데? 등받이가 뒤로 젖혀지면 갑자기 몸도 같이 쓰러지잖아. 코드만 당겨서 질식시키는 건 불가능해."

"뒤로 쓰러뜨리는 게 아니야. 원래 위치로 돌리는 거야."

"원래 위치로 돌린다고……?"

"응. 렌지가 말한 대로 뒤로 쓰러뜨리면 코드뿐만 아니라

등받이도 엄마의 몸도 같은 방향으로 움직이니 질식사시키는
건 지극히 어려워.

그러니 처음에 리클라이닝체어를 최대한 뒤로 젖혀 엄마를
거의 위를 보게 하는 거지. 그 상태에서 전원 코드 한쪽 끝을
목에 걸고 다른 한쪽 끝을 최단거리에서 의자 다리 부분에 고
정시키는 거야.

그러고 나서 앉는 자세로 되돌리도록 리클라이닝을 작동시
키면 코드가 팽팽한 상태에서 엄마의 몸은 앞으로 튀어나오
기 때문에 목이 강하게 압박되지. 이 방법이라면 질식시키는
게 가능할 거야."

"그렇구나. 그런 방법이……."

렌지는 조금 분하다는 듯 읊조렸다.

"그래서 문제는 어떻게 리클라이닝을 원격 조정했냐는 거
지.

사건의 열쇠는 스위치와 커튼 고리를 연결한 끈이야.

팔걸이 밑에도 리클라이닝용 스위치가 달려 있겠지. 스위
치는 아마 봉 스타일의 토글스위치로 이걸 끈 한쪽에 단단히
묶고 끈을 잡아당기면 스위치가 움직이는 상태가 돼. 다른 한
쪽을 커튼 고리에 묶고 양쪽을 연결하는 거야. 그러면 닫았던
커튼이 열릴 때까지 끈이 당겨지고 토글스위치가 움직여.

이로써 리클라이닝 기능이 동작해서 피해자 목을 압박해
죽음에 이르게 하는 구조가 되는 거지.

커튼 자동 개폐라면 시간 예약이 가능할 거야. 예를 들어 '밤 11시에 커튼을 열라'고 스마트폰으로 미리 예약해놓고 조금 전에 말한 것처럼 장치를 해두면 그 자리에 없어도 논리상 살해는 가능해. 귀가 후 신고 전에 원격 살인의 뒷받침이 되는 토글스위치랑 커튼 고리를 연결해둔 끈은 빼내서 처리하고 자살의 뒷받침이 될 전원 코드만 남겨두면 되지.

그리고 비정상적이라고도 할 수 있는 죽음을 연출한 후 방 열쇠로 바깥에서 잠그고 아침을 기다리는 거고. 둘이서 사체를 발견했다고 위장해서 신고를 하고 말이야. 방 열쇠는 구급대원이 진입했을 때 직접 방으로 들어가 태연하게 두면 '밀실' 완성이야.

리클라이닝체어 자체에 스마트 기능이 도입돼 있으면 바로 의심받겠지만, 한 단계 거치게 해서 경찰의 눈을 속일 수 있겠지. 그런데 어머니는 스마트워치라도 차고 있었어?"

"응. 미용에 신경을 쓰니까 집에 있을 때는 스마트워치로 건강관리를 하고 있었어……."

"그렇다면 심박수 기록에서 사망시각을 명확하게 알 수 있겠네. 방범 카메라가 있는 장소를 물색해서 사망시각에 확실한 알리바이를 만들어두고 실행한 원격 살인. 흐음. 완벽하잖아. 학년 톱은 겉멋이 아니구나."

"웃기지 마! 아무 증거도 없는 주제에 멋대로 말하지 마. 애초에 사야는 폴더폰만 가지고 있었잖아."

"아니, 우즈키 추리가 맞다고 봐. 난 딱히 이해가 잘 안 됐지만, 비슷한 소리를 했었고 실제로 내 스마트폰을 사용해서 뭔가 하는 걸 봤으니까…… 나도 믿고 싶지 않지만 사야가 전부 계획해서 엄마를 죽인 건 지울 수 없는 사실이야. 사야, 무서울 정도로 냉정했어. 마치 훨씬 전부터 계획한 것처럼……"

미야는 쌓이고 쌓인 감정을 터뜨리는 것처럼 눈물을 펑펑 쏟았다.

"내내 말 못 했어. 사야가 무서웠고 가여웠어. 내가 사야랑 같은 입장이었다면 같은 행동을 했을지도 몰라. 그래서 계속 가만히 있었어. 사야가 말하는 대로 경찰에는 거짓 증언을 계속했어. 그런데 너무 괴로웠어. 여러 사람에게 거짓말을 계속하는 것도 엄마를 죽게 내버려 둔 것도 용서할 수 없어서 이제 한계였어. 한계였다고……"

고요한 폐교사에 미야의 오열만이 울려 퍼졌다.

렌지는 미야의 곁에 쪼그리고 앉아 진정할 수 있도록 그 등을 다정하게 문질러주었다. 납득이 가지 않은 것투성이였지만 비장한 마음을 드러내고 흐느껴 우는 미야를 추궁하지도 못하고 그저 위로할 수밖에 없었다.

렌지는 도움을 요청하듯 레이치에게 시선을 보냈지만 그는 턱을 괸 채 시선을 떨어뜨리고 자신의 생각에 몰두하는 모습이었다.

그리하여 어느 정도 시간이 지났다.

하늘이 옅은 붉은 색으로 물들기 시작할 무렵 울음을 그친 미야의 빨개진 눈이 곁에 쪼그려 앉은 렌지를 보았다.

"……고마워. 다키도 괴롭지? 사야랑 사이좋게 지내줬잖 아. 미안해."

"아니야, 후지미야가 사과할 거 없어. 솔직히 엄청 혼란 스러워서 뭐라 말을 걸어야 좋을지 몰라서 나야말로 미안 해……."

"그래서 후지미야의 상담은 뭐야?"

레이치가 평소와 다를 바 없는 무뚝뚝한 목소리로 물었다. 동요하지 않는 그 모습이 지금의 렌지에게는 고마웠다.

미야는 조금 부루퉁한 표정을 짓고 레이치와 시선을 마주 했다. 하지만 울어서 부은 자신의 무거운 눈꺼풀을 보이는 게 싫다는 듯 바로 고개를 돌렸다.

"……경찰에 신고하는 걸 망설이고 있어서 우선 이야기를 들어줬으면 했어."

"경찰에 신고해야 해. 그게 사실이라면. 아무리 협박받았 다고 주장해도 섣불리 계속 감싸다가는 너도 공범으로 죄 를 묻게 될 가능성이 있어. 혼자 가는 게 불안하면 같이 가줄 까?"

"그렇게 간단히 말하지 마. 나한텐 소중한 여동생이거든? 아무리 사실이라고 해도 그리 간단히 신고 못 해."

"아니, 살인은 살인이니 재판을 받아야지."

레이치의 거침없는 말투에 명백하게 발끈한 미야는 도움을 요청하듯 렌지를 보았다. 눈물은 이미 그쳐 있었다.

한편 렌지는 아직 미야의 고백을 받아들이지 못하고 곤혹스러움을 감추지 못한 채 입을 열었다.

"나…… 나도 경찰에 신고해야 한다고 생각하지만…… 후지미야는 어떻게 할 거야? 만약 경찰에 신고 안 한다고 한다면……."

"그 선택지는 말도 안 되지."

레이치가 말에 끼어들었다. 렌지는 무시하고 이어나갔다.

"만약 경찰에 말을 안 할 경우 내내 숨길 작정이야? 계속 숨길 자신 있어?"

"그건 모르겠어……."

고개를 숙인 미야에게 레이치는 조용히 경고했다.

"무리야. 단언할게. 상대는 아마추어가 아니라 경찰이야. 언젠가 분명 거짓말을 하고 있는 걸 들킬 거야. 이미 다 들켰는데 그냥 내버려 두고 있는 걸지도 몰라. 폭로 당하기 전에 털어놓는 편이 현명해."

미야의 얼굴은 순식간에 새파래졌다. 그리고 갑자기 숨이 막힌다는 듯 가녀린 손을 가슴에 대고 휘청대며 일어났다.

"괜찮아?"

렌지가 다급히 어깨를 지탱해주었다. 몸이 말라서 손바닥에 뼈의 느낌이 직접 전달되었다.

"괜찮아……. 고마워."

"저기 지금부터 어떻게 할 거야? 만약 경찰한테 간다면 같이 갈 거고 집으로 돌아간다면 바래다줄게. 어느 쪽이 됐든 기분이 좋지 않을 거고 혼자서 걷는 건 위험할 듯하니까."

하지만 미야는 힘없이 고개를 가로저었다.

"아냐. 마음은 고맙지만 혼자 가도 괜찮으니 혼자 있게 해줘."

이어서 등받이에 몸을 파묻고 있던 레이치를 내려다보고 말했다. "오늘은 경찰서에 안 갈 거야. 아직 각오가 안 돼 있고 사야랑 한 번 더 천천히 이야기를 하고 싶으니까. 내내 마음속에 품어두느라 견디기 힘들었는데 두 사람이 이야기를 들어줘서 엄청 홀가분해졌어. 고마워. 그래도 절대 이 이야기는 아무한테도 하지 말아줘. 언젠가 각오가 되면 그때 내가 직접 경찰한테 말할 테니."

"알겠어."

레이치는 의외로 쉽사리 고개를 끄덕였다. 렌지도 고개를 깊이 끄덕였다.

미야가 나가자 렌지는 온몸의 힘이 빠져나간 듯 바닥에 주저앉았다. 엄청난 피로감이 몸을 덮쳤고 두통은 어지간해서 오지 않는 타입인데 지금은 관자놀이 부근이 띵하게 아팠다.

"렌지야말로 괜찮아?"

태연한 얼굴을 한 레이치가 물었다.

"솔직히 말해서 안 괜찮아. 친구가 살인자라는 고백을 듣고 제정신으로 있을 수 있을 리가 없잖아. 더구나 당일에 같이 놀았던 탓에 범행을 저지르게 된 건지도 모른다고 생각하면 죄책감이 한없이 솟구쳐."

"또 멍청한 소리 한다. 너무 억지스럽잖아. 그 건에 있어서는 우리는 완전히 외부인이고 죄책감을 느낄 필요 따윈 전혀 없어. 더구나 후지미야가 죽었다고 단정 지을 수 없잖아."

"뭐어?"

렌지는 얼빠진 소리를 냈다. 레이치는 어처구니가 없다는 듯 눈을 가늘게 떴다.

"아무 증거가 없잖아."

"지금 바로 그 애가……."

"그냥 말뿐이었잖아. 뒷받침할 근거도 물적 증거도 아무것도 없어. 만약 반대라면 어떡할래? 후지미야 사야가 우리한테 '미야가 엄마를 죽였다'고 한다면 역시 넌 그걸 믿을 거야?"

"그래도…… 그럴듯한 말을 했고 레이치도 그 아이의 증언을 근거로 그럴듯한 추리를 세웠잖아."

"그런 건 코에 걸면 코걸이 귀에 걸면 귀걸이잖아. 엄마는 구속되어 있지도 않았어. 정신을 잃었지만 잠들어 있었고 도중에 잠에서 깨면 한방에 아웃인 도박 같은 트릭을 이성적이고 신중한 스타일인 후지미야가 실행으로 옮겼을 것 같지 않아."

"반대로 말하자면 이론상으로는 가능한 거잖아⋯⋯."

기운 없는 렌지와는 대조적으로 레이치는 포커페이스로 이어서 말했다.

"저기, 만약 정말 내가 추측한 방법으로 죽였다고 한다면 밀실을 만들 이유는 어디에 있겠어? 감시 카메라랑 스마트워치로 확실하게 알리바이를 만들었잖아. 그렇다면 구급대원에게 들키지 않도록 하면서 방 열쇠를 제자리에 놓는 위험부담을 지면서까지 밀실을 만들 필요는 없잖아."

"아."

"하지만 실제로 밀실은 만들어져 있었다. 그렇다는 건⋯⋯."

"그렇다는 건⋯⋯?"

"원격 살인은 실제 살해방법을 은폐하기 위한 허풍이라고 결론지을 수 있지."

레이치는 어딘지 모르게 자신만만한 모습이었지만 렌지는 아무래도 납득이 가지 않았다.

"아니, 그래도⋯⋯ 우리한테 거짓 증언을 하고 더구나 아무한테도 말하지 말아 달라니, 그건 미야한테 아무 이득도 없잖아? 뭘 위해서 우리한테 거짓말을 하러 온 거야?"

"그 거짓말을 진실이라고 믿게 하기 위해서지.

수사가 난항을 겪어 경찰이 다시 사정 청취를 하러 온다면 아무리 입막음 당했다고 해도 우리는 지금 들은 말을 솔직하게 이야기하겠지. 그러면 거짓말은 마치 진실처럼 경찰에게 전달될 거야. 그 아이는 그걸 노린 게 아닐까?"

"번거롭잖아. 그러면 처음부터 경찰에 이야기하는 편이 훨씬 더 효율적이잖아."

"경찰이랑 직접 대면하기보다 일반인을 속여서 그 사람을 대변인이 되게 하는 편이 훨씬 더 간단하잖아. 그 애 연기 잘 못 하기도 했고."

"그게 어디가 연기로 보였어? 초췌하고 자신을 잘 제어 못 할 만큼 계속 울었고 목소리도 떨고 있었잖아."

"그런 자신한테 취한 느낌이지 않았어? 중간중간 피상적인 가벼운 느낌의 말투를 하거나 갑자기 눈물이 쏙 들어가거나 하는 게, 보면서 마음에 걸리는 점이 있었어."

"비딱하기는."

충격적인 고백을 듣고 가뜩이나 기력을 잃었는데 레이치와 토론을 하자 기운이 이제 아예 없어서 렌지는 짤막한 말로 끝냈다. 비틀대면서 일어나 평소보다 두 배는 묵직하게 느껴지는 가방을 짊어졌다.

레이치는 일어나려고 하지 않았다. 들여다보자 달걀 형태의 키홀더를 가지고 있었다.

"그거 뭐야?"

"방범 부저야. 그 애가 떨어뜨리고 간 물건인 것 같아. 내일 건네줘야지."

"그래? 집에 안 가?"

"저녁 8시가 돼야 옆집의 야마다가 세탁물을 걷어."

"뭐어?"

"요전번에 장어 소스 받은 보답으로 '니카이도' 체육복을 줬거든."

"너무 비상식적이잖아."

"그때는 딱히 아무렇지도 않았는데 막상 야마다네 빨래 건조대에 '니카이도'가 걸려 있는 걸 보면 괴로워서 말이야. 내가 진정으로 줬어야 하는 건 '이주인'이었던 게 아닐까. 또는 2군인 '이가라시'로 충분하지 않았을까?"

"내가 무슨 소리를 듣고 있는지 모르겠네."

"더 이상 '니카이도'의 모습은 보고 싶지 않아. 앞으로 나아가기 위해서라도 저녁 8시를 넘어서까지 여기에 있을 거야."

렌지는 제대로 상대하기를 포기했다.

"……우리 집에 갈래?"

"아니. 혼자 좀 생각하고 싶은 것도 있어."

"그래?"

교실을 나올 때 렌지는 은근슬쩍 물었다.

"레이치, 미야가 이야기하러 온 진짜 목적을 생각하는 거야?"

"글쎄. 지금 말할 수 있는 건 난 그 애의 말을 믿지 않는다는 것뿐이야."

제6장

참극이 벌어진 후의 후

1

6월 30일(목) 도쿄○×신문 조간

친모살해 여고생 체포

6월 18일 밤, 가나가와 현 가마쿠라 시 야마노우치 저택에서 이 집에 살던 후지미야 레이코 씨(42)가 목에 전원 코드가 감긴 상태로 사망한 사건으로 29일 밤, 같은 시 고등학교에 다니던 차녀(17)가 살인 용의자로 체포되었다. 경찰에 따르면 차녀는 28일 20시 무렵에 오후나 경찰서에 출두했다고 한다. 조사에 따라 차녀는 '평소의 울분이 심해져서 우발적으로 살해하고 말았다. 자살로 위장하려고 했지만 실패했다. 더 이상 도망갈 수 없다고 생각했다'고 한다.

햇살이 강한 아침이었다. 커튼 틈으로 눈 부신 빛이 화살처럼 쏟아졌다. 스마트폰에 손을 뻗어 벌써 몇 번째를 다시 울리는 알람을 멈추고 렌지는 또다시 이불을 덮었다. 머리는 이미 깨어 있었지만 일어날 기력이 없었다.

이윽고 방을 노크하는 소리가 나고 조심스럽게 문이 열렸다.

엄마가 걱정스러운 듯 얼굴을 내밀었다.

"렌지, 오늘 결석할래?"

"할래."

"그래. 학교에 전화해둘 테니 느긋하게 쉬어."

"고마워."

자신이 이렇게 재기 불능이 될 줄은 몰랐다. 어젯밤 뉴스 속보를 보고 나서 여러 감정이 뒤섞여 밀려와서 회복할 수 없을 만큼 충격을 받았다.

잠시 후에 이불에서 기어 나와 일어나서도 가슴에 무언가 막힌 듯한 느낌으로 숨이 막혀 그대로 움직일 수 없었다.

사야가 엄마를 죽였다.

자신의 발로 오후나 경찰서로 가서 자수하고 체포되었다.

확고한 사실이다.

렌지는 고개를 푹 숙였다. 그날을 떠올렸다.

둘이 잔디에 나란히 앉아 바다를 바라보았다. 별달리 아무 말도 하지 않고 바람을 그저 쐬기만 했다. 사야는 그때 이미 엄마를 살해하고 싶을 정도로 막다른 골목에 몰려 있었던 것이다. 그렇게 곁에 있었는데 왜 자신은 알아차리지 못했을까.

어째서 손을 내밀어주지 못했을까.

엄마가 과도할 정도로 엄격하다는 걸 알고 있었는데. 사야
가 살인에 손을 댄 책임은 자신에게도 있다는 생각이 한층 더
렌지를 괴롭게 했다.

어떻게 해서든 막을 방법이 있지 않았을까.

사야가 살인에 손을 대지 않아도 될 현재가 있지 않았을까.

가슴속에 후회만 더해갔다.

"오빠 일어났어?"

문 건너편에서 여동생 가린의 목소리가 들렸다. 대답을 기
다리지 않고 문이 열렸다. 손에 포카리스웨트가 들려 있었다.
침대 옆으로 와서 그걸 "자" 하고 내밀었다.

"고마워."

"다 죽어가는 얼굴이네."

"알아."

"오빠 동급생이 체포됐지? 그 탓에 끙끙대는 거야?"

"그래."

"왜? 그 사람 좋아했어? 혹시 여자친구야?"

"설마. 그냥 친구야."

"그래?"

가린은 반신반의하는 표정으로 방을 뒤로했다. 렌지의 가
슴에 술렁임이 남았다.

전혀 의식한 적 없지만 나는 후지미야를 좋아했던 걸까?

그 사실을 이제 와서 알아차린들 아무 소용도 없다.

렌지는 땀이 맺힌 이마를 닦아내고 마른 목을 포카리스웨트로 적시고 다시 곧 누워 눈을 감았다.

견딜 수 없는 마음에 꺾여 무언가를 생각할 기력도 남아 있지 않았다.

도오 고등학교는 올해 개교 95주년을 맞이했지만 이 정도로 세간으로부터 주목을 받은 건 처음이었다.

전국 톱클래스의 두뇌를 가진 여고생이 모친을 살해했다는 선정적인 사건이다.

통학로에서 교문 앞까지 매스컴과 구경꾼이 쭉 포위했고 교무실에는 끊임없이 취재나 클레임 전화가 밀려왔으며 학생들도 삼엄한 분위기에 압도당해 평소보다 말수가 적었다. 몸 상태가 좋지 않다고 호소하는 학생이 속출했지만 보건실 여신이라고 칭송받던 시조는 지금 유치장 안에 있다.

겨우 모두의 마음이 어느 정도 차분해진 방과 후, 이번에는 긴급 부모 회의가 열려서 학교로 이어지는 길이라는 길에는 보호자가 우르르 밀려들었다. 구경꾼은 서서히 빠졌지만 매스컴은 아직 끈질기게 달라붙어 있었다. 그러던 차에 모든 동아리 활동과 위원회가 휴일이 된 탓에 일제히 귀가하기 시작한 학생들이 더해져서 통학로 일대는 또다시 이상한 분위기에 휩싸였다.

레이치는 폐교사 복도에서 창밖을 내려다보고 오가는 사람들의 모습을 응시하고 있었다. 보호자는 모두 불안한 듯한 얼굴을 하고 있었지만, 학생 중에는 이 상황을 흥미로워하는 아이도 적지 않았다.

바깥의 소동과 비교해서 폐교사는 죽은 듯이 고요했다.

동아리실로 들어와도 아무도 없었다. 이런 상황에 만약 누군가가 상담을 하러 오면 곤란해서 문패를 빨강인 '내객중'으로 바꿔두었다.

책상에 푹 엎드려서 두 시간 정도 수면을 취했지만 일어나도 렌지의 모습이 없었다.

역시 바로 귀가한 건가.

휴대전화가 망가진 이후 직접 만나는 것 말고는 연락할 방법이 없었다.

렌지가 오지 않으면 따분하지만, 집으로 돌아갈 기분이 들지 않았다.

오후 6시가 갓 지났을 무렵 바깥은 아직 밝았다.

하는 수 없으니 실전화라도 만들까.

가슴주머니에서 연실을 꺼냈을 때 문이 드르륵 열리고 낯선 얼굴이 안을 들여다보았다.

살집도 키도 보통에 이목구비가 옅은 남학생이었다. 눈매가 사나운 것 말고 이렇다 할 특징이 없었다. 학교 체육복이 아니라 스포츠 브랜드 체육복을 입고 있었다.

그가 아무 말 없이 그저 가만히 엉뚱한 방향을 응시하고 있어서 레이치는 기다리다 지쳐 물었다.

"무슨 용건이야?"

무뚝뚝한 목소리에 흠칫하더니 남학생은 시선을 힐끗힐끗 보내며 입을 열었다.

"저기, 여기가 상담실이라고 들었는데 상담해줘?"

"응. 그런데 오늘은 접수 안 해. 교장한테 전달받아서 동아리 활동은 전면 중지됐거든."

"그럼 돌아가는 편이 낫지 않아?"

"나는 동아리 활동을 하고 있는 게 아냐. 그냥 여기에 있는 거야."

시답지 않은 생떼에 남학생은 머쓱해했다. 그러고 나서 뻗은 앞머리를 거추장스럽다는 듯 쓸어올리고 물었다.

"저기, 언제까지 있을 거야?"

"저녁 8시 정도?"

"그럼 선생님한테 이를게. 나 이래 보여도 학급위원이라서 목격한 이상은 선생님한테 말할 의무가 있거든."

"집에 갈게. 집에 가면 되잖아."

레이치는 즉시 일어났다.

"그러도록 해. 나도 고자질은 되도록 안 하고 싶거든."

레이치는 순순히 복도로 나왔지만 몇 걸음 정도 걷다가 돌아보았다. 남학생이 보지 않는다는 것을 확인하고 옆의 빈 교실로 재빨리 숨어들었다. 그리고 사뿐히 창틀을 뛰어넘고 외벽의 쑥 튀어나온 부분을 타고서 교실 창문 앞까지 도달했다.

남학생에게 들키지 않도록 창문 너머로 실내를 들여다보았다.

교실 앞쪽에 쪼그려 앉아 있던 남학생은 칠판 뒤에 양손을 더듬어댔다. 얼마 지나지 않아 그곳에서 USB 메모리 같은 것을 찾아낸 순간 그것을 바지 주머니에 숨겼다.

그가 일어나려고 하던 차에 레이치가 창문을 힘차게 열어젖혔다.

"야, 뭐 숨긴 거야?"

"읔!"

돌연 쏟아진 목소리에 남학생은 짧은 비명을 지르고 엉덩방아를 찧었다.

레이치가 창틀을 뛰어넘어 실내로 발을 내딛고서 남학생의 팔을 붙들었다.

"주머니에 뭐 숨겼어? 시치미 떼봤자 소용없어."

"아니, 2층 창문에서 나타나서 갑자기 뭐 하는 짓이야?"

"질문에 답이나 해."

남학생은 필사적으로 저항했지만 레이치는 강한 힘으로 붙들고 놓지 않았다.

"이 멍청아, 아파. 여기 신발 신은 채로 들어오는 거 금지고 창문에서 침입한 것도 전부 선생님한테 말한다? 괜찮아?"

"너 여기 학생 아니잖아."

"······."

"우리 학교에 학급위원은 없어. 학생위원이라고 하지. 더구나 지정된 체육복 말고 다른 스포츠웨어를 입는 건 축구부랑 농구부 정도인데 나 몇 번정도 도우미로 시합에 나간 적 있거든. 너처럼 눈썹에 스크래치를 넣은 녀석은 없었어. 더구나 나랑 한창 이야기하는 중에도 칠판 쪽만 보고 있고 내가 얼른 사라지도록 재촉하니 아무래도 이상하다 싶었어. 그래서 마음대로 하게 두려고 돌아가는 척하고 외벽을 타고 돌아왔지."

완전히 한 방 먹어서 반론할 여지도 없는지 남학생은 고개를 깊이 떨어뜨렸다.

그 틈을 노려 레이치는 그의 주머니에서 USB 메모리와 같은 것을 빼앗았다.

"이거 뭐야?"

"상관없잖아."

"말할 수 없는 물건인가 보네. 경찰에 신고할 거야."

그리 말하고 레이치가 사라지려고 하는 것을 이번에는 남학생이 붙들고 말렸다.

"녹음기야. 부탁이니 경찰에는 신고하지 말아줘."

"네 의사로 설치한 거야? 아니면 누군가에게 협력하고 있는 거야?"

"무슨 권리가 있어서 그런 질문을 하는 거야?"

"녹음했다는 건 요전번 대화잖아. 후지미야가 범인을 고발했던……."

레이치의 말에 남학생은 한껏 얼굴을 일그러뜨렸다.

"정답인가 보네. 그 사건과 연관돼 있다는 걸 안 이상 경찰서에 가서 모조리 이야기할 필요가 있겠네."

"무리야. 경찰한테는 말 못 해."

남학생은 자유로운 왼손을 다른 한쪽 주머니에 집어넣었다. 순간, 안에서 접이식 나이프가 나왔다. 창밖에서의 석양을 뒤집어쓰고 칼끝이 번뜩 빛났다.

레이치는 당황해서 반사적으로 뒤로 물러났다.

남학생은 나이프를 양손으로 야무지게 쥐고 레이치의 눈앞에 들이밀고서 한심하고 나약한 목소리로 말했다.

"그걸 안 돌려주면 지금 여기서 널 죽일…… 지도 몰라."

레이치는 작게 한숨을 내쉬고 남학생 앞에 녹음기를 내밀었다. 그리고 그의 주의가 그쪽으로 쏠린 틈에 다른 한 손으로 가슴주머니의 휴대전화를 꺼내 그걸 치켜들었다.

"이제 하나만 더 누르면 경찰서로 연결될 거야. 날 한 방에 죽일 수는 없을 테니 네 범행도 한순간에 들킬 거야. 이성적으로 생각하는 편이 좋지 않을까?"

실제로 휴대전화는 망가져 있어서 허세에 지나지 않았지만 효과는 충분히 있었던 모양이다. 분하다는 듯 이를 바득바득

가는 남학생을 레이치는 차분한 모습으로 내려다보았다.

"거래하자. 네가 아는 걸 전부 나한테 말해줘. 그러면 난 이걸 돌려줄게. 경찰에도 말 안 할게. 어때?"

"뭐어? 경찰에 말 안 한다는 증거가 어디에 있어?"

"이걸 돌려주면 나한테는 증거가 아무것도 안 남아. 만에 하나 경찰에 말한들 믿어줄 리가 없잖아. 후지미야가 고백한 음성도 네가 이곳에 온 물적 증거도 아무것도 남지 않으니까."

"그렇게까지 해서 뭐가 알고 싶은데?"

"단순한 호기심이야. 저기에 달라붙어 있는 구경꾼이랑 매스컴이랑 같아. 별다를 바 없어."

남학생은 망연자실한 듯 어깨를 떨구었다. 피로와 포기의 기색이 엿보였다.

얼마 지나지 않아 포기한 듯 더듬더듬 이야기하기 시작했다.

"딱히 대수로울 거 없어. 녹음기는 미야가 설치한 모양이야. 난 그걸 오늘 회수하도록 미야한테 부탁받았어. 그뿐이야."

"후지미야가 '동생이 엄마를 죽였다'고 자신이 고백한 걸 녹음하기 위해 이걸 설치했다는 거네. 그걸 회수해서 어떻게 할 작정이었어?"

"사실은 익명으로 유튜브에 업로드할 예정이었어."

"익명으로 '제삼자로부터 유출'로 위장해서 '여동생이 범인'이라고 세상에 확산시켜 인상을 조작하기 위해서인 건가. 생각이 짧군."

남학생은 신경에 거슬린다는 듯 눈썹을 끌어올렸다.

"그런데 그럴 필요는 없어졌지. 왜냐하면 너도 알겠지만, 그런 거추장스러운 짓을 할 것도 없이 여동생이 자백했으니까. 그래서 이 녹음기는 필요 없어졌지만 만약 누군가가 발견해서 미야의 꿍꿍이가 발각되면 난처하다 싶어서 내가 서둘러 회수하러 왔어. 미야는 지금 자유롭게 움직일 수 있는 상태가 아니라서."

말을 끝내고 어깨의 짐을 내려놓은 듯 남학생이 크게 한숨을 쉬었다.

한편 레이치는 괜히 영문을 알 수 없어졌다.

"즉, 실은 미야가 범인인데 미야는 사야에게 죄를 뒤집어씌울 꿍꿍이다. 하지만 실행하기 전에 사야 스스로 미야를 감싸서 거짓 자백을 했다. 그런 거야?"

남학생은 곧바로 고개를 저었다.

"아니야. 미야가 살인을 할 리가 없잖아. 미야가 그날 너희한테 고백한 건 사실이야. 본인이 확실히 그리 말했어."

"그럼 왜 일부러 거추장스러운 방법을 동원하려고 한 거지? 직접 경찰에 이야기하면 됐잖아."

"나한테 물어봤자 몰라. 뭔가 사정이 있겠지. 난 애인인 미야를 믿어. 그러니 약속대로 녹음기는 돌려줘."

레이치는 손에 들고 있는 그것이 갑자기 의미가 없는 것으로 느껴져 말대로 던져주었다. 남학생은 재빨리 잡더니 나이프와 함께 주머니에 집어넣었다.

그러고서 불만스러운 시선을 레이치에게 보냈다.

"어이, 우즈키. 한심한 연기를 계속할 작정이야?"

"뭐가? 아니, 왜 내 이름을 알고 있어?"

"뭐야? 진짜 몰랐나 보네? 초등학교 같이 다녔잖아. 6학년 4반 이구치 마사야. 난 우즈키를 한눈에 알아봤는데."

"……이구치? 아, 그 이구치였어?! 분위기가 바뀌어서 몰라봤네."

실은 전혀 기억나지 않았지만 기억났다는 듯이 말하자 이구치는 갑자기 안심한 표정을 지었다.

"다음에 볼링이라도 치러 가자!"

그리고 손을 흔들며 사라졌다. 몇 분 전에 나이프를 들이댔다고는 생각되지 않을 만큼 산뜻한 동작이었다.

"저 녀석이랑 후지미야랑 사귀고 있었어?"

레이치는 여우에 홀린 듯한 표정으로 그 뒷모습을 배웅했다.

2

저녁 7시 무렵, 고요한 렌지의 방에 착신음이 울렸다. 이불에서 손을 뻗어 스마트폰을 들었다.

스미레코였다.

"여보세요. 렌지?"

근심 어린 목소리였다.

사건 발생 이후 스미레코는 눈에 띌 정도로 야위어갔다. 사야가 체포된 지금의 심경은 어떨까 싶자 렌지는 마음이 아팠다.

"응. 무슨 일이야?"

"다키, 오늘 학교 결석했잖아. 이야기하고 싶은 게 있는데."

"미안. 몸이 좀 안 좋아서."

잠시 침묵이 이어졌다.

계단 아래에서는 버라이어티 프로그램의 소란스러운 내레이션이 희미하게 들려왔다.

"어제 사야가 체포됐잖아."

"응……."

"사야가 자수하기 전에 나랑 잠시 만났었어."

"어?"

렌지는 이불에서 벌떡 일어났다.

"사야, 분명 무죄일 거야. '스미레코만은 날 믿어줬으면 해'라고 확실히 말했어. 이 말은 둘만의 비밀이라고 다짐했지만 나는 도무지 납득이 안 가서."

"그럼 누군가를 감싸서 거짓 자백을 했다는 소리야?"

"그렇다고 밖에 생각되지 않아. 사정은 모르지만……. 저기, 어떻게 안 되려나? 다키, 진범을 찾아내서 사야의 무죄를 증명해줘. 지금이야말로 연실 연구회가 나설 때야!"

'진범을 찾아낸다.'

렌지는 순간적으로 심장 고동이 높아지는 걸 느꼈다. 한 줄기의 희망이 비쳐드는 것과 더불어 공포심과 불안감, 두려움과 같은 부정적인 감정이 한꺼번에 가슴으로 밀려들었다.

본인이 살해를 자백했고 경찰 조사에서도 자백에 신빙성이 있다고 판단했기 때문에 체포한 것이다.

그 사실을 일개 고등학생인 우리가 다시 조사한들 뒤집을 수 있을까?

사야가 범인이라고 뒷받침할 수 있는 증거만 나와서 괜히 절망으로 꺾이기만 하는 게 아닐까.

하지만.

사야가 스미레코에게 남긴 말.

그것에 중대한 비밀이 숨겨져 있다고 한다면.

자신들의 힘으로 진실을 밝히고 그녀의 미래를 바꿀 수 있다면.

그 덧없고 다정한 미소가 문득 떠올랐다.

다음 순간에 이미 렌지의 결심은 정해져 있었다.

"물론이야, 진범을 찾아내 보일게."

전화 너머로 스미레코가 안도의 한숨을 내쉬었다.

"아, 다행이야. 고마워. 실은 나 지금 사건에 대해서 처음부터 다시 조사해보고 있어. 분명 도움이 될 테니 자료로 정리해서 내일에라도 다키한테 건네줄게."

"고마워. 덕분에 살았어."

전화를 끝내고 나서 우선 레이치에게 연락하려고 했지만, 그의 휴대전화가 한동안 망가진 채로 있다는 걸 떠올렸다.

하는 수 없다. 직접 이야기하러 갈까.

걱정하는 엄마를 뿌리치고 현관을 열자 눈앞에 레이치가 있었다.

"와아, 깜짝이야. 때마침 레이치네에 가려고 했어."

"그렇구나. 나도 할 이야기가 있어."

어쩐지 모르게 표정에 그늘이 보였다. 달려온 듯 숨도 헐떡이고 있었다.

"무슨 일이라도 있었어?"

조심스럽게 묻자 레이치는 어둑어둑한 현관 앞에 우두커니 선 채 입을 열었다.

"이구치 마사야 기억해? 우리랑 초등학교 같이 다닌 모양인데."

"물론이지. 가마쿠라 두근두근 탐험클럽의 전설의 리더였잖아."

"그건 몰라."

"이구치가 왜?"

"아무한테도 말 안 하기로 약속했는데 렌지한테 가만히 있는 건 좀 그래서."

그리 말하더니 레이치는 방과 후의 일을 대강이나마 이야기하기 시작했다. 예상 밖의 일을 연달아 듣자 렌지는 혼란스러웠다.

일부러 동아리방에 녹음기를 설치하고 고발한 걸 녹음해서 그걸 익명으로 유튜브에 업로드하려고 했다. 이유는 사야가 범인이라고 세상에 알리기 위해. 그 후 미야는 남자친구인 이구치를 이용해 녹음기를 회수하려고 했다.

"왜 그런 짓을 한 거지?"

"이미지 조작이 목적이겠지. 그 고발이 진실이라면 일부러 이런 짓을 할 필요는 없어. 역시 그 애는 거짓말을 했어."

그 말을 듣고 렌지는 충동적으로 외쳤다.

"후지미야는 범인이 아냐! 분명 누군가를 감싸고 있어!"

"그 누구가 누구란 말이야? 언니인 미야? 그 애가 자신의 엄마를 죽인 동기가 나는 도무지 모르겠는데."

대조적으로 이성적인 레이치가 묻자 렌지는 열기를 잃고 고개를 숙였다.

"그건……."

"가령 미야가 죽였다고 치면 동생인 사야가 죄를 뒤집어쓰는 이유는 뭐지?"

"그것도……."

"애초에 어떤 이유가 있든지 간에 사람을 죽였다는 엄청난 일이잖아. 그것도 쌍둥이의 한쪽이 부모를 죽이고 다른 한쪽이 그 죄를 뒤집어쓰고. 어떻게 해야 그런 일이 가능하지?"

"……그럼 뭐야. 역시 후지미야가 범인이라고 말하고 싶은 거야?"

부루퉁하니 읊조리자 레이치는 어디까지나 냉정한 표정으로 고개를 가로저었다.

"아니. 그게 아니야. 자신의 입장이랑 바꿔서 생각해봐. 렌지한테는 소중한 가족이 있어. 그 목숨을 인질로 잡히면 너도 같은 행동을 하지 않겠어?"

그 질문을 받고 렌지는 이런저런 상상을 했다. 그 순간 마음이 괴로워졌다.

"만약 가족의 생명이 누군가의 수중에 있고 내가 거짓 자백을 하지 않으면 누군가가 살해당한다고 하면 죄를 뒤집어쓸 선택을 할 거야. 소중한 사람의 생명보다 지키고 싶은 건 이 세상에 없으니까."

"그렇지. 그런데 그 애들은 그런 상황에 있었던 건 아닐 거야. 적어도 미야는 평범하게 등교하고 있고 누군가에게 생명을 위협받고 있는 것처럼은 안 보여. 그러니 미야가 인질로 잡혀서 사야가 하는 수 없이 거짓 자백을 했다는 선은 아니야."

"내 적은 희망의 빛을 없애버리려고 온 거야?"

"아냐. 인질로 잡힌 게 사람 목숨이 아니라 정보인 게 아닐까 하는 게 내 추측이야."

"정보……?"

"응. 즉, 진범은 달리 있고 그 녀석은 후지미야 자매의 어떤 비밀을 쥐고 있어. 그게 발각되면 자매의 인생이 파멸될 정도의 비밀이지."

"후지미야는 진범한테 협박당해 거짓 진술을 하고 있다는 소리야?"

"그래. 난 처음에 금전을 목적으로 자매가 범인을 감싸고 있다고 추측했어. 범인은 어떤 이유로 엄마와 친하게 지내고 있고 오랜 세월에 걸쳐 후지미야네를 금전적으로 돕고 있었어. 하지만 엄마와 트러블이 일어나 충동적으로 살해하고 말았고 우연히 자매가 범행을 목격한 거지. 범인은 금전적인 도움을 계속 준다는 조건으로 자살 위장 공작에 손을 빌려달라고 요구했고 자매는 이에 응한 거야.

하지만 사야가 자백한 이상 이 가설은 기각시켜야겠지. 평범한 여고생이 돈을 위해서 살인죄를 뒤집어쓰다니 말도 안 되니까."

"그렇다면 단순한 여고생이 인생이 파멸될 정도의 비밀을 가지고 있다는 것도 도무지 상상할 수 없어. 더구나 진범은 어떻게 그 비밀을 알 수 있었던 거지?"

레이치는 시선을 떨어뜨리고 한숨을 쉬었다.

"그 점이야. 어떻게든 해서 그 점을 파헤쳐야 해⋯⋯."

그때 문이 딸깍 열렸다.

가린이었다.

머리를 양 갈래로 묶고 피아노 발표회용 흰 원피스를 입고 있었다. 안절부절못하고 앞머리를 쓰다듬거나 안짱다리로 걷는 모습이 몹시 조신했다.

조금 전까지 잠옷 차림으로 책상다리로 앉아서 포테이토 칩을 먹고 있었는데.

렌지가 분위기가 깨졌다는 시선을 보냈고 가린은 눈치를 살피며 레이치를 응시했다.

"레이치 오빠, 안녕하세요. 괜찮으시다면 들어오세요."

"가린, 오랜만이네. 그럼 들어갈게."

레이치는 고개를 꾸벅 숙이더니 안내받은 대로 실내로 들어갔다.

가린이 그길로 문을 닫으려고 해서 렌지는 다급히 저지했다.

"어라, 오빠도 있었어?"

"있었지. 내내 여기에 있었어."

충격을 받은 렌지를 따돌리고서 가린은 레이치의 바로 옆에 딱 붙어 있었다.

"그럼 천천히 있다가 가요."

애교가 가득 담긴 목소리로 말하더니 가린은 조용히 렌지의 방문을 닫았다. 실로 단아한 동작이었다.

"레이치가 오면 사람이 달라져."

렌지가 씁쓸하게 오렌지 주스를 들이켰다. 두 사람은 좌탁에 마주 보고 앉아 있었다. 좌탁 위에는 샌드위치가 산더미처럼 쌓여 있었다. 다키네는 이미 저녁 식사를 마쳤지만 레이치가 저녁을 아직 먹지 않았다고 하니 엄마가 재빨리 만들어주었다.

부루퉁한 렌지를 힐끗 보고 레이치는 문득 서글픔을 띤 표정을 지었다.

"렌지는 행복하네."

"여동생이 함부로 대하는 오빠의 어디가 행복한 거야?"

"그런 게 행복이야."

레이치는 의미심장하게 읊조리고서 달걀 샌드위치를 먹음직스럽게 먹었다. 두 입 만에 먹어치우더니 앉은 자세를 바로 잡고 본론으로 들어갔다.

"내가 신경이 쓰이는 건 녹음기를 누가 마련했냐는 거야."

"미야겠지."

"분명 이구치는 녹음기를 회수하는 걸 미야에게 부탁받았다고 했어. 하지만 미야는 솔직히 그런 아이디어를 낼 타입이 아니잖아."

그 말을 듣고 렌지도 난해한 표정을 지었다.

좋게 말하면 순수, 나쁘게 말하면 단순한 게 미야에게 받은 렌지의 인상이었다. 레이치가 말하는 대로 그녀가 그런 까다로운 계획을 세웠다고는 생각하기 힘들다. 더구나 자신의 엄마가 살해당한 상황에서 그렇게까지 머리가 돌아갔다고 여길 수 없다.

"그럼 대체 누가 그랬다는 거야?"

"진범이 미야한테 지시를 내린 게 아닐까?"

렌지가 곤혹스러운 표정으로 물었다.

"미야가 범인이랑 면식이 있다는 소리야?"

"내가 생각하기에 자매 둘 다 면식이 있지 않았을까.

범인은 후지미야 레이코를 살해한 후 자살로 위장했지만 경찰의 눈을 속일 수 없었어. 타살을 의심받는 이상, 범인이 필요해졌지. 진범은 자매의 약점을 쥐고 있고 어째서인지는 모르지만 여동생 사야를 범인으로 내세우기로 했어. 그때 미야에게 거짓 고발을 하게 해 그 음원을 익명으로 동영상 사이트에 유출, 확산시키겠다는 아이디어를 냈지. 왜 그런 번거로운 짓을 했을까? 아마 동생인 사야의 자백만으로는 어쩐지 불안하다고 생각해서일 거야. 수사의 프로한테 걸리면 사야의 거짓말이 걸릴 가능성이 높아져. 그래서 사야의 자백을 보강할 정황증거를 만들려고 언니인 미야한테 공을 들인 고발을 시킨 게 아닐까."

"그렇다고 해도 왜 녹음기를 동아리실에 숨긴 거지? 자기 가방에라도 넣어두면 일부러 나중에 회수하러 올 번거로움도 덜 수 있는데."

"가방에 숨겨놓고 있으면 자신의 목소리만 더 선명하게 들려서 자작인 게 들킬 거라고 생각하지 않았을까. 어디까지나 '제삼자로부터의 유출'을 위장하고 싶었겠지. 그래서 일정 거리를 두고 전방위에서 나는 소리를 주워 담기 위해서 칠판 뒤편에 녹음기를 장치한 거야. 그리고 그 회수 역할을 이구치에게 맡겼다가 그 녀석은 실수로 나한테 꿍꿍이를 들켰지."

"이구치도 알고 있어?"

"아니, 명령대로 움직일 뿐 실정은 이해 못 하는 듯했어. 미야의 꼭두각시 같은 거야."

"그러면 진범은 대체 누구지? 후지미야 레이코를 살해할 동기가 있고 자매의 중대한 비밀을 쥐고 있으면서 미야와 공모해서 사야를 범인으로 꾸며내려고 한 그 녀석은 누구지?"

렌지가 인상을 찡그리고 있으니 레이치도 참치 오이 샌드위치에 손을 뻗다가 표정에 먹구름이 드리워졌다.

"지금은 아직 진범이 짐작 가지 않아. 아무튼 전 남편도 피해자가 돈을 바치고 있던 젊은 남자들도 모두 확고한 알리바이가 있다고 해."

"그건 알아. 시다한테 들었어."

"렌지도 그랬어? 나도 시다한테서 들었어."

레이치는 민망한 듯 읊조렸다. "녀석을 소환해야 하나."

렌지는 녹아가는 얼음을 오도독 으깨며 생각났다는 듯 말했다.

"……아야노라면 뭔가 알고 있을지도 몰라."

레이치도 진지한 표정을 지었다.

"시조 말이구나. 분명 그 사람이라면 속여서 돈을 뜯어낼 정도였으니 피해자를 잘 알고 있었을 거야."

"그런 식으로 말하지 마."

"사실이잖아."

냉정한 대답을 듣고 렌지는 아무 말도 하지 못하고 뚱해졌다.

레이치는 개의치 않고 이야기를 이어나갔다.

"시조 아야노라면 지금, 후지사와 경찰서 유치장에 있나 봐. 시다가 의기양양하게 소문을 내고 있었어. 밑져야 본전이니까 면회 신청해볼까."

렌지는 애초에 평범한 학생이 만나러 갈 수 있을까 하는 궁금증이 들었지만, 인터넷으로 알아보니 면회 시간과 인원수에 제한은 있지만 지인 정도의 사이라도 면회가 가능하다는 것을 알았다.

어떤 사소한 단서라도 괜찮다. 어떻게든 해서 진상을 밝혀내 후지미야를 구해내고 싶다.

렌지는 좌탁에 몸을 내밀었다.

"내일 방과 후에 얼른 가보자. 지금이야말로 연실 연구회의
진가를 발휘할 때야."

<h2 style="text-align:center">3</h2>

이튿날 방과 후, 아직 강한 햇살이 내리쬐고 있는 가운데
두 사람은 후지사와 경찰서를 방문했다. 오다큐 에노시마 선
의 혼쿠게누마 역에서 걸어서 7분 정도 되는 거리에 있는 번
듯한 건물이었다.

렌지는 많이 긴장해서 그런지 목이 칼칼해져 차가운 보온
병의 보리차를 몇 번이나 들이켰다. 어떻게 해서든 단서를 얻
어내야 한다는 사명감과 초조함, 예전에 동경했던 여성과 이
런 형태로 대면한다는 허무함 등 여러 감정이 복잡하게 뒤섞
여 있었다.

레이치는 평소대로 차분해 보였다. 뭔가 깊이 골몰하고 있
는지, 아무 생각 없이 멍하니 있는지 그 표정에서 들여다볼
수 없었다.

사전에 전화로 예약해둔 덕분인지 접수를 마치자마자 면회
실까지 안내받았다.

연한 잿빛을 띠는 작은 방에 드라마나 영화에서 본 대로 아
크릴 판이 사이를 가르고 있었다. 그 앞에 시조 아야노가 앉
아 있었다. 등 뒤에는 경찰관으로 보이는 담당자도 있었다.

아크릴 판 너머로 마주 보듯이 앉았다.

예전의 고상하고 아름다운 모습은 완전히 퇴색되어 있었다.

회색 맨투맨 티를 입고 있어서인지 하얀 피부가 칙칙해 보였고 눈 아래의 다크서클이 심했으며 뺨이 여위었다. 머리카락은 퍼석퍼석하고 심하게 헝클어져 있었으며 입술은 갈라져서 붉은 피가 번져 있었다.

불과 며칠 만에 이렇게까지 인상이 달라질 수 있나 하고 렌지는 동요하는 마음을 감추지 못했다.

레이치는 그다지 충격을 받지 않았는지 쩌렁쩌렁한 목소리로 말했다.

"시조 선생님, 오랜만이에요. 우린 도오 고등학교 학생이에요. 재임 중에 신세 많이 졌습니다. 그렇다고 해도 보건실은 늘 사람이 북적여서 우리는 기억나지 않으시죠?"

"아니, 너희는 똑똑히 기억해. '보건실 베개가 마음에 들어서 집 베개랑 교환하게 해달라'고 몇 번이나 말했던 우즈키. 그리고 마을회관 아동극 〈주먹밥이 데굴데굴〉의 주먹밥 역할을 하다 손목이 골절됐던 다키지?"

레이치가 차가운 시선을 렌지에게 보냈다.

"렌지, 히어로쇼에 불려가서 과격한 액션을 펼친 탓에 다쳤다고 호언장담한 주제에 〈주먹밥이 데굴데굴〉이었어?"

"레이치야말로 학교 비품이랑 개인 물품을 교환해달라고

조르는 상식이 결여된 행동을 한 주제에."

"주먹밥 역할로 골절된 인간한테는 아무 말도 듣기 싫어."

두 사람이 사소한 언쟁을 벌이기 시작한 것을 보고 시조가 저런 저런이라고 말하듯 이마에 손을 갖다 댔다. 그리고 깊은 한숨을 한 번 쉬었다.

"너희 무슨 용건이야? 날 위로한답시고 시답잖은 수다를 떨러 온 건 아니겠지?"

렌지는 말하기를 머뭇거렸지만 레이치가 단호하게 답했다.

"시간도 한정돼 있으니 단도직입적으로 말씀드리겠습니다. 후지미야 레이코에 대해서 선생님이 아시는 걸 알려주세요."

시조는 노골적으로 인상을 찌푸리더니 차갑고 메마른 목소리로 말을 내뱉었다.

"그 사람? 멀리서 와줬는데 미안하지만 사생활은 잘 몰라. 손님과 호객꾼이라는 특수 관계였어. 내가 본 그 사람은 젊은 남자를 돈으로 사는 가여운 여자. 추한 여자. 그뿐이야."

아, 이 나른하고 닳아빠진 느낌이 이 여자의 본질이구나.

렌지는 그리 깨달은 순간 가슴속에 조금 남아 있던 아련한 연정이 흔적도 없이 사라지는 걸 느꼈다. 그래서 꽤 홀가분한 기분이 들었다.

"그래도 몇 번인가 만난 적은 있잖아요. 뭐든 좋으니 뭐 없나요?"

시조가 잠시 생각하고 나서 떠올랐다는 듯 말했다.

"그러고 보니 그 사람, 내가 소개해준 남자들한테 딸아이의 존재를 들키지 않도록 이상할 정도로 긴장하고 있었어. 독신이라고 거짓말해서 철저하게 딸의 존재를 숨겼어."

"왜지?"

렌지의 질문에 레이치가 답했다.

"두려웠겠지. 남자들의 관심이 딸한테 가는 게."

"남자는 그런 법이잖아. 젊으면 젊을수록 좋아하는 거."

시조가 벌레라도 씹은 듯한 얼굴로 말을 내뱉고 턱을 괴고서 이어나갔다.

"실제로 과거에 그런 일이 몇 번인가 있었던 모양이야. 자기 애인한테 예쁜 딸의 존재를 들키자마자 그 사람들의 의식도 관심도 전부 딸아이한테 빼앗긴 일 말이야. 그중 한 사람이 꽤 위험한 사람이었던 모양인지 딸을 끈질기게 따라다녀서 힘들었던 모양이야."

"최근의 일인가요?"

"아니. 나랑 알기 전부터니까 3년도 더 된 일이려나. 그래서 그 사람이 나한테 엄청나게 확답을 받아내더라고. 자기한테 아이가 딸려 있다는 사실은 절대로 말하지 말라, 사는 곳도 절대로 들키지 않도록 해달라고."

"딸을 따라다녔다는 게 어떤 녀석인지 아세요?"

레이치의 물음에 시조가 고개를 살짝 갸웃거렸다.

"글쎄. 일정한 직업도 없이 빈둥대던 젊은 친구였다고 들었는데. 저기, 이런 걸 물어서 어쩔 셈이야? 혹시 그 사람을 죽인 범인이 따로 있다고 생각하는 거야?"

"네. 사야가 범인일 리가 없으니까요."

렌지가 즉답하자 시조가 피곤함이 번진 표정으로 훗 웃었다.

"젊고 단순해서 행복하겠네."

렌지는 무시당한 듯해서 불쾌했지만 그 눈동자 안쪽에 깊은 슬픔이 가로놓여 있다는 사실을 알아차리고 마음이 아팠다. 위로의 말 한마디 전해주지 못한 사이에 면회 시간도 절반이 지나가고 있었다.

"선생님은 3월생이시죠?"

레이치가 갑자기 물었다.

"그렇긴 한데…… 갑자기 왜? 어떻게 알았어?"

"뭐랄까, 감이에요."

"그래…… 관두는 편이 나아. 그런 불쾌한 서프라이즈, 여자아이들이 싫어해."

시조는 어쩐지 기분 나쁜 듯 말하더니 잠시 망설이는 모습을 보인 후에 물었다.

"그런데 A반의 오이와 선생님은 잘 지내니? 제자 중에 살인자가 나왔으니 상심이 크지 않아?"

"오이와 선생님, 면회하러 안 오셨어요? 선생님 애인인데?"

레이치의 말에 시조가 어깨를 흠칫거렸다.

"아, 죄송해요. 후지미야 레이코 씨 장례식에서 두 분이 싸우던 모습을 우연히 봤어요."

레이치가 태연한 어조로 말해서 시조도 왠지 모르게 어깨에 들어간 힘이 빠진 모양이었다. 정색하듯 의자에 깊숙이 기대고 말했다.

"흐음. 들켰구나. 그래서 두 사람 눈에는 우리가 애인 사이로 보였어?"

"네. 아니에요?"

시조가 훗 하고 웃음을 흘렸다.

"나, 그 사람의 옛 제자야. 양아버지 학대로 지옥 같던 인생을 살아온 날 지켜주고 늘 내 편이 돼 줬어. 그 사람은 절망의 구렁텅이에 빠져 있던 날 구해준 생명의 은인이야."

"그 후에 연인 관계로 발전한 거 아닌가요? 그 하트 목걸이는 오이와 선생님한테 받은 선물이죠?"

"……부끄러운 이야기지만 '안 사귀어주면 죽어버리겠다'고 난리 쳐서 억지로 여자친구가 된 거야. 내가 일방적으로 그 사람을 좋아했을 뿐이고 그 사람은 나를 여자로 보지 않았어. 매일같이 집에 놀러 갔지만 손조차 잡아주지 않았어. '네가 고등학교를 졸업하고 나서 잡자'라면서. 부탁하지도 않았는데 비싸 보이는 옷이나 가방이나 여러 가지 물건을 선물해줬고 매일매일 집에 쳐들어가도 불평 한 번 하지 않으니 날 소중하게 여긴다고 생각했어. 하지만 고등학교를 졸업하자마자 일방적으로 이별을 통보받았어. 이렇게 체포돼도 한 번도 면회를 오지 않을 뿐만 아니라 연락조차 없어. 그렇게 내내 함께였는데……. 그 사람한테 있어서 나는 뭐였을까 생각하게 되네. ……이건 너희한테 할 만한 이야기는 아니지만."

"꽤 어중간한 대우를 받았는데 아직 오이와 선생님을 좋아하는군요."

레이치가 거침없이 말하자 시조가 복잡한 표정을 지었다.

"당연하지. 내내 함께였으니까. 솔직히 난 학생들은 아무래도 상관없었어. 그저 그가 있는 학교가 좋았지. 그 사람만 쭉 보고 있고 싶었어. 그뿐이야."

시조는 아련한 시선을 했다. 렌지와 레이치에게는 보이지 않는 무언가를 응시하는 듯했다.

짧은 침묵 후 등 뒤의 경찰관이 일어나 면회 시간 종료를 알렸다.

후지사와 경찰서를 나온 것은 오후 6시가 지났을 무렵이었다. 하늘은 아직 밝았다. 바람이 모습을 감춘 탓에 뜨거운 공기 덩어리에 휩싸여 서서히 쪄지는 듯했다.

제일 가까운 혼쿠게누마 역에서 후지사와 역까지 돌아가서 두 사람은 북쪽 출구의 건물 사이를 연결하는 다리로 향했다. 바람을 쐬며 조금 쉬고 싶은 기분이었다.

자판기에서 음료를 사서 빈 벤치에 나란히 앉았다. 오가는 사람들을 멍하니 바라보면서 렌지는 깊은 한숨을 쉬었다.

"아야노가 보이지 않는 담배를 피우고 있는 것처럼 보였어."

"가짜 문학 소년의 느낌이 드는 대사네."

레이치의 비아냥에 반응하지 않고 렌지는 어마어마하게 차가운 캔 음료를 이마에 갖다 댔다. 그걸로 조금 머리가 시원해졌다.

"미야를 쫓아다니던 젊은 남자는 누구려나?"

"그 녀석의 정체를 알면 사건의 진상에 한 걸음 다가갈 수 있을 듯한데."

"그런데 녹음기를 건넨 게 범인이라면 그 녀석이랑 미야는 공범이라는 게 되잖아. 자기 스토커랑 손잡는 짓을 하려나?"

"그렇다면 어쩔 수 없었던 거겠지. 그 부분은 좀 더 조사해 보자."

"어떻게 하면 그 남자를 알아낼 수 있을까?"

"본인한테 묻는 게 제일 빠르겠지."

"……미야한테?"

레이치가 아무 말 없이 고개를 끄덕였다. 렌지는 눈에 띄게 당황했다.

"말도 안 돼. 순순히 대답해줄 리가 없겠지. 분명 얼버무릴 거야. 아니, 어떻게 물을 거야? 범인이랑 공모하고 있다는 걸 의심하고 있다고 얼굴 맞대고 말 못 하잖아."

"뭐야, 렌지. 후지미야를 안 돕고 싶어?"

"돕고 싶어."

렌지는 즉각 대답하고 힘차게 일어났다. 그리고 높다랗게 선언했다.

"얼른 미야한테 전화하자!"

"기운 넘치는 건 좋지만 너무 오버하지 마."

"알고 있어."

렌지는 마음을 진정시키기 위해 캔 음료를 한숨에 들이켜고 심호흡을 하고서 스마트폰을 꺼냈다.

미야에게 전화를 거는 건 처음이었다. 의외로 연결음 한 번만에 받았다.

"여보세요. 후지미야?"

"……다키야?"

전화 너머로 들리는 목소리는 어딘가 경직되어 있었다. 뒤에서 버라이어티 프로그램의 공허한 웃음소리가 희미하게 들렸다.

"오랜만이야. 갑자기 미안. 지금 전화 받을 수 있어?"

"괜찮긴 한데, 잠시만 기다려."

일어나는 듯한 요란한 소리가 들렸다. 뚜벅뚜벅 빠른 걸음으로 걸어가는 듯한 소리도 들렸다.

거실 소파에 누워서 텔레비전을 보고 있던 게 아닐까 하고 렌지는 추측했다.

"집이야?"

"아니, 사야가 없고 나서부터 이모네 집에서 살고 있어. 즈시의 방 일곱 개에 거실, 식당, 부엌이 딸린 타운맨션 최상층이야. 큰 내닫이창에서 바다를 바라볼 수도 있고."

그리 말해도 렌지에게는 감이 오지 않았다. 왠지 모르게 자랑하는 듯한 어조라서 우선 "대단하네"라고 맞장구를 쳤다.

"할 말이 있어. 레이치도 같이 있는데 스피커폰으로 해도 돼?"

"어, 우즈키? 물론 괜찮지."

목소리가 두 옥타브 정도 올라갔다. 미야는 전화 너머로 부스럭거린 후에 감미로운 목소리로 말했다.

"안녕, 우즈키. 할 이야기라니 뭐야?"

전화를 건 건 나인데 말이야.

렌지는 불쾌한 기분으로 레이치를 쳐다보았다. 그는 담담하게 응했다.

"안녕, 후지미야. 직접 묻고 싶은데, 지금 만날 수 있어?"

"어. 지금?"

흥분과 두려움이 뒤섞인 듯한 목소리였다.

"응. 장소 알려주면 바로 갈게."

"잠시만 안 돼. 직접 만나는 건 안 돼. 월요일에 학교에서 이야기하면 안 되려나?"

"그럼 이대로 전화로 할게. 지금 묻고 싶은 이야기야."

불온한 분위기를 감지했는지 미야는 경계심을 노골적으로 드러냈다.

"혹시 사야 이야기야? 사야 일이라면 나한테 물어도 아무 말도 못 해줘."

"남자가 널 집요하게 따라다닌 적 있어?"

"뭐어?"

미야의 목소리가 당혹스러워했다. 그렇게 뜬금없는 이야기를 하면 어쩌냐고 렌지가 어깨를 쿡쿡 찔렀다.

하지만 미야는 의외로 의기양양한 말투로 술술 대답했다.

"그런 일은 자주 있어. 자랑은 아니지만 학교 안에 회원이 100명 넘는 팬클럽이 있을 정도고 전혀 모르는 남자가 날 일방적으로 좋아하거나 길을 걸어 다니기만 해도 번호를 따이거나 스카우트 당하기도 하니까 셀 수 없을 정도도 많아."

"그렇구나. 외모 때문에 꽤 고생하고 있구나."

"그렇지 뭐. 옛날부터 쭉 그랬으니 이젠 익숙해."

"그럼 예를 들어 초중학생 무렵에도 스토킹 당한 적 있어?"

"……."

"있어?"

"그 이야기는…… 하기 싫어."

목소리 톤이 순식간에 바뀌었다.

"트라우마가 심한가 보구나."

"그야 스토킹은 목숨의 위협까지 느끼게 하는 거니까……."

"그래도 지금은 그 녀석이 따라다니는 일이 사라진 거잖아. 넌 중학교에 진학하면서 지금의 집으로 이사 와서 학군도 바뀌었다고 하던데 그건 스토킹 피해에서 널 지키려고 엄마가 그런 게 아니려나?"

"그러니까 이야기하기 싫다고! 영문을 모르겠네. 갑자기 전화해서 왜 그런 걸 묻는데?"

"그 녹음기, 누구한테 받았어?"

레이치는 미야의 물음에 답하지 않고 또 뜬금없이 다른 화제를 꺼냈다.

"그게 뭐야, 무슨 말이야……."

"동아리실에서 발견했어."

"나는 아무것도 몰라."

"네가 설치했잖아."

"내가 아냐."

"이구치는 너한테 녹음기 회수를 부탁받았다고 했어. 네가 설치한 게 아니면 그 외에 협력자가 있다는 게 돼."

"거짓말이야! 전부 내가 했어!"

공기를 찢듯 절규했다. 미야는 눈물 어린 목소리로 이어나갔다.

"내가 이구치한테 부탁했어. 사야의 죄를 직접 경찰한테 말

할 용기가 없어서 그런 번거로운 방법을 생각해냈고. 그뿐이
야. 정말 다른 사람의 도움은 안 빌렸어."

미야는 안정을 되찾더니 부글부글 화가 솟구친 듯 원망 섞
인 불평을 내뱉었다.

"애초에 뭐야? 갑자기 전화 걸어서 영문을 알 수 없는 소리
나 하고. 내 입장 알기나 해? 여동생이 엄마를 죽였다고! 살
인범으로 체포됐다고! 얼마나 괴로운지 알기나 해? 알 리가
없겠지. 알면 이런 전화를 걸 리가 없으니까. 너무 무신경한
거 아냐? 너무해!"

렌지는 가슴을 파고드는 듯한 느낌이 들었다. 미안한 마음
으로 가득해져서 전화 너머로 고개를 깊이 숙였다.

"미안. 후지미야 심정도 생각 안 하고. 꺼림칙한 질문만 해
서 정말 미안."

"너무해……."

"야, 레이치도 사과해."

렌지가 귀를 힘껏 잡아당기자 레이치는 마지못해 고개를
숙였다.

"미안하게 됐어."

"뭐, 알면 됐어……. 나, 사건에 대해서는 이제 일절 생각
하기 싫어. 다 잊고 앞으로 나아가고 싶어. 부탁이니 더 이상
괜히 파고들지 말아줘. 민폐니까."

미야는 단숨에 말하자마자 전화를 끊었다.

정적 속에서 멀리서 까마귀가 우는 소리만 울려 퍼졌다.

잠시 후에 레이치가 불쑥 말했다.

"사과할 필요 없었잖아."

"뭐어? 난 죄책감으로 압박받는 것 같아."

"죄책감? 오히려 불신감이 밀려오지 않았어?"

레이치에게 추궁받아 렌지는 무거운 입을 열었다.

"……솔직히 그렇긴 해."

"그렇지?"

"처음 이상하다고 생각한 건 그 애가 지금 즈시 타운맨션 최상층에 있는 이모네에 있다고 말한 거야. 즈시에 타운맨션이 있었나 하는 의구심이 들었어. 그 부근에 타운맨션이 있는 지역이라고 하면 요코하마, 가와사키, 재개발 지구거나 상업 지역이잖아."

"즉 허풍이라고 생각했군."

"아마도. 그래서 레이치가 지금 갈 거라고 말했을 때 필사적으로 거절한 게 아닐까? 더구나 자신의 팬클럽 회원 수가 100명을 넘는다고 했지만 그것도 꽤 덧붙인 거라고 봐. 전에 시다한테 미소녀 연구회, 즉 미야의 팬클럽은 회원이 58명이라고 들은 적이 있거든. 그러고 나서 두 달도 지나지 않아 단숨에 40명 이상이나 늘 것 같진 않아."

"즉 미야는 엄청난 허풍쟁이라는 거군."

레이치의 돌직구에 렌지는 쓴웃음을 지었다.

"말이 너무 지나쳐. 그냥 타인한테 받는 평가를 과도하게 신경 쓰거나 뭔가 과장해서 자신을 좋게 보이고 싶어 하는 허세스러운 면이 있다고 봐."

"알아차린 건 그것뿐이야?"

레이치는 핵심을 재촉하듯이 렌지의 얼굴을 들여다보았다.

렌지는 헛기침을 한 번 하고 무거운 입을 열었다.

"녹음기 건, 역시 그 애 혼자서 계획했다는 건 거짓말이야. 생각한 다른 사람이 있을 거야. 그게 진범이겠지."

4

피로감이 한 번에 덮쳐왔다. 렌지는 끝없는 난제에 발을 내딛고 말았다는 기분이 들었다. 고개 숙인 렌지의 눈앞에 레이치가 손바닥을 스윽 내밀었다.

시선을 주자 레이치는 차분한 얼굴로 고개를 꾸벅 끄덕였다. 그걸로 짐작이 간 렌지는 어처구니가 없어서 고개를 가로저었다.

"하이파이브 할 기분 아니야."

"그래? 난 의견이 일치해서 기뻤는데."

렌지가 하는 수 없이 그가 내민 손바닥에 가볍게 자신의 손을 갖다 댔다. 레이치는 만족스럽다는 듯 고개를 끄덕이더니 유창하게 이야기하기 시작했다.

"실은 속마음을 떠본 거야. 그 당황하는 모습을 보면 공범이 있다고 봐도 무방해. 그래서 나는 조금 전에 시조가 말한 젊은 남자라는 게 그에 해당한다고 생각해. 그런데 전화기로 들린 미야의 말에서 따지자면 초중학교 때 당한 스토킹은 아직까지도 상당히 트라우마인 모양이야. 그렇다면 이제 와서 그런 상대와 손을 잡을 거라고는 생각하기 힘들어. 이걸로 스토커인 젊은 남자가 곧 공범자라는 설로 좁히는 건 위험하다는 걸 알았어. 다시 생각해야지."

"원점으로 돌아갔는데 너무 기뻐하는 것 같은데?"

"아니, 거의 짐작은 가."

"어?"

"그냥 좀 더 정보를 수집할 필요가 있겠어. 아직 말 안 할게."

"갑자기 탐정 노릇 하지 말아줄래? 지금 이야기해."

"렌지, 이구치 연락처 알아?"

"라인은 아직 남아 있을 건데……."

"약속을 잡아줬으면 해. 내일이나 모레나 빠른 편이 좋아. 나도 동행하는 건 숨겨줘. 그 일로 경계하고 있을 테니까."

"그건 알겠지만 범인 건, 아무 말도 안 해주는 건 너무하잖아. 이야기해줄 때까지 난 절대로 여기서 안 움직일 거야."

레이치가 매정하게 사라져가자 렌지는 다급히 그 뒤를 쫓았다.

"아무 이야기도 안 해준다면 나도 협력 안 해. 이구치는 혼자서 만나러 가고 거기서 얻은 정보도 레이치한테는 절대 안 알려줘."

"후지미야네 간 적 있어?"

"없어."

"나도 없어. 그래서 미야네 생일 파티에 참가했다고 하는 반 친구한테 물어봤어. 1층이 거실이랑 식당, 엄마 침실, 2층이 자매의 방이라고 했어. 미야의 방은 정원에 접해 있고 복도의 길이로 보건대 2층의 4분의 3이나 되는 공간을 차지하고 있나 봐. 그 바로 아래에 있는 1층의 거실 식당도 비슷하게 넓었다고 하니까 엄마랑 여동생의 방에 비해 언니의 방만 극단적으로 넓었다는 게 돼. 이 기묘한 배치로 이루어진 집은 대체 누가 지은 걸까."

"아빠 위자료로 엄마가 지었겠지."

"그 불평등한 방 구조도 엄마 아이디어라고 생각해?"

"그래. 사야를 심하게 차별했다고 하잖아."

"내 생각은 달라. 지배욕과 자기애와 허영심으로 가득 찬 엄마가 미야 방보다 훨씬 좁은 조건의 나쁜 방을 자신의 침실로 삼았다는 건 아무래도 이해할 수 없어. 더구나 그 땅 자체도 이혼이 성립되기 전의 별거 기간 중에 구입했던 거야. 전 남편의 위자료로 구입한 게 아니야."

"그럼, 대체……."

"제삼자로 인해 미야를 위해 지어진 집이라고 하면 어떨까. 그리고 그 제삼자야말로 엄마를 죽인 범인이 아닐까."

"영문을 모르겠네. 왜 그런 짓을 한 거야?"

"가린은 어릴 적에 인형 놀이에 흥미를 가진 적 없어?"

"있지만……. 실바니안 패밀리나 리카짱 인형이라든가 그래."

"어떻게 놀았어?"

"어떻게라니…… 자기 취향대로 집 형태를 바꾸거나 인형 옷을 갈아입히거나 움직여보거나……."

"귀엽고 고분고분한 인형이 갑자기 자아를 깨닫고 반항한다면 가린은 어떻게 하겠어?"

"갑자기 무슨 이야길 하는 거야?"

"질문에 답해봐."

"그야 가린이라면 폭발해서 부수거나 버리겠지."

"그래. 인형 놀이의 참다운 즐거움은 지배야. 자신의 의지대로 조종할 수 없는 인형한테는 가치가 없어. 그런 건 망가뜨리면 돼. 그럼 대부호인 렌지가 아프리카 여행을 하다가 아름다운 꽃을 발견해 한눈에 반해 즉각 구입했어. 하지만 그 꽃은 아프리카에서만 자랄 수 있고 렌지는 돌아와야만 해. 그런 상황에서 현지 지인한테 돈을 주면 소중하게 기를 수 있고 매일 꽃 사진을 보내준다는 말도 들었어. 그렇다면 렌지는 어떻게 할 거야?"

"내가 엄청난 부자라는 설정이야? 그렇다면 현지 사람이 대신해서 기르게 하겠지."

"그 녀석의 부주의로 꽃이 시들고 말았다면?"

"그야 화가 나겠지. 내가 돈을 내고 있으니까."

"그런 거야."

"뭐? 무슨 소리야?"

"난 힌트를 이미 충분히 줬어. 이 이상은 스스로 생각해."

렌지는 전혀 이해할 수 없었지만 그걸 순순히 털어놓기엔 거슬렸다.

"결국 자매는 둘 다 무죄라는 소리네? 내가 알고 싶은 건 단지 그뿐이야."

"100퍼센트 무죄라고는 말 못 해. 두 사람이 무언가를 알고 있거나 혹은 숨기고 있는 건 틀림없는 듯하니까."

"흐음⋯⋯."

렌지는 문득 생각했다.

사야는 어떨까?

엄마에게 구속당해 공부에 절은 매일을 보냈고 동생과 비교당하며 심한 차별대우를 받고 있었다. 그 아이라면 그런 엄마에게 살의를 품어도 이상하지는 않다.

하지만 그렇다고 한다면.

렌지는 골몰한 표정으로 잠자코 있었다. 불길한 예감이 가슴을 덮쳐온 순간 숨이 막히는 걸 느꼈다.

"침울한가 보네."

"침울하지. 조금 전부터 마음이 납덩이처럼 무거워."

"렌지는 비유를 사용하고 있어. 피곤하다는 증거야."

레이치는 일부러 농담하듯이 말하고 가볍게 일어났다.

렌지도 덩달아 묵직한 몸을 일으켰다. 우울함을 밀어내듯이 힘껏 기지개를 켰지만 기분은 풀리지 않았다.

시각은 오후 6시 40분이었다. 귀가할 무렵에는 오후 7시를 지나겠지.

레이치가 한층 더 온화한 목소리로 말했다.

"오늘은 이제 돌아갈까?"

"그러자."

JR후지사와 역 개찰구를 향해 누구라고 할 것 없이 걸어갔다. 때마침 귀가 전쟁 중인 듯 중앙광장이 붐볐다.

빠른 걸음으로 지나가는 사람들과는 대조적으로 송장처럼 어깨를 털썩 떨구고 걷는 렌지를 보다 못한 듯 레이치가 어떤 제안을 했다.

"에노덴* 타고 가자."

"왜? 돌아서 가잖아."

"들르고 싶은 데가 있어."

"아, 그래?"

바로 집으로 돌아갈 기분도 아니라서 렌지는 별말 없이 고

---

* 에노시마 전철의 줄임말.

개를 끄덕였다.

에노시마 전철 홈으로 이어지는 남쪽 출구의 고가도로는 그날 다 같이 걸었던 길로 지어지고 있었다. 2주 정도 전의 일인데 그 모든 게 어제 일처럼 떠올랐다.

사야와 해변에서 드러누웠을 때의 일이 유난히 선명하게 되살아나서 렌지는 몹시 애절해졌다. 그리고 자신의 가슴속으로 아주 불온한 예감에서 시선을 돌리듯 그 장면을 몇 번이고 회상했다.

옅은 수채화 같은 저녁 하늘.

물을 머금은 듯한 풀냄새.

뺨을 어루만지는 선선한 바닷바람.

멀리서 희미하게 들리는 파도 소리.

곁에서 눈을 감고 있던 사야의 온화한 옆모습.

그날 분명히 그곳에 있었던 행복.

지금은 정말 처참하다.

"괜찮아?"

오른쪽에서 레이치의 목소리가 울려 퍼졌다. 고개를 들자 건너편에 앉아 있던 샐러리맨과 눈이 마주쳤다. 피곤한 얼굴을 하고 있었다. 침목이 삐걱대는 소리에 맞춰서 몸이 흔들렸다. 그쯤에서 겨우 자신이 에노덴을 타고 있다는 사실을 알아차렸다.

"전철 탔는지도 몰랐지?"

"응."

열차 안은 학생이 많았고 소란스러웠다. 비스듬히 앞에 앉아 있던 여고생 2명이 스마트폰 화면을 보면서 히죽거리고 있었다. 문 앞에 우두커니 서 있던 햇볕에 탄 남고생 네 명이 서로 쿡쿡 찌르면서 소리 내 웃고 있었다. 학원에 갔다가 돌아가는 길인지 초등학교 저학년 정도 되는 반바지 차림의 소년들이 슈퍼히어로 기술명을 서로 말하며 재잘거리고 있었다. 고목과 바닷물 내음에 뒤섞여 데오드란트와 선크림 냄새가 희미하게 감돌았다.

정말이지 어디에나 있는 풍경이었다.

그런데 모든 것이 가까우면서도 멀다. 한없이 멀다.

이윽고 열차가 천천히 멈추었다.

"여기서 내리자."

레이치는 재빨리 일어나자마자 렌지의 팔을 잡아당겼다.

내린 곳은 고쿠라쿠지 역이었다. 홈 건너편에는 덩굴이 뻗은 옹벽이 보이고 옆쪽에 있는 수로에서는 얕은 여울 소리가 들렸다. 어느새 바람이 불고 있었다. 경사를 내려가자 머리 위에서 흔들리는 푸른 잎이 무성한 나무 소리가 몹시 기분 좋게 울렸다. 그걸로 머리가 어느 정도 맑아졌다.

"들르고 싶었던 곳이 고쿠라쿠지 절이야?"

"응. 절하러 가자."

"참배 시간 이미 지나지 않았어?"

"아."

그건 분명 아차 싶을 때 나오는 '아' 소리였다.

희미한 가로등 불빛 아래에서 레이치는 딱 멈추었다.

"전혀 생각 못 했어. 미안."

"괜찮아. 기분이 가라앉아 있을 때 집에 가면 엄마가 걱정할 테니까."

그리 말하고 새로운 역사(駅舍) 바로 앞에 있는 광장 벤치에 앉았다. 어스레함 속에서 희미하게 떠오른 원통형의 붉은 우체통이 어째서인지 애수를 자아냈다.

"……왜 고쿠라쿠지야?"

"렌지가 악령에 씐 듯 우울해하니까 이제 신에게 매달리는 수밖에 없다 싶어서."

"절이라면 집 근처에도 많잖아."

"고쿠라쿠지 절은 특별히 효험이 좋아. 내가 존경하는 인성 보살과 연관된 땅이기도 하고 관리인 할아버지도 절대 틀림없다고 보증하고 있어. 고쿠라쿠지에서 참배한 덕분에 대머리 고민이 완전히 해소됐다고 하더라."

"기도하기만 했는데 머리가 부활한 거야?"

"아니, 나날이 후퇴하고 있어. 맨션에 길고양이 어미 새끼가 찾아와서 너무 귀여운 나머지 자신의 모발 양 따위는 아무래도 상관없어졌다는 이야기야."

"흐뭇한 에피소드지만 그거 고쿠라쿠지랑 관계없잖아."

"그것 말고도 있어. 아이스크림 당첨 작대기에 빠져 있던 나는 8년에 걸쳐 틈만 나면 고쿠라쿠지에 기도를 드리러 왔었어. 그 덕분에 바로 얼마 전에 드디어 당첨 작대기를 손에 넣었지."

"8년씩이나 걸렸어? 그런 건 대개 2~3개월에 한 번꼴로 당첨되잖아."

"4년에 한 번씩만 샀으니까."

"그걸 먼저 말해야지. 두 번 만에 당첨됐다면 확실히 효험이 있을지도 모르겠네."

"아니, 당첨 안 됐어. 모르는 여자애가 줬어. 내일도 내일도 '당첨 작대기가 나오도록 해주세요'라고 저주하듯이 중얼거린 탓에 어느새 난 '당첨 작대기 요괴'로 구전되고 있었나 봐. 그래서 '당첨 작대기를 주면 성불한다'고 하는 소문의 진위를 그 아이는 시험해보러 왔다고 하더라."

"레이치…… 그 도시 전설의 정체가 너였어……?"

"안심해. 작대기라면 확실히 돌려줬으니까."

"그 점은 아무래도 상관없어. 분명 그거 빛을 발산하면서 평온한 얼굴로 성불했다고 들었는데……."

"엄청나게 기대하는 눈빛으로 쳐다보더라. 가능한 한 성불에 가까운 상태로 퇴장했지."

"아무렇지도 않게 무서운 소리 하지 마. 좀 더 이렇게 정상적인 에피소드는 없어?"

"이것 말고는 없어."

"……그래?"

어처구니가 없어하면서도 밤바람을 쐬며 시답지 않은 대화를 하는 동안에 렌지의 마음은 조금씩 풀렸다.

"오늘 우리 집에서 저녁 먹고 가."

"괜찮아. 어제도 얻어먹었으니 미안해."

"햄돈가스야."

"갈게."

분위기가 누그러들었다. 그 틈을 노린 듯 레이치가 물었다.

"대체 무슨 일이야? 불과 두 시간 전에는 '반드시 범인을 찾아내겠어! 후지미야를 구해낼 거야!'라고 기세등등하던 주제에 지금은 영혼을 절반은 **빼앗긴** 것처럼 굴고."

자신의 내면에 울적한 감정을 담아두는 게 힘들어서 렌지는 솔직하게 털어놓았다.

"후지미야가 걱정이야. 자매 중에 엄마한테 살의를 품는다면 후지미야…… 사야 쪽이라고 생각하니까."

이마에 불쾌한 땀방울이 맺혔다. 렌지가 도달한 가설. 시선을 돌리고 싶어지지만 현실적으로 제일 논리적인 가설이다.

"자세히 들려줄래?"

레이치에게 재촉받아 렌지는 시선을 떨어뜨린 채 이어나갔다.

"……언니인 미야에 비해 엄마가 자신한테 대하는 태도가 너무 심해. 자유를 빼앗기고 공부에 절은 하루하루를 부득이하게 보내야 하는 가운데 점차 엄마를 죽이고 싶다고 생각하게 되었어. 하지만 엄마를 직접 죽일 용기가 없으니 제삼자, 이른바 대리살인을 부탁하지 않았을까. 사야가 놓인 심한 상황에서 보건대 그럴 가능성이 높을 듯해."

자신의 절망적인 추측에 위가 콕콕 쑤셨다. 이마에 맺힌 땀이 땅에 떨어졌다. 어두운 가운데 돌층계에 윤곽이 희미한 검은 점이 배어들었다.

레이치는 양손으로 앞머리를 쓸어올리고 밤하늘을 올려다보았다.

"분명 엄마에 대한 살의라면 미야보다도 사야 쪽이 더 있을지도 모르지."

"역시 레이치도 그렇게 생각해……?"

렌지는 충격을 감출 기력도 없어서 목뼈가 빠진 것처럼 고개를 깊이 숙였다. 사야의 무죄를 믿고 힘내자고 맹세했는데 그 바람이 사라질 듯한 지금, 어떻게 전진해야 할지 렌지는 알 수 없었다.

그 옆에서 레이치가 갑자기 목소리를 높였다.

"유성이 안 떨어지면."

"뭐어?"

갑자기 무슨 소리냐고 렌지는 의아한 시선을 보냈다. 레이치는 진지한 얼굴을 하고 있었다.

"유성이 안 떨어지면 바람이 이루어져. 난 '후지미야가 결백하도록'이라는 바람을 외었어. 그러니 괜찮아."

"반대잖아. 유성이 떨어지는 동안에 소원을 빌면 이루어져."

"알아. 그래도 절대 안 떨어질 거니 내 스타일로 룰을 바꿨어."

"엉성한 바람이네."

그리 말하면서 렌지는 마음이 조금 가벼워지는 걸 느꼈다.

레이치는 쓱 일어났다.

"오늘로 후지미야가 체포된 지 사흘째야. 즉 주말이 지나고 나면 시조와 마찬가지로 면회가 가능해지지. 후지미야를 만나러 가보자. 직접 그 아이한테 이야기를 듣고 그러고 나서 다시 생각하자. 희망을 버려서는 안 돼."

몹시 긍정적인 발언에 렌지도 분발해서 일어났다. 여름의 밤바람이 흰 셔츠를 펄럭였다. 조금 전보다 상당히 몸도 마음도 가벼워졌다.

이미 전철을 한 대 보냈다.

레이치는 배에서 꼬로록 소리를 내며 홈을 향해 걷기 시작했다.

"오늘은 우선 햄돈가스를 먹기로 하자."

"그래."

"황송하군."

렌지는 눈을 가늘게 뜨고 떠올랐다는 듯 옛날이야기를 하기 시작했다.

"기억나? 초등학교 5학년 소풍 때 말이야, 내 도시락의 햄돈가스를 솔개가 물고 갔을 때 레이치가 계속 쫓아가다가 그만 현 경계를 넘어갔던 일이 있었잖아."

"그렇네. 솔개가 하늘 높이 날아가서 햄돈가스가 저 멀리 날아가 버렸지. 열 살이라는 나이에 난 인류의 무력함을 깨달았어.

"오버하기는."

"지금 생각해보면 솔개를 쫓아 현 경계를 넘어가는 건 말도 안 되는 일이지. 1분도 지나지 않아 시야에서 사라졌을 텐데. 그러고 나서 몇 시간 동안 난 대체 뭘 쫓고 있었던 걸까."

"갑자기 철학에 눈뜬 거야?"

"추구한 건 햄돈가스의 환영이겠지. 난 옛날부터 좋아하는 것에 대한 집착이 어마어마해. 현 경계뿐만 아니라 지구 끝까지라도……."

레이치는 그때 무언가 생각난 듯 퍼뜩 멈추었다.

렌지가 의아한 듯 물었다.

"왜 그래?"

"……이구치야."

"그 녀석이 왜?"

"이구치는 날개 없는 솔개, 고로 미야는 지상의 햄돈가스…… 그리고 범인은 옛날의 나야."

"보통사람이 알아듣도록 설명해줄래?"

"아. 미안. 만약 다음에 누군가를 노린다고 한다면 이구치가 아닐까 싶어. 범인이 미야에게 심한 집착을 하고 있다면 이구치가 방해꾼이 돼."

"그렇구나!"

렌지는 마침내 이해했다.

"미야의 남자친구라는 게 범인에게 알려졌다면 그 녀석의 신변이 위험해진다는 건가."

"큰일이네."

레이치의 목소리가 갑자기 굳어졌다.

렌지는 다급히 스마트폰을 꺼냈다.

"경찰에 신고하자."

"증거도 없으니 안 돼. 설명할 방법이 없어."

레이치가 말한 대로 증거는 없다. 하지만 이대로 아무것도 하지 않는 건 렌지에게는 불가능했다.

"그럼 이구치한테 연락하자. 무슨 일이 있고 나서는 늦어."

연락처를 스크롤해서 이구치의 전화번호를 터치했다.

몇 년 만인가. 애초에 상대는 자신을 기억이나 할까. 기억하고 있다고 해도 갑자기 "살인범이 노리고 있으니 조심해"라고 말한다고 해서 진심으로 받아들일까.

다양한 불안감이 소용돌이치는 가운데 전화가 연결되었다.

그리운 옛 친구의 목소리가 들렸다.

"……다키?"

말끝이 축 늘어지고 힘이 없었다. 이렇게 심약한 녀석이었던가?

"이구치, 오랜만이야. 잠시 할 이야기가……."

"다키, 우즈키랑 친하지?"

이구치가 이야기를 가로막고 갑자기 질문을 던졌다. 그는 이동 중인지 발소리와 옷이 스치는 듯한 분명치 않은 소리가 전화 너머로 들려왔다.

"갑자기 왜?"

"그 녀석 연락처 좀 알려줄래?"

"왜?"

"요전번에 우즈키랑 트러블이 좀 있었거든. 그 탓인지 몰라도 지금 날 따라다니고 있어. 큰일이야. 걔 이상한 녀석이잖아. 얼굴을 마주하고 이야기하는 게 무서워."

발 언저리가 스윽 서늘해져가는 감각이 들었다.

"……따라다닌다고?"

"응. 지금 완전 미행당하고 있어."

렌지는 할 말을 잃은 채 앞을 보았다.

물론 레이치는 앞에 있다. 의아한 듯 이쪽을 보고 있었다.

"레이치라면 나랑 같이 있는데."

차가운 정적이 전화기 너머로 흘렀다.

침묵 후 울먹이는 듯한 소리가 울려 퍼졌다.

"그럼 누구야? 내 뒤에 있는 녀석은."

꺼림칙한 땀이 등을 타고 흘러내렸다. 스마트폰을 든 렌지의 손끝은 기분 탓인지 떨렸다.

"지금 어디야? 장소를 알려줘."

"구게누마 역 근처의 사카이가와 강가야. 친구네에서 놀고 지금 귀가하는 중이야. ……아직 따라오고 있어."

"너 말고 사람은 없어?"

"없어. 지금 때마침 선로 아래에 있는 굴다리 같은 곳을 걷고 있는데…… 계속 동일한 간격으로 따라오고 있어. 어쩌지?"

"진정해. 천천히 아무렇지 않은 척하면서 이야기해줄래? 멈추거나 달리거나 하지 말고 그대로 나아가는 거야. 상대한테 들키면 복잡해져."

하지만 렌지의 조언은 이구치에게 더 큰 공포심을 준 모양이었다.

"저 녀석 누구야? 다키가 아는 사람이야? 뭐야? 왜 내 뒤를 따라오는 거야!"

패닉에 빠진 듯했다. 전화기 너머로 들려오는 발소리가 갑자기 빨라졌다.

"지금은 어쨌거나 상대를 자극하지 말고 따돌리는 것만 생각해. 인적이 있는 장소로 나오거나 편의점이 있으면 거기로 들어가는 게 제일……."

말을 다 끝내기도 전에 격렬한 잡음과 발소리, 거친 숨소리가 들려왔다.

"이구치! 야, 무슨 일이야?!"

대답이 없었다.

격렬하게 흔들리는 잡음, 달리는 발소리, 거친 숨소리.

"이구치! 무슨 일이야?!"

역시 대답은 없었고 그저 달려가는 발소리만 들렸다.

이윽고 둔탁한 타격음이 울려 퍼졌고 전화가 뚝 끊어졌다.

"무슨 일이라도 일어난 거야?"

인상을 찡그리는 레이치에게 렌지는 대략적으로 이야기했다. 때마침 후지사와 행 에노덴이 와서 두 사람은 달려 개찰구를 빠져나가 정차한 에노덴에 뛰어들었다.

빈자리가 눈에 띄었지만 앉을 기분이 아니라서 문 근처에 기대 있었다.

"다행이야. 구게누마 역이라면 20분 정도면 도착하잖아."

느긋한 레이치와 달리 렌지는 심각한 얼굴을 하고 있었다.

"다행이긴. 갑자기 달리기 시작해서는 아무 대답도 없었어. 그길로 전화는 끊어졌고. 꺼림칙한 예감만 들어."

"그 부근은 주택가잖아. 어디론가 도움을 구하러 뛰어간 게 아닐까?"

렌지는 구글 지도를 켜서 난감한 표정을 지었다.

"그 전에 잡혔을지도 몰라."

"불과 몇십 미터 정도 되는 거리잖아."

"그렇긴 한데……."

렌지는 위기감이 더해가다 문득 초등학교 시절의 이구치를 떠올리고 기분이 조금 차분해졌다.

"그러고 보니 이구치는 축구 클럽 에이스였고 체육대회 반대항 릴레이에서는 해마다 아나운서 역할을 했지. 가마쿠라 두근두근 탐험클럽 릴레이 대회에서도 해마다 제일 달리기 힘든 2구간을 담당했으니 지구력도 있어."

"잘 아네."

"난 이구치한테 져서 만년 2위였으니까."

렌지는 분해하면서도 마음을 푹 놓았다.

"상대가 어지간한 강인한 심장과 빠른 걸음을 갖추고 있지 않은 한 이구치라면 간단히 달아나겠지. 뭐니 뭐니 해도 이 몸을 이긴 남자야. 안심하고……."

주머니에서 스마트폰이 울렸다. 꺼내보고 렌지는 순간적으로 험악한 표정을 지었다.

제7장

인형의 지배자

1

"라인, 이구치한테서 왔어."
둘이서 대화창을 들여다보았다.

〈못 따돌렸어.〉
〈큰 길까지 거리가 멀었는데 내가 안 따라잡힐 줄 알고 전
력으로 질주했어.〉
〈그런데 틀렸어.〉
〈점점 거리가 좁혀져서 무서워져 바로 옆에 있는 에노누마
공원으로 도망쳤어.〉
〈지금 화장실 칸막이 안에 숨어 있어.〉
〈도와줘.〉

렌지는 온몸에서 핏기가 가셨다. 식은땀이 주르륵 턱 끝을
타고 흘러내렸다.
"이거……."

올려다보자 레이치도 안색이 나빠졌다.

"큰일이네."

연달아 메시지가 왔다.

〈어디야? 얼른 와줘.〉

〈무서워.〉

가마쿠라코코마에 역에 갓 도착해서 구게누마 역까지는 아직 10분 가까이 남았다.

"우선 정확한 장소를 듣고 경찰한테 신고하자."

레이치가 차분하게 제안했다. 렌지는 바로 고개를 끄덕였다.

〈에노덴 타고 그쪽으로 가고 있어. 지금 가마쿠라코코마에 역이야. 10분이면 도착해. 이구치가 있는 장소는 에노누마 공원 공중화장실인 거지? 그 남자도 바로 근처에 있어? 경찰에 신고할 테니 안심하고 기다려.〉

불과 몇 초 지나지 않아 답이 왔다.

〈장소는 맞아. 경찰에는 절대로 신고하지 마.〉

〈왜?〉

〈이유는 말 못 해. 그래도 절대로 안 돼. 부탁이야.〉

미야와 공모한 일로 뭔가 경찰에 들키면 곤란한 게 있을지
도 모른다. 하지만 이런 절체절명의 상황에서 그렇게 느긋한
소리를 할 때가 아닌 듯했다.

"어떡하지?"

레이치에게 묻자 그는 마지못한 느낌으로 고개를 끄덕였
다.

"본인의 의사를 존중하자."

"그래도……."

"예를 들어 만약 경찰을 부른 게 상대의 역린을 건드려서
결과적으로 이구치가 살해되면 우리가 책임질 수 있어?"

갑자기 오싹한 소리를 해서 렌지는 전율했다.

하는 수 없이 이구치가 말하는 대로 했다.

〈알겠어. 경찰에는 신고 안 할게. 그 남자는 어디에 있어?
어떤 녀석이야? 정보를 줘.〉

〈조금 전까지 문 너머 내내 서 있었어. 틈으로 발 언저리
가 보였어. 빨간 스니커즈를 신고 있었어. 노크했지만 무시했
어.〉

〈지금은 옆 칸에 있어. 이쪽 벽에 몸을 기대고 있는 모양인
지 가끔 숨소리가 들려.〉

〈얼굴은 어두워서 잘 안 보였어. 그래도 분위기는 젊었어.〉

〈그리고 키가 커.〉

〈전혀 아무 말도 안 걸어오고 움직이지도 않아. 그래도 엄청난 살기가 느껴져. 내가 바깥에 나오기를 기다리는 것 같아.〉

〈그리고 언제 도착해? 얼른 구해줘.〉

〈무서워.〉

메시지가 둑이 터진 것처럼 밀어닥쳤다. 공포심을 필사적으로 누그러뜨리려 거의 강박관념에 시달리는 것처럼 메시지를 치고 있을 이구치의 모습이 렌지의 뇌리에 생생하게 떠올랐다.

인적이 드문 강가에 자리한 고요한 공원. 주변에는 아무도 없다. 정체불명의 남자에게 쫓기다가 홀로 화장실 칸막이 안에서 숨죽이고 있다. 그 남자는 아무 짓도 하지 않지만 살기로 들끓으며 벽 하나만 사이에 둔 거리에서 가만히 이쪽이 어떻게 나오는지를 엿보고 있다.

상상하기만 해도 몸의 털이 곤두서는 느낌이 들었다.

"얼른 도와주러 가야 할 것 같아."

"응. 그 전에 지금부터 내가 말하는 대로 이구치한테 라인 보내줄래?"

"상관없지만……."

갑자기 뭐지 싶으면서도 말하는 대로 손가락을 움직였다.

〈범인은 아직 옆에 있어?〉

〈응. 그래도 아무 짓도 안 해. 가끔 콜록대는 소리가 들리기만 해.〉

〈목소리는 어때?〉

〈글쎄? 조금 카랑카랑한 느낌이랄까?〉

〈조금 전에 키가 크다고 했잖아. 나랑 비교해서 어때?〉

〈다키보다 키도 훨씬 크고 골격도 다부졌어. 순간적으로 봐서 잘 모르겠지만.〉

〈그래? 고마워. 범인으로 짐작이 가는 사람이 없는지 레이치 일행이랑 생각해볼게.〉

〈일행이라니 우즈키랑 둘 아니야?〉

〈아니, 다섯 명 있어. 그러니 안심하고 기다려.〉

"금방 들킬 거짓말을 해서 어쩌자는 거야?"

어처구니가 없어서 올려다보자 레이치는 두려울 정도로 무표정으로 말했다.

"이거, 정말 이구치 맞아?"

"뭐?"

"메시지 주고받는 이 상대 말이야."

"이구치겠지."

"위화감 안 들어?"

닭살이 돋은 양팔을 문지르면서 렌지는 대화 이력을 응시했다. 얼마 지나지 않아 레이치가 한 말의 의미를 알고 등줄기가 얼어붙었다.

"이구치랑은 4년 이상 본 적이 없는데 어째서 '다키보다 키도 훨씬 크고 골격도 다부져'라고 단언할 수 있을까."

"이상해. 마치 최근의 렌지를 아는 것 같은 발언이잖아. 초등학교 시절의 너랑 비교하는 건 말도 안 되고."

에노시마 역을 지날 무렵 다시 메시지가 왔다.

〈그 남자, 돌아갔어.〉

〈커플이 공원에 들어온 타이밍에 옆 칸이 활짝 열리더니 나간 것 같아.〉

두 사람은 얼굴을 마주 보았다. 강렬한 위화감이 가슴을 덮쳤다.

〈진짜? 다행이네.〉

〈살았어.〉

〈그래도 불안하니 데리러 갈게.〉

〈아니, 괜찮아. 엄마한테 전화해서 차로 데리러 와달라고

할 테니 오늘은 고마웠어!〉

〈정말 괜찮아?〉

하지만 그길로 읽었다는 표시가 뜨지 않았다.

렌지는 두통을 띵하게 느끼면서 공포에 얼굴을 굳혔다.

"다섯 명 있다고 말한 직후에 커플이 공원에 들어와서 남자가 도망쳤고. 그래서 이제 오지 않아도 된다고 하고……. 우연치고는 너무 잘 짜여진 것 같지 않아?"

"동감이야. 렌지, 맨 처음에는 전화로 이야길 주고받았잖아. 그때 상대는 분명 이구치였어. 이구치가 달리기 시작해서 전화가 끊어진 건 아마 범인한테 잡혀서겠지. 범인은 이구치의 스마트폰을 빼앗아서 이구치로 가장해 우리를 처리하려고 사람 없는 에노누마 공원까지 유인하려고 했어. 하지만 이쪽이 둘이 아니라 다섯이나 있다는 걸 알고 역시 이기지 못하겠다고 생각한 거지. 그래서 꼬리를 내리고 도망친 게 아닐까?"

"그렇다면 이구치는 지금……."

"최악의 상황으로 살해됐을지도 몰라."

머리를 얻어맞은 듯한 충격이 가로질렀다. 심장이 격렬하게 고동쳤고 아랫입술이 가늘게 떨렸다.

살해됐다니, 말도 안 돼.

그때 전철이 천천히 정차했다.

구게누마 역이었다.

방심한 상태의 렌지의 팔을 레이치가 잡아당겨서 홈에 내렸다.

"아직 절망할 때가 아냐. 우선 에노누마 공원까지 서두르자."

"응⋯⋯."

"안색이 안 좋아 보여. 렌지는 먼저 돌아갈래?"

"말도 안 되는 소리 하지 마."

홈에 사람이 적었다. 지하 통로로 이어지는 계단을 내려가 간이역 개찰구를 빠져나갔다.

렌지는 무의식중에 이구치의 모습을 찾고 있었다. 물론 최근의 모습은 모르지만 분명 이런 느낌이지 않을까 상상하면서.

'실은 몰래카메라였어.'

그런 대사와 더불어 이구치가 불쑥 나타나주기를 바랐지만 물론 그런 기적은 일어나지 않았다.

오른쪽 계단을 달려 올라가서 두 사람은 에노누마 공원으로 서둘렀다. 선로가의 도로에서 오른쪽에 있는 좁은 길을 나아가자 사카이가와 강가의 보도가 쭉 이어지고 있었다. 그곳에서 100미터도 떨어져 있지 않은 장소에 에노누마 공원이 있었다.

멀리서 차가 오가는 소리가 희미하게 들릴 뿐인 정적 속에서 왼쪽에서 흐르는 깊은 강이 이따금 철썩 소리를 냈다. 강은 높은 제방 건너편을 흐르고 있었고 그게 강둑에 부딪히는 소리 같았다. 오른쪽에는 한적한 주택가가 있었다.

두 사람은 아무 말도 하지 않았다.

어둑어둑하고 아무도 없는 길을 오로지 달려서 누구와도 마주치지 않고 에노누마 공원에 도착했다.

레이치가 선두로 입구의 완만한 경사를 내려갔다. 미지근한 바람이 살에 들러붙었고 땀이 흥건히 셔츠에 배어들었다. 그런데 찌르는 듯한 오한이 온몸을 지배하고 있었다.

눅눅한 땅 냄새, 살랑살랑 소리를 내는 대나무숲, 여기저기 흩어져 있는 코끼리 형태의 놀이기구, 어둠의 색을 띠는 저수지, 울창하게 우거진 나무들.

공중화장실이 보이지 않았다.

시선을 빙그르 돌린 렌지는 연못 옆에 나란히 피어 있는 꽃을 발견하고 흠칫했다.

"생각났어. 나 여기 몇 번인가 온 적 있어. 밤이라서 몰랐는데 엄청 깔끔하게 관리돼 있고 다람쥐나 거북이도 있어."

"화장실은?"

"없었어."

"흐음. 그럼 우리의 공포심을 부추기려고 범인이 친절하게 덧붙인 설정이라는 건가. 엄청 약아빠진 녀석이네."

공원은 고요했다. 들새 소리와 자신들의 발소리밖에 들리지 않을 정도였다.

렌지는 불안감을 끊어내듯이 희망적인 관측을 말했다.

"어쩌면 전부 이구치가 생각한 몰래카메라일지도 모르겠네. 이미 진즉에 집으로 돌아가서 지금쯤 태평하게 밥이라도 먹고 있는 거 아냐?"

하지만 레이치는 표정 하나 바꾸지 않았다.

"전화해보는 게 어때? 어차피 연결 안 될걸?"

그 말을 들은 렌지는 다급히 주머니에서 스마트폰을 꺼내 이구치 번호를 눌렀다.

'……연결이 되지 않아 음성사서함으로 연결되며 삐 소리 후 통화료가 부과됩니다.'

어깨를 떨군 렌지를 곁눈질하고 레이치는 조용히 입을 열었다.

"만약 이구치가 살해됐다고 한다면 범인은 어떻게 죽였을까? 어느 교통수단을 이용하든 귀가하려면 일단 이목이 닿는 장소에 나가야 해. 옷에 혈흔이 묻으면 심하게 눈에 띌 테니 흉기를 사용한 범행은 현명하지 않아. 즉 유혈 사태가 일어나지 않는 방법으로 죽이려고 생각하지 않았을까. 그렇다면……."

말이 다 끝나기 전에 레이치는 공원 출구로 향해 힘차게 달리기 시작했다. 렌지도 다급히 뒤를 쫓았다.

두 사람은 공원 경사를 달려 올라가 강가의 좁은 길로 나갔다. 레이치는 자갈길을 가로지르더니 높이 1미터 정도 되는 제방에 몸을 훌쩍 내밀었다. 렌지도 마찬가지로 시선 아래로 펼쳐진 검은 강을 내려다보았다.

그 순간 등줄기가 얼어붙었다.

왼쪽 앞 고수부지에 위를 보고 누운 사람 형체가 희미하게 보였던 것이다.

하반신은 강의 수면에 가라앉아 있어서 자칫하면 흘러갈 위험성이 있었다.

"야, 괜찮아?!"

렌지는 순간 큰 소리로 외쳤지만 아무 반응도 없었다.

핏기가 스윽 가셨다. 심장이 파열될 만큼 고동이 빨라졌다.

"우선 구급차를 부르자."

레이치가 손바닥을 내밀어서 렌지는 거의 무의식적으로 스마트폰을 건넸다. 렌지는 그가 신고하는 사이에 도저히 그저 우두커니 기다릴 수 없었다. 몇 미터 정도 앞, 제방을 이루는 호안 블록에 사다리가 달려 있는 걸 알아차리고 생각할 틈도 없이 그에 달려들어 아래로 내려갔다.

강의 수면까지 5미터 가까운 높이가 있었지만 감각이 마비되었는지 이상하게 공포심이 느껴지지 않았다. 고수부지에 발을 내리고서 축 늘어져 있는 사람의 곁으로 쏜살같이 달려갔다.

다가가서는 또렷하게 교복 차림의 남학생이라는 걸 인식했다.

바로 옆에 떨어져 있던 가방에 축구공 키홀더가 달려 있었다.

이구치인 게 틀림없는 듯했다.

옆에 쪼그려 앉아 그 양쪽 겨드랑이에 팔을 집어넣어 충격을 주지 않도록 조심스럽게 고수부지로 끌어올렸다.

왼다리는 움직일 수 없는 듯했고 오른팔도 엉뚱한 방향으로 꺾여 있었다. 뒤통수에는 희미하게 출혈이 보였다.

이구치는 정신을 잃고 있었지만 몇 번이나 열심히 말을 걸자 희미하게 눈을 뜨고 얼이 나간 시선을 렌지에게 보냈다.

"……다키?"

갈라진 힘없는 목소리였다.

"오랜만이야. 늦어서 미안."

렌지는 가슴이 아팠다. 자신의 가방에서 타월을 꺼내 이구치의 뒤통수에 대고 물통의 차를 마시게 했다.

그 높이에서 콘크리트 고수부지로 바로 낙하했다면 죽어도 이상하지 않지만 분명 우거진 잡초가 쿠션 역할을 대신해준 걸 테다.

자세한 상황을 묻는 건 망설여졌지만 다행히 이구치 쪽에서 먼저 둑이 터진 것처럼 말을 하기 시작했다.

"나, 나…… 스스로 뛰어내렸어. 다키랑 통화하는 중에 뒤에서 들리던 발소리가 묘하게 가까워진 걸 알아차리고 무서워서 달리기 시작했어. 그랬더니 그 남자도 쫓아오더라고. 엄청나게 빠른 데다 난 무서워서 패닉 상태였고 누군가한테 도움을 요청할 틈도 없이 바로 잡혔어. 드잡이를 하다가 스마트폰을 빼앗겼는데 그 녀석 힘이 엄청 세길래 무서워서 아무 생각 없이 제방에서 뛰어내렸어. 설마 아래가 콘크리트로 되어 있다고는 생각지도 못해서 뛰어내렸을 때 엄청 아프고 뼈가 부러진 느낌이 들고 머리도 아프더라고……."

그쯤에서 흐느껴 울다가 코를 훌쩍이면서 이어나갔다.

"도움을 요청하고 싶었지만 내가 무사하다는 걸 알면 그 남자가 내려와서 날 죽일지도 모른다고 생각하니 무섭더라. 죽은 척했어, 지금까지 쭉. 그 녀석이 몸을 숨기고 나를 감시하고 있다고 생각하니 무서워서 조금도 못 움직이겠더라. 그러던 중에 머리가 엄청 아파서 어느새 정신을 잃었어. 다키가 안 구해줬으면 난 아마 물에 빠져 죽었어……."

멀리서 희미하게 구급차 사이렌 소리가 들렸다.

그 소리를 듣고 이구치는 내심 안도한 듯한 한숨을 내쉬었다.

"날 덮친 녀석은 잡혔어?"

"아니, 아마 도주 중일 거야. 어떤 녀석이었어?"

이구치는 눈동자가 어두워지더니 나약한 목소리로 읊조렸다.

"전체적으로 검은 느낌의 복장……에 키가 큰 남자였던 것 같아. 모자를 쓰고 마스크를 하고 있었고 어두워서 얼굴은 전혀 모르겠어."

"그렇구나……."

얼마 지나지 않아 머리 위에서 사람 소리가 들렸다.

올려다보자 레이치와 이야기를 하면서 들것을 내리려고 하
는 구급대원의 모습이 시야에 들어왔다.

"아, 다행이야."

이구치가 깊은 한숨을 쉬는 것과 더불어 안도의 목소리를
냈다. 최악의 사태를 면해서 렌지의 마음도 어느 정도 차분함
을 되찾았다.

이구치를 구급대원에게 맡기고 렌지는 사다리를 올라가 레
이치와 합류했다.

"목숨은 건진 것 같네."

"응. 의식도 또렷했어."

어느새 모여 있던 구경꾼 무리를 헤치고 나와 공원 펜스에
나란히 기댔다.

"단서는?"

"검은 복장에 키가 큰 남자래."

"가나가와 현 주민만 해도 백만 명은 해당할 것 같네."

레이치는 한숨을 쉬고 들것으로 운반되는 이구치의 모습을
멀리서 지켜보았다.

"뭐, 최악의 사태는 벗어났고 오늘은 이걸로 된 건가. 회복
하기를 기다렸다가 이구치한테 다시 이야기를 들어보자."

"응."

렌지는 마음을 놓으며 가슴을 쓸어내렸다. 어지럽게 계속 움직인 탓에 심신이 더불어 지칠 대로 지쳐 있었다. 오늘은 우선 느긋하게 쉬고 싶었다.

시각은 이미 저녁 8시 반을 넘어 평소의 저녁 시간은 이미 지나 있었다.

"햄돈가스⋯⋯."

레이치가 배를 꼬로록거리면서 공허한 눈으로 중얼거렸다. 렌지는 쓴웃음을 지으며 스마트폰을 꺼냈다.

"엄마한테 9시 정도에 도착한다고 연락할게."

구게누마 역 앞까지 돌아가자 레이치가 숨을 돌린 듯 목소리를 높였다.

"렌지, 행신*이 있어. 돌계단 앞은 분명 신사일 거야. 여기서 고쿠라쿠지 절에서의 설욕을 풀자."

확실히 도로 바로 건너편에는 신사가 있었다.

"조금 전의 고집은 어디로 간 거야?"

어처구니없어하면서도 렌지는 승낙했다. 하지만 두 사람이 횡단보도를 건너려고 한 그때 왼쪽 방향에서 다가온 차 한 대가 가는 길을 가로막듯이 눈앞에서 천천히 멈추었다.

레이치가 의아한 듯한 시선을 보내자 운전석 창문이 천천히 열렸다.

---

* 도로의 악령을 막고 행인을 지켜주는 신이다.

안에서 낯익은 얼굴이 불쑥 나와서 두 사람을 보았다.

"오, 역시 다키랑 우즈키네."

"오이와 선생님."

레이치가 제일 먼저 목소리를 높였다.

"그 새빨간 스포츠카가 아니네요?"

"오늘은 어쩌다 보니."

그가 지금 타고 있는 건 검은 세단 스타일의 오래된 차였다.

레이치가 차에 쓱 가까이 다가가 안을 들여다보았다.

"내장도 고급스럽네요. 저도 렌지도 차는 잘 모르지만 이게 최고급차라는 건 한눈에 알겠어요."

"렉서스 LS 하이브리드 최초 모델이야."

"아, 이름부터 벌써 보통이 아닌 느낌이네요. 부럽네요."

이 녀석이 고급차에 흥미가 있었나? 나한테 물려받은 낡은 자전거를 대단히 마음에 들어 하며 벌써 몇 년씩이나 계속 타고 있을 정도면서.

렌지가 미심쩍게 생각하고 있으니 오이와가 엄지를 세워 뒤편을 가리켰다.

"시간이 벌써 이렇게나 됐어. 집까지 바래다줄게. 뒤에 타."

"감사합니다! 렌지, 먼저 타도 돼."

레이치에게 억지로 등을 떠밀려 렌지가 먼저 뒷좌석에 탔다. 레이치는 그 뒤를 이었다.

"그런데 두 사람은 산책이라도 하고 있었어?"

"아뇨. 후지사와에서 돌아가는 길에 우연히 사건을 맞닥뜨려서요."

"……사건?"

"네. 옛 친구가 모르는 남자한테 습격당해서 제방에서 뛰어내렸어요."

"그 애는 무사하니?"

"중상이지만 생명에는 별 탈이 없나 봐요."

"그래? 그래서 구급차 사이렌이 들렸구나. 습격한 남자는 어떻게 됐어?"

"도주했나 봐요. 우리가 현장으로 달려갔을 때 이미 없었어요."

레이치의 담담한 어조와 달리 오이와의 목소리는 갈수록 가라앉았다.

"남자에 대한 단서는 아무것도 없어? 나도 도울 수 있는 일이라면 힘이 되어주고 싶은데."

"단서라고 부를 수 있는 건 별달리 없어요. 옛 친구의 증언으로는 키가 큰 남자였다고 하는데 그런 녀석은 이 세상에 얼마든지 있으니까요."

렌지는 오이와를 힐끗 보았다. 예전에는 몸집이 좋았는데 후지미야 레이코 사건 이후로 눈에 띄게 야위었다.

"그 애가 습격당한 이유는 짐작 가는 게 없고?"

"네. 전혀 없다고 해요. 우리도 여러모로 생각해봤는데 아무것도 안 떠올라요."

널찍한 가타세야마 공원을 오른쪽으로 꺾어 차는 한산한 도로를 천천히 나아갔다.

"너희는 심부름센터 같은 활동을 하고 있지? 너희 행동력으로 범인을 찾아내 보면 어때?"

어딘가 농담을 하는 듯한 어조였지만 레이치는 아주 진지하게 답했다.

"저희는 어디까지나 교내 심부름센터예요. 학교 밖에서 일어난 사건을 밝혀내는 건 완전히 역부족이고 나머지는 경찰에게 맡겨야죠."

"다키는 어때?"

"친구가 도움을 청해서 무작정 달려갔는데……. 저희 집에는 여동생도 있고 범인에게 눈도장을 찍히면 너무 무서우니 더 이상 깊이 개입하는 건 피하고 싶어요."

"뭐, 그런 흉흉한 사건에 개입해선 안 되긴 하지."

오이와는 진지한 모습으로 고개를 끄덕였다.

잠깐의 침묵 후 등받이에 몸을 파묻고 있던 레이치가 몸을 내밀었다.

"그런데 선생님 댁은 어디세요?"

"바로 저기야. 니시카마쿠라 언덕."

"실은 저 선생님께 긴히 상담드리고 싶은 일이 있어요. 괜찮다면 들어주실래요?"

"나한테?"

"전에 제가 상담을 받았다가 엄청 도움이 됐다고 레이치한테 말했어요. 그랬더니 자기도 꼭 받고 싶대요."

렌지가 순간적으로 이야기를 맞추자 오이와는 난처한 미소를 지었다.

"난감하네. 상담에 응하고 싶은 마음은 굴뚝같지만 벌써 9시가 다 됐어. 부모님한테 제대로 허락을 받아야지."

"물론이죠. 전 혼자 살고 렌지는 오늘 우리 집에 묵을 거예요. 그 사실은 애 부모님한테도 말씀드렸어요."

"그래……?"

오이와는 콧등에 손을 대고 잠시 고민해 보인 후 납득한 듯 고개를 끄덕였다.

"그래. 우리 집에서 이야기 들어보자. 남자애 둘이니 딱히 문제될 것도 없겠지. 다만 다른 사람한테 말하는 건 금지야."

"감사합니다."

두 사람은 소리 모아 고개를 깊이 숙였다.

하지만 차가 점점 나아갈수록 렌지는 괜히 불안해졌다.

레이치는 대체 어쩔 셈이지?

2

오이와 저택은 니시카마쿠라 고지대에 있었다. 저택으로 이어지는 널찍한 사설 도로에는 여름의 무성한 나무숲이 터널을 그리고 있었다. 맑은 아침에 지나가면 무척이나 청량한 기분으로 가득 찰 듯했다.

녹음으로 이루어진 터널 앞에 버젓한 대문이 설치되어 있었다. 그 대문을 빠져나가자 시야가 단숨에 탁 트였다.

광대한 잔디밭 정원을 갖춘 모노톤을 기본으로 한 대저택이었다. 유명한 건설회사 광고에 나올 법한 생활감이 배제된 아름다운 외관을 하고 있었다.

마치 다른 세상으로 들어온 듯해서 렌지는 창문에 이마를 대고 눈을 크게 떴다.

큰 차고에는 그 빨간 람보르기니와 비싸 보이는 외제차가 또 한 대 더 있었다. 오이와는 두 대 바로 앞에 렉서스를 세우고 어딘지 모르게 의기양양한 모습으로 현관을 향했다.

오이와가 주머니에서 키를 꺼내 중후한 문을 열자 레이치의 집보다도 널찍한 현관이 그들을 맞이했다.

두 사람은 "실례하겠습니다"라고 공손하게 고개를 숙이고서 오이와의 뒤를 따라 긴 복도를 나아갔다.

간접조명이 약하게 켜져 있어서 어둑어둑해서인지 어딘가 차가운 느낌이 들었다.

안내받은 거실 겸 식당도 예쁘지만 어딘가 썰렁했다. 물건이 너무 적은 탓인가.

4인용 흰색 식탁, 그 옆에 우두커니 놓인 가죽 소재의 검은 소파. 아담한 소파 테이블과 대형 텔레비전. 가구류는 전체적으로 서민적이어서 고급스러운 느낌이 없었고 대저택에 그다지 어울리지 않았다.

렌지의 시선을 알아차렸는지 오이와는 겸연쩍은 듯 말했다.

"아들이 싫어해. 고급스러운 물건에 둘러싸여 있으면 진정이 안 된대. 그래서 전부 그 녀석이 원하는 대로 바꿨는데…… 지금은 한 해에 몇 번밖에 안 놀러 와."

아무래도 자녀들은 전처에게 빼앗겼는지 오이와는 현재 혼자 사는 모양이었다. 농담 섞인 어조였지만 눈동자에 그림자가 비쳤다.

오이와는 기분을 다잡는 듯 손뼉을 치더니 서둘러 부엌으로 향했다.

널찍하고 개방적인 시스템키친에 일반 가정에서는 보기 힘들 법한 업무용 냉장고까지 갖추어져 있었다.

렌지는 대체 어떤 고급요리가 나올지 마음이 설렜지만 오이와가 상부장에서 꺼낸 건 의외로 인스턴트 라면이었다.

"상담은 라면이라도 먹고 나서 하자."

오이와가 익숙한 손놀림으로 냄비를 꺼내 물을 끓이기 시작했다. 렌지는 도우려고 했지만 "금방 다 되니 기다려"라는 말을 듣고 식탁 의자에 레이치와 나란히 앉았다.

10분도 지나지 않아 큰 사발에 담긴 뜨거운 라면이 나왔다.

말할 것도 없이 밤에 먹는 라면은 별미다.

옆에 앉은 레이치는 먹음직스럽게 면을 호로록거리고 있었고 건너편의 오이와도 국물을 벌컥벌컥 마시고 있었다. 준비해준 사골 라면에는 두꺼운 고기가 몇 조각이나 들어 있었고 꼬들꼬들하게 삶은 가는 면은 불만 부릴 것 없이 맛있었다. 식탁 의자는 집에 있는 것과 비슷해서 앉아 있기에 편안했다. 하지만 렌지는 좀처럼 입맛이 돌지 않았다. 긴장한 나머지 식욕이 돌지 않는 건 인생에서 처음 있는 경험이었다.

순식간에 국물을 다 들이켠 오이와는 헛기침을 한 번 하더니 엄숙하게 이야기를 꺼냈다.

"그럼 이야기를 들어볼까."

한발 먼저 라면을 다 먹은 레이치는 조마조마해하며 지켜보는 렌지의 옆에서 조용히 입을 열었다.

"실은 아야노 선생님 일이에요."

오이와의 우락부락한 눈썹이 흠칫 움직였지만 레이치는 개의치 않고 이어나갔다.

"전 보건교사인 시조 아야노 선생님을 사랑하고 있고 결혼하고 싶어요. 완전 단순한 짝사랑이지만 진심이에요."

그렇게 나오겠다는 거야? 하고 렌지는 감탄했다. 자신이 말했다면 코웃음 받을 만한 일을 레이치가 말하면 몹시 진심을 띠고 있는 것처럼 들린다.

오이와가 이마에 손을 갖다 대고 난감한 얼굴을 했다.

"미안하지만 난 연애상담 상대로는 적합하지 않아."

"아뇨. 상담이라기보다 의뢰예요. 선생님, 아야노 선생님이랑 교제하고 있죠?"

분위기가 단숨에 긴장감이 감돌았다.

"후지미야 어머니 장례식에서 우연히 선생님과 아야노 선생님이 말다툼하는 걸 들어버렸어요. 렌지도 같이요."

오이와는 "아아" 또는 "흐음" 하고 신음하고서 머리를 싸쥐었지만 잠시 후 떨쳐냈다는 듯 고개를 들었다.

"사귀었던 건 사실이야. 그런데 이미 진즉에 끝났어."

"아야노 선생님은 그렇게 생각 안 하세요. 아직 선생님을 포기하지 못한 모습이었어요."

"그렇다 해도 어떻게 해줄 수 있는 게 없어. 그런 비열한 범죄에 손을 댄 녀석한테 이제는 경멸하는 마음밖에 없어."

"그래요? 그럼 아야노 선생님을 만나러 가서 마음이 없다는 사실을 확실히 전해주세요. 그러면 제가 서슴없이 선생님한테 프러포즈할 수 있을 테니까요."

진짜 같은 모습을 한 레이치를 달래기 위해 오이와는 순간 스스럼없는 말투를 했다.

"어이어이, 무슨 그런 농담을 하고 그래? 우즈키는 아직 열일곱이잖아."

"아뇨, 선생님. 저는 겨울에 태어나서 아직 열여섯이에요."

"그 점은 아무래도 상관없어. 요컨대 아직 아이라는 거야. 그런데 연상의, 그것도 범죄자한테 프러포즈를 한다니 어리석은 짓은 관둬. 시조가 지금은 심신이 더불어 나약해져 있으니 그럴 때 진심으로 받아들여지면 지옥이나 마찬가지야. 고등학생은 고등학생답게 동급생이랑 연애를 하는 게 어때?"

"남고생이랑 성인여성이 연애하는 건 이상한가요?"

"당연하지."

"그래도 선생님은 당시에 여고생이던 아야노 선생님이랑 사귀셨잖아요."

레이치의 말에 오이와는 말문이 막힌 듯 보였다.

"아야노 선생님한테 들었는데 사실이랑 다른가요?"

오이와는 이마에 맺힌 땀을 손등으로 대충 닦아내고 한숨을 쉬었다.

"분명 사귀긴 했어. 그건 인정해. 하지만 신에게 맹세코 캥기는 짓은 아무것도 안 했어."

"말씀하신 대로 선생님은 아야노 선생님이 매일같이 집에 눌러 붙어 있어도 손가락 하나 건드리지 않았다고 하더군요. 제자와 하는 연애에 떳떳하지 못한 마음을 느껴서가 아닌가요? 아니면 아야노 선생님을 유리 케이스 안의 인형처럼 생각해서인가요?"

"……왜 그런 질문을 하니?"

"더구나 부탁하지도 않았는데 여러 가지를 선물해줬다고 하더군요. 아야노 선생님의 취향을 완전히 무시한 몹시 소녀 취향의 옷이나 액세서리 등을 말이죠. 사랑의 말 한마디 속삭이지 않고 건드리지도 않으면서 그저 집에 초대해서 선물을 하는 이해하기 힘든 관계를 아야노 선생님이 고등학교를 졸업할 때까지 내내 이어나가고 있었죠."

렌지는 레이치가 면회에서 들은 시조의 발언을 확대해석하고 있는 게 아닌가 생각했지만, 오이와의 씁쓸한 얼굴을 보자 진실을 건드리고 있는 것처럼 보였다.

"그렇게까지 해줬는데 왜 헤어지신 거죠?"

"너하고는 관계없잖아."

"더 완벽하고 이상적인 인형을 찾아서가 아닌가요?"

"어이, 의미를 알 수 없는 말만 골라 해서 곤란하게 만들지 말아줘. 대체 무슨 말이 하고 싶은 거야? 상담할 게 있다는 건 거짓말이었어?"

레이치는 태연한 얼굴로 고개를 끄덕였다.

"네, 거짓말이에요. 제가 정말 하고 싶은 말은 후지미야 레이코를 살해한 범인과 오늘 저희의 옛 친구를 습격한 범인에 대해서예요."

오이와는 양 눈을 부릅뜨고 아연실색한 표정을 지었다.

"그건 경찰이 할 일이야. 너희가 파고들어도 되는 문제가 아냐. 더구나 후지미야는 죄를 인정하고 자신의 의사로 자수했어."

"네. 다만 실제로는 죽이지 않았지만 죄를 뒤집어써야만 하는 사정이 있어서가 아닐까 생각해요. 우리는 두 가지를 생각했어요.

첫 번째. 범인은 언니인 미야에게 강한 연정을 품고 있고 그 걸림돌이 되는 어머니를 살해했어요. 뿐만 아니라 그 자리에서 맞닥뜨린 자매를 협박해 증거인멸을 돕게 한 데다 그 죄를 동생인 사야에게 뒤집어씌웠어요. 어째서 사야가 죄를 뒤집어썼을까요? 범인은 자매의 어떤 비밀을 쥐고 있고 자매는 그걸 폭로당하고 싶지 않아서였죠.

두 번째. 사야는 어머니에게 차별대우를 계속 받고 있었죠. 결국에는 인내심의 한계에 도달해 죽이고 싶다고 생각하게 되었어요. 하지만 직접 해치워 손을 더럽힐 용기가 없어서 어떤 남자, 미야의 남자친구와 손을 잡기로 했어요. 남자는 미야와의 교제를 후지미야 레이코가 반대해 사야와 마찬가지로 그녀를 살해할 생각을 하고 있었어요. 두 사람은 서로의 의중을 알고서 공모하기로 했어요. 사야는 손을 더럽히는 일은 범인에게 맡기는 대신 자신은 그 죄를 짊어지려고 했죠.

당초에 제 안에서는 후자 쪽 설이 우세했어요. 그런데 모든 연결고리가 명확해진 지금, 전자가 타당하다고 확신하게 됐어요."

"넌 무슨 말이 하고 싶은 거니…….."

"후지미야 레이코를 살해한 범인은 우리 눈앞에 있다는 소리예요. 범인은 오이와 선생님, 당신이에요."

레이치는 선뜻 말해버렸다.

3

오이와는 순간 입술을 파르르 떨었고 얼굴이 새빨개졌다. 하지만 다음 순간에는 소리를 내며 웃고 있었다.

"말이 되는 소릴 해야지. 조금 전부터 맥락도 의미도 없는 이야기를 장황하게 쏟아내고서 마지막에는 내가 살인범이라고?"

"지금부터 순서대로 설명할게요.

당신이 시조 아야노를 버린 건 새로운 타깃을 발견해서 시조에게 용건이 끝나서죠? 그 새로운 타깃은 후지미야 미야예요. 다만 저번처럼은 안 되었죠. 미야는 아직 초등학생이었고 시조처럼 당신을 사랑하지도 않았어요. 그래서 직접 지배하는 건 단념하고 대신 그 엄마를 통해 간접적으로 미야를 컨트롤하기로 했어요.

엄마는 딸을 당신에게 바치는 대가로 오랫동안 당신으로부터 거액을 받고 있었어요. 그런데 그날 밤 미야는 당신에게 있어서 용서할 수 없는 행위를 저질렀어요. 격분한 당신은 엄마에게 그 책임을 지게 하려고 그녀를 죽인 거죠."

"네가 하는 말뜻을 모르겠구나. 대체 무슨 소리를 하는 거니?"

"후지미야네 저택이 생긴 건 지금으로부터 5년 전인 2017년 4월인데, 땅 자체는 2016년 5월에 후지미야 레이코가 구입했다고 하더군요. 보도 등에 따르면 전 남편과 레이코는 2015년부터 별거했는데 재판을 거쳐 실제로 이혼이 성립된 건 2017년이라고 하니 토지를 구입한 시점에서는 전남편으로부터 위자료를 받지 않았다는 걸 알았어요. 피해자의 부모님은 일찍 돌아가시고 피해자 자신은 한 번도 일한 적이 없어서 별거 후 한동안은 날림 공사로 지어진 연립에서 살았어요. 이상의 사실에서 그 저택이 제삼자의 지원으로 지어졌다고 간주하는 게 타당하겠죠. 그 제삼자야말로 당신이에요. 당신이 시조에게 일방적으로 이별을 고한 게 2016년 3월 무렵이니, 시기적으로도 일치해요."

"우연히 맞아떨어졌겠지. 단순한 억지야."

"시조 아야노 선생님은 3월생. 3월 탄생석은 아쿠아마린이죠. 당신은 하늘색 원석이 박힌 목걸이를 선물했죠?

한편 후지미야 미야는 6월생. 6월 탄생석은 알렉산드라이트죠. 그 애는 늘 그 목걸이를 차고 있었어요. 엄마를 통해 당신이 선물한 게 아닌가요?

탄생석 목걸이라는 공통점뿐만이 아니에요. 본인의 취향을 무시한 수많은 옷이나 액세서리 등을 사다 줬던 미야네 엄마의 방식은 당신이 아야노 선생님에게 했던 방식과 흡사해요."

"그건 그냥 우연이겠지."

"우연이 계속돼요."

레이치는 진지한 얼굴을 한 채 발 언저리에 놓여 있던 가방으로 손을 뻗어 무언가를 꺼냈다.

그것을 치켜들어 보이자 오이와는 명백하게 동요했다.

"이건 미야의 가방에 달려 있던 방범 부저를 해체한 거예요."

이번에는 렌지가 동요했다.

"아직 안 돌려줬어? 아니, 왜 마음대로 해체한 거야?"

"이 방범 부저 내부에는 도청기가 설치돼 있었어요. 미야의 언동을 감시할 목적으로 엄마를 통해 당신이 건넸죠?"

"내가 건넸다는 증거라도 있니?"

"그에 관해서는 없어요. 다만······."

레이치는 가방을 다시 뒤지더니 테이블 위에 검은 주사위 같은 것을 두 개 떨어뜨렸다.

"이건 우리 학교 여자탈의실에 설치돼 있던 소형 카메라예요."

"그런 건 난 몰라."

"그야 그렇겠죠. 설치한 건 저니까요."

"무슨 그런 터무니없는 짓을……."

아연실색하는 렌지를 힐끗 보고 레이치는 의외로 어깨를 으쓱했다.

"이건 도촬하려는 선생님을 도촬하려고 설치한 카메라야. 그래서 비추고 있는 건 출입구뿐이야.

선생님의 람보르기니를 세차했던 그 날, 어느 학생의 의뢰로 우리는 아침 일찍부터 주차장을 감시하고 있었어요. 그때 선생님이 아침 6시 전부터 학교에 와서 이상하다고 여겨 다른 날에 미행을 해봤어요. 그리고 우연찮게도 선생님이 여자 탈의실에 출입하는 걸 쌍안경 너머로 목격했어요.

그런데 이른 아침 고요한 복도에서 카메라로 찍기는커녕 접근도 할 수 없고 실제 물건을 찾아낸다고 해도 당신이 설치했다는 증거가 되지는 않아요. 다음에 또 언제 목격할 수 있을지도 모르겠고 이럴 수밖에 없었어요.

……카메라는 하나에 1만 2천 엔, 제 식비는 한 달에 8천 엔. 삶아서도 구워서도 못 먹는 이 불과 2센티미터짜리 정육면체를 위해서 귀중한 3개월치 식비를 희생했어요. 이것만큼은 선생님한테 꼭 전하고 싶었어요."

"갑자기 원망 섞인 불평 하지 마. 그래서 정말 선생님이 찍혀 있었어?"

렌지는 황당한 모습으로 말에 끼어들었다.

"응. 이른 아침에 아무도 없는 시간에 탈의실에 침입하는 모습이 확실히 담겨 있어. 선생님 이것도 우연인가요? 교사 입장이면서 여고생과 교제한 과거가 있고 지금은 여자탈의실을 도촬한 인물과 미야의 방범 부저에 도청기기를 설치한 인물이 동일하다고 생각하는 건 아주 자연스럽다고 생각하는데요."

"무슨 소릴 하는 거야. 나는 도무지……."

"선생님, 당신이 단순히 구제할 길 없는 변태에 그저 자신의 욕구를 채우기 위해 일련의 죄를 저질렀던 거라면 제가 얼마나 마음이 홀가분할까 싶어요."

오이와의 움직임이 딱 멈추었다.

"……아니야?"

곤혹스러워하는 렌지에게 레이치는 엉뚱하게 물었다.

"저기, 렌지. 후지미야 미야가 진짜로 좋아하는 사람은 나지? 그리고 나한테 호감을 가지고 있는 여자는 십중팔구 렌지한테 상담을 하지. 그 아이도 예외가 아니었을 거야."

"……분명 방과 후 미스터도넛에서 상담을 받은 적이 있긴 해."

"그렇다면 이 도청기로 선생님은 그 사실을 알았을 거예요. 하지만 이구치는 노리고 전 노리지 않았죠. 미야가 진짜 좋아하는 사람은 나라는 걸 알고 있는데도.

나는 용서받았지만 이구치는 용서받지 못했다. 그것은 왜

일까. 이구치는 했고 내가 하지 못한 것은 무엇일까. 그 집에 드나들었는가 아닌가죠. 엄밀하게 말하자면 미야의 방에 들어갔느냐 아닌가다. 그 방에는 신성불가침한 절대적인 규칙이 존재한다. 이구치는 그 점에서 금기를 깨고 말았다."

"레이치, 이야기를 잘 못 알아듣겠어……."

"예를 든다면 그 집은 인형의 집이고 미야는 그곳에 사는 인형이야. 인형은 주인이 정한 규칙에 따를 필요가 있어. 주인의 허락 없이 사람은 초대해서도 안 되고 주인 말고 다른 사람과 놀아서도 안 돼. 적어도 주인의 눈이 닿는 범위에 있어서는."

잠자코 있는 오이와에게 레이치는 조용히 물었다.

"선생님, 자녀분은 잘 지내세요? 중3인 아드님 말고 예전에 미야를 쫓아다닌 쪽 말이에요. '히카루 씨'라고 부르는 편이 알아듣기 쉬우려나."

오이와의 얼굴이 경악해서 일그러졌다. 레이치는 말을 다그치다시피 하며 이어나갔다.

"인형의 집의 주인. 그건 엄마인 후지미야 레이코도 당신도 아닌, 당신 자녀죠? 당신은 히카루 씨를 위해 그 세계를 만들어냈고 히카루 씨를 위해 일련의 범죄에 손을 댄 게 아닌가요?"

오이와는 입술을 파르르 떨며 헐떡이듯 호흡을 반복했다.

"어째서……."

"설명하자면 길어지지만 시조가 람보르기니를 더럽힌 적이 있잖아요. 우리는 그 세차를 도왔죠. 그때 조수석에 미니어처 사이즈의 단추가 떨어져 있는 걸 발견했어요. 분명 인형 옷의 단추가 떨어진 거겠죠. 당신한테 딸이 있거나 아니면 지인의 아이라도 태워줬나 싶어서 그때는 딱히 신경을 안 썼어요.

그런데 그 사건이 일어나고 시조한테 이야기를 들은 후에 그 단추에 중요한 의미가 숨겨져 있지 않을까 하는 생각이 머리에서 떨어지질 않았어요.

당신이 취한 아야노 선생님에게 대한 태도는 연인이 아니라 인형을 대한 것이었으니까요. 인간을 옷 갈아입히기 인형처럼 취급할 정도로 당신은 인형이라는 것에 이상할 정도로 집착하고 있다고 느꼈어요.

이 사실에서 조수석의 미니어처 크기의 단추의 주인도 딸이나 지인의 아이가 아니라 선생님 자신의 것이 아닐까 생각하게 되었어요.

하지만 이 생각에도 서서히 위화감을 느끼기 시작했죠.

겉으로는 상식적인 선생님일 터인 당신이 일부러 통근용차에 인형을 가지고 다닐까.

그렇다면 역시 그 인형의 주인은 달리 있지 않을까.

그 주인이야말로 미야의 전 스토커이자 인형의 집의 주인. 그리고 그건 당신의 자녀가 아닐까. 당신은 너무나도 사랑하는 자신의 자식을 위해서 일련의 범죄행위를 저지른 게 아닐까. 그렇게 생각하자 모든 게 앞뒤가 맞았어요.

　당신한테는 자녀가 둘 있죠. 첫 번째 아내와 당신 사이에 생긴 자녀 히카루, 두 번째 아내와의 사이에서 생긴 아키라요. 후자는 미야를 따라다닌 행위가 있었을 때 아직 초등학생이니 해당하지 않아요. 소거법으로 전자가 인형의 집의 주인이라는 걸 알았어요.

　아마도 조수석이 히카루 씨의 자리겠죠. 당신은 종종 드라이브를 데리고 가주지 않았나요? 그리고 그때 히카루 씨는 자신이 좋아하는 옷 갈아입히기 인형을 차에 가지고 타지 않았나요?"

　오이와는 이마에 손을 짚고 한숨을 깊이 쉬었다. 그러고 나서 몹시 지친 어두운 눈동자로 레이치를 봤다. 그곳에는 분노나 원망의 기색은 없었고 그저 나락의 절망이 있을 뿐이었다.

　"……우즈키, 이제 됐어. 그 정도만 해."

　오이와는 죽고 싶지만 죽지 못한 듯한 공허한 시선을 한 채 조용히 말하기 시작했다.

　"하고 싶어서 해온 게 아냐. 그것 말고 뭘 할 수 있는지 지금도 난 잘 모르겠어.

　……그 애, 히카루는 우즈키가 말한 대로 첫 번째 아내와의 사이에서 생긴 아이로 옛날부터 인형 놀이를 아주 좋아했어. 처음에는 흐뭇하게 보고 있었는데 서서히 심해졌어. 그리고 히카루가 초등학생일 무렵에 아내와 사별하고 3년 후에 두

번째 아내를 맞이하고 나서는 급격하게 악화됐지. 온 방을 인형으로 가득 채워서 하루 종일 틀어박혀 있거나 아무것도 하지 않고 그저 그것들을 가만히 응시하고 있었어. 볼일을 보거나 목욕을 하러 갈 때 아주 가끔 가족과 식탁에 앉을 때조차 인형을 잠시도 떼어놓지 않았어. 언제부터인가 학교에도 안 다니게 되었지. 그래도 그뿐이라면 그나마 나았어…….

아키라가 태어났을 무렵이었던가. 결국에는 길거리에서 발견한 여자아이를 '자기 인형으로 삼고 싶다'고 말해서 집요하게 따라다니기도 하고 자신이 만든 엉성한 옷을 마음대로 보내고 도촬을 반복하게 됐지.

여자아이의 부모한테 위자료를 내고서 남몰래 해결한 적도 있지만 아내와 아키라의 눈은 속일 수 없었어. 두 사람이 겁에 질려서 괴로워하는 모습을 견디지 못한 채 난 이혼해서 두 사람을 그 애한테서 해방시켜주기로 했지. 그것 말고 다른 선택지는 없었어. 히카루는 병원에 데리고 가려고 하거나 인형을 빼앗으려고 하면 반드시 격렬하게 짜증을 내거나 자해행위를 했으니까.

그런데도 타인에 대한 민폐 행위만큼은 어떻게든 못하게 해야 하니까 난 부모님에게 부탁을 해서 교대로 히카루를 감시하기로 했어. 하지만 손을 쓸 수 없을 정도로 짜증을 내는 하루하루가 이어졌고 나도 부모님도 점점 피폐해졌지. 무엇보다 히카루가 가여웠어.

그럴 때 구세주가 나타났어. 그게 시조였어.

그 아이가 나한테 호감을 품고서 우리 집에 하루가 멀다 하고 드나들게 되었지. 시조는 히카루에게 있어서 '이상적인 인형'으로 비춰졌을 거야. 시조가 우리 집에 오게 되면서부터 히카루는 완전히 얌전해졌어. 덕분에 히카루와 부모님을 그 지옥 같던 나날에서 해방시켜줄 수 있었지."

"교제 중에 시조 선생님을 손가락 하나 건드리지 않았던 건 히카루 씨에 대한 배려였던 거네요."

"응. 한번 빈혈이 나서 쓰러질 것 같았던 시조를 끌어안은 적이 있었어. 시조가 귀가한 후 히카루는 밤새도록 울부짖으면서 나를 매도하고 마구잡이로 때리고 자신의 피부를 피가 날 때까지 긁어낼 정도로 히스테리를 부렸어."

"하지만 아야노 선생님은 히카루 씨의 존재를 몰랐겠죠. 히카루 씨가 은밀한 장소에서 당신과 아야노 선생님을 들여다보고 있었던 건가요?"

"응. 시조와 난 이 집 거실 소파에서 시간을 보내고 히카루는 반드시 그곳 옷장에 몸을 숨기고 몇 시간이든 내내 시조를 바라보고 있었어. 그게 히카루에게 있어서 삶의 낙이었지."

오이와가 가리킨 끝자락에 소파의 대각선상으로 아담하고 검은 옷장이 비치되어 있었다.

"저기에 사람은 못 들어가겠네요. 세공했나요?"

"응. 저 안에 방이 있으니까 옷장 뒤 판자와 안쪽 방문을 제거해서 이었어. 감상하기 좋게 문에 쌍안경 렌즈도 끼워져 있고. 히카루가 고른 옷을 뭐든 시조에게 입히고 히카루가 고른 탄생석 목걸이를 내가 선물한다고 해서 건네고 히카루가 바란다면 몇 시간이고 며칠이고 우리 집에 있게 했어. 히카루를 위해 시조의 마음을 이용했지. 난 어쨌든 필사적이었어. 옆에서 보면 이상한 행위일 테지만 달리 선택지가 없었어.

헤어진 아내나 아키라에게 있어서도 우리 부모님에게 있어서도 무엇보다 히카루에게 있어서도 오랜만에 찾아온 소소하고 평온한 나날이었어. 그런데 그것도 끝났지. 아무 생각 없이 데리고 간 패밀리레스토랑에서 그 애에게 있어서 더 이상적인 인형을 발견했으니까. 그게 후지미야 미야였어.

미야에게 있어서는 지옥 같은 나날이었겠지. 아직 초등학생인데 낯선 사람이 시종일관 따라다니고 수많은 옷을 보내고 도촬까지 했으니 생명의 위협까지 느꼈을 거야. 정말 미안하게 여기고 있어. 하지만 히카루의 목적은 미야와 친해지는 게 아니었어. 시조 때와 마찬가지로 어디까지나 자신의 인형으로 삼고 싶었을 뿐이었어. 소중히 보호하고 누구도 더럽히지 못하게 하고 언제든지 자유롭게 바라볼 수 있는 늘 아름다운 자신만의 인형. 그게 그 애의 바람이었어.

……미야의 신변을 보호하기 위해서라도 그건 필요한 거래였어.

금액을 제시하자 후지미야 레이코는 놀랄 정도로 쉽게 거래에 응해줬어. 미야가 히카루만의 인형이 될 수 있도록 관리를 철저하게 할 것. 히카루가 고른 옷이나 액세서리를 줄 것. 그리고 히카루가 자유롭게 미야를 감상할 수 있는 환경을 만들 것. 미야의 방 여러 장소에 몰래카메라를 설치해 히카루의 방 모니터에서 늘 볼 수 있도록 했어. 그리고 지금까지 잘 흘러갔어. 하지만 그날…… 그날, 모든 게 망가지고 말았지."

동요하는 마음을 숨기지 못하는 렌지의 옆에서 레이치는 여전히 차분한 모습으로 말했다.

"그 생일날 밤, 미야는 이구치를 자신의 방으로 불러들이고 말았다. 아마 그때 두 사람 사이에 어떤 신체적인 접촉이 있었겠죠. 히카루 씨는 그 순간을 목격하고 재기불능일 정도로 데미지를 입었다. 그것을 안 당신은 보복하기 위해 후지미야네 저택에 찾아가서 엄마를 살해했다, 는 건가요?"

"이제 와서는 변명처럼 들리겠지만 처음에는 죽일 생각이 없었어. 하지만 집에 들어가니 그 여자가 마치 무도회에서 빠져나온 듯한 화려한 차림으로 졸고 있더라고. 책임감은 내팽개치고 히카루도 우리 가족의 소소한 평화도 망가뜨린 주제에 아무렇지 않은 얼굴로 기분 좋게 졸고 있었어. 그때 내 안에서 무언가가 망가졌지.

그때는 설마 사야한테 맞았다고는 생각지도 못했으니까……."

"그래 놓고는 자매를 협박해 자살로 위장하는 등 꼼꼼히 위장 공작을 했네요?"

"이구치 마사야라는 소년을 죽일 때까지 잡힐 수 없었기 때문이야. 그의 경솔한 행동이 히카루를 파멸시켰어."

"이구치는 사정을 몰랐으니 엉뚱한 데 원한을 품고 계신 거네요. 그런데 후지미야 레이코에게 미야의 컨트롤을 맡겼는데 왜 방범 부저에 도청장치를 심어놨어요?"

"그 아이를 감시하는 일은 자택 안으로 한정돼 있었어. 외출 중의 모습은 내가 감시하게 되어 있었고. 미야를 도오 고등학교에 입학시킨 것도 그 때문이야. 후지미야 레이코는 여고에 입학시키고 싶어 했지만, 내 눈이 닿는 곳에 두고 싶었어."

"여자탈의실을 도촬한 거는요?"

"미야에 대한 집착이 가속으로 더해가는 히카루가 두려웠어. 언젠가 건드리지 않을까 싶었거든. 수중의 인형을 늘려서 미야에 대한 관심을 분산시켜야 한다고 생각했어. 탈의실을 도촬한 건 후보인 여고생의 얼굴이나 체격을 판별하기 쉬울 거라고 생각해서야. 마음에 드는 아이가 있으면 알려달라고 말하고서 데이터는 그대로 건네줬으니 난 내용물은 안 봤어."

"피가 흐르는 인간한테 '수중의 인형'이라고 한 건가요? 인간을 인간이라고도 생각지 않다니."

렌지가 그만 거친 소리를 내자 레이치가 조용히 말렸다.

"이제 됐죠? 당신은 충분히 애썼어요. 그런데 그 노력이 보답을 받았나요? 결국 당신은 어느 누구 한 사람도 구하지 못했어요."

오이와의 검은 눈동자에서 눈물 한 방울이 흘러내렸다.

"그 타이밍에 절묘하게 나타나면 누구든 이상하다고 생각해요. 실은 누군가가 알아차려주길 바라서, 얼른 종지부를 찍고 싶어서 일부러 우리를 불러 이렇게 집까지 데리고 온 게 아닌가요?"

"모르겠네. 사야가 죄를 뒤집어쓰고 자수했다는 걸 알았을 때 가슴이 찢겨나가는 듯했어. 이구치에게 복수를 하면 반드시 자수하려고 맹세했어. 하지만 막상 이구치를 추적했을 때 난 손댈 수 없었어. 그 아이가 제방에서 뛰어내렸을 때는 핏기가 가시는 듯했어. 거친 호흡이 들려서 아직 살아 있다는 걸 알았을 때는 마음을 놓았고. 숨통을 끊어놓을 수 없었어. 내내 죽이려고 했는데. 하지만 그 장소에 구급차를 부르지도 자수하지도 않았어.

실은 어떻게 하면 좋을지 몰라서 망연자실했어. 그리고 난 무슨 생각을 했는지 이구치한테서 빼앗은 스마트폰으로 다키를 유인하자는 생각이 들었지. 심부름인가 고민 상담 같은 것을 하고 있다는 걸 알고 있어서……. 바보 같지, 나이도 먹을 만큼 먹은 어른이 말이야. 그래도 실은 어떻게 하고 싶은지 어떻게 해야 하는지 그때는 전혀 모르겠더라.

지금은 확실히 알겠어. 우즈키가 말한 대로 난 누군가에게 털어놓고 싶었어. 이 어리석은 행동에 종지부를 찍고 싶었어."

오이와는 손등으로 눈물을 닦더니 방안에 있는 잿빛 문을 가리켰다.

"……히카루는 지하에 있어. 마지막으로 둘이서 이야기하게 해줘."

"알겠어요. 5분이 지나도 안 돌아오시면 경찰에 신고할게요."

"응. 꼭 그래 줘. 더 이상 죄를 더하지 않고 끝낼 수 있게. 고마워."

그리고 공허한 시선을 두 사람에게 보냈다.

"……미안하구나."

렌지는 오이와가 희미하게 그리 읊조리는 것을 들은 듯했다. 왠지 가슴이 술렁이는 것을 느끼면서 잿빛 문으로 사라져가는 오이와의 등을 배웅했다. 둘 다 입을 떼지 않아서 잠시 무거운 침묵이 이어졌다.

"만일을 위해 자백은 녹음했어."

문득 레이치가 스마트폰을 치켜들어 보였기에 렌지는 아연실색했다.

"어느새 내 스마트폰을……."

"미야의 방범 부저도 그렇고, 의외로 훔쳐도 안 들키네."

"역시 그거 주운 물건이 아니라 훔친 거였구나. 소형 카메라도 이유가 있다 해도 용서받을 행위는……."

"신고하지 그래?"

"뭐?"

"내가 한 짓의 증거는 모여 있어."

"관둬. 친구를 파는 행동을 할 리 없잖아."

"그래? 그렇다면 렌지도 공범이야."

레이치는 유쾌하게 웃은 뒤 문에 시선을 보냈다.

두 사람 사이에 다시 침묵의 시간이 흘렀다.

"5분 이상 지났지?"

조금 전부터 소리 하나 들리지 않았다.

"신고해야겠어."

"아냐. 우선 상황을 살피러 가자."

레이치는 재빨리 부엌으로 가서 선반에서 칼을 두 개 꺼내 그 하나를 렌지에게 내밀었다. 렌지는 눈이 휘둥그레진 채 믿기 힘들다는 표정을 지었다.

"아니, 뭐가 목적이야?"

"굳이 말하자면 우리 몸을 보호하기 위해서야. 렌지 먼저 내려가 줘."

"야. 이 마당까지 와서 뭐야……."

건네받은 칼을 응시하자 할 말을 잃었다. 손을 무의식적으로 떨고 있었다.

"무섭지? 렌지는 여기서 기다려."

레이치는 어깨를 툭 치자마자 손 뒤로 칼을 숨기고서 망설이지 않고 안쪽 문으로 향했다.

렌지는 괜히 분했지만 그것보다도 공포심이 앞섰다.

"도망칠 장소! 만에 하나를 위해 우선은 도망칠 장소를 확보해야지."

렌지는 거실에서 현관으로 향한 문을 힘껏 열어젖히려고 했다. 하지만 바로 위화감이 들었다.

문이 꿈쩍도 하지 않았다.

"레이치! 잠시만! 문이 전혀 안 열려!"

지하실로 이어지는 문에 손을 대고 있던 레이치가 귀찮은 듯 돌아왔다.

"아, 카드키 스타일이네."

벽에 파묻혀 있던 터치패널의 존재를 깨닫고 레이치가 읊조렸다.

"왜 집에서 나가는데 카드키가 필요하지? 이상하잖아."

렌지는 당황해서 억지로 문손잡이를 비틀었지만 용을 쓴다고 해서 어떻게 할 수 있는 구조가 아닌 듯했다.

레이치는 무언가를 알아차린 듯 통유리 창문 옆으로 달려갔다.

"역시. 창문도 카드키 스타일이야."

"뭐지? 안에서 바깥으로 나가는데 열쇠가 필요한 집은 들어본 적도 없어."

"아마 오이와네 집이라서일 거야. 상당히 고생했겠지. 히카루가 혼자서 빠져나가 세간에 민폐를 끼치는 게 두려워서 모든 문과 창문을 이렇게 안쪽으로 잠기도록 만들지 않았을까?"

"그러면 어떻게 열어야 하지?"

"글쎄. 오이와한테 물어봐야지."

"의도적으로 가뒀다는 소리야? 겨, 경찰에 신고를……."

"그러고 싶지만 렌지의 스마트폰은 불운하게도 배터리가 다 나갔어. 여기엔 집 전화가 없는 듯하니 신고가 불가능하겠지. 우리 스스로 어떻게든 해야겠어."

레이치는 담담하게 오싹한 사실을 말하더니 다시 지하로 향하는 문 쪽으로 갔다.

렌지는 자신만 겁을 내는 게 한심해져서 하는 수 없이 그 뒤를 따랐다.

은 소재의 문손잡이를 비틀자 끼익 하고 삐걱거리는 소리가 나더니 문이 천천히 열렸다.

어둑어둑해서 시야가 흐릿한 통로를 몇 걸음 나아간 끝에 지하로 이어지는 급경사로 된 계단이 있었다.

레이치가 먼저 내려갔다. 렌지도 뒤를 이었다. 오한이 온몸에 들러붙었고 식칼을 쥔 손은 땀으로 흥건히 젖어 있었다. 자신의 심장 고동 소리가 끊이지 않고 두개골에 울려 퍼지는 탓에 머리가 띵했다.

계단을 내려가자 1평 정도 되는 플로어 공간 앞에 앤티크한 스타일의 양쪽으로 열리는 문이 자리하고 있었다. 세공이 들어간 아름다운 금색 손잡이가 차갑게 빛나 보였다.

"그건 그렇고 이 문만큼은 느낌이 꽤 다르네. 오래된 목제고 문손잡이가 디자인에 공을 들인 것 같아."

레이치가 작은 목소리로 말했다. 렌지는 신경 쓸 여유 없이 그저 땀으로 미끄러져 떨어질 듯한 칼을 단단히 쥐고 있는 것만으로도 벅찼다. 여기는 어둑어둑하고 벽으로 둘러싸인 탓에 위압감과 폐쇄감이 심했다.

"우리를 돌려보내 주시는 게 어때요?"

레이치가 쩌렁쩌렁한 목소리로 묻고서 문을 세게 두드렸다. 정적 속에서 불안하게 소리가 메아리쳐 울렸다.

"안으로 들어갈게요."

기다리다 못해 레이치가 문손잡이를 비틀었다. 하지만 문이 잠겨 있었다. 온 힘을 다해서 밀어젖힐 수도 없었다. 또 노크를 세게 하면서 이름을 불렀지만 역시 반응이 없었다.

"뭐야, 이 사람. 농성이라도 할 생각인가. 하는 수 없네. 지상으로 돌아가서 어떻게든 탈출할 방법을 찾아볼까?"

레이치는 뒤돌아 벽에 기대 있는 렌지의 모습을 보고 어처구니가 없어했다.

"괜찮아? 얼굴이 안 좋아 보여."

"왠지 여기 묘하게 숨 막혀."

"……숨 막힌다고?"

레이치는 몇 초 가만히 있다가 흠칫한 표정을 지어 보였다. 그리고 문틈에 귀를 딱 갖다 붙였다.

그 이해하기 힘든 동작에 렌지는 고개를 갸웃거렸다.

"왜 그래. 갑자기?"

"소리가 희미하게 들려."

"소리?"

"응. 이렇게 눈을 감고 귀를 기울이면 수련회 캠프파이어가 생각나."

"뭔가 타고 있다는 말이야……?"

"그래."

렌지는 맹렬하게 질주해서 계단을 올라갔다. 재빨리 거실을 내다보고 슬림형 텔레비전을 들어 올리자마자 유리창에 힘껏 내던졌다. 주저할 틈이 없었다. 하지만 몇 번을 내던져도 유리에는 거미집 형태의 얇은 금밖에 가지 않았다. 강화유리인 듯했다.

"탈출은 포기하고 불이라도 *끄자*."

이어서 올라온 레이치는 좌탁에 올려져 있던 놋쇠 재떨이를 들고 지하로 달려 내려갔다. 렌지도 그 뒤를 쫓았다.

앤티크하고 중후한 목제문의 중앙을 레이치는 재떨이로 내리쳤다. 얕은 흠집만 남을 뿐 망가지지 않았다.

문 건너편에서 파직 하고 불꽃이 튀는 듯한 소리가 났다. 발 언저리 틈에서 연기 냄새가 새어 나와 숨이 막힐 듯했다.

　렌지는 잠시 망설였지만 가지고 있던 칼을 문에 힘껏 내리꽂았다. 그리하여 몇 번이고 반복하는 동안에 칼이 관통했다. 관통한 부분에 칼끝을 비틀어 넣자 이윽고 불과 몇 밀리미터 정도 되는 폭이기는 했지만 벌어진 틈이 생겼다.

　문 자체는 부수지 못해도 팔 하나 들어갈 정도의 구멍만 뚫으면 된다. 그리 생각하고서 일정 간격을 둔 위치에 마찬가지로 칼을 내리꽂았다. 렌지의 의도를 파악해서 레이치도 마찬가지로 칼로 뚫었다.

　불길은 서서히 번져가는지 틈에서 열기와 연기가 흘러나왔다. 파직파직 불꽃이 튀는 소리가 들렸다. 만약을 위해 두 사람은 위층으로 되돌아가 부엌에서 타월을 빌려 그걸로 콧구멍과 입가를 덮었다.

　"어쩌면 오이와 선생님, 자기만 도망치고 우리는 태워죽일 작정인 게 아닐까? 이 문 안쪽에 숨겨진 통로가 있고……."

　렌지의 말에 레이치는 고개를 저었다.

　"그렇게는 안 보였어."

　두 사람은 더 이상 말을 나누지 않고 그저 눈앞의 문을 여는 데 집중했다.

　마침내 뚫던 곳들이 이어져 10센티미터 정도의 정사각형 모양이 생기자 레이치는 재떨이를 그 중앙에 힘껏 내던졌다.

충격으로 정사각형 부분이 떨어지자마자 렌지는 가느다란 팔을 망설이지 않고 불쑥 집어넣고서 안쪽 열쇠를 찾아 딸깍 비틀었다.

힘차게 문이 열리자 두 사람은 눈 앞에 펼쳐진 광경에 소름이 끼쳤다.

방 한쪽 구석에서 살아 있는 양 타오르는 붉은 화염이나 잿빛의 사나운 연기 때문이 아니었다.

그들을 소름 끼치게 한 건 그 이상한 광경이었다.

회색을 띠는 흰색과 파스텔핑크를 기본으로 한 방 안은 마치 공주님이 사는 것처럼 화려하고 고급스러움이 감돌도록 장식돼 있었다. 유러피안 클래식 스타일의 가구, 캐노피가 달린 침대, 섬세하게 반짝이는 샹들리에. 바닥을 가득 채울 정도의 수많은 파스텔컬러 옷과 10대 취향의 패션잡지가 산더미처럼 쌓여 있었고, 그 위를 엄청난 개수의 인형이 빽빽하게 채우고 있었다. 인형은 모두 다른 코디를 하고 있었지만 얼굴과 헤어스타일은 많이 비슷했다. 아몬드 형태의 눈동자나 날렵한 콧날, 날씬하고 긴 팔다리, 허리까지 내려오는 밤색 긴 머리, 후지미야를 쏙 빼닮았다.

그 중앙에 여러 모니터가 딸린 대형 책상이 있었다. 모니터 화면은 하나같이 산산이 부서져 있었다. 유심히 보자 옷이나 잡지는 부분부분 찢겨 있었고 인형은 몸통이 제각각 흩어지고 머리가 찌그러진 것도 있었다.

그 이상한 광경은 두 사람의 정수리를 뚫을 만큼 충격을 주었다. 하지만 충격에 우두커니 서 있었던 것은 실제로는 불과 짧은 순간밖에 되지 않았다.

다음 순간에 이미 렌지는 바닥에 깔려 있던 러그를 벗겨내 그걸 발화한 지점에 덮었고 레이치는 커튼을 떼어내 벽으로 퍼지고 있던 불길을 힘껏 두드려 껐다.

10평 정도 되는 방치고는 화재 범위가 문 쪽의 3평에도 달하지 않는 장소에 한정되어 있어서 생각보다 빨리 진화되었다.

진화 작업을 마치고 흰 연기로 자욱한 시야에, 눈을 가늘게 뜨면서 렌지는 줄줄 흘러내리는 이마의 땀을 닦았다. 숨이 막혀서 참을 수 없어져 입가를 덮고 있던 부엌 수건을 벗겨내자 연기가 기도로 직접 들어와 한껏 콜록댔다.

이유는 연기 때문만이 아니었다. 마치 곰팡이와 땀과 하수를 졸여서 썩힌 듯한 악취가 방 안에 가득 차 있었던 것이다.

렌지는 구역질마저 느끼고 방 안을 둘러보았지만 환기하려고 해도 창이 없었다.

아니, 정확하게는 창은 있었지만 바깥으로 연결되어 있지 않았다. 커튼이 벗겨진 창문을 연 끝자락에 펼쳐진 것은 콘크리트 벽뿐이었다.

정상에서 벗어난 광경에 등줄기를 차가운 것이 날카롭게 찔렀다.

"얼른 나가자. 불쾌해."

렌지는 힘없이 말을 걸었다. 하지만 어느새 레이치의 모습이 사라져 있었다.

"뭐야, 먼저 나간 거야?"

"아니, 여기에 있어."

벽 쪽에 배치된 캐노피가 달린 침대에서 웅얼거리는 목소리가 들렸다. 흰색 레이스와 로즈핑크색의 주름이 들어간 커튼으로 침대 자체가 완전히 덮여 있어서 안의 모습을 들여다볼 수 없었다. 레이치는 캐노피 안쪽에서 이쪽으로 등을 돌리고 서 있는 듯했다. 드리워진 커튼의 주름에서 발뒤꿈치만이 엿보였다.

그 목소리에서 불온함 느낌을 받고서 렌지는 침대 쪽으로 걸어가 캐노피에 손을 대려고 했다. 하지만 바로 그때 레이치가 새파래진 얼굴로 나와서 렌지는 뻗던 팔을 움츠렸다.

"위로 올라가자."

냉정한 말투에 렌지의 불신감은 더욱 강해졌다.

"누가 있어?"

"안 봐도 돼."

강하게 저지당하자 렌지는 괜히 더 신경이 쓰였다. 레이치의 손을 치우고 힘차게 주름 커튼을 걷어냈다.

침대에는 덩치가 큰 여성이 위를 보고 누워 있었다. 오이와는 그 손을 감싸듯이 자신의 손을 포개고 침대에 엎드려 있었다.

살얼음 베일을 걸친 그녀.

그 얼굴은 잿빛으로 잠겨 있었다. 부패가 시작된 듯 코나
뺨 일부는 검푸르게 변했고 시트에는 순백 드레스 자락에서
녹아내린 얼음 조각이 스며들어 있었다. 턱과 목의 경계조차
알 수 없을 만큼 부풀어 오른 얼굴과 침대에서 흘러내릴 정도
로 뻗은 머리카락에는 흰곰팡이처럼 얼룩덜룩한 서리가 내려
있었다.

죽은 후 화장을 했는지 입술에는 부자연스럽게 붉은 립스
틱이 칠해져 있고 움푹 파인 눈꺼풀은 각도에 따라 빛나 보였
다. 일그러진 채 부푼 각각의 손가락에는 빛깔이 고운 보석
반지가 아무렇게나 끼워져 있었다.

그 옆에 엎드려 있던 오이와의 피부가 노출된 부분은 모두
적자색으로 울혈이 맺혀 있었다. 하지만 여성을 애지중지하
는 것처럼 놓여 있는 손은 아직 자신의 온기를 전하듯 다정했
다.

말을 잃고 우두커니 서 있는 렌지의 곁에서 레이치가 몹시
시원스러운 목소리로 말했다.

"이 여자가 히카루였어. 렌지, 난 내내 고정관념에 얽매여
있었어. 인형의 집의 주인은 아들이 아니라 딸이었어."

"……이건 대체 어떻게……."

"여자는 죽은 지 시간이 꽤 지났어. 내내 냉동 보존하고 있

었는지 피부 표면은 절반이 얼어 있어. 드레스에는 천을 덧댄 듯한 흔적이 있고. 원래는 히카루가 미야를 위해서 골랐겠지. 분명 오이와가 딸을 위해 사이즈를 고쳐서 입혀줬을 거야. 화장이나 반지도…….

아마 히카루는 미야와 이구치의 밀회를 목격하고 발광하다가 방을 엉망진창으로 망가뜨린 후에 자살했겠지.

규칙을 깬 것만으로 오이와가 왜 그 정도로 끔찍한 범행을 저질렀는지 드디어 납득이 가네. 6월 18일을 기점으로 이미 히카루는 죽었어. 오이와가 후지미야 레이코를 살해한 건 딸의 목숨을 잃은 보복을 하기 위해서였어."

"그래서 선생님은……."

레이치는 조용히 고개를 가로저었다.

"으, 응급차……."

"늦었어. 외상은 안 보이고 피부에 적자색 울혈이 발생했어. 괴로워서 몸부림친 흔적도 없으니 독극물이라도 마셨겠지."

"……선생님이 죽은 건 우리 탓이야?"

"바보 같은 소리 하긴. 약을 마련할 정도였으니 원래 이구치를 죽이고 모든 것을 밝히고 나면 죽을 작정이었겠지. 이 파멸적인 결말도 모두 오이와가 선택한 거야."

"그래도……."

"렌지가 구하러 안 갔더라면 이구치도 분명 죽었어. 넌 친구의 목숨을 구했어. 그것만 생각하면 돼."

그 말을 듣고 마침내 렌지는 떨구고 있던 고개를 들었다.

레이치가 주머니에서 렌지의 스마트폰을 꺼냈다.

"수수께끼가 풀렸으니 경찰을 부르자."

"조금 전에 배터리 다 떨어져서 신고 못 한다고 했잖아."

"그런 타이밍에 용케 전원이 나갈 리가 없잖아."

"어째서 거짓말한 거야? 우리 목숨까지 위험한데!"

"뭐, 오이와의 명예를 위해서 말해둘게. 저 사람은 우리를 가둬서 길동무 삼으려고 한 게 아냐. 렌지는 패닉 상태라서 못 알아차린 듯한데 문 바로 옆에 카드키가 들어 있는 지갑이 매달려 있었어."

"왜 그런 중요한 사실을……."

"못 알아차린 네가 잘못한 거지."

할 말을 잃은 렌지에게 레이치는 태연하게 답했다.

"경찰이 오면 우리는 해고잖아. 기껏 여기까지 밝혀냈는데 분하잖아."

어처구니가 없어하는 렌지를 두고 레이치는 얼른 신고를 마치더니 출구로 걸어나갔다. 그 도중에 어떤 사실을 알아차렸다.

방 한쪽 구석에 검게 눌어붙은 천 조각. 불씨의 근원이 된 그것 아래에 놓여 있는 직사각형 크기의 상자. 양손으로 겨우 들 수 있을 정도의 사이즈로 탔지만 원형은 충분히 유지하고 있었다.

"오이와는 왜 저걸 태우려고 했을까?"

"다 태워버려서 히카루 씨에게 죄를 묻게 될 증거만이라도 숨기려고 한 게 아닐까?"

"아니, 그러면 더 타기 쉬운 걸 고르지 않을까?"

레이치는 의문으로 생각하며 상자 옆에 쪼그려 앉아 그 뚜껑을 살며시 열어보았다.

안에는 케이스에 담긴 DVD가 빼곡하게 채워져 있었다.

그중 하나를 꺼냈다.

케이스에 붙은 라벨에는 이렇게 쓰여 있었다.

'후지미야 미야(12) 2017년 7월 1일~7월 31일 하이라이트'

엄청난 오한이 두 사람을 덮쳤다.

"저기 렌지, 사야가 '죄를 뒤집어쓰고 자백한 이유'를 내가 어떻게 추측했는지 기억해?"

"범인이 어떤 비밀을 쥐고 있고 그걸 방패 삼아 협박하고 있어서라고 했지."

"……그 비밀이라는 건 혹시 이게 아닐까?"

레이치의 말에 렌지는 눈이 휘둥그레졌다.

"자매의 인생을 파멸로 이끌지도 모를 비밀…… 그 정체가 이거라고 한다면……?"

그런 질문을 받고 렌지는 레이치의 눈동자를 똑똑히 응시했다. 두 사람은 서로의 의사를 확인하듯이 고개를 서로 깊숙이 숙였다. 말을 나누지 않아도 해야 할 일을 알고 있었다.

레이치는 좌탁 위에 놓여 있던 라이터를 재빨리 손에 쥐고 DVD에 바로 불을 붙였다. 렌지는 방에서 타기 쉬울 법한 것을 쓸어 모아 그걸 상자에 넣고 불을 지폈다. 화염은 순식간에 퍼졌고 상자는 짧은 시간 만에 불에 휩싸였다.

이걸로 이제 두 번 다시 사람들의 눈에 띄지 않게 될 테다.

사이렌 소리가 멀리서 희미하게 들리기 시작하더니 점점 가까워졌다.

"가자."

"그래, 가자."

주인을 잃은 인형의 집을 등지고 두 사람은 조용히 계단을 올라가기 시작했다.

7월 2일(토) 가나가와○×신문 조간

제방에서 남고생 추락
스마트폰을 빼앗은 범인은 도주

7월 1일 20시 10분 무렵 후지사와 시 구게누마 역 부근의
강가를 지나가던 남성으로부터 '제방에 사람이 쓰러져 있다'
라는 119 신고가 있었다. 구급대원이 달려갔을 때 같은 시에
사는 남고생이 제방 아래의 고수부지에 위를 보고 쓰러져 있
는 것을 발견했다. 남고생은 후두부 열상과 팔과 대퇴골이 골
절되는 등 중상을 입었지만 생명에 지장은 없다. 또한 그 후
사정 청취에서 '모르는 남자한테 미행당했다. 도망치려고 했
더니 쫓아왔고 스마트폰을 빼앗겼다. 두려워서 제방에서 뛰
어내렸다'고 증언했다고 한다. 남자는 그 후 현장에서 도주했

고 경찰은 행방을 쫓고 있다.

7월 2일(토) 도쿄ㅇ×신문 조간

가마쿠라 시 주택에서 화재 발생
남녀 두 사람이 특정할 수 없는 형태로 사망

7월 1일 23시 10분 무렵, 가마쿠라 시 니시카마쿠라 주택에서 화재. 3층짜리 철근콘크리트 건물 지하 일부가 소실되었다. 가나가와 현 경찰 및 가마쿠라 시 소방본부는 방화 가능성도 있다고 간주해 발화 원인을 조사하고 있다. 주택에서는 이 집에 사는 오이와 요시오 씨(56)와 딸 히카루 씨(30)가 주검으로 발견되었다. 요시오 씨는 약물중독사로 보이며 사망추정시각은 1일 20시부터 23시 무렵. 히카루 씨는 경부압박으로 인한 질식사로 보이며 시체 상태에서 사후 며칠 이상이 경과한 것으로 보인다. 현장에서 경찰과 소방서로 신고한 소년 둘은 요시오 씨가 근무하는 고등학교 학생이며 경찰은 학생이 사정을 알고 있는 것으로 보고 자세한 조사를 진행할 방침이다.

7월 4일(월) 도쿄ㅇ×신문 조간

가마쿠라 여성 살인사건, 용의자 사망으로 기소중지
여고생 차녀는 오인체포

6월 18일 23시 무렵, 가나가와 현 가마쿠라 시 야마노우치 주택에서 이 집에 사는 후지미야 레이코 씨(42)를 살해한 사건으로, 경찰은 오이와 요시오 용의자(56)를 3일 오전 10시 무렵 피의자 사망으로 기소중지했다. 이와 더불어 6월 29일(수)에 체포된 피해자 차녀(17)는 구금된 지 5일 후인 10일 19시 무렵에 석방되었다. 경찰에 따르면 오이와 용의자가 피해자 딸 둘에게 살해 은폐를 강요하고 거짓 증언을 하도록 협박했기에 용의자 특정이 늦어졌다고 한다. 체포로 이어진 건 용의자가 범행을 자백하는 음성 데이터의 존재가 명확해진 것, 용의자의 소지품 중 일부에서 피해자의 DNA가 검출된 것에 따른다. 또한 용의자는 이달 1일에 자택에서 청산가리로 보이는 약물을 음독해서 사망에 이르렀고 당시 현장 상황에서 자살로 보인다. 경찰은 한층 더 수사를 강화해 동기 해명을 서두르고 있다.

7월 19일(화) 도쿄○×신문 석간

명문 고등학교에서 도촬 발각
용의자는 이미 사망

7월 18일 오전 9시 무렵, 가나가와 현 가마쿠라 시 도오 고등학교 여자 탈의실에서 다수의 소형 카메라가 발견되었다. 카메라 일부에서 지난달 18일에 발생한 가마쿠라 시 야마노우치 여성 살인사건을 두고 용의자 사망으로 기소중지된 오이와 용의자(56)의 지문이 검출되었기에 경찰은 같은 용의자에 따른 범행으로 보고 더욱 자세한 수사를 진행하겠다는 방침이다.

*

　다키와 우즈키에게

　오랜만이야. 잘 지내니?
　아침 햇살도 강해진 걸 보니 본격적인 여름이 시작된 것 같아.
　우리 자매는 지금 아키타 현에 있는 친할아버지 댁에서 살고 있어. 멀리 완만한 산들과 녹음이 짙은 시골 풍경이 펼쳐져 있어. 제일 가까운 간이역에는 한 칸짜리 열차가 한 시간에 한 대만 다녀. 가장 가까운 편의점은 차를 타고 4킬로미터 떨어진 곳에 있어. 공기가 맑고 시간의 흐름도 느릿느릿해서 나는 무척이나 마음에 들지만, 미야는 지루한지 대개 늘 뾰로

통해하고 있어.

일련의 사건을 포함해 두 사람에게 정말 큰 신세를 졌는데도 직접 감사 인사를 하지 못하고 이사해 버려서 미안해.

다만 이상하리만치 과열된 매스컴 보도나 주위에서 끊이지 않는 악플이나 소문에 힘들어했기 때문에 도망치듯이 사라지는 수밖에 없었어.

이번에 이렇게 편지를 쓰는 건 내가 알게 된 사건의 전모를 이야기하기 위해서야. 범행의 이상성이나 연달아 나오는 여죄에서 인터넷상에서는 있는 일 없는 일 재미있어하며 글이 올라오고 과격한 망언이 마치 사실인 것처럼 이야기되고 있지. 진위가 뒤섞인 가운데 사건을 해결로 이끌어준 두 사람은 꼭 진상을 알아줬으면 해서 연필을 들었어. 미야도 같은 마음이야.

만약 민폐가 된다면 그대로 버려도 괜찮아.

다음 페이지부터 본론으로 들어갈게.

오이와 선생님은 왜 엄마를 죽였을까.

그 이유를 명백하게 하기 위해서는 우선 오이와 선생님과 미야, 그리고 엄마의 관계부터 풀어갈 필요가 있어.

보도에 나온 대로 우리가 살았던 곳은 널찍하고 아름다운 정원을 가진 흰 집이었어.

나는 내내 공주님이 사는 성 같다고 생각했지.

공주님은 미야를 뜻해.

미야의 방은 내 방의 5배 이상이나 널찍했어. 캐노피가 달린 침대나 샹들리에도 있었어. 그리고 조명은 고급으로 갖추어졌고 더구나 전용 욕실이나 아담한 부엌, 테라스까지 준비돼 있었지. 자신의 방에서 모든 생활이 완성될 수 있도록 만들어져 있었어.

지금 냉정하게 생각해보면 이상하다는 걸 알 수 있지만, 당시에는 그 이면에 숨겨진 기이한 사실을 알아차릴 수 없었어.

왜 미야 방만 그런 구조로 돼 있었을까.

엄마는 미야의 방, 욕실, 테라스 곳곳에 소형 카메라를 빠짐없이 설치하고서 그 라이브 영상을 돈과 교환해 선생님에게 건네고 있었어. 물론 미야의 허락 없이 말이지. 그건 선생님과 엄마 사이에 얽힌 어떤 밀약에 따른 거였어.

발단은 6년 전이었어. 선생님 따님인 히카루 씨가 당시에 초등학교 5학년인 미야를 패밀리레스토랑에서 보고 한눈에 반했지. 인간으로서가 아니야. 자신만의 인형으로 미야가 '가지고 싶다'고 말했다고 해.

히카루 씨는 자신의 광기 어린 욕구를 제어하지 못하고 미야를 내내 따라다녔고 우리 집(당시에는 엄마와 셋이서 연립에 살고 있었어)을 알아내 도촬하고 옷이나 신발이나 가방을 수없이 보내는 상식을 벗어난 행위를 반복했어. 미야는 겁에 많이 질려 엄마한테 울면서 매달렸다고 하는데 엄마가 경찰에 신고하지 않아서 히카루 씨의 스토킹 행위는 나날이 심해졌어.

돌이켜보면 그것과 비례해서 우리 집 식탁은 조금씩 화려해져갔고 외식도 늘어갔어.

실은 그때부터 엄마와 선생님은 비밀리에 몇 번이나 만났다고 해. 식탁이 화려해진 건 선생님이 몇 번이나 우리 집을 찾아와서 사죄와 더불어 사과 명목으로 돈을 건네서였어.

한동안 그런 상태가 이어진 후, 우리는 그 저택으로 이사를 갔지. 그 일을 계기로 스토킹 행위는 딱 끊어졌어. 그로부터 현재에 이르기까지 히카루 씨는 나와 미야의 앞에 모습을 나타내지 않았지.

엄마와 선생님이 맺은 계약이 이유였어. 선생님이 엄마에게 요구한 사항은 다음과 같아.

①집을 마련할 테니 그곳에서 살 것.

②미야의 방에 다수의 카메라를 설치해 실시간으로 송신해서 히카루 씨가 자유롭게 감상할 수 있는 상태로 만들 것.

③히카루 씨가 고른 옷이나 액세서리를 미야에게 입히고 차게 할 것.

④미야의 방에는 언제 어떤 상황에서라도 절대로 타인을 들이지 않을 것.

⑤히카루 씨에게 있어서 늘 이상적인 인형이도록 미야를 철저하게 관리시킬 것.

미야에게 있어서도 히카루 씨에게 있어서도 이게 최선책이라고 선생님은 진심으로 믿고 있는 듯했어. 그 대가로 거액의 자금을 지원받을 수 있었기에 엄마는 흔쾌히 합의했고.

이 사실을 오이와 선생님한테 들었을 때 나는 터무니없는 착각을 했다는 걸 깨달았어.

그 집은 미야를 위해서가 아니라 히카루 씨를 위해서 만들어진 인형의 집이었어.

히카루 씨는 욕실 영상으로 미야의 체형을 체크하고 조금이라도 이상에서 벗어나면 바로 엄마에게 주의를 줬대. 머리카락 길이도 기준치에서 조금이라도 길면 지적했고 말이지.

히카루 씨는 오랫동안 영상을 통해 감상했을 뿐이지만, 요 몇 년 동안은 미야가 부재중일 때 우리 집을 여러 번 방문했다고 해. 히카루 씨의 할아버지, 즉 선생님의 아버지가 반드시 데리고 와서 히카루 씨는 몇 시간이고 미야의 방에 틀어박혀 있었대. 미야가 귀가하면 할아버지는 반드시 정원으로 불러들여 사전에 히카루 씨가 고른 옷을 입히고 수많은 사진을 찍었어. 그 모습을 히카루 씨는 테라스에서 내내 지켜봤다고 해.

나는 그 사실을 전혀 몰랐지만 미야는 고통스러워서 견딜 수 없었대.

미야는 그렇게 오랜 세월에 걸쳐 계속 착취를 당했어.

그리고 우리 집의 실질적인 수입원은 그뿐이었어.

엄마는 무직이었고 이혼한 아빠는 실제로 양육비나 생활비를 조금밖에 건네지 않았어.

선생님한테 받은 돈만으로 우리 세 사람은 지금까지 살고 있었던 거야.

즉 미야가 벌어들인 돈이지.

내가 지금까지 쥐고 있던 펜도 닳을 때까지 읽었던 참고서도 매일 앉아 있던 의자도 입고 있던 옷도 방 전기도 살고 있던 집도 매일 먹는 식사도 거액의 학원비도 모의고사비도 전부 다 미야가 벌어들인 돈으로 쓴 거였어.

미야는 모르는 동안에 계속 착취당했고 나는 그 돈을 탕진하며 살아왔던 거야.

선생님이 엄마를 살해한 이유도 이 계약과 관련돼 있어.

사건 당일 미야는 친구를 몰래 불러서 생일 파티를 열었어. 그리고 남자친구인 이구치와 자신의 방에 둘만 있게 되었고 그와 키스를 했다고 해.

그 영상을 본 히카루 씨는 절망해서 스스로 목숨을 끊었어. 히카루 씨에게 있어서 그 방은 절대불가침의 신성한 영역이고 미야는 자신만의 소중한 인형이었으니까. 그녀에게 있어서 모든 것이었다고 해. 그게 갑자기 붕괴되자 죽고 싶을 만큼 절망을 느꼈겠지.

사태를 안 선생님은 우리 집에 쳐들어와 만취해서 잠든 엄마를 보고 화가 난 나머지 엄마 방에 있던 전원 코드로 살해했다고 해. 때마침 그 무렵 우리는 근처 공원에 있었어. 엄마한테서 도망친 거지.

공부를 농땡이 치고 놀았던 나, 친구를 불러서 생일 파티를 연 미야. 그 사실을 알고 격앙된 엄마는 우선 내 존엄성을 짓밟는 행위를 강요했고 다음으로 미야를 교살하려고 했어. 아슬아슬하게 난 엄마의 머리를 탁상시계로 때렸고 엄마가 쓰러진 틈에 미야를 데리고 도망쳤어. 엄마가 살해당하기 약 2시간 전, 밤 9시 50분쯤이었지.

나와 미야는 공원에서 꽤 오랫동안 서로 이야기를 나눴어. 귀가하면 엄마한테 살해당할지도 모르고 경찰에 신고하면 엄마가 살인미수로 체포돼서 평생 범죄자의 딸로 살아가야 하니 제대로 된 인생을 걸어갈 수 없을지도 모르잖아. 어느 길을 골라도 지옥이었어.

고민 끝에 우리는 이렇게 결단했어.

아무 상처 없이 엄마를 이길 수 없다. 그렇다면 스캔들로 아빠를 협박해서 금전적인 지원과 보호를 요구하자고 말이지. 즉 '멋대로 젊은 여자와 사랑의 도피를 한 탓에 정신이 이상해진 전처한테서 딸이 처참한 학대를 받고 있다'는 사실을 세상에 들키고 싶지 않다면 우리를 숨기고서 충분한 금전적 지원을 해달라고 아빠를 협박하기로 결정한 거지.

아빠는 주부층을 타깃으로 한 사업을 하고 있으니 이런 스캔들을 무엇보다 두려워하고 있을 거라서 효과는 충분히 기대할 수 있을 거라고 예상했어.

그러기 위해서는 학대 증거가 필요했어. 엄마가 나를 학대한 영상이 미야의 스마트폰에 남아 있어서 우리는 스마트폰을 회수하러 일단 귀가했어. 몰래 회수한 후 그길로 즈시에 있는 아빠네에 쳐들어가서 협박하려고 생각했지.

그런데 우리 계획은 실행되지 못했어.

귀가했을 때 엄마가 죽어 있어서였어.

우리는 불운하게도 선생님과 맞닥뜨렸어. 선생님은 심하게 초췌했어. 공포에 질려 꼼짝도 못 하는 우리에게 살해하게 된 이유를 토로했어. 미야는 충격으로 그 자리에 주저앉았어. 나도 동요해서 머리가 새하얘졌고.

더구나 선생님은 다음과 같이 우리한테 애원했어.

자살로 보이기 위한 위장 공작을 할 테니 경찰한테는 거짓 증언을 해달라. 협력해주면 앞으로 영원히 절대로 우리는 상처 입히지 않겠다.

만약 약속을 어기면 몰래카메라로 기록한 미야의 영상을 인터넷상에 뿌리겠다고.

그런 오싹한 협박을 받으니 따를 수밖에 없었어.

선생님은 현관 앞에 설치한 몰래카메라와 미야의 방에 숨겨둔 고정 카메라를 회수했어. 엄마를 통해 히카루 씨가 미야에게 준 것 중에서 꼬리가 잡힐 우려가 있는 주문 제작 제품이나 희귀한 제품도 모두 회수했어. 그중에는 내가 엄마를 때

린 탁상시계도 포함돼 있었어. 엄마와 선생님은 관계가 세상
에 알려지지 않도록 문자나 전화와 같은 이력이 남는 연락수
단은 일절 사용하지 않았기 때문에 이걸로 선생님과 우리 관
계를 뒷받침할 증거는 완전히 사라졌지.

선생님은 마지막으로 엄마와 대면할 시간을 줬어. 엄마는
리클라이닝체어에서 잠자듯 죽어 있었어. 미야는 정신없이
울었지만 나는 이상하게도 눈물이 나오지 않았어. 하지만 바
닥에 레드와인이 흘러내린 것을 보고 문득 떠올렸어.

어릴 적에 분꽃으로 색수(色水)를 만들어서 엄마한테 선물했
던 것.

엄마가 평평한 유리그릇으로 바꿔서 그곳에 같이 딴 알록
달록한 꽃을 띄웠던 것.

지금까지 내내 잊고 있던 아름다운 추억이었어.

왜 그런 행동을 했는지 스스로도 잘 모르겠어. 하지만 난
정원에서 꽃을 따 바닥에 퍼진 와인 얼룩을 연못으로 비유해
서 그것들을 뿌렸어. 파스텔컬러의 화려한 꽃들을 메인으로
두고 엄마가 좋아하는 짙은 보라색이나 짙은 붉은색 꽃으로
악센트를 줬어. 지문이 찍히지 않도록 원예용 핀셋으로 하나
씩. 미야는 의문스러워하지 않고 내 뒤를 따랐어.

선생님은 우리 행동을 말리려고 하지 않았어. 히카루 씨를
잃은 직후였으니 생각하는 바가 있었을지도 몰라.

난 선생님의 지시대로 자살로 위장하기 위해 방을 바깥에

서 잠그고 밀실로 만들어 날이 밝기를 기다렸다가 119에 신고했어. 그리고 구급대원이 창문을 깬 후에 따라 방으로 들어가 틈을 봐서 화장대 근처에 열쇠를 되돌려 놓았고.

경찰에는 거짓 증언을 했지만 불과 며칠도 지나지 않아 경찰은 타살 선이 농후하다는 견해를 강화했어.

내가 엄마를 탁상시계로 때린 탓이었어. 탁상시계는 사건 당일 밤에 선생님이 회수해서 우리 집에는 없었는데 엄마 뒤통수와 이마에 생긴 상처가 위장 공작을 의심받게 된 계기였던 듯해.

미야는 두드러지게 정서 불안정에 빠져 나날이 망가져가는 듯했어.

나는 고민 끝에 범인으로 나서기로 결정했어.

미야에 대한 견딜 수 없는 죄책감과 자신에 대한 격렬한 혐오감이 있어서였어.

나는 미야의 축복받은 외모, 당당하고 밝은 성격, 보는 사람 모두를 끌어들이는 매력, 그 모든 것에 동경심과 질투심을 가지고 있었어. 미야만 사랑받고 편애받는 것에 대해 불만을 가지고 있었어.

하지만 막상 뚜껑을 열어보니 미야는 엄마에게 계속 이용당하고 히카루 씨에게 계속 착취당했고 한편 나는 아무 희생도 하지 않고 그저 미야가 벌어들인 돈으로 전혀 불편하지 않은 생활을 보내기만 했으니까.

만약 선생님의 범행이 밝혀져 도촬 영상이 인터넷상에 뿌려진다면 미야의 마음은 분명 망가질 거야. 가뜩이나 존엄성을 짓밟혀 괴로워하고 있는데 더 이상 미야만 계속 희생하게 하는 건 절대 있어서는 안 된다고 생각했어.

그래서 나는 거짓 자백을 하기로 결정했어. 내가 할 수 있는 유일한 속죄였어.

타이밍을 맞춰서 인터넷으로 사들인 녹음기를 미야한테 건네고 '동생이 범인'이라고 하는 고발을 녹음해서 익명으로 확신시키도록 지시했어.

인터넷상에서는 자매가 공모해서 엄마를 죽였다는 추리가 흥미진진하게 쓰여 있었고 개인정보나 사진이 확산돼 이유를 알 수 없는 악플에 노출돼 있었어.

궁리한 끝에 미야 본인의 입으로 변명하게 해서 그걸 인터넷상에 흘리는 게 오명을 씻기 위해서는 최고로 효과적이라는 생각에 이르렀어. 그건 그러기 위한 고육지책이었어.

어떤 의미에서 두 사람을 이용하려 했으니까 정말 미안해.

내 거짓 자백은 허무할 정도로 잘 흘러갔어.

엄마가 살해당한 시간에 우리가 방범 카메라에 찍혀 있었던 건 우연이었어.

처음엔 공원 입구 부근 벤치에서 이야기를 했는데 그러는 동안 근처에서 오토바이가 오가는 소리와 젊은 남자 목소리가 들렸어.

우리는 무서워져서 만에 하나의 상황에 우리 몸을 지키려고 방범 카메라가 바로 위에 있는 공중화장실 근처까지 이동했어.

그 사실을 떠올리고 나중에 짰던 원격 살인 방법은 검증 결과 실행 가능하다는 결론이 뒷받침되었지.

또한 실제로 엄마를 죽이고 싶을 만큼 미워했던 순간이 많았던 일이나 평소에 차별 대우를 받았던 것, 병적일 정도로 공부에 절은 하루하루를 강요받았던 사실에서 동기는 충분했어.

그리고 나는 체포되었지.

그 결과를 두고 선생님이 납득했다면 그때 끝났을지도 몰라.

하지만 선생님의 목적은 죄를 피하는 게 아니었어.

진짜 목적은 사랑하는 딸을 죽음으로 몰았던 또 다른 인물에게 복수하는 거였어.

그게 이구치야.

이구치에게 잘못이 없다는 건 명백하지만 선생님은 이미 상식적인 판단이 가능한 정신상태가 아니었던 듯해.

이구치가 습격당하기 전날, 회수한 녹음기를 건네기 위해 미야와 만났다고 해. 아마 그 순간을 선생님은 감시했고 이구치를 밝혀내서 살해하기로 계획했다고 봐. 그리고 그날 밤 그가 혼자였던 틈을 노렸고 그 이후는…… 두 사람이 겪은 대로야.

그날 만약 두 사람이 행동하지 않았더라면 이구치는 분명 목숨을 잃었을 거야. 설령 선생님이 자수해서 그 대신 자유를 얻었다고 해도 우리는 평생 죄책감에 시달리면서 살아가야 했겠지.

정말 아무리 감사해도 부족할 지경이야.

마지막으로 이런 글을 쓰면 나쁜 사람으로 보일지도 모르지만 내 진심을 말하고 싶어.

나는 지금이 제일 자신의 인생을 살아가고 있는 실감이 들어. 내내 엄마의 마리오네트 인형 같았거든. 어디에 있고 무엇을 해도 내 등 뒤에는 엄마의 시선이 흥건히 들러붙어 있고 영원히 그 지배에서 벗어날 수 없다고 생각했어.

엄마가 사라져서 나는 마침내 본래의 자신을 되찾을 수 있었어.

분명 미야도 같은 마음일 거야.

난 의학부를 목표로 삼는 걸 관두고 군검사가 되기 위해 법학부를 지망하기로 했어. 미야는 지금 길었던 머리를 쇼트커트로 싹둑 자르고 티셔츠에 청바지, 스니커즈라는 가뿐한 차림을 즐기고 있어. 사건의 열기가 식으면 패션 잡지 전속 모델 오디션에 응모할 것 같아.

우리는 마리오네트 인형과 옷 갈아입히기 인형에서 벗어나한 인간으로서 하루하루 걸어갈 수 있다는 사실에 지금 무척이나 설레하고 있어.

앞에서 말한 대로 우리 자매는 지금 아키타 현에 있는 조부모 집에 잠시 신세지고 있지만, 다다음 해에는 도내 대학에 지원할 예정이야.

2년 후 봄에 대학생이 된 모습으로 두 사람과 재회할 수 있으면 좋겠다 싶어.

다시 감사의 마음을 전하고 싶어. 모쪼록 그때까지 우리를 기억하고 있어 주면 기쁠 것 같아.

사야가

*

폐교사 일각, 열어 젖혀진 창문에서 매미 소리가 하나가 되어 쏟아져 내렸다. 어느새 여섯 개로 늘어난 에도 풍경이 다부진 소리를 연주했다. 맑디맑은 푸른 하늘에는 큰 소나기구름이 태연하게 떠 있었다.

편지를 다 읽은 렌지는 그걸 정성스럽게 접어서 봉투에 넣었다. 연한 하늘색과 흰색 꽃무늬가 들어간 아름다운 편지지. 벌써 여섯 번째 다시 읽고 있었다. 봉투에서 꺼내서 읽고 다시 봉투에 넣고 또다시 읽고. 그러기를 반복하고 있다.

잠시 후에 동아리실 문이 드르륵 열리고 레이치가 모습을 보였다.

　웬일인지 캔 음료를 들고 있었다. 오렌지와 사과 두 개였다. 그것을 의기양양하게 치켜들어 보였다.

　"어느 게 좋아?"

　"오렌지! 때마침 목말랐어. 땡큐."

　레이치가 내던지자 캔은 힘없는 포물선을 그리고 렌지의 손에 안착했다.

　"……빈 캔이잖아."

　"내가 한 캔에 130엔이나 하는 음료를 살 리가 없잖아."

　"지금의 의미 없는 행동은 대체 뭐지?"

　"친구에게 캔 음료를 건네는 행동을 고등학교 생활 중에 한 번은 해보고 싶었어. 오늘 아침 때마침 빈 캔이 떨어져 있었거든.

　"그래? 소감은 어때?"

　"기분이 꽤 좋네."

　"그야 좋지."

　레이치는 초록색 교토 부채로 단정한 옆얼굴을 부치면서 렌지 건너편에 앉았다.

　"또 읽었어? 다행이야. 처참한 사건이지만 희망을 기다리면서 막을 내려서."

　"그래. 그대로 사야가 억울하게 죄를 뒤집어쓰고 재판을 받았다고 생각하면 오싹해."

렌지는 다시 편지에 시선을 떨구었다.

"이건 파쇄기에 돌리도록 할게. 절대 남의 눈에 띄지 않도록."

"그게 좋겠다."

"그런데 이 봉투는 내가 가져도 될까?"

"괜찮지만 어디에 쓰려고?"

"그냥 받아두려는 거야. 사야의 글자는 깔끔하니 예뻐. 마치 본인을 나타내는 것 같아."

자랑을 늘어놓는 렌지에게 레이치는 냉랭한 시선을 보냈다.

"걔 좋아해?"

"글쎄. 솔직히 좋아한다든가 안 좋아한다든가 간단히 말할 수 있는 감정이 아니야. 뭐랄까, 나와 사야는 평범하게 만난 것도 아니고 애초에 처음 대화한 건 의뢰인과 청부인이라는 조금 특수한 관계에서였잖아. 그 후에도 사건으로 여러모로 혼란스러워서 제대로 대화할 기회도 없이 이렇게 찢어졌기도 하고.

그런데 아키타에는 미인이 많다고 하는데 남자도 역시 꽃미남이 많으려나? 2년 후 봄에 재회하기 전에 사야한테 남자친구가 생기면 어쩌지? 역시 내가 한 번 만나러 가서 마음을 전해야 하나? 마음이라고 해도 난 아직 확실히 사야를 좋아한다고 자각하고 있는 게 아냐. 호감을 품고는 있지만 그게 연애 감정인지 어떤지 하는 건 좀 아직 확신이 없어. 그런 애매한 상태로 자신의 마음을 전하면 오히려 곤란하게 만들 뿐일지도 모르잖아. 그래도 멍하니 있다가 다른 사람이 채가는 건 절대로 싫어. 어떻게 대응하는 게 제일인 것 같아? …… 야, 레이치."

시선을 되돌렸을 때 레이치는 어느새 눈앞에서 사라져 있었다.

대신해서 빈 캔 아래에 종잇조각이 끼워져 있었다.

〈조언: 요점은 간략하고 알아듣기 쉽게〉

"너무해. 절친의 절실한 고민을 함부로 하다니."

가방에서 보온병을 꺼내 서글프고 짜증이 난 김에 차가운 보리차를 단숨에 들이켜자 빙수를 먹은 듯 콧속이 찡했다. 쌓여 있던 의자 다리에 초롱과 더불어 매달려 있던 회중시계를 봤는데 시각은 어느새 오후 4시를 지나 있었다. 창가에서 풍경이 딸랑딸랑 가느다랗게 소리를 냈다.

"……역시 좋아하나."

렌지는 꽃무늬로 된 아름다운 편지지를 바라보면서 혼잣말을 했다.

그때 작게 노크하는 소리가 들렸다.

"들어오세요."

문이 천천히 열리고 내성적으로 보이는 여학생이 심각한 얼굴로 들어왔다.

"저기, 여기서 고민 상담을 들어준다고 들었는데요……."

"맞아요. 어서 이쪽으로 와요."

렌지는 여학생을 매끄럽게 안으로 안내하고서 문패를 적색으로 바꾸더니 그녀와 마주 보는 형태로 앉았다.

"오늘은 어떤 상담으로 오셨나요?"

"저기, 제가 명왕성 후원회의 4대 회장인데요, 명왕성 응원송 마지막에 심벌즈를 울리는 게 좋을지 망설여져서요……."

―끝―

본 작품은 제25회 보일드에그즈 신인상 수상작(2022년 5월 수상 발표)입니다.

　정적은 공포스럽습니다. 배가 자주 꼬르륵거려서입니다.

　때로는 강아지가 웅 하고 어리광을 부리듯 때로는 짐승이 포효하듯 배가 울립니다.

　직장 점심시간에는 쥐 죽은 듯이 고요해서 작은 소리가 잘 들리게 울려 퍼집니다. 이런 상황에 있으면 긴장감이 더해서 위장이 더 적극적으로 움직입니다. 식사를 빼먹으면 배가 고파서 울리고 식사를 하면 소화한다고 울려서 어떻게 해야 할지 모르겠습니다. 아마존에서 방음 복대를 찾아봤지만 없었습니다.

　이성적으로 생각해보면 제 뱃소리는 아무도 신경 안 쓸 테지만, 그런데도 조용한 장소가 늘 너무너무 스트레스입니다.

　그렇게 제삼자가 보면 하잘것없고 별 볼 일 없는 것이라도 본인에게 있어서는 괴로워서 견딜 수 없는 고민.

　분명 수많은 사람이 끌어안고 있지 않을까요.

다 큰 어른도 이런 고민을 하니 사춘기 학생이라면 더더욱 그럴 거라고 봅니다.

그런 고민을 '시답지 않다'고 일축하지 않고 진지하게 귀를 기울여 해결해주기 위해 바쁘게 움직이는 도우미가 학교에 있다면 아주 듬직하지 않을까요.

'연실 연구회'는 그런 생각에서 탄생했습니다.

이 소설은 약 1년 전에 후루룩 쓴 것으로 왜 이런 스토리가 전개되고 인물을 구성하게 되었는지 하는 세세한 사항은 솔직히 거의 생각나지 않습니다(쓰기 쉬워서 고향을 바탕으로 했는데 등장인물에 해당하는 모델은 없습니다).

고로 이번에는 《인형의 집의 참극》을 쓰기까지의 과정을 돌이켜보고 싶습니다.

데뷔작인 이 작품을 쓰기까지 저는 요 2년간 장편소설 두 작품을 썼습니다.

첫 번째는 인조인간이 인조 좀비와 싸우는 패닉호러입니다. 동료들이 연달아 죽어나가다 최종적으로 주인공도 죽습니다. 자신만만하게 신인상에 응모했지만 뚝 떨어졌습니다.

첫 번째 작품에서 반성한 점을 살려서 두 번째는 사이보그 인간과 사이보그 좀비가 싸우는 패닉호러를 썼습니다. 역시 동료들이 연달아 죽고 최종적으로는 주인공도 죽습니다.

피를 토해내는 심정으로 써낸 이 작품도 1차 심사조차 통과하지 못해서 제 소설은 그렇게 안 먹히냐고 깊이 절망하고 계속 고민한 끝에 문득 생각했습니다.

'좋아하는 것'과 '쓸 수 있는 것'은 다르지 않을까 하고 말이죠.

그리고 자신이 좋아하는 '좀비' 'SF' '패닉호러' '새드엔딩'이라는 요소를 일단 전부 배제하고 처음으로 '일상이 무대인 밝은 이야기'를 써보자고 생각했습니다.

그리하여 완성한 게 《인형의 집의 참극》입니다.

어째서 그렇게 좀비와 공방을 벌이는 데 고집을 부렸나 싶을 만큼 지금까지 쓴 것 중에 제일 즐겁게 썼습니다.

본 작품으로 상을 받아 한 권의 책으로 세상에 나올 수 있게 되어 무척이나 기쁩니다.

여기에 도달할 때까지 수없이 지도하고 협력해주신 분들, 늘 제 생각을 존중하고 최고의 아군이 되어준 가족, 그리고 이 책을 선택해주신 독자 여러분께 진심으로 감사 인사를 드립니다. 정말 감사합니다.

2022년 11월

도오사카 야에

인형의 집의 참극

초판 1쇄 ㅣ 2023년 12월 13일

지은이 도오사카 야에 ㅣ **옮긴이** 김현화
펴낸이 서인석 ㅣ **펴낸곳** 제우미디어 ㅣ **출판등록** 제 3-429호
등록일자 1992년 8월 17일 ㅣ **주소** 서울시 마포구 독막로 76-1 한주빌딩 5층
전화 02-3142-6845 ㅣ **팩스** 02-3142-0075 ㅣ **홈페이지** www.jeumedia.com

ISBN 979-11-6718-363-7
*파본은 구입하신 서점에서 교환해 드립니다.

ㅣ **제우미디어 트위터** twitter.com/jeumedia
ㅣ **제우미디어 페이스북** facebook.com/jeumedia

만든 사람들
출판사업부 총괄 손대현 ㅣ **편집장** 신한길
책임편집 민유경 ㅣ **기획** 신은주, 장재경
영업 김금남 ㅣ **제작** 김용훈
디자인 총괄 크리에이티브그룹 디헌